HEYNE BÜCHER

Von Heather Graham sind
als Heyne-Taschenbücher erschienen:

Die Geliebte des Freibeuters · Band 04/37
Die Wildkatze · Band 04/61
Die Gefangene des Wikingers · Band 04/71
Die Liebe der Rebellen · Band 04/77
Geliebter Rebell · Band 04/97
Tochter des Feuers · Band 04/106
Irrwege der Liebe · Band 04/116
Spiegel der Liebe · Band 04/118
Triumph der Liebe · Band 04/120
Irrwege der Liebe / Spiegel der Liebe · Band 23/124
Die Normannenbraut · Band 04/128
Der Herr der Wölfe · Band 04/138
Kreuzzug des Herzens · Band 04/143
Die Braut des Windes · Band 04/146
Dornen im Herzen · Band 04/157
Ondine · Band 04/164

HEATHER GRAHAM

WECHSELSPIEL DER LIEBE

Roman

Deutsche Erstausgabe

WILHELM HEYNE VERLAG
MÜNCHEN

HEYNE ROMANE FÜR »SIE«
Nr. 04/171

Titel der Originalausgabe
RUNAWAY
Aus dem Amerikanischen
von Eva Malsch

Printed in France 1996
Umschlagillustration: Pino Daeni / Agentur Schlück
Umschlaggestaltung: Atelier Ingrid Schütz, München
Satz: Fotosatz Prechtl, Passau
Druck und Bindung: Brodard & Taupin

ISBN 3-453-10881-7

ANMERKUNG DER AUTORIN

Schon immer wollte ich einige Romane über Florida schreiben. Für mich ist es mehr als nur ein Land — es ist meine Heimat. Hier habe ich im Lauf meines Lebens drastische Veränderungen beobachtet. Aber was immer sie auch bewirken — Florida war stets ein Land der Gegensätze, vom stillen Frieden der moosbehangenen Eichen bis zum gefährlichen, von Alligatoren bevölkerten Sumpfgebiet.

Manche Menschen lieben Florida, andere hassen es. Manche leiden unter der drückenden Hitze, andere träumen davon, wenn sie im winterlichen Norden frieren. In meinen Augen gleicht die Heimat einer nahen Verwandten, die ich mit all ihren guten und schlechten Seiten liebe. Und nun beginne ich voller Freude an einer Romanreihe zu arbeiten, die über Jahrzehnte hinweg die Veränderungen in Florida schildert — im Florida, das ich am besten kenne.

Die Vorbereitungen erschienen mir einfach. Zeit meines Lebens hatte ich sehr viel über die Geschichte des Staates erfahren. Doch darin liegt natürlich ein Problem. Die Hälfte von allem, was wir hören, ist Legende, ein Viertel Wahrheit, ein Viertel Lüge.

Erstaunlicherweise erschwert das ›Wissen‹ die Recherchen. Ich fand mühelos einschlägige Bücher, aber es war schwierig zu entscheiden, welche Version verschiedener Historiker, die über Ereignisse in einem anderem Jahrhundert berichteten, den Tatsachen entspricht. So wie jeder Zuschauer einen Film mit anderen Augen sieht, wird auch dieses oder jenes Geschehen auf unterschiedliche Weise erlebt. Es ist verständlich, daß die Seminolen die Dinge aus einem anderen Blickwinkel betrachteten als die weißen Soldaten, auch wenn sich beide zum selben Zeitpunkt am selben Ort befanden.

Besonders krasse Unterschiede weisen die historischen Interpretationen in den Berichten über einen Mann auf, der eine Hauptrolle in meinen ersten beiden Romanen spielt: der legendäre Osceola alias Billy Powers oder Asi Yaholo, ein Black-Drink-Sänger.

In einigen Büchern las ich, der weiße Powell habe Osceolas Mutter geheiratet, sei aber nicht sein Vater gewesen. Andere behaupten, Osceola stamme ohne jeden Zweifel von Powell ab. Eine Untersuchung des Skeletts deutet auf eine weiße Erbmasse hin, wenn die Historiker auch die Tatsache beklagen, daß man dem Kriegerhäuptling nach dessen Tod den Kopf abgehackt hatte. Stünden der Schädel und bestimmte Halswirbel zur Verfügung, könnte man genauere Forschungsergebnisse erzielen. Interessanterweise ergab die Untersuchung von Osceolas Gebeinen auch einen gewissen Prozentsatz an schwarzem Blut, was zu der Ära paßt, in die der Häuptling hineingeboren wurde. Was meine Romane betrifft, so stelle ich Osceola als leiblichen Sohn eines Weißen namens Powell dar, was sicher Proteste heraufbeschwören wird. Einige Historiker meinen, er habe die englische Sprache nicht beherrscht.

Aber angesichts der Situation, in der er zur Welt kam, und seiner vielen Beziehungen zu Weißen fällt es mir schwer, das zu glauben. Ich meine eher, daß der Häuptling englisch sprach — wenn er wollte. Von wem immer er abstammte, er übte beträchtliche Macht in einem schmerzlichen Krieg aus und wurde später zur Legende. Er war leidenschaftlich, mutig, allzu menschlich in seinem Versagen und letzten Endes ein bemerkenswerter Mann.

Zur Zeit des Konflikts lebten viele einheimische Völkergruppen in Florida. Einige waren während des siebzehnten und des achtzehnten Jahrhunderts nach Süden gezogen und vermischten sich mit den restlichen Mitgliedern der Stämme, die das Joch europäischer Krankheiten und früherer Kämpfe dezimiert hatte. Man kann nicht einmal zweifelsfrei behaupten, die meisten seien Creeks gewesen, da der Begriff ›Creek‹ auf den Umstand zurückzuführen ist, daß die betreffenden Menschen an einem Creek (Bach) lebten.

Osceola wurde als Creek geboren, aber zur Zeit des Konflikts wurden alle in Florida lebenden Indianer als Seminolen bezeichnet. Für das weiße Militär spielten Sprachgruppen oder die Herkunft keine Rolle.

Sogar der Begriff ›Seminole‹ ist strittig. Ich habe viele Definitionen gelesen und jene gewählt, die mir am präzisesten erschien — ›Flüchtling‹, nach dem spanischen *cimarrón*.

Ich hoffe, das Buch gefällt Ihnen, und Sie gewinnen einen Eindruck vom wilden, rauhen, exotischen Neuland im Süden, das damals die Aufmerksamkeit der Amerikaner erregte — ein fantastisches Paradies, eine brennende Hölle.

Willkommen in meiner Heimat. Hoffentlich bleiben Sie eine Weile bei mir.

Heather Graham, Florida, 5. Januar 1994

PROLOG

Ein schicksalhafter Beginn ...

20. November 1835

Der Tag war schön und frisch, einer jener Spätherbsttage, die das Land in ein Paradies verwandeln. Kiefernnadeln bildeten einen weichen grünen Teppich. Zwischen den Ästen schimmerte ein klarer Bach, und sogar aus der Ferne sah man, wie sich zahllose wilde Orchideen schwankend im Wasser spiegelten. Am Ufer wuchsen Zypressen, vermischt mit mächtigen Eichen, an deren Zweigen limettengrüne Moosstränge hingen. Eine herbstlich kühle Brise bewegte die Blätter. Im Sommer litt man unter drückender Hitze, aber selbst dann wirkten die glitzernden Wellen einladend und belebend, und im Schatten der Bäume fand man Schutz vor der gnadenlosen Sonne.

Jenseits des Waldes ging der Sumpf in fruchtbares Ackerland über, das sich über Hügel und Ebenen erstreckte. In den Flüssen des Sumpfgebiets tummelten sich Alligatoren und jagten exotische Vögel. Ein paar wilde Büffel streiften immer noch umher, inmitten zahlloser Hasen, Bären und Eichhörnchen. Im Gestrüpp gediehen Beeren, zwischen vereinzelten Kokospalmen. Es war ein exotisches Paradies, aber zahlreiche Schlangen konnten leichtsinnige Wanderer angreifen.

Der Weiße Tiger — diesen Namen hatte man ihm gegeben, als er ein Mann geworden war — zügelte sein Pferd und lauschte den leisen Geräuschen zwischen den Zypressen im Sumpfgebiet. Obwohl keine Tiger durch das Land streiften, wurden die kraftvollen Panther oft als Tiger bezeichnet. Aus Hochachtung hatte man ihn so genannt, was ihn mit Dankbarkeit erfüllte. Er war tief in die Indianerregion von Florida hineingeritten, die er gut kannte, und nun merkte er, daß er beobachtet wurde.

Er neigte nicht zu abergläubischen Fantasien. Aber heute spürte er den Einfluß einer schicksalhaften Macht, so als würde er einen Weg betreten, auf dem er nicht mehr umkehren konnte.

Reglos saß er im Sattel, hörte das Wasser plätschern, die Zypressenzweige im sanften Herbstwind rascheln. Ein Vogel zwitscherte, dann erklang ein anderer Ruf, und die welken Blätter am Boden wurden nicht mehr von der Brise bewegt.

Er hob die Hände, um zu zeigen, daß sein Messer in der Lederscheide am Schienbein steckte, sein Gewehr in der Lederschlinge am Sattel. Geschmeidig schwang er ein Bein hoch und sprang vom Pferd. »Ich bin allein gekommen!«

Sofort erschienen drei Männer in Lederhosen und bunten Baumwollhemden, einer war mit Messingepauletten geschmückt, am Hals eines anderen hingen schimmernde Silberketten. Wie die ernsten Gesichter zweier Männer verrieten, floß weißes Blut in ihren Adern. Der eine war mittelgroß, mit dunklen, klugen Augen, die den Weißen Tiger unverwandt musterten. Seine hohe Position hatte er nicht geerbt, denn in der Muskogee-Kultur mußte ein Kriegerhäuptling keiner Herrscherdynastie entstammen. Als er zum Mann gereift war, hatte er von seinem Volk den Kriegernamen Asi Yaholo erhalten. Das bedeutete ›Sänger des schwarzen Tranks‹. Um beide Namen zusammenzufügen, nannten die Weißen ihn Osceola.

Der zweite Mischling war hoch gewachsen und jünger, schlank und muskulös. Sein hübsches Gesicht vereinte die edelsten Züge beider Kulturen, mit ausgeprägten, bronzebraunen Wangenknochen, vollen Lippen und hoher Stirn, von glattem, ebenholzfarbenem Haar umrahmt. Die Augen strahlten in verwirrendem Blau. Den

Namen ›Laufender Bär‹ hatte er sich als Krieger verdient, denn auf der Jagd konnte er die schnellsten behendesten Tiere übertrumpfen. Er begrüßte den Weißen Tiger als erster, umarmte ihn, trat schweigend zurück. Und er war es auch, der diese Begegnung herbeigeführt hatte. Selbst ein mächtiges Familienoberhaupt, das seinen eigenen Fähigkeiten vertrauen durfte, zollte er den beiden Kriegern, die ihn begleiteten, Respekt und Anerkennung.

Von rein indianischer Herkunft, hieß der dritte im Bunde Alligator, der Schwager des Häuptlings Micanopy vom alten Alachua-Stamm. Nun wollte er den Mann beeinflussen, den sie inmitten der Wildnis trafen, denn sein Erbe verband den Weißen Tiger nicht nur mit den Seminolen, die Muscogee sprachen, sondern auch mit der Hitichi-Sprache der Mikasukis.

In Alligators dunklen Augen las der Weiße Tiger, daß dieser Mann nicht auf eine friedliche Zukunft hoffte.

Osceola wies auf eine kleine Lichtung zwischen den Zypressen, und die vier Männer setzten sich. Ohne Umschweife begann der Weiße Tiger zu sprechen, da er Osceolas Ungeduld spürte. »Ich bin gekommen, um von der Sorge vieler guter weißer Männer zu berichten, die den Mico Osceola kennen.«

Wortlos nickte Osceola und wartete. Auch die anderen schwiegen.

»Soviel ich weiß, hält Asi Yaholo nicht alle Weißen für schlecht. Das ist ein kluger Mann, der das Gute aus beiden Welten verbindet und nutzt. Unter den Weißen hatte er zahlreiche Freunde.«

»Und Feinde«, warf Alligator erbost ein.

Leise seufzte der Weiße Tiger. »Osceola, einige gute Männer hörten, du hättest dein Messer durch den Friedensvertrag gestoßen, als Wiley Thompson dich aufforderte, westwärts zu ziehen. Sicher weißt du, welch großen Kummer Thompson so manchen Weißen bereitete, als er dich fangen und in Ketten legen ließ.«

»Nichts kann die Seminolen schmerzlicher kränken«, betonte der Laufende Bär.

»Alle Verträge waren Lug und Trug!« stieß Alligator zwischen zusammengebissenen Zähnen hervor und erinnerte den Weißen Tiger an das Reptil, dessen Namen er trug. »Moultrie Creek versprach uns Land für zwanzig Jahre — neun sind noch übrig. In dem Gebiet, wo wir zusammengepfercht wurden, sind wir fast verhungert. Und wenn wir's notgedrungen verließen, um zu fischen, zu jagen und Nahrung zu suchen, schlug uns der Feind zurück.«

Außerdem hatten sie Vieh gestohlen und Haß heraufbeschworen, aber nur, um dem Hungertod zu entrinnen. Das wußte der Weiße Tiger. In diesem Jahr herrschte mildes Wetter, aber die bittere Kälte des letzten Winters hatte fast die ganze Ernte vernichtet. Viele Weiße glaubten, die verzweifelte Lage würde die Indianer nachgiebiger stimmen. Doch ihr Kampfgeist erlosch nicht.

»Ich habe euch etwas mitgebracht«, erklärte der Weiße Tiger und stand auf. »In einigem Abstand folgen mir meine Männer, um den Seminolen das Geschenk zu übergeben, wenn Osceola es annehmen möchte.«

»Stammt dieses Vieh aus unseren eigenen Herden?« fragte Osceola.

»Teilweise. Und aus den Herden einiger Weißer, die Osceola respektieren und sich bei ihm entschuldigen wollen. Diese Männer sind deine Freunde, und ich habe sie mit dir bekannt gemacht.«

»Aber das ist keine offizielle Entschuldigung von deiner Regierung«, bemerkte Osceola lächelnd.

»Nein«, gab der Weiße Tiger ehrlich zu.

Auch Osceola, Alligator und der Laufende Bär erhoben sich. Osceola reichte dem Weißen Tiger seine schmale Hand. »Natürlich hast du recht — ich verdamme nicht dein ganzes Volk. Und ich nehme dein Geschenk an, weil viele unserer Leute hungern. Leider muß ich dir mitteilen, daß ich Thompsons verräterische Maßnahmen nicht verzeihen kann. Ebensowenig bedauere ich, was ich tun mußte, um meinen Brüdern zu helfen, oder was ich in Zukunft beabsichtige.«

Diese letzten Worte bedrückten das Herz des Weißen Tigers.

»Du schweigst«, sagte Osceola leise.

»Weil ich immer noch auf Frieden hoffe. Der Krieg bringt nur Leid, Hunger und Not.«

»Aber der Friede hat uns genug Hunger gebracht!« entgegnete Alligator.

»Trotzdem ist der Krieg das größere Übel. Friede bedeutet Leben.«

»Was ist ein Leben ohne Ehre?« fragte Osceola. »Ich wollte dich nicht betrügen, und ich weiß, du sorgst dich um unser Volk. Eins mußt du bedenken — wir vergessen niemals unsere Freunde.«

»Unsere Brüder«, ergänzte der Laufende Bär.

Sogar Alligator nickte.

»Und ich werde nicht die Waffen gegen meine Brüder erheben«, erwiderte der Weiße Tiger. »Ich werde weiterhin um den Frieden beten und ihn mit meiner Seele suchen.«

Nachdenklich sah Osceola ihn an. »Wir alle beten um Frieden, aber ob er uns vergönnt wird, müssen unsere Götter entscheiden.«

»Ein Gott, ein und derselbe Gott«, erklärte der Weiße Tiger. »Ishtahollo, der große Geist der Seminolen, ist ebenso der einzige Gott aller weißen Christen — ganz gleich, wie er genannt wird. Und ich glaube, er will deinem und meinem Volk ein friedliches Leben schenken.«

Obwohl Osceola lächelte, stimmte er nicht zu. »Wohin du auch reitest, mein Freund, dir wird nichts zustoßen. Wo du lebst, ist der Boden heilig. Dort sollst du alle deine Lieben um dich versammeln, dann sind auch sie sicher.«

»Mico Osceola, ich bitte dich, denk gründlich nach, ehe du dich für den Krieg entscheidest ...«

»Du bist zu stolz, um zu bitten, sondern selber ein Krieger, ein Soldat.«

»Jetzt bin ich Zivilist. Und in meinen Träumen sehe ich dein Land als Paradies, in dem wir alle leben können.«

»Sei beruhigt, ich überstürze nichts.« Wieder lächelte Osceola. »Früher warst du ein blutjunger, kampflustiger Mann. Du wandtest dich gegen die Briten und auch gegen meine Leute.«

»Damals war ich ungestüm, aber ich lernte meine Lektion.«

»Du warst ein guter Krieger, und du hast auch erkannt, daß man den Tod nicht auf die leichte Schulter nehmen darf.«

»Und daß der Krieg nicht nur Ehre bedeutet.«

»Soviel ich höre, willst du dein Heim verlassen und auf Reisen gehen?«

»Das hatte ich vor. Aber wenn es nötig ist, daß ich bleibe ...«

»Nein, du mußt dich um deine Geschäfte kümmern. Ich habe deine Worte vernommen. Hier kannst du nichts tun. Segle nur munter davon. Der Laufende Bär hat mir erzählt, du würdest gern segeln und dabei innere Ruhe finden. Möge der Meereswind den Schmerz davonwehen, den dir dein Verlust bereitet.« Osceola wandte sich ab, doch dann schaute er den Weißen Tiger noch einmal an. »Unsere Gedanken werden dir folgen. Und wir sind stolz darauf, daß du dich für uns eingesetzt und jenen widersprochen hast, die behaupten, wir trügen die Schuld am Tod deiner guten Frau. Ich fürchte, deine Worte können den Haß zwischen unseren Völkern kaum mildern. Trotzdem danken wir dir.«

»Ich habe nur die Wahrheit gesagt.«

»Aber manchen Menschen fällt es schwer, die Wahrheit zu erkennen. Geh nur auf Reisen, mein Freund. Wenn du zurückkehrst, mußt du vielleicht nicht mehr vor deinem Leid fliehen.«

»Ich verreise nur aus geschäftlichen Gründen ...«

»Ja, das ist gut.«

Von Alligator gefolgt, ging Osceola davon. Aber der Laufende Bär blieb stehen und legte eine Hand auf die Schulter des Weißen Tigers. »Gott sei mit dir.«

»Welcher Gott?« Ein schwaches Lächeln umspielte die Lippen des Weißen Tigers.

»Haben wir nicht soeben festgestellt, wir würden ein und demselben Gott dienen?«

»Nun, wir haben versucht, uns darauf zu einigen. Was wird geschehen?«

Der Laufende Bär schüttelte den Kopf. »Das weiß ich nicht. In meinen Adern fließt zuviel weißes Blut. Manchmal nehme ich an der Ratsversammlung teil, manchmal nicht. Auch ich trete für den Frieden ein. Thompson war ein Narr, weil er Osceola festnahm. Er behauptet, Osceola sei grausam und unberechenbar. Aber du kennst Osceola. Vermutlich wollte Thompson beweisen, daß ihm kein Indianer Bedingungen stellen kann. Nun ist Osceolas Herz von heißem Zorn erfüllt. Seine Pläne kenne ich nicht. Natürlich geht es nicht nur um den Zwischenfall, den Thompson verursacht hat. Zwischen den Indianern und den weißen Siedlern kommt es immer wieder zu Streitigkeiten. Sie sagen, wir würden sie bestehlen, und sie jagen auf unserem Land. Bis jetzt hat sich kaum etwas geändert. Offenbar glauben die Amerikaner, es wäre ihre Bestimmung, den ganzen Kontinent zu überrollen.«

»Für dieses Problem muß es eine Lösung geben.«

»Das ist dein Wunsch. Aber ob er erfüllt wird, bleibt abzuwarten. Nun wollen wir Abschied nehmen. Vielleicht findest du auf deiner Reise ein neues Glück. Wer weiß? Wenn du auch immer noch trauerst, eines Tages solltest du wieder heiraten.«

»Das will ich nicht«, entgegnete der Weiße Tiger tonlos.

Der Laufende Bär nickte mitfühlend. »Dann solltest du dir eine Geliebte nehmen. Nach allem, was man so hört, bist du kein Mönch.«

»Verdammt, wie schnell sich so etwas herumspricht!« rief der Weiße Tiger ärgerlich, dann sah er die Sorge in den Augen seines Freundes, seufzte und lachte leise. »Du wirst wohl nie aufhören, mir deshalb in den Ohren zu liegen, was?«

»Oh, doch. Eines Tages. Gute Reise.«

»Paß auf dich auf!«

Sie umarmten sich, dann folgte der Laufende Bär den anderen. Wenig später war er aus dem Blickfeld verschwunden.

Eine Zeitlang blieb der Weiße Tiger noch zwischen den Zypressen stehen. Im Wasser spiegelten sich die Farben des Sonnenuntergangs — malvenrosa, goldgelb und rot. Er schloß die Augen, spürte den Wind auf den Wangen, roch den klaren Duft des Wassers und des Sumpflands, lauschte dem Rascheln der Blätter.

In der Ferne verriet ein leises Plätschern, daß ein Alligator vom Ufer in die Wellen geglitten war.

Das elegante Haus lag in einer der zivilisiertesten Städte der jungen amerikanischen Nation. Hier trugen die Frauen Samt und Seide, Kaffee und Tee wurden aus silbernen Kannen eingeschenkt. Perserteppiche bedeckten polierte Holzböden, Damastvorhänge schützten die Fenster vor der Nacht, die allmählich herabsank.

Plötzlich krachte ein Schuß ... Donnerhall durchbrach die Stille, die das Zimmer erfüllt hatte.

Verwundert starrte die junge Frau den Mann an, der sich erheben wollte, aber er konnte es nicht.

Groß und kräftig gebaut, mit dichtem, eisengrauem Haar, war er ihr unbesiegbar erschienen. Doch nun breitete sich ein roter Fleck auf seinem weißen Rüschenhemd aus. Die Kugel hatte ihn mitten ins Herz getroffen. Erstaunt sah er dem Tod ins Auge, mit einem letzten Atemzug sank er zu Boden.

Sie schaute auf die Waffe in ihren Händen hinab.

Aber es waren doch nur Platzpatronen gewesen ... Ihr entsetzter Blick wanderte an dem Toten vorbei, begegnete einem Augenpaar in einem grausamen, intelligenten Gesicht. Als ein leises Rascheln hinter ihr erklang, drehte sie sich um.

Für diesen Tag war der große Salon in ein Theater verwandelt worden. Sie hatte auf der improvisierten Bühne gestanden, dem Publikum zugewandt, das im Halbkreis vor ihr saß. Nun beobachtete sie, wie der Vorhang herabfiel, der den Hintergrund bildete. Dort hatte jemand gestanden und eine echte Kugel abgefeuert, in derselben Sekunde, wie sie selbst die Platzpatrone — ein Requisit, das zu ihrer Rolle gehörte.

Plötzlich wurde die Grabesstille durchbrochen, die dem Knall gefolgt war. Alles schrie durcheinander.

»Packt sie!«

»Sie hat ihn getötet!«

»Mörderin!«

»Oh, mein Gott, haltet die Mörderin fest!« Die schön gekleideten Damen und Herren eilten auf die Bühne, und die junge Schauspielerin glaubte in allen Augen wilden Blutdurst zu lesen.

Großer Gott, man hatte ihr eine Falle gestellt — eine heimtückische Falle ...

Aber sie würde sich wehren. Für das Verbrechen eines anderen wollte sie nicht büßen. Sie würde laufen, so weit sie nur konnte ...

Die Zeit schien stillzustehen. Ein letztes Mal erwiderte die junge Frau den harten, glitzernden Blick des Mannes, der einen gemeinen Mord angeordnet hatte, um sie in eine Falle zu locken.

Nein, es durfte nicht geschehen. Blitzschnell kehrte sie ihm den Rücken und rannte zum Fenster.

In der Waldesmitte überlief ihn ein Schauer, und er holte tief Atem. Er konnte nur hoffen, die Spannungen zwischen den Weißen und den Seminolen würden nachlassen.

Plötzlich frischte der Wind auf, welkes Herbstlaub wirbelte empor, und das Rascheln klang wie eine geflüsterte Warnung. Ärgerlich verfluchte er sich, weil die Fantasie ihm einen Streich spielte. Dann pfiff er leise, um sein Pferd herbeizurufen, stieg auf und lauschte.

Der Wind erstarb so schnell, wie er aufgekommen war, die Blätter schwiegen.

Vorerst.

Er drückte seine Fersen in die Pferdeflanken und ritt den Pfad hinab.

William, dachte sie, während sie durch das Fenster kletterte, um dem Geschrei und den Schritten der Verfolger zu entfliehen. *Oh, mein Gott, William!*

Aber William konnte nicht darin verstrickt sein, er war bei Marina und in Sicherheit. Natürlich würde er erkennen, daß ihr keine Wahl blieb — sie mußte davonlaufen. Wie er sich sorgen würde, halb krank vor Angst ...

Doch er würde es verstehen. Die Zeit war kostbar, und sie hatte nur noch wenige Sekunden ...

Ihre Füße berührten den Boden, und sie stürmte über den gepflegten Rasen, zu den Bäumen.

Er verließ den gewundenen Pfad zwischen den Zypressen und erreichte die breitere Straße. Offenbar spürte das Pferd die Stimmung seines Herrn, denn es begann zu galoppieren. Tief über den Hals des kraftvollen Hengstes gebeugt, umklammerte er die Zügel.

Bald würde er zu Hause eintreffen — nur um sofort wieder aufzubrechen. Er wollte den Meereswind auf den Wangen fühlen, den wachsenden Spannungen entrinnen ... davonlaufen.

Vor dem beharrlichen Schmerz, den einsamen Nächten und Tagen.

Sie tauchte im Schatten der Bäume unter, weit entfernt vom Haus.

Sicher, sie waren hinter ihr her. Aber in ihrer Verwirrung folgten sie ihr zu langsam, und sie hatte einen beruhigenden Vorsprung gewonnen. Rasch eilte sie zwischen den Bäumen hindurch.

William, großer Gott, William ...

Zunächst mußte sie sich verkleiden, ihre Frisur verändern, und sie durfte nicht innehalten.

Am Waldrand sah sie den Weg, der aus der Stadtmitte herausführte. Ihre Beine schmerzten, aber sie zwang sich weiterzulaufen, immer weiter ...

TEIL I

Das Spiel des Zufalls

1

Der Hafen von New Orleans, Winter 1835/36

Jarrett McKenzie bemerkte die Frau, sobald sie die alte Hafenkneipe betrat, wenn er auch nicht viel von ihr sehen konnte.

Ein weiter, schwarzer Umhang mit Kapuze verhüllte sie vom Scheitel bis zur Sohle. Daß sie weiblichen Geschlechts war, entnahm er nur ihren anmutigen Gesten, als ihr Harold Eastwood entgegeneilte, der Wirt des Etablissements. Eine neue Dienstmagd? Oder gehörte sie zu den schönen, willfährigen Frauen, mit denen sich die Herren im nächtlichen New Orleans zu amüsieren pflegten? Kam sie zu spät zur Arbeit?

Jarrett beobachtete sie neugierig und wartete. Wann würde sie endlich den Umhang ablegen? Falls sie in Eastwoods Lokal arbeitete, war dessen Niveau eindeutig gestiegen.

Nicht, daß man die Taverne schäbig nennen durfte. Wenn man bedachte, daß sie am Hafen lag, wirkte sie sogar sehr respektabel. Viele Männer kamen hierher, wenn sie in diesem Teil Louisianas ihre Geschäfte erledigten, und die meisten erzählten sogar ihren Ehefrauen von Eastwoods Restaurant. Hier wurde ein gutes Essen serviert, hübsche Mädchen spielten Spinett und sangen dazu. Alkoholische Getränke aus aller Welt standen zur Verfügung, auch Frauen, wenn man Wert darauf legte. Und gelegentlich konnte man sich die Zeit vertreiben, indem man wilde Keilereien beobachtete.

Jarrett fühlte sich wohl in New Orleans. 1718 war die Stadt von den Franzosen gegründet worden und dann während des Exodus der Akadier aus dem Nordosten gewachsen. Sie stand unter spanischer Herrschaft, dann wieder unter französischer, bis es Thomas Jefferson gelang, mit Napoleon zu verhandeln und ihm Louisiana abzukaufen.

Als kleiner Junge war Jarrett zum erstenmal nach New Orleans gekommen, während Andrew Jackson die Stadt 1815 gegen die Briten verteidigt hatte. Seit damals liebte er die schmalen Straßen am Fluß, die schöne französische, spanische und amerikanische Architektur, die schmiedeeisernen Balkone und kleinen Gärten, den breiten Mississippi, das rege Leben und Treiben am Ufer.

Nun saß er, wie schon so oft, in Eastwoods Kneipe. Und obwohl dieses Hafenlokal einen etwas besseren Ruf genoß als die anderen, wußte er, daß die Frau im schwarzen Umhang nicht hierhergehörte.

»Ich geb's auf«, seufzte sein Freund Robert Treat, der zu seiner Linken saß, und warf die Karten auf den Eichentisch. Mit schmalen Augen musterte Jarrett sein eigenes Blatt. Drei Damen. Zwei Vierer. Ein Full House. Sein Blick streifte die Banknoten und Goldmünzen auf dem Tisch. Ihm gegenüber saß Smiling Jack, der reiche Kreole aus dem Bayou, und grinste breit. Verdammt, der Mann würde es sogar schaffen, den heiligen Petrus an der Himmelspforte zu bluffen.

Nachdem Jarrett ein Fünfdollarstück auf die Tischplatte geworfen hatte, beobachtete er wieder die Frau im weiten Umhang. Offenbar versuchte sie immer noch, dem kleinen, dicken Wirt etwas zu erklären. Fühlte er sich eingeschüchtert, weil sie ihn um Haupteslänge überragte?

Schwungvoll legte Rupert Fürstenberg, der schlanke, blonde Deutsche aus St. Louis, ein Bündel Geldscheine hin. »Gentlemen, ich erhöhe. Hundert Dollar.«

»Nur gut, daß ich aufgehört habe!« murmelte Robert.

»Hundert?« Smiling Jack schenkte dem Deutschen ein verächtliches Lächeln. »Für mich ein Pappenstiel, Sir!«

Robert Treat stieß seinen Freund an, der immer noch die Frau musterte. »Hundert, Jarrett.«

»Natürlich«, antwortete Jarrett geistesabwesend und zählte die geforderte Summe ab.

Robert runzelte verwundert die Stirn. »Konzentrierst du dich überhaupt auf das Spiel?«

»Ja, das ist die Frage.« Smiling Jack zwirbelte seinen dunklen Schnurrbart. »Ist Ihre Plantage da unten im Sumpf wirklich so viel wert, daß es sich lohnt, darum zu pokern?«

»Soviel wert wie Ihre in Bayou«, erwiderte Jarrett leichthin.

»Ah, *mais oui*! Wir beide haben den Sumpf und die Insekten und die Alligatoren am Hals.« Warnend hob er einen Finger. »Aber Sie haben auch noch die Seminolen. Was auf meinem Land wächst, gehört mir. Seit siebzig Jahren steht mein Haus. Und Ihres, *mon ami*? Puff! Vielleicht geht es gerade in Flammen auf. Sie waren Soldat. Also müssen Sie's wissen. Lautlos schleichen die Indianer in der Nacht heran, durch dichtes Gestrüpp. Glauben Sie mir, es wird noch eine Menge Schwierigkeiten geben. Der alte Andy Jackson hat 1816 und 1817 tapfer gegen diese Wilden gekämpft, aber nicht alle erwischt. Jetzt braut sich neuer Ärger zusammen. Manche Leute behaupten, diese Renegaten würden auf Krokodilen durch den Fluß reiten.«

Jarrett lächelte gezwungen. Was für seltsame Vorstellungen die Leute von den Indianern in Florida hatten ... Sie kamen aus mehreren Stämmen, sprachen verschiedene Sprachen, und sie wurden Seminolen genannt. Seminole — das bedeutete ›Flüchtling‹. Ihr Kampfgeist war gefürchtet. Aber Jarrett glaubte wie so viele Weiße, daß die Indianer einfach nur ein besseres Leben anstrebten, für sich selbst und ihre Familien. Oder war das nur ein schöner Traum?

Das Land eignete sich für Träumer. In diesem Staat standen riesige Grundstücke zur Verfügung. So wie der Westen am anderen Ende des Kontinents bot auch Florida den Amerikanern neue Möglichkeiten — fruchtbares Ackerland, zahlreiche wilde Tiere, die man jagen konnte, ein angenehmes, mildes Klima, auch wenn im Winter oft bittere Kälte und im Sommer unerträgliche Hitze herrschten. Durch das kristallklare Wasser der tiefen Bäche und Flüsse konnte man bis zum Grund sehen.

Ein schönes, aber gefährliches Land — keine Heimat für Feiglinge ...

Und die Seminolen trugen zum beängstigenden Ruf dieses Gebiets bei, um das Amerikaner und Spanier so lange gerungen hatten. Einmal hatten es die Spanier den Briten überlassen, und während des Amerikanischen Freiheitskrieges waren Briten nach Süden gezogen. Dann fiel Florida wieder in spanische Hände, doch die Amerikaner überquerten immer wieder die Grenzen, auf der Suche nach neuem Land. Sie behaupteten, die Spanier könnten die Region nicht kontrollieren, die Indianer nicht daran hindern, amerikanische Farmen und Plantagen zu plündern oder entlaufene Sklaven zu beherbergen.

Bei den Indianern führten die schwarzen Sklaven ein menschenwürdigeres Leben als zuvor bei ihren weißen Herren. Denn die Seminolen standen ihnen gewisse Freiheiten zu und erlaubten ihnen sogar, eigene Äcker zu bebauen.

Für die Amerikaner gab es viele Gründe, das Land den Spaniern zu entreißen. Vor allem brauchten die Siedler Land, um sich niederzulassen, Felder zu bestellen, Vieh zu züchten, Salzminen zu erschließen, die langgestreckte

Küste zu nutzen und Meeresschätze zu bergen. Spanien gab Florida auf, weil die US-Regierung als Gegenleistung spanische Schulden an die Bürger zahlte und ihre Position in Texas festigen konnte.

Und jetzt, seit über zehn Jahren in amerikanischem Besitz, war Florida immer noch die Heimat der Alligatoren, Schlangen und stolzen Indianer. Jacksonville lag nicht weit hinter der Grenze Georgias, eine relativ zivilisierte Stadt. Einige der nördlichen Florida-Häfen galten als einigermaßen sicher, doch die meisten Leute fanden alles, was sich südlich von St. Augustine an der Ostküste und der geschäftigen Stadt Pensacola im Westen befand, eher barbarisch.

Diese Menschen sahen nur die Wildnis von Florida, die Gefahren, aber nichts von alldem, was Jarrett so spektakulär und verführerisch erschien. Sie kannten die Sonnenuntergänge nicht, die er so oft beobachtete, die erstaunliche Farbpalette, die am Horizont leuchtete, lebhaftes Gold, glühendes Blutrot. Diese Farben glichen lodernden Flammen, dann verblaßten sie zu sanftem Rosa und Gelb, um schließlich einen samtigen schwarzen Hintergrund für die glitzernden Sterne zu bilden. Und diese Leute wußten nichts von der Überfülle wilder Orchideen, hatten nie den Kuß der Sonne gespürt, die im Winter das Gesicht wärmte.

St. Augustine blieb die älteste europäische Siedlung in Amerika, mit dem grandiosen Castillo de San Marcos, das die Küste bewachte, mit schönen alten spanischen Häusern und maurischer Architektur. Und Pensacola war ein florierender Hafen, wo man Waren aus aller Welt fand. In Key West hatte man einen effektiven Marinestützpunkt errichtet, und Tallahassee, die Hauptstadt des Territoriums, entwickelte sich allmählich zu einem würdevollen politischen Zentrum.

Für Jarrett war das Gebiet eine Goldmine. Er hatte sein Land gerodet, sein Haus gebaut und zu arbeiten begonnen. Auf saftigen Wiesen gediehen seine Rinder, die Zukkerrohrfelder brachten ihm reiche Erträge ein. Außerdem baute er Baumwolle und Getreide an. Alles, was er anfing, führte zum Erfolg. Seine Ländereien waren ungewöhnlich fruchtbar. Und da er direkt am Fluß lebte, konnte er seine Produkte schnell verfrachten. Viele Siedler merkten nun, was er längst erkannt hatte — ein Teil der Region war sumpfig, aber es gab auch hervorragendes Ackerland.

Er liebte sein Paradies. Und er hatte schon viel davon gesehen, seine Begeisterung für dieses Land und seine Träume mit einer geliebten Frau geteilt. Aber Lisa war gestorben — und mit ihr seine romantische Schwärmerei.

»McKenzie!« murmelte Smiling Jack. »Hören Sie mir überhaupt zu?«

Ob er zuhörte? Das war überflüssig. Jarrett lehnte sich zurück. Da er gute Karten in der Hand hielt, interessierte ihn die Konversation nicht mehr. Wieder erregte die fremde Frau seine Aufmerksamkeit. Und er beobachtete sie, während er seinen Einsatz erhöhte.

Fürstenberg starrte sein Blatt an, dann legte er es auf den Tisch. »Bedienung!« rief er ärgerlich. »Whiskey!« Nun spielte Jarrett nur mehr gegen Jack, dessen Lächeln langsam erlosch. Zusehends schrumpfte der goldene Münzenberg, der vor ihm lag.

»Wollen Sie nicht aufgeben, eh?« fragte Jarrett höflich.

Der Franzose zog ein Silberetui aus der Innentasche seines eleganten beigen Gehrocks, nahm eine Zigarre heraus und entzündete sie an einer Kerzenflamme. Dann erwiderte er Jarretts Blick. »Das Gold liegt auf dem Tisch, Monsieur.«

Gleichmütig zuckte Jarrett die Achseln. »Wie Sie wünschen, Monsieur.«

»McKenzie, Sie bluffen! Das werden wir bald sehen!«

Aber in diesem Augenblick sah Jarrett nichts mehr außer der Gestalt im weiten Cape. Sie drehte sich um, schaute ihn an. Als die Kapuze nach hinten fiel, sah er ihr Haar, ein faszinierendes Goldblond mit rötlichen Lichtern. Sogar im gedämpften Kerzenschein schimmerte es hell wie die Sonne. Wie gern hätte er festgestellt, ob es sich so seidig anfühlte, wie es aussah ...

Von plötzlichem Zorn erfaßt, von einem Schmerz, der sein Herz zusammenkrampfte, schloß er die Augen. Warum begehrte er diese Frau so inbrünstig? Lag es an ihren anmutigen Gesten, am üppigen Glanz ihres Haars? Fast widerwillig hob er die Lider. Jetzt konnte er im Licht des Lämpchens, das über dem Eingang hing, ihr Gesicht betrachten. Dichte, dunkle Wimpern umrahmten tiefblaue Augen. Auch die Brauen waren dunkler als das Haar und sanft geschwungen. Die zarte Haut erinnerte an Marmor, und die zierliche gerade Nase trug ebenso zu ihrer klassischen Schönheit bei wie die perfekt geformten vollen Lippen. Beinahe überwältigte ihn der Wunsch, diesen Mund zu küssen, die weiche Wange zu streicheln, die Finger in das goldene Haar zu schlingen.

Robert räusperte sich. »Jarrett? Leg doch deine Karten auf den Tisch!«

Wortlos gehorchte Jarrett, schaute die anderen kaum an. Auch Smiling Jack hatte ein gutes Blatt. Einen Straight. Nicht schlecht. Aber nicht gut genug.

Robert starrte seinen Freund an, dann schob er das Geld zu ihm hinüber. Aber der Sieg bedeutete Jarrett nichts mehr. Nicht einmal der Ärger, den er dem Franzosen bereitete, interessierte ihn. »Machen wir weiter?« fragte er Jack. »Geben Sie, *mon ami*?«

»*Oui, mon ami*», bestätigte der Franzose. Flink und geschickt verteilte er die Karten. Jarrett lehnte sich zurück, die Augen halb geschlossen, und beobachtete alles. Die Karten. Den Franzosen. Das Mädchen. Dies war einer der Vorteile, den das Leben im Sumpf bot, inmitten der ›Wilden‹. Man lernte zu beobachten.

Für Tara Brent war der Abend ein Alptraum. Unentwegt jammerte der kleine, dicke Eastwood, weil sie ihren Dienst nicht rechtzeitig antrat. O Gott, es war ein Fehler gewesen, hierherzukommen. Aber sie brauchte das Geld so dringend. Mit diesem Geld konnte sie eine Schiffsfahrkarte kaufen, nach Norden reisen und sich verstecken. Dort würde man sie niemals aufspüren.

In New Orleans fand man Arbeit, ohne daß einem Fragen gestellt wurden. Alle möglichen Leute trieben sich hier herum — Kreolen, Spanier, Engländer, Süd- und Nordstaatler. Es war nicht schwierig, in diesem Getümmel unterzutauchen. Deshalb hatte sie beschlossen, vorerst in New Orleans zu bleiben.

Eine alte Straßenhändlerin zeigte ihr den Weg zur Taverne, und Eastwood stellte sie sofort als Kellnerin ein. Dabei erwähnte er, sie könne gutes Geld machen, wenn sie die Gentlemen in ihre winzige Dachkammer mitnehmen würde. Das lehnte sie entschieden ab. Lachend prophezeite er, eines Tages würde sie sich anders besinnen. Doch das interessiere ihn nicht, erklärte er. Er würde sie wegen ihrer Schönheit engagieren, die seinen Umsatz steigern könnte, und vielleicht irgendwann selber in ihrer Dachkammer landen.

Lieber wollte sie sich vierteilen lassen. Aber das verriet sie ihm nicht, denn immerhin verdankte sie ihm ihre Stellung. Bis jetzt hatte er sie nicht belästigt. Sie hätte nicht so lange über den Blumenmarkt wandern und in die Wellen des Mississippi starren sollen. Dann wäre sie nicht zu spät gekommen, und er würde sie jetzt nicht anschreien. Wenn sie sich nicht in acht nahm, würde er sie womöglich hinauswerfen.

Oder war sie hier ohnehin fehl am Platz? Einige Leute hatten ihr versichert, die Taverne sei respektabel. Wäre sie nicht so naiv — oder verzweifelt gewesen, hätte sie erkannt, daß diese Leute nicht den allerbesten Ruf genossen. Und wenn diese Kneipe schon als respektabel galt, wie mußten dann erst die anderen in diesem Hafen aussehen? Bei diesem Gedanken erschauerte Tara.

Plötzlich stockte ihr Atem, als Eastwood sie am Arm packte. »Hören Sie nicht zu? *Ich* führe dieses Gasthaus, nicht Sie! In Ihrer hochnäsigen Art haben Sie mir schon erklärt, Sie würden keine Männer in ihre Kammer mitnehmen. Und ich dachte, Sie wären so hübsch, daß das keine Rolle spielt. Aber ...«

»Lassen Sie mich los!« befahl sie in eisigem Ton.

Sofort gehorchte er. »Fangen Sie endlich zu arbeiten an, wenn Sie Ihren Lohn verdienen wollen!«

Wortlos legte sie ihr Cape ab, hängte es an einen Wandhaken und eilte in die Küche. Eastwood war ein Tyrann, aber er beschäftigte zwei freundliche kreolische Köche, und Emma, die rundliche Irin, die am Herd das Zepter schwang, hatte Tara unter ihre mütterlichen Fittiche genommen.

»Da sind Sie ja, *ma belle chérie*!« Gaston nahm das Brot aus dem Backofen. Offensichtlich wußte er seine eigenen Kochkünste zu schätzen, denn er war noch dicker als Emma.

Tara lächelte ihn schüchtern an. »Tut mir leid, daß ich zu spät komme.«

Lässig winkte er ab. »Das Essen ist fast fertig. Aber da sitzen vier Pokerspieler, die nach Whiskey schreien. Um die sollten Sie sich mal kümmern.«

Auf dem Weg zur Schankstube stieß sie mit Marie zusammen, eine der hübschen Kreolinnen, die in der Taverne arbeiteten — und auch in den Dachkammern. Seufzend verdrehte sie die Augen. »Aus allen Richtungen schreien sie mich an! *Mon Dieu, alors*! Da bist du ja endlich, *chérie. S'il te plaît,* bring den Pokerspielern Whiskey, bevor mir dieser Deutsche den Kopf abreißt.«

»Ja, gleich«, versprach Tara. »Welcher Tisch?«

»Den kannst du gar nicht übersehen. Der Deutsche ist groß und schlank, und er sieht fantastisch aus, wie ein

Wikinger. Und Smiling Jack, ein gewitzter, gefährlicher Franzose.« Vielsagend zwinkerte sie Tara zu. »Jeder dieser beiden würde dir deine Schiffahrt bezahlen — für eine einzige Nacht.«

Das Blut stieg in Taras Wangen, und sie schüttelte rasch den Kopf.

»Zwei Amerikaner sind auch noch da«, fügte Marie hinzu. »Ein hübscher, freundlicher Junge. Und der andere ...« Nach einer kurzen Pause verkündete sie lächelnd: »Der andere ist McKenzie.« Fast ehrfürchtig sprach sie den Namen aus. »Ein schwarzhaariger Ire mit dunklen Augen. Als die Engländer die spanische Armada besiegten, blieben viele Spanier eine Zeitlang in Irland, bevor sie nach Hause zu segeln versuchten. Also gibt's eine Menge dunkelhaariger Iren. Und die sind auch genauso heißblütig wie die Spanier. Sicher wird McKenzie dir gefallen, *chérie.*«

Statt einer Antwort lächelte Tara nur, rannte zur Bar, holte eine Flasche Whiskey und kleine, schwere Gläser. Dann schaute sie sich in der Gaststube um, die von dichten Rauchschwaden erfüllt war.

In einer Ecke vergnügten sich einige Matrosen und Straßendirnen. In einer anderen schäkerten ein paar Hafenarbeiter mit Lisette, Maries Kusine. Und an mindestens drei Tischen saßen Kartenspieler.

Aber Marie behielt recht. Diese vier Männer konnte man nicht übersehen. Ein Deutscher, ein Franzose und die Amerikaner. Der eine wirkte etwas jünger als die anderen. Auf einen Ellbogen gestützt, beobachtete er das Spiel. Und McKenzie, der Ire mit dem rabenschwarzen Haar ... Nie zuvor war Tara ein solcher Mann begegnet. Offenbar beobachtete er sie schon seit einiger Zeit. Verwirrt erwiderte sie den Blick seiner großen, dunklen Augen. Er besaß markante Gesichtszüge — ein eigenwilliges Kinn, hohe, breite Backenknochen, ebenholzschwarze, hochgewölbte Brauen, eine lange, gerade Nase und volle, sinnliche Lippen. Seine gebräunte Haut schimmerte wie Bronze.

Als er bemerkte, daß sie ihn anschaute, lächelte er. Ein sonderbares Gefühl stieg in ihr auf. Heiße Wellen schienen ihren ganzen Körper zu durchströmen, vom Kopf bis zu den Zehenspitzen.

Er trug einen eleganten schwarzen Gehrock, eine hellbraune Hose und ein schneeweißes Hemd. Und seine Finger, die die Spielkarten festhielten, waren so braun wie sein Gesicht, mit kurz gestutzten Nägeln.

»Endlich! Der Whiskey!« rief der Deutsche.

Hastig stellte Tara die Flasche und die Gläser auf den Tisch, spürte den forschenden Blick dieser faszinierenden nachtschwarzen Augen, wollte so schnell wie möglich fliehen.

»Offenbar sind Ihnen die Goldmünzen ausgegangen, Jack, also sollten wir aufhören«, meinte McKenzie. Seine tiefe, wohlklingende Stimme ließ Tara erschauern.

»Vielleicht die Münzen«, erwiderte der Franzose, »aber ich habe noch etwas anderes zu bieten, *mon ami.*« Erschrocken hielt Tara den Atem an, als seine Finger ihr Handgelenk umklammerten. »Das Mädchen gehört Ihnen, für eine Nacht.«

»Was?« stieß sie empört hervor.

»Sie ist nicht Ihr Eigentum«, entgegnete McKenzie.

»Gewissermaßen schon. Eastwood steht in meiner Schuld. Das Mädchen für eine Nacht, gegen Ihre dreihundert in Gold.«

»Keine Hure, nicht einmal diese, ist dreihundert wert!« protestierte der Deutsche und trank einen Schluck Whiskey. Seine hellen Augen musterten Tara aufmerksam. »Oder vielleicht doch?«

Entrüstet riß sie sich los. »Ich arbeite für Eastwood. Und ich gehöre weder ihm noch sonst jemandem!« Sie wollte sich abwenden, aber der Franzose hielt ihren Rock fest. Ungläubig starrte sie ihn an. »Lassen Sie mich gehen! Verstehen Sie doch, Sie können mich nicht einfach auf den Tisch legen, wie einen Gegenstand, mit dem Sie spielen. Ich bediene hier und ...«

»Heute nacht werden Sie diesen Mann bedienen, *chérie*«, fiel Smiling Jack ihr ins Wort, und der Deutsche kicherte.

»Zum Teufel mit Ihnen, Sir! Ich hole Eastwood.« Da brach der Franzose in schallendes Gelächter aus. »Tun Sie das, *chérie*! Der wird Sie eigenhändig in die Tischmitte setzen. Diesem kaltschnäuzigen Bastard hier bin ich verpflichtet, aber Ihr Eastwood schuldet mir seine halbe Kneipe!«

Nun konnte sie sich nicht länger beherrschen. Sie packte das Glas des Franzosen und schüttete ihm den Whiskey ins Gesicht.

Mit einem wilden Wutschrei hob er eine Hand, als wollte er sie schlagen. Aber da stand McKenzie auf. »Lassen Sie das Mädchen los!« befahl er.

»*Sacré bleu* ...«

»Lassen Sie sie los!«

Widerstrebend gehorchte der Franzose, und Tara hätte das Weite gesucht, aber jetzt umschlossen McKenzies Finger ihren Oberarm. Sie schaute unsicher zu ihm auf. Wie groß er war — schlank, mit breiten Schultern ... Jeder Fluchtversuch wäre sinnlos. Niemals würde dieser Mann sie gehen lassen, wenn er es nicht wollte.

»Setzen Sie sich«, forderte er sie auf. In seinen dunklen Augen lag ein rätselhafter Ausdruck.

»Wie ich bereits sagte — ich stehe keinem Mann für eine Nacht zur Verfügung.«

Belustigt hob er die dunklen Brauen. »Ich sagte nicht, daß ich Sie für eine Nacht haben will.«

»Aber ...«

»Wir werden sehen. Überlassen wir die Entscheidung den Spielkarten. Dreihundert Dollar ist viel Geld — für jede Frau. Setzen Sie sich!«

»Nein ...«

»Sie sollten hoffen, daß *ich* Sie gewinne — und nicht der Franzose«, warnte er sie.

»Und nun bringen wir das verdammte Spiel hinter uns. Setzen Sie sich! Oder ich nehme Sie auf meinen Schoß.«

Tränen brannten in ihren Augen, und sie biß die Zähne zusammen. Da sie keine Wahl hatte, sank sie auf einen Stuhl.

Der vierte Mann am Tisch, der Junge mit dem blonden Haar und den freundlichen grünen Augen, ergriff ihre Hand. »Keine Bange, Miss, so schlimm wird's nicht werden.«

»Keine falschen Versprechungen, Robert!« mahnte McKenzie und setzte sich wieder. »Noch habe ich das Spiel nicht gewonnen.« Dann wandte er sich an den Franzosen. »Also, es geht um das Mädchen. Hier ist mein Blatt.« Er legte seine Karten auf den Tisch, und Tara hielt den Atem an. Eine Drei, eine Vier, eine Fünf, eine Sechs — und eine Sieben.

Das sah nicht allzugut aus. O Gott, wie lächerlich! Sie wußte nicht einmal, welchen Sieger sie sich wünschte. Was würde geschehen, wenn der Franzose McKenzie schlug? Der Ire hatte wenigstens erklärt, er würde keinen Wert auf sie legen.

Fluchend warf Smiling Jack seine Karten hin, und Tara blinzelte. Drei Asse, ein König, eine Zehn.

Wer zum Teufel hatte gewonnen? In tiefem Schweigen verstrichen die Sekunden.

Endlich begann McKenzie zu sprechen. »Nun habe ich Sie schon wieder besiegt, Jack. Ich glaube, jetzt ist das Spiel endgültig vorbei.«

»*Mais oui*!« fauchte der Franzose. »Das Spiel ist vorbei!«

Entsetzt stieß Tara einen Warnruf hervor, als der Franzose eine Pistole zog und auf McKenzies Herz zielte.

Doch die Waffe explodierte nicht. Blitzschnell stand McKenzie auf, griff in seinen Stiefel, eine Klinge flog wie ein Silberstreif durch die Luft und bohrte sich in Jacks Hand.

Schreiend vor Schmerz verkrümmte er sich. Das Messer nagelte seine Hand auf den Tisch, krachend landete die Pistole am Boden. »Man sollte Sie einsperren, McKenzie!«

»Das würden Sie eher verdienen als ich. Immerhin wollten Sie mich kaltblütig niederschießen. Jeder Mann in diesem Raum kann das bezeugen.«

»Natürlich wollte ich Sie niederknallen! Weil Sie mich betrogen haben! Und hätte diese kleine Hure Sie nicht gewarnt ...«

»Wie können Sie es wagen ...«, begann Tara erbost, aber die Männer ignorierten sie.

»Auch dann wäre ich schneller gewesen als Sie«, entgegnete McKenzie.

»Elender Bastard!« keuchte der Franzose.

McKenzie zog das Messer aus dem Tisch und der Hand seines Gegners, der vor Schmerzen aufheulte. »Nie im Leben habe ich jemanden betrogen, *mon ami*. Das wissen Sie. Eigentlich hätte ich Sie töten müssen. Seien Sie dankbar, daß Sie noch leben.«

»Trotz allem sind Sie der Verlierer, McKenzie. Welche Frau ist schon dreihundert Dollar wert?«

»Diese hier!« McKenzie umfaßte Taras Handgelenke und zog sie zu sich heran. Um Himmels willen, warum hatte sie dagestanden und Maulaffenfeilgehalten, statt die Gunst des Augenblicks zu nutzen und zu fliehen, solange sie nicht beachtet worden war? »Teilen Sie Eastwood mit, daß sie seine Schuld um dreihundert Dollar verringert hat — und warum sie ihn verläßt.«

Mit langen Schritten ging er zur Tür und zerrte Tara hinter sich her. Erfolglos versuchte sie, sich zu befreien. Und jeder Hilferuf wäre sinnlos gewesen. Keiner der anderen Gäste, die sie neugierig anstarrten, hätte ihr beigestanden. Und Eastwood, um einen Teil seiner Schulden erleichtert, grinste zufrieden und rührte sich nicht von der Stelle.

»Ich würde sagen, sie ist dreihundert wert!« lallte ein Betrunkener.

Nur kurz hielt Jarrett inne, nahm Taras Umhang vom Wandhaken, an den sie ihn gehängt hatte, und warf ihn um ihre Schultern.

»Warten Sie!« bat sie. »Ich kann doch nicht ...«

»Kommen Sie, verschwinden wir von hier.« Ein Lächeln umspielte seine Lippen, als er ihr zuflüsterte: »Kleine Närrin! Für diese Nacht gehören Sie mir. Seien Sie doch froh, daß Sie diesem Höllenloch entrinnen.«

Aber um welchen Preis? Wilde Panik stieg plötzlich in ihr auf.

2

Wenig später eilten sie durch die nächtlichen Straßen von New Orleans, umgeben von schmiedeeisernen Gittern, Blumenduft und dem Geruch des Flusses.

Wieder versuchte Tara sich loszureißen. »Mr. McKenzie, das müssen Sie doch begreifen. Ich bin kein Preis, den man am Spieltisch gewinnen kann. Mit alldem habe ich nichts zu tun ...«

Abrupt blieb er unter einer Straßenlaterne stehen und musterte ihr Gesicht. »Und was machen Sie dann in so einer üblen Spelunke?«

Seine Frage überraschte sie, und in diesem Augenblick erschien er ihr wie ein älterer Bruder. »Ich versuche Geld zu verdienen.«

»O Gott!« murmelte er.

Nur zu leicht erriet sie seine Gedanken. »Nicht auf *solche* Weise! Aber ich brauche dringend Geld.«

»Ich verstehe.« Nachdenklich hob er ihre Hand, sein

Daumen strich über ihre weichen, glatten Finger. »Und warum arbeiten Sie bei Eastwood?«

»Weil man mir versichert hat, das sei ein respektables Lokal.«

»Etwas respektabler als die anderen Hurenhäuser am Hafen. Wenigstens erwartet Eastwood nicht, daß seine Mädchen zwei oder drei Gäste gleichzeitig beglücken.«

Tara wurde blaß. »Aber ...«

»Du lieber Himmel, sind Sie wirklich so naiv?«

»Ja, wahrscheinlich!« fauchte sie. »Ich wollte mein Geld auf ehrliche Weise verdienen.«

»Nun, heute abend haben Sie auf ehrliche Weise dreihundert Dollar verdient.«

»Ich sagte doch ...«

»Daß Sie als Kellnerin arbeiten«, unterbrach er sie. »Wunderbar! Das können Sie auch anderswo tun. Aber nicht in dieser Kneipe.«

Zu ihrer Verblüffung wandte er sich ab und ging davon, ohne sie hinter sich herzuziehen. Sollte sie die Flucht ergreifen? Nein, das wäre albern. Er würde sie bei Eastwood anschwärzen oder wieder einfangen. Das würde ihm mühelos gelingen. Und so folgte sie ihm. »Wohin gehen wir?«

»Zu der Pension, wo ich mich einquartiert habe.«

Erschrocken blieb sie stehen. Was er beabsichtigte, wagte sie sich nicht zu fragen. Mochte es töricht sein oder nicht — sie mußte fliehen. Und so stürmte sie in eine Gasse, die zum Fluß führte — unglückseligerweise in dieselbe Straße, die sie soeben verlassen hatte, wo Eastwoods Taverne lag.

Welche Richtung sollte sie jetzt einschlagen? Keuchend preßte sie sich an eine Holzwand. Erst einmal würde sie untertauchen, irgendwo im Schatten.

Und dann begann ihr Herz wie rasend zu schlagen. Sie erkannte die beiden Männer, die das Lokal betraten. Offenbar waren sie beauftragt worden, Tara Brent festzunehmen. Sie mußten ihrer Spur zu Eastwoods Kneipe gefolgt sein. Und vermutlich würden sie dem Wirt jede geforderte Summe zahlen, wenn er seine neue Kellnerin den Häschern auslieferte.

O Gott ... Kalte Panik erfaßte Tara, blindlings rannte sie weiter, so schnell sie konnte. Wenig später hörte sie Schritte hinter sich. Hatte Eastwood den Männern erklärt, sie sei irgendwo da draußen in der Nacht? Oder war sie gesehen worden?

Sie versuchte noch schneller zu laufen. Ein eisiger Wind brannte in ihren Augen, krampfhaft rang sie nach Atem, ihre Lungen drohten zu bersten. Als sie um eine Ecke bog, erreichte sie ein Dock. An einer Seite ragten hohe Gebäude empor, an der anderen erstreckte sich der dunkle, schlammige Mississippi. Sie hörte die Stimme der Männer, die ihr folgten. Nein, sie würde sich nicht fangen lassen. Lieber wollte sie sterben. Verzweifelt rannte sie am Dock entlang, in die Finsternis.

Plötzlich wurde sie von einem Arm umschlungen und verlor das Gleichgewicht. Sie wollte schreien, aber eine Hand preßte sich auf ihren Mund, dicht an ihrem Ohr erklang ein heiseres Flüstern. »Seien Sie still! Ich bin's.«

McKenzie ...

Wie rasend schlug ihr Herz, als er sie in eine schmale Gasse zog. Sie spürte die Nähe seines warmen, kraftvollen Körpers. Obwohl er ihr nicht mehr den Mund zuhielt, konnte sie kaum atmen. Im schwachen Mondlicht sah sie seine Augen schimmern. »Was sind das für Leute?« stieß er hervor.

Offensichtlich war er ihr gefolgt und hatte die Männer gesehen. »Das weiß ich nicht«, log sie.

»Natürlich wissen Sie's. Und warum sind Sie mir davongerannt, verdammt noch mal?«

»Ich dachte, Sie würden mich zwingen ...«

»Niemals würde ich eine Hure zu irgendwas zwingen.«

»Ich bin keine ...«

Ärgerlich seufzte er. »Was immer Sie auch sind, ich zwinge Sie zu nichts. Ich wollte Sie nur zu einer anständigen Mahlzeit einladen und Ihnen eine Atempause vergönnen, bevor Sie in dieses Rattenloch zurückkehren — falls Sie das wirklich wünschen.«

»Das hätten Sie mir früher sagen können ...«, begann sie wütend.

»Aber jetzt können Sie nicht mehr zurück, was?« fiel er ihr ins Wort.

»Nein ...« Mühsam schluckte sie. Immer noch stand er viel zu nahe bei ihr, und er roch so gut — nach Seife, einem Hauch von Cologne, Whiskey und Leder. Noch nie war ihr ein so faszinierender Mann begegnet. Und keiner, der eine so machtvolle Ausstrahlung besessen hätte. Sicher bekam er alles, was er haben wollte. Und er konnte skrupellos sein. Aber vielleicht auch barmherzig ...

»Nun, warum sind Sie mir davongelaufen?« wiederholte er.

Statt einer Antwort schüttelte sie nur den Kopf und spürte seinen prüfenden Blick. Vermutlich konnte er sie in der Nacht viel besser sehen als sie ihn. Er kannte das Dunkel, war dran gewöhnt, fühlte sich wohl in schwarzen Schatten.

Sekundenlang schloß sie die Augen und atmete auf. Vorerst würde ihr nichts zustoßen. Er war groß und stark und schnell wie der Blitz. Und seine breiten Schultern schirmten sie gegen die Verfolger ab.

»Wer ist hinter Ihnen her?« fragte er wieder. »Sagen Sie mir die Wahrheit, dann helfe ich Ihnen.«

»Ich sage Ihnen gar nichts — das kann ich nicht.«

»Wie soll ich Sie beschützen, wenn ich nicht weiß, in welcher Gefahr Sie schweben?«

Vom Dock her näherten sich Schritte, die Stimmen zweier Männer.

»Reden Sie endlich!« drängte McKenzie. »Was wollen diese Leute von Ihnen?«

»Das kann ich Ihnen nicht sagen.«

Widerwillig bewunderte er ihre Entschlossenheit, ihre Willensstärke — Eigenschaften, die nicht zu ihrer zarten Schönheit paßten. »Sprechen Sie endlich!« befahl er.

»Ach, gehen Sie doch zum Teufel!« wisperte sie verzweifelt. Mit aller Kraft schob sie ihn beiseite und versuchte zum Fluß zu laufen. Aber McKenzie hielt ihren Arm fest.

»Was haben Sie vor, kleine Närrin? Wollen Sie sich ertränken?«

»Ich kann schwimmen.«

»Ihre Röcke würden Sie in diesem schlammigen Wasser nach unten ziehen. Seien Sie doch vernünftig und lassen Sie sich helfen! Dazu bin ich bereit, auch wenn Sie mir nichts verraten.«

»Sie können mir nur helfen, wenn Sie mich von hier wegbringen, so schnell wie möglich.«

»Natürlich. Noch heute nacht, wenn Sie wollen.«

»Und ich muß keine Erklärungen abgeben?«

»Keine«, bestätigte er.

»Aber irgendeinen Preis werden sie doch verlangen?« fragte sie leichthin. »Ich besitze nichts, keinen Schmuck, nicht einmal das Geld, das ich im Gasthaus verdient habe. Nur die Kleider, die ich am Leib trage ...«

»Vertrauen Sie mir. Und wenn Sie splitternackt wären, das würde mich nicht kümmern. Ich brauche weder Ihren Schmuck noch Ihr Geld. Sie selbst sind der Preis, mein liebes Mädchen.«

Alle Farbe wich aus ihren Gesicht. »Wie oft soll ich noch beteuern, daß ich keine ...« Abrupt verstummte sie, brachte das Wort ›Hure‹ nicht über die Lippen und senkte den Blick. »Offensichtlich gehöre ich Ihnen für diese Nacht«, flüsterte sie unglücklich. »Aber ich kann nicht hierbleiben.« Entschlossen verdrängte sie ihre Verzweiflung und erwiderte McKenzies Blick. »Ich muß weg — weit weg von New Orleans, von allem ...«

»Wie Sie wünschen. Ich kann Sie wegbringen.«

»Wohin?«

»Nach Florida.«

»Jacksonville?«

»Noch weiter weg. Ich besitze eine Plantage inmitten der Wildnis. Dort wird's Ihnen gefallen.«

»Aber dieses Land ist das Eigentum der Indianer.«

»Nur teilweise. Ich habe meine Plantage rechtmäßig erworben.«

Krampfhaft schluckte sie. »Sümpfe und Indianer und Alligatoren ...«

»Mein Zuhause.«

»Und all die schrecklichen Probleme mit den Seminolen ...«

»Und mit den Mikasukis«, fügte er hinzu, und Tara wurde noch bleicher. »Aber die Gegend hat auch ihre Vorteile. Es ist sehr schwierig, jemanden in dieser Wildnis aufzuspüren. Deshalb kamen die Seminolen in den Süden. Sie sind Flüchtlinge, was auch der Name ihres Volkes besagt. Flüchtlinge oder Renegaten.«

Ihre Augen spiegelten das Mondlicht wider. Und er spürte, wie neue Lebensgeister in ihm erwachten. Je länger er sie betrachtete, desto heißer begehrte er sie — und desto zorniger verfluchte er sie. Er wußte nicht, ob er sich wieder so lebendig fühlen wollte.

»Bringen Sie mich in diesen Sumpf, um mich dann im Stich zu lassen?« wisperte sie.

»Gibt es irgend einen anderen Ort, wo Sie Zuflucht fänden?«

»Nein ...«

»Haben Sie ein Verbrechen begangen? Vielleicht einen Mord?«

»Ich sagte bereits ...«

»Ja, ich weiß. Sie können nicht reden — oder Sie wollen nicht. Aber ich frage nicht, welcher Tat Sie bezichtigt werden, sondern ob Sie eine Schuld auf sich geladen haben.«

»Nein, ich bin keine Mörderin!« beteuerte sie leidenschaftlich. »Das schwöre ich.«

»Dann bringe ich Sie aus der Stadt. Und ich werde Sie nirgendwo im Stich lassen. Wie viele sind hinter Ihnen her? Nur die zwei Männer?«

Zögernd erwiderte Tara: »Nur diese beiden, glaube ich.«

»Könnten sie die Behörden zu Hilfe rufen?«

»Keine Ahnung«, flüsterte sie bedrückt.

»Allzuviele Anhaltspunkte geben Sie mir nicht«, seufzte er. »Wenn Ihre Verfolger genug zahlen, würde Eastwood nicht zaudern, Sie zu verkaufen. Immerhin können wir ein bißchen Zeit gewinnen. Ich werde Ihnen keine weiteren Fragen stellen, ich bitte Sie nur, mir zu vertrauen.« Sie schwieg, und er schaute sich im Dunkel um. »Jetzt sind sie nicht mehr am Dock. Kommen Sie!«

Sie eilten durch die finsteren Hafengassen, vorbei am Fisch- und Gemüsemarkt, dann wandten sie sich landeinwärts. Bald verklang die Musik, die aus den Tavernen drang, und sie erreichten ein Stadtviertel mit eleganten, pastellfarbenen Häusern. Von den hellen Fassaden hoben sich dunkle, schmiedeeiserne Tore, Balkone und Spaliere ab.

Plötzlich trat ihnen ein Mann in den Weg. Tara hatte ihn weder gesehen noch seine Schritte gehört. Doch ihr Begleiter war auf den Angreifer vorbereitet, einen kräftig gebauten, rothaarigen Burschen, der ein Messer schwang.

McKenzies Faust traf den Arm seines Gegners mit voller Wucht, und Taras Atem stockte, als sie einen Knochen knacken hörte.

Klirrend landete das Messer auf einem Gehsteig, der zu einem Gasthof führte. Der Mann umklammerte fluchend seinen gebrochenen Arm, und McKenzie packte ihn am Kragen. »Was wollen Sie?«

»Nur Ihr Gold.«

»Was hat sie getan?«

Erstaunt hob der Gauner die Brauen. »Sie? Ich will nur das Gold, Mister!«

Ungeduldig schob McKenzie ihn beiseite und starrte Tara an. »Kennen Sie ihn?«

Wortlos schüttelte sie den Kopf.

Da wandte er sich wieder an den Mann. »Also sind Sie nur ein gewöhnlicher Dieb?«

Der Rothaarige nickte verängstigt.

»Verschwinden Sie!«

»Ja, sofort«, versicherte der Mann hastig. »Und ich habe Sie nie gesehen. Ich kenne Sie nicht . . .«

Doch McKenzie hörte ihm nicht mehr zu. Er ergriff Taras Handgelenk und zog sie wieder mit sich. Vor einer schönen Pension unter einer mächtigen Baumkrone blieben sie kurz stehen. »Wir gehen hinten hinein«, erklärte er und führte Tara um das Haus herum. Auf einer Außentreppe stiegen sie zum ersten Stock hinauf. Rasch schob er einen Schlüssel in ein Türschloß, und sie betraten einen dunklen Raum.

Heftig hämmerte Taras Herz gegen die Rippen. Ihre Beine stießen gegen ein Bett, sie stolperte und fiel darauf, erhob sich aber sofort wieder. McKenzie beachtete sie nicht. Er eilte zum Balkon und starrte in die Nacht. »Da kommt jemand!« verkündete er leise, schlüpfte aus seinem Gehrock und dem weißen Hemd. »Schnell, ziehen Sie sich aus und legen Sie sich ins Bett!«

»Aber — Sie haben versprochen, mich nicht zu zwingen!« protestierte sie.

»Glauben Sie mir, ich werde Sie nicht anrühren«, entgegnete er und zog seine Stiefel aus, dann die Hose. Er war nackt, und sie sah nur seine Silhouette, doch das genügte, um heiße und kalte Schauer durch ihren Körper zu jagen. Im Mondlicht erschien er ihr wie ein schlanker, geschmeidiger Panther. Muskulöse Schultern schimmerten in einem Silberstrahl. »Wie ich bereits sagte — Sie müssen mir vertrauen«, betonte er. »Beeilen Sie sich!«

»Verzeihen Sie, es fällt mir schwer, einem nackten Mann zu trauen«, fauchte sie.

Belustigt wandte er sich zu ihr. »Die Burschen da draußen sind angezogen. Möchten Sie ihnen lieber vertrauen?« Ein Geräusch auf der Straße erregte seine Aufmerksamkeit. »Schnell, ins Bett!« befahl er.

Mit bebenden Fingern versuchte sie, die Verschnürung an ihrem Rücken zu lösen. McKenzie lief zu ihr. Innerhalb weniger Sekunden hatte er alle Knoten geöffnet, zog ihr das Kleid, das Korsett und die Unterröcke über den Kopf und schleuderte alles in eine Ecke. Dann hob er Tara hoch und warf sie aufs Bett. »Unter die Decke!« Kaum hatte sie gehorcht, lag er auch schon neben ihr und nahm sie in die Arme.

»Nein ...«, begann sie.

Unerbittlich preßte er eine Hand auf ihren Mund. »Still!« warnte er und wartete angespannt.

Sie wagte kaum zu atmen. Noch nie hatte sie so verwirrende Gefühle empfunden wie in diesem Augenblick, wo sich sein kraftvoller warmer Körper an ihren drückte.

Wenig später flog die Tür auf.

3

Die beiden Männer standen auf der Schwelle, von Mondschein umrahmt. Hastig sprang McKenzie aus dem Bett, zog die Decke über Tara, hob ein Badetuch vom Boden auf und schlang es um seine Hüften. »Was machen Sie hier?« fragte er die Eindringlinge in ungläubigem Ton.

Sofort erkannte sie die zwei Männer. Es waren nicht die Verfolger, sondern Eastwoods Diener — Rory, ein stämmiger Farmerssohn aus Minnesota, und der einäugige, etwas schlankere Geoffrey, der sein Messer blitzschnell zu zücken wußte. Offenbar hat der Wirt diese Burschen hierhergeschickt, um seine Kellnerin holen zu lassen, dachte Tara schweren Herzens.

»Was wollen Sie?« stieß McKenzie erbost hervor.

»Tut mir leid, Mr. McKenzie ...« Rory räusperte sich. »Aber Eastwood braucht das Mädchen. Irgend jemand sucht sie und will eine schöne Stange Geld zahlen, wenn sie ihm übergeben wird.«

»Mich hat sie dreihundert Dollar gekostet. In Goldmünzen.«

»Trotzdem muß sie zurückkommen ...«

»Heute nacht nicht. Und falls jemand versucht, sie aus diesem Bett zu zerren, töte ich ihn. Ist das klar?« Tiefes Schweigen folgte McKenzies Worten, und er fügte etwas leiser hinzu: »Morgen früh geht sie in die Taverne zurück. Und jetzt stören Sie mich nicht länger bei meinem Vergnügen! Verschwinden Sie! Ich gebe jedem von Ihnen ein Goldstück, und morgen kann Eastwood mit ihr machen, was er will.«

Flüsternd berieten sich die beiden Männer. Was sie sagten, konnte Tara nicht verstehen, beobachtete jedoch, wie sie über McKenzies Schultern spähten, um sich zu vergewissern, daß sie auch wirklich im Bett lag.

»Wie ist sie denn, Mister?« fragte Geoffrey unvermittelt. »Es hat mich schon immer in den Fingern gejuckt, sie mal anzufassen. Aber sie behauptet, sie will sich nicht mit Männern einlassen. O Gott, jeden Cent, den ich besitze, würde ich dafür opfern ...«

Dann verstummte er, weil McKenzie ihn zur Tür hinausschob. »Oh, sie kann einem Mann den Himmel auf Erden schenken. Und vergessen Sie nicht. Jeder von Ihnen bekommt ein Goldstück, wenn Sie mich heute nacht nicht mehr belästigen.«

»Natürlich, das haben wir begriffen, Mister«, beteuerte Rory. »Verzeihen Sie, tut uns wirklich leid ...«

»Gehen Sie endlich!« McKenzie schloß die Tür hinter den beiden und lehnte sich dagegen, und Tara spürte seinen prüfenden Blick, als könnte er sie trotz der nächtlichen Schatten deutlich sehen. Plötzlich lachte er boshaft. »Oh, Sie werden ja ganz rot!«

»Das können Sie doch gar nicht feststellen. Und es wäre nicht nötig gewesen, so etwas zu sagen.«

»Was denn?«

»Daß ich einem Mann den Himmel auf Erden schenke!«

»Hätte ich etwa lauthals verkünden sollen, Sie wären so reizvoll wie ein kaltes Stück Treibholz? Dann hätten sich Eastwoods Diener sicher gefragt, warum ich Sie für die restliche Nacht bei mir behalten möchte.«

»Am besten hätten Sie den Mund gehalten!«

»Oder wär's Ihnen lieber gewesen, ich hätte die beiden bewußtlos geschlagen? Dann würde uns Eastwood andere Leute auf den Hals hetzen. Wenigstens haben wir nun ein bißchen Zeit gewonnen.« Er holte Taras Kleider aus der Ecke, legte sie aufs Fußende des Betts und hob seine eigenen Sachen vom Boden auf. »Ziehen Sie sich an!«

Wütend biß sie die Zähne zusammen. Wie ein General erteilte er seine Befehle. »Vorhin sagten Sie, ich soll mich ausziehen.«

»Wollen Sie hierbleiben? Wir haben's zwar eilig, aber auf eine Stunde mehr oder weniger kommt's vielleicht nicht an. Und ich würde sehr gern genießen, wofür ich dreihundert Dollar bezahlt habe ...«

»Seien Sie still!« wisperte sie. »Wie kann ich mich denn anziehen, wenn Sie mir dabei zuschauen ...« Verwirrt unterbrach sie sich, als es leise an der Tür klopfte.

»Bist du da drin, McKenzie?« fragte eine Flüsterstimme, und Tara hörte ihn aufatmen. Mit großen Schritten ging er zur Tür, immer noch das Badetuch um die Hüften.

»Was machen Sie denn?« fragte sie verzweifelt und zog sich die Decke bis ans Kinn.

Ohne sie zu beachten, ließ er den Besucher eintreten — den hübschen jungen Mann, der am Spieltisch gesessen hatte.

»McKenzie, sie suchen das Mädchen ...«

»Leider kommst du zu spät, Robert. Sie waren schon hier.«

»Und du hast sie ihnen überlassen?«

McKenzie zeigte zum Bett, und sie rutschte noch tiefer unter die Decke.

»Oh, Verzeihung«, entschuldigte sich Robert Treat verlegen. »Ich wußte nicht, daß ich störe ...«

»Unsinn, du störst nicht«, erwiderte McKenzie. »Ich mußte nur den Eindruck erwecken, wir wären ›beschäftigt‹.«

»Warum sind sie hinter ihr her?«

»Keine Ahnung. Warum versuchst du nicht, sie zu fragen?«

Offensichtlich konnte Robert im Dunkel nicht so gut sehen wie sein Freund. Mit zusammengekniffenen Augen spähte er zum Bett herüber. »Warum sind diese Leute hinter Ihnen her?«

Sie gab keine Antwort.

»Dafür haben wir jetzt keine Zeit«, erklärte McKenzie. »Wir müssen verschwinden. Würdest du bitte hinausgehen? Die Lady möchte sich anziehen.«

»Oh — ja, natürlich. Ich warte draußen.«

»Beeilen Sie sich!« befahl McKenzie, als er die Tür hinter Robert schloß.

»Wenn Sie mich unentwegt anstarren, können Sie Ihren Freund genausogut wieder hereinbitten«, zischte Tara.

»Soll ich?«

Sie warf ein Kissen nach ihm, das er lachend auffing. Es war ein tiefes, sinnliches Lachen, und sie fühlte sich so nackt wie nie zuvor.

»Hier drin ist es stockdunkel«, erwiderte er, »und ich habe Sie ohnehin schon gesehen.« Inzwischen hatte er sich angezogen. Er ging zum Bett, riß die Decke beiseite, und Tara schrie leise auf. Doch er ignorierte ihren Protest, hob sie hoch und stellte sie auf den Boden.

»Wenn es in diesem Zimmer stockdunkel ist, können Sie mich nicht gesehen haben.« Aber vielleicht irrte sie sich. Immerhin bemerkte sie das herausfordernde Funkeln in seinen Augen, sein spöttisches Lächeln, während er ihr die Unterröcke über den Kopf streifte. Dann half er ihr ins Korsett, drehte sie herum und verknotete die Bänder am Rücken. Offensichtlich kannte er sich mit Frauenkleidern aus.

»Schnell!« drängte er und zog ihr das Kleid an. »Wir müssen gehen.«

»Wohin?« flüsterte sie beklommen. »In den Sumpf?«

»Haben Sie einen besseren Vorschlag?«

»Nach Norden ...«

»Ich lebe im Süden.«

»Dort kann ich nicht bleiben, in diesem unzivilisierten Land ...«

»Fürchten Sie sich? Schade.«

»Nein, ich fürchte mich nicht. Alles ist besser, als allein in die Nacht hinauszulaufen.«

»Ah! Sie glauben, Eastwoods Diener würden sich Zeit lassen, ehe sie ihrem Herrn Bericht erstatten, und Ihre Freunde könnten Sie immer noch suchen?«

»Das sind nicht meine Freunde.«

»Wer auch immer — wir werden ihnen entwischen.«

Wieder klopfte es an der Tür, dann trat Robert ein. »Können wir aufbrechen?«

»Die Lady zögert noch, weil ihr der Gedanke mißfällt, nach Florida zu reisen«, erklärte McKenzie.

»Ich will nicht hilflos im Sumpf landen«, wisperte sie, »bei irgendeinem Wilden ...«

»Oh, sie sind schon jetzt mit einem Wilden zusammen«, entgegnete Robert lachend, dann fügte er rasch hinzu: »Das war nur ein Scherz.«

Warum nehme ich sie eigentlich mit, überlegte Jarrett. Genausogut könnte ich sie auf ein Flußboot verfrachten und nach Norden schicken. Und wie lange würde es dann dauern, bis die Verfolger sie aufspüren? Nun, das ginge mich nichts an ...

Doch, es ging ihn was an — seit er sie berührt und ihren schönen Körper gesehen hatte.

»Niemals würde er Sie im Stich lassen, Lady«, versicherte Robert. Nachdenklich musterte er seinen Freund, dann hielt er sekundenlang den Atem an. »Verdammt, das ist die Lösung. Heirate sie! Du brauchst ohnehin eine Frau.«

»Was?« schrie McKenzie und drehte sich zu Tara um, die in eine Zimmerecke zurückwich.

»Moment mal ...«, begann sie.

»Ja, warum nicht?« murmelte McKenzie und lächelte, als ihm ein eigenartiger Schauer über den Rücken rann. Was würde er ihr antun? Und sich selbst? Aber welchen einen Unterschied machte das schon? Eine der Damen, die passende Ehefrauen abgäben, könnte er niemals heiraten — keine, die Lisa gekannt hatte. Aber er brauchte eine Gemahlin, die ihm den Haushalt führte, zu der er am Ende eines harten Arbeitstages heimkehren konnte.

Einmal hatte Robert ihm sogar vorgeschlagen, per Annonce eine Frau zu suchen. Nun, mit dieser zauberhaften Blondine machte er sicher einen besseren Fang. »Also gut, ich heirate Sie, Lady«, kündigte er an. »Dann sind Sie völlig sicher.«

Verwirrt schnappte sie nach Luft. »Aber ich kann doch nicht ...«

»Sind Sie schon verheiratet?«

»Nein.«

»Warum weigern Sie sich dann?«

Ihre Lippen zitterten. »Weil ich Sie nicht liebe! Ich kenne Sie nicht einmal. Und warum wollen Sie sich auf so etwas einlassen?«

Grinsend verschränkte er die Arme vor der Brust. »Wie Sie inzwischen sicher bemerkt haben, bin ich ein leidenschaftlicher Spieler. Und da Sie bereit waren, in den

Mississippi zu springen, müssen auch Sie das Risiko lieben.«

Tränen verschleierten ihr den Blick.

Von der Straße drang ein Ruf herauf. »Sie ist verschwunden!«

»Unsinn, sie kann nicht verschwunden sein«, entgegnete eine andere Stimme. »Wir werden sie schon noch finden.«

»Nun, wie entscheiden Sie sich, Lady?« fragte McKenzie leise.

Hatte sie denn eine Wahl? Ihr Mund wurde trocken. Gewiß, er war ein attraktiver Mann. Sogar der vage Gedanke an eine intime Beziehung erhitzte ihr Blut, rief ein süßes Schwächegefühl hervor.

Nur er war ihre Rettung. Aber wenn sie seine Hilfe annahm, würde sie ihren Teil der Abmachung einhalten müssen. Genausogut konnte sie geradewegs in die Hölle fliehen ... Aber sogar das war besser als die Rückkehr.

Auf der Straße entfernten sich rasche Schritte.

»Tun Sie's doch!« bat Robert lächelnd. »Wenn er auch ein Temperament wie der Teufel hat — er ist reich wie Midas.«

»Nun?« fragte McKenzie ungeduldig. »Die Zeit läuft uns davon.«

Herausfordernd warf sie den Kopf in den Nacken. »Ich bin zu allem bereit, wenn Sie mich von hier wegbringen.«

»Natürlich bringe ich sie weg. Und danach müssen Sie sich nur mehr mit diesen wilden Alligatoren und Indianern — und mit mir herumschlagen.« Er wandte sich zu seinem Freund, dessen Idee diese eigenartige Situation heraufbeschworen hatte. »Gehen wir! Robert, du läufst voraus und bereitest unsere Abreise vor.«

»Zu Befehl!« Grinsend salutierte Robert und verließ das Zimmer. Offenbar betrachtete er alles, was in dieser Nacht geschah, als spannendes Abenteuer.

Wenig später ergriff McKenzie Taras Arm. »Schnell!« Er

führte sie aus dem Zimmer, die Hintertreppe hinab und ums Haus herum zur Straße. Nur mühsam konnte sie sich seinen langen Schritten anpassen. Plötzlich zog er sie in eine Seitengasse.

Jemand eilte die Straße herab. Genau im richtigen Moment streckte McKenzie einen Arm aus, der Mann prallte dagegen, verlor das Gleichgewicht und stürzte. Fluchend rappelte sich der vierschrötige, häßliche Kerl mit dem fast kahlen Schädel auf. Dann entdeckte er Tara, kicherte erfreut und wollte sich auf ihren Begleiter werfen.

Aber McKenzies Faust war schneller und traf das Kinn des Gegners, der lautlos zu Boden sank. Erstaunt starrte Tara ihn an. »Ist er tot?«

»Nein.« Nach einer kurzen Pause fragte McKenzie: »Soll er sterben?«

»O nein!«

»Gut. Wenigstens sind Sie nicht blutrünstig. Nicht einmal, wenn er den Tod verdient hätte. Hat er das?«

»Das weiß ich nicht.«

»Vermutlich handelt er nicht aus eigenem Antrieb, sondern im Auftrag der Person, die hinter alldem steckt. Wissen Sie, wer das ist?«

»Ja.«

»Endlich haben Sie eine meiner Fragen beantwortet.«

»Können wir gehen?« flüsterte sie.

»Natürlich.«

»Und wohin?«

»Zu einem Priester.«

Tara stieg über den Bewußtlosen hinweg und schüttelte den Kopf. »Sie müssen mich nicht heiraten, denn ich werde Sie ohnehin begleiten. Und Sie schulden mir nichts — aber ich verdanke Ihnen meine Rettung ...«

»Für eine Hure sind dreihundert Dollar zuviel«, unterbrach er sie belustigt. »Außerdem brauche ich keine.« Sekundenlang spiegelten seine dunklen Augen das Sternenlicht wider. »In dieser Stadt bekommt man schon für ein paar Cents Huren. Andererseits — vielleicht sind dreihundert Dollar ein angemessener Preis für eine Ehefrau.«

»Eine Ehefrau sollte man nicht kaufen.«

»Nein, eigentlich nicht. Aber ich brauche eine. Und Sie müssen sich in Sicherheit bringen. Sobald Sie mit mir verheiratet sind, droht Ihnen keine Gefahr mehr.«

Als er wieder nach ihrem Handgelenk griff, fragte sie: »Sie wissen doch, daß dieser Mann nicht allein war?«

»O ja.«

»Dann ...«

»Ich passe auf.«

Rasch gingen sie weiter. Zu ihrer Linken hörte Tara den Mississippi rauschen. Irgendwo draußen auf dem Wasser ertönte eine Schiffsglocke. Immer noch waren sie von nächtlichen Schatten umgeben, die sich unheimlich bewegten.

Erschrocken schrie Tara auf, als einer dieser Schatten hinter einem Spalier hervorsprang. McKenzie schob sie hinter seinen Rücken und wandte sich dem Angreifer zu, der ihn mit heiserer Stimme aufforderte: »Lassen Sie das Mädchen los, oder Sie sind ein toter Mann!« Im Mondlicht blitzte ein Messer auf.

»Nein«, entgegnete McKenzie seelenruhig.

»Mit der ganzen Sache haben Sie nichts zu tun. Halten Sie sich da raus!«

»Diese Frau habe ich am Spieltisch gewonnen. Sie ist dreihundert Dollar wert. Auf einen solchen Preis werde ich nicht freiwillig verzichten.«

»Dann muß ich sie Ihnen mit Gewalt entreißen.«

McKenzie rührte sich nicht.

»Tun Sie doch was!« rief Tara, voller Angst, er könnte seinen Widersacher unterschätzen.

Doch sie hätte es besser wissen müssen. Als der Mann sich auf ihn stürzte, trat McKenzie beiseite, und seine Fäuste landeten auf dem Nacken des Mannes, der ebenso wie sein Gefährte bewußtlos zusammenbrach.

Seufzend wandte sich McKenzie zu Tara. »Werden uns noch weitere Überraschungen erwarten?«

»Keine Ahnung.« Nervös fuhr sie sich mit der Zunge über ihre Lippen. Welch ein unbezwingbarer Mann ... Während des kurzen Kampfes war ihm nicht einmal die Luft knapp geworden. Sollte er jemals die Wahrheit über sie herausfinden ...

»Gehen wir! Bald sind wir im Land der Seminolen und Krokodile. Niemand wird es wagen, Ihnen dorthin zu folgen.«

»Schlimmer als meine Verwandten können wilde Bestien und Indianer auch nicht sein.«

Er lachte leise. »Vor den Alligatoren und den Seminolen müssen Sie sich nicht fürchten. Aber vor mir.«

»Wie meinen Sie das?« fragte sie unsicher.

»Ich heirate Sie, weil ich eine Frau haben will.«

»Das sagten Sie bereits.«

»Von einer Hure würde ich nichts fordern«, fuhr er fort. »Aber eine Ehefrau, die ich zu irgendwas zwingen muß, kann ich nicht gebrauchen.«

Vergeblich bemühte sie sich, seinem Blick standzuhalten. »Ich kenne die Pflichten einer Ehefrau.« Als er ihr Kinn umfaßte und sie zwang, ihn anzuschauen, fauchte sie: »Soeben habe ich erklärt, daß ich weiß, was ich tun muß. Was erwarten Sie denn sonst noch?«

»Eine gute Frage. Vielleicht geht es nicht darum, was ich erwarte, sondern was mir gefallen würde.«

»Wie meinen Sie das?«

»Seit Sie die Taverne betreten haben, begehre ich Sie«, gestand er lächelnd und sah, wie ihr das Blut in die Wangen stieg. »Jetzt liegen alle meine Karten auf dem Tisch.«

Wollte er ein Versprechen hören? Darauf konnte er bis in alle Ewigkeit warten. »Nun, Sie brauchen eine Ehefrau, und Sie bekommen eine. Sogar eine sehr tüchtige! Ich bin durchaus imstande, den Haushalt zu führen ...«

»Das ist mir egal«, unterbrach er sie belustigt. »Nur weil

Sie unglaublich schön sind, habe ich Sie als Preis am Spieltisch akzeptiert. Und aus demselben Grund möchte ich Sie heiraten. Sind Sie immer noch bereit, meine Frau zu werden?«

»Ja.«

»Kommen Sie bloß nicht auf die Idee, Ihr Wort zu brechen!« warnte er sie.

»Und wenn ich's tue?«

»Dann muß ich Sie zwingen, sich an unser Abkommen zu halten. Noch ist es nicht zu spät. Ich gebe Ihnen eine letzte Chance, nein zu sagen.«

Entschlossen schüttelte sie den Kopf. »Ich bin zu allem bereit.«

»Gut, dann heiraten wir. Bringen wir's so schnell wie möglich hinter uns.«

»Wie denn? Wir können doch nicht mitten in der Nacht heiraten ...«

»Oh, meine süße Unschuld! In New Orleans ist alles möglich, wenn man dafür bezahlt. Folgen Sie mir, meine Liebe.«

Sie eilten weiter, bis sie einer üppigen Blondine begegneten, die ziemlich vulgär aussah. Offensichtlich kannte sie McKenzie, denn sie lächelte erfreut und gab ihm bereitwillig die Auskunft, um die er sie bat.

Sie hatte ihm den Weg zum Haus eines Priesters beschrieben. Nachdem der Mann einen kurzen Blick auf McKenzies Goldstücke geworfen hatte, erklärte er sich bereit, die Trauung sofort vorzunehmen. Er rief nach seiner Frau, die verwirrt blinzelte, aber nur zu gern als Trauzeugin fungierte, sobald sie vom unverhofften Nebenverdienst ihres Gemahls erfuhr. Sie strahlte über das ganze rosige Gesicht und versicherte, ein so hübsches Brautpaar würde man nur selten sehen. Dann nahm sie eine würdevolle Haltung an, um ihres Amtes zu walten. Es war eine seltsame Zeremonie, die in dem kleinen, schäbigen Wohnzimmer stattfand.

Lächelnd wandte sich McKenzie zu seiner zukünftigen Frau: »Ich weiß nicht einmal, wie du heißt.«

»Tara Brent.«

Nachdenklich musterte er sie. »Der Nachname spielt keine Rolle mehr. Von jetzt an bist du Tara McKenzie.«

Wenig später erfuhr sie seinen Vornamen — Jarrett. Während sie vor dem Priester standen, zog der Bräutigam einen Ring von seinem Finger und steckte ihn an ihren. Erst jetzt kam ihr richtig zu Bewußtsein, was sie tat, und ihre Knie wurden weich.

»Mr. McKenzie, nun dürfen Sie die Braut küssen«, verkündete der Priester.

Ein mutwilliges Lächeln umspielte Jarretts Lippen, als er sie in die Arme nahm. Sein Kuß verschloß ihr den Mund, und ein sengendes Feuer schien ihre Adern zu durchströmen. Unwillkürlich öffnete sie die Lippen, spürte die aufreizenden Liebkosungen seiner Zunge. Die ganze Welt schien sich zu drehen. Kraftlos klammerte sie sich an seine Schultern.

Nach einer halben Ewigkeit hob er den Kopf, aber er hielt Tara immer noch fest, als ahnte er, daß sie nicht aus eigener Kraft stehen konnte. Hastig wurde Champagner eingeschenkt und ein Trinkspruch auf die Jungvermählten ausgebracht.

McKenzie unterhielt sich höflich mit dem Priester und dessen Frau, dann nahm er das Glas aus Taras kalten Fingern und stellte es aufs Sideboard. »Gehen wir, meine Liebe.«

Zögernd nickte sie, schloß sekundenlang die Augen, betete um innere Kraft. Sollte sie einen Fluchtversuch wagen? Nein, sie hatte ein Versprechen gegeben, und das würde sie halten.

Clive Carter, Sohn des illustren verstorbenen Julian Carter, saß in der Taverne, am selben Tisch, wo die Pokerspieler das Schicksal herausgefordert hatten. Untadelig gekleidet — in kastanienrotem Gehrock, kobaltblauer Hose, blütenweißem Hemd und bestickter Weste — wußte sich der hübsche, wohlhabende Mann überall Respekt zu verschaffen. Sein dunkelblondes Haar war im Nacken zu einem adretten Zopf zusammengebunden. Während er sich mit beiden Händen auf den Silbergriff eines eleganten Spazierstocks stützte, erforschten seine haselnußbraunen Augen aufmerksam die Umgebung.

Diese Idioten! Nur um eine knappe Stunde hatte er Tara verpaßt. Noch waren seine Leute nicht zurückgekehrt, ebensowenig wie die Affen, die der unglaublich dumme Wirt losgeschickt hatte. Einfach ungeheuerlich! Wie viele Staaten hatte er schon durchquert, um Tara zu suchen?

Nun mußte er sie endlich finden, bevor William ihr zu Hilfe eilen konnte. Wenigstens hatte er an diesem Nachmittag erfahren, wo sie sich aufhielt. Doch die elende Frau war ihm erneut entwischt. Unerträglich! Warum mußte er sich ständig mit Schwachköpfen herumplagen? Von jetzt an würde ihn das Gesetz unterstützen. Das Gesetz und das Militär.

Wie der schwatzhafte Wirt behauptete, hatte ein gewisser McKenzie die schöne Kellnerin am Spieltisch gewonnen. Nun würde man fieberhaft nach den beiden suchen. Allerdings sei es nicht ratsam, sich mit dem einflußreichen McKenzie anzulegen.

Also hatte der Bastard das Mädchen erobert. Dieser Gedanke erfüllte Clive mit heißer Wut, die er jedoch nicht zeigte. Wie leidenschaftlich er Tara begehrte ... Und jetzt gehörte sie McKenzie!

Aber letzten Endes werde ich sie in meine Gewalt bringen, tröstete sich Clive. Ob tot oder lebendig — das kümmerte ihn mittlerweile nicht mehr. Immerhin hatte sie die Chance bekommen, sich für ihn zu entscheiden — nachdem es ihm gelungen war, seinem Vater alles zu nehmen, was er jemals besessen hatte.

Sein ganzes Eigentum hätte er mit Tara geteilt und ihr ein luxuriöses Leben geboten. Statt dessen würde sie nun bald hinter einem stählernen Gefängnistor schmachten.

»Sir, wer ist dieser McKenzie?« fragte er den Wirt mit leiser, kontrollierter Stimme. »Ich muß Tara unbedingt finden. Ihr Leben könnte auf dem Spiel stehen. Und bedenken Sie, Sir — ich habe Ihnen eine hohe Belohnung in Aussicht gestellt. Und das Gesetz steht auf meiner Seite. Sollten Sie sich weigern, mir zu helfen, müssen Sie mit unangenehmen Konsequenzen rechnen.«

Der vornehme Gast mißfiel Eastwood. Womöglich würde dieser Mann ihn in Schwierigkeiten bringen. Inständig wünschte der Wirt, Carter wäre ein paar Minuten früher erschienen — oder McKenzie und der Franzose hätten anderswo gepokert.

Welches Schicksal der schönen Tara drohte, interessierte Eastwood nicht. Dieser Mann wollte ihm fünfhundert Dollar für das Mädchen bezahlen, und nur das zählte. Morgen wird sie zurückkommen redete er sich ein. Sie hatte McKenzie gereizt, für eine Nacht. Mehr nicht. Nachdem dessen Frau gestorben war, eine Schönheit aus St. Augustine, führte er wieder das Abenteurerleben, das ihm vor der Hochzeit einen gewissen Ruhm eingetragen hatte. Nach dieser Nacht würde sein Interesse an Tara Brent sicher erlöschen.

Also mußte sich Eastwood keine Sorgen machen und nicht nervös werden, wenn er mit diesem Dandy sprach. »Mr. Carter, ich versichere Ihnen, meine Männer suchen das Mädchen ebenso eifrig wie Ihre Dienstboten. Sobald Miss Brent gefunden ist, wird sie Ihnen natürlich sofort überantwortet. Was McKenzie betrifft — nun ja, Sir, er ist ein Pflanzer aus Florida . . .«

»Ich werde ihn in Stücke reißen!«

»Gehen Sie ihm lieber aus dem Weg, Sir! Er ist ein Rabauke, aber bei den Behörden hoch angesehen, ein reicher, mächtiger Mann.«

»Ganz egal, welchen Einfluß er ausübt ...«, begann Clive, doch der Wirt fiel ihm hastig ins Wort.

»Sie wird hierher zurückkehren, Sir, das schwöre ich!«

Ein zynisches Lächeln umspielte Clives Lippen, und er musterte Eastwood mit schmalen Augen. »Um Ihretwillen will ich das hoffen, Mister! Und falls Sie ein frommer Mann sind, sollten Sie den Himmel anflehen.«

Ein Schauer überlief Eastwoods Rücken. Wenn er auch kein frommer Mann war — plötzlich begann er zu beten.

4

Nach der Hochzeit drängte Jarrett McKenzie zur Eile, und Tara konnte kaum mit ihm Schritt halten. Sie beobachtete sein markantes Profil, spürte seine Entschlossenheit. Ein großer, starker Mann, über den sie genausowenig wußte wie er von ihr ...

Sie kehrten zum Dock zurück, wo er ihr in ein kleines Boot half und sich dann neben sie auf die Bank setzte. Zitternd verschränkte sie im kalten Nachtwind die Arme vor der Brust, während er den Kahn losband und auf den Mississippi hinausruderte. Das Mondlicht warf einen silbernen Glanz auf die Wellen, berührte aber nicht McKenzies Gesicht, und Tara erkannte den Ausdruck seiner Augen nicht.

Schließlich brach sie das Schweigen. »Willst du bis nach Florida rudern?«

Als er lächelte, sah sie seine weißen Zähne schimmern. »Da vorn wartet die *Magda* auf uns.«

Sie drehte sich um und entdeckte ein großes Schiff. Sanft schaukelte es auf dem Wasser und wirkte sehr einladend, von hellen Laternen beleuchtet. Dann wandte sie sich wieder zu dem Fremden, den sie geheiratet hatte. »Sind wir an Bord auch wirklich in Sicherheit?«

»Hoffentlich. Das Schiff gehört mir.«

»Oh ...«

»Robert hat dir doch erzählt, daß ich reich bin.«

»Und was hat er mir nicht verraten?«

»Eine ganze Menge. Da du deine Geheimnisse so beharrlich hütest, wirst du mir wohl gestatten, auch meine zu bewahren.«

Sie zuckte die Achseln und wünschte, sie hätte ihre Frage nicht gestellt.

»Hallo!« erklang eine freundliche Stimme in der Nacht, und das Ruderboot legte an der *Magda* an, einem neuen, eleganten Schiff. Lächelnd beugte sich Robert Treat über die Reling. Eine Strickleiter wurde herabgelassen.

»Kannst du hinaufsteigen?« fragte Jarrett seine Frau.

»Ja.« Etwas zu schnell stand sie auf, und der Kahn schwankte gefährlich.

Aber Jarrett hielt sie fest bis sie ihr Gleichgewicht wiederfand und ergriff eine Sprosse der Strickleiter. »Keine Bange, ich bleibe dicht hinter dir.«

Wenig später half ihr Robert, über die Reling zu klettern. »Willkommen an Bord, Mrs. McKenzie!« Freudestrahlend umschloß er ihre Hände und küßte sie auf beide Wangen, sichtlich zufrieden mit den Ereignissen dieser Nacht, die er als *sein* Werk betrachtete.

Vier weitere Männer standen an Deck, und ihre neugierigen Blicke trieben das Blut in Taras Wangen. »Gentlemen, das ist meine Frau Tara!« erklärte McKenzie und legte einen Arm um ihre Schultern. »Tara, der erste Maat heißt Leo Hume, und das sind die wackeren Matrosen Ted und Nathan Nailor und George Adair.«

»Hallo«, murmelte sie, und die Männer verneigten sich grinsend. Ted Nailor, der älteste, mußte Nathans Vater sein, etwa vierzig Jahre alt, und der Junge zählte höchstens siebzehn Lenze. Beide waren kräftig gebaute Rotschöpfe mit sommersprossigen Nasen.

Vermutlich stammte der dunkelhäutige Leo Hume, mit

schwarzen Haaren und Augen, von Spaniern ab. Der schlanke George Adair hatte braunes Haar und helle Augen.

Nur Ted wagte es, Tara anzusprechen. Schwungvoll nahm er seine Mütze ab. »Mrs. McKenzie, wir alle freuen uns sehr, Sie kennenzulernen. Wie wir gestehen müssen, sind wir überrascht, aber entzückt, und wir werden Ihnen in treuer Ergebenheit dienen.«

Sie lächelte, und zu ihrer eigenen Verblüffung brannten Tränen hinter ihren Lidern. Plötzlich fühlte sie sich beschützt und geborgen nach der langen Flucht, nach ihrer fragwürdigen Gesellschaft in letzter Zeit.

Sekundenlang schloß sie die Augen, erinnerte sich an die schöne Stadt, wo sie aufgewachsen war, im Glauben, dort würde sie ihre Zukunft verbringen. Aber *er* hatte ihr alles genommen und den Anschein erweckt, sie wäre die Mörderin des Mannes, dem sie soviel verdankte ...

Inzwischen würde daheim der erste Schnee gefallen sein. In weißer Pracht reihten sich die Hügel aneinander — schön, aber eiskalt. Wie der Mann, vor dem sie geflohen war. Ein Mann, der sich nicht scheute, das Blut seines nächsten Verwandten zu vergießen, um seine eigenen Interessen zu verfolgen.

In dieser Nacht hätte er sie beinahe gefangengenommen. Bei diesem Gedanken begann Tara zu zittern. Der Griff der kraftvollen Hand, die ihre Schulter umfaßte, verstärkte sich. McKenzie. Er hatte sie gerettet und auf dieses Schiff gebracht, obwohl er nichts von ihrer Vergangenheit wußte.

»Segeln wir los, Kameraden!« befahl er. »Morgen soll New Orleans schon weit hinter uns liegen.«

»Aye, aye, Sir«, stimmte Ted zu. »Obwohl wir nur wenig Zeit fanden, um alles vorzubereiten, taten wir unser Bestes, und ich glaube, Sie werden sich in Ihrer Kabine wohlfühlen.« Dann wandte er sich ab. »Lichtet den Anker!« rief er, und die Männer eilten zu ihren Posten.

Jarrett führte seine Frau unter Deck, wo der Großmast zwei Kabinen trennte. Durch eine polierte Doppeltür betraten sie die Kapitänskajüte. Auf dem großen Schreibtisch in der Mitte brannte eine Kerze, daneben standen zwei zugedeckte Silbertabletts. Kandelaber aus Messing schmückten die Wände. Rechts vom Tisch schimmerte ein großer Globus, an der linken Seite erblickte Tara ein erstaunlich breites Bett und eine hölzerne Badewanne, aus der Dampfwolken stiegen.

»Ja, die Leute haben wirklich gute Arbeit geleistet«, meinte Jarrett und nahm ein hellblaues Nachthemd vom Bett. »Eine Mahlzeit, ein heißes Bad. Das wird dir sicher gefallen.«

Eigentlich wäre ihr der kalte Mississippi lieber gewesen. Würde das Halbdunkel die Angst in ihren Augen verbergen?

Zwischen den Tabletts standen eine entkorkte Weinflasche und zwei Kristallgläser. Jarrett füllte ein Glas, das er Tara reichte. Die nächtlichen Schatten genügten nicht. Viel zu deutlich spürte sie seinen prüfenden Blick. »Trink, das wird dich beruhigen.«

Mechanisch gehorchte sie, und erst danach wurde ihr bewußt, was sie damit eingestand — daß ihre flatternden Nerven tatsächlich eines Balsams bedurften.

Mit geschickten Fingern löste Jarrett die Verschnürung an Taras Rücken, und sie rang mühsam nach Atem. Rasch ging sie zum Tisch, schenkte sich noch einmal Wein ein und leerte das Glas in durstigen Zügen.

»Nicht so schnell, meine Liebe!« mahnte Jarrett. »Du sollst dich beruhigen, aber nicht betäuben.« Lächelnd drehte er Tara zu sich herum und nahm sie in die Arme. Ein paar Sekunden lang betrachtete er ihr Gesicht. Dann neigte er sich herab und preßte seinen warmen Mund auf ihren. Langsam schob seine Zunge ihre Lippen auseinander.

Als er Tara an seinen muskulösen Körper drückte,

spürte sie seine Erregung. Sie hätte sich gewehrt, wäre der Kuß nicht so verführerisch gewesen. Aufreizend erforschte seine Zunge ihren Mund, sandte flüssige Hitze durch ihre Adern. Eine süße Schwäche erfüllte sie, und ihr Herz schlug wie rasend. Nach einer Weile blickte er auf. »Nun, ist es sehr schlimm?«

Wortlos schüttelte sie den Kopf, schluckte krampfhaft und schämte sich, weil sie sich so leicht von einem Fremden betören ließ. Und sein sichtliches Amüsement ärgerte sie.

Er lachte leise und streichelte ihre Wange. »Also wird es dir nicht schwerfallen, deine Pflicht zu tun?«

»Mach dich nicht lustig über mich!«

»Vielleicht weißt du schon, was dir bevorsteht, und diese Nacht hält keine Überraschungen für dich bereit.«

»Wie ich schon bei deinem albernen Pokerspiel sagte — ich bin keine Hure!« fauchte sie und versuchte sich von ihm loszureißen.

»Das habe ich auch gar nicht behauptet. Welch ein Temperament du besitzt ...«

Erbost warf sie ihren Kopf in den Nacken. »Falls du mich geheiratet hast, weil du dir eine fügsame, ergebene Frau wünschst ...«

»Nein«, unterbrach er sie, »ich habe dich wegen deiner Haare geheiratet.«

»Wegen meiner Haare!« Endlich gelang es ihr, sich aus der Umarmung zu befreien, und sie floh hinter den Schreibtisch.

»Nun ja, nicht nur deshalb. Aber dein Haar fiel mir zuerst auf. Bis ich noch mehr sah — in meinem Pensionszimmer.« Ihre Wangen färbten sich dunkelrot, und sie fand keine Worte. Die Arme vor der Brust verschränkt, setzte er sich auf die Schreibtischkante. »Um es zu wiederholen, meine Liebe, ich halte dich nicht für eine Hure. Du scheinst aus einer guten Familie zu stammen. Aber du bist auf der Flucht — vielleicht vor einem Ehemann.«

»Ich habe bereits erwähnt, daß ich vorher nicht verheiratet war.«

»Mein liebes Mädchen, man muß nicht verheiratet sein, um sich auf gewisse Intimitäten einzulassen.«

»Nun, ich habe mich auf gar nichts eingelassen.«

Er glitt vom Schreibtisch herunter. Beinahe hätte sie aufgeschrien, als er sie wieder umarmte. »Das Badewasser wird kalt«, flüsterte er dicht an ihren Lippen, und sein warmer Atem jagte einen seltsamen Schauer durch ihren Körper. Offenbar war er ein erfahrener, sehr talentierter Liebhaber.

Befangen wich sie seinem Blick aus. »Das Essen auch.«

»Das kann warten. Aber ich nicht.« Jarrett setzte sie auf den Tisch und zog ihr Schuhe und Strümpfe aus. Dann stellte er sie wieder auf die Füße, drehte sie herum und öffnete mit fachkundigen Fingern Bänder und Häkchen. Das Kleid, die Unterröcke, das Korsett und die Unterhose landeten am Boden. Taras Atem stockte, während er sie emporhob und in die Wanne verfrachtete. Zitternd klammerte sie sich am hölzernen Rand fest, als fürchtete sie zu ertrinken.

Er schlang ihr Haar um seine Hand und hielt es hoch, damit es nicht ins Wasser hing. Offenbar kauerte er hinter ihr, denn sein Atem streifte ihren Nacken, ihr Ohrläppchen. Seine Lippen berührten ihre Schulter. Instinktiv zog sie die Beine an und legte die Arme um ihre Knie. Trotz des heißen Wassers erschauerte sie, verwirrt von Jarretts sanften Liebkosungen.

Sein Mund wanderte über ihren Hals, seine Finger glitten über ihren Arm. Noch nie im Leben hatte sie so intensive, heiße, erotische Gefühle empfunden. Dagegen muß ich ankämpfen, dachte sie, sonst verliere ich mich darin ...

Jarrett umfaßte ihr Kinn und drehte ihren Kopf zu sich herum. Wieder suchten seine Lippen ihren Mund, provozierend spielte seine Zunge mit ihrer. Behutsam strich seine Hand über eine ihrer Brüste, reizte die Knospe, die sich erhärtete.

Der Kuß erstickte Taras leises Stöhnen. Und die Zeit schien stillzustehen, bis Jarrett den Kopf hob und sie anschaute. Unter seinem glühenden Blick schloß sie die Augen, spürte wieder seine heißen Lippen an ihrem Hals.

Vielleicht mußte sie nicht dagegen ankämpfen. Immerhin war sie mit diesem Mann verheiratet, und er hatte sie vor den Gefahren gerettet, die in New Orleans lauerten.

»Entspann dich doch, mein Liebes«, flüsterte er. Verwirrt öffnete sie die Augen und merkte, daß sie immer noch ihre Knie umschlang. Sein Lächeln wirkte belustigt, aber auch zärtlich. »Ich habe dich schon einmal nackt gesehen«, erinnerte er sie.

Sie sank etwas tiefer ins Wasser hinab, ihr Kopf lehnte am Wannenrand. Von fast lethargischer Trägheit befallen, senkte sie wieder die Lider und genoß die Küsse, die Jarrett auf ihre Schulter und ihr Ohrläppchen hauchte. Dann griff er ins Wasser und fand den Schwamm. Angenehmer Seifenduft stieg ihr in die Nase, als er sie zu waschen begann — ihre Knie, den Bauch, die Brüste.

Nach einer Weile fiel der Schwamm zurück ins Badewasser, Jarretts Lippen berührten ihre Wangen, ihren Mund, und als er sich entfernte, begann sie zu frösteln.

Doch bald lag sie wieder in seinen Armen. Er hatte sich ausgekleidet, war zu ihr in die Wanne gestiegen, um kurz unterzutauchen, dann stand er auf und zog sie mit sich hoch. Fest drückte er sie an seinen nackten Körper, und sie klammerte sich kraftlos an seine Schultern. Wie von selbst umschlangen ihre Arme seinen Hals. Eindringlich verriet der Blick seiner ebenholzschwarzen Augen, daß es an der Zeit war — nun mußte sie endgültig seine Frau werden.

Die Frau eines Fremden . . . Aber seltsamerweise erschien er ihr nicht mehr fremd. Sie kannte ihn besser als jemals einen Mann zuvor.

Als er sie auf die Arme nahm und mit ihr aus der Wanne stieg, spürte er, wie sie zitterte. Er trug sie zum Bett und preßte sie mit einem Arm an sich, während er die Decke zurückschlug. Dann sanken sie auf das weiße Laken.

Um sie zu betrachten, rückte er ein wenig von ihr ab, und auch sie musterte seinen Körper, die breiten, bronzebraunen Schultern, die muskulöse Brust, den straffen Bauch. Aber ihr Blick wagte nicht, tiefer hinabzuwandern.

»Wie wunderschön du bist, meine Liebste«, flüsterte er und breitete ihr dichtes blondes Haar auf dem Kissen aus. Seine leise Stimme klang besänftigend, aber auch verführerisch.

»Dreihundert Dollar wert?« fragte sie, und ein sinnliches Lächeln umspielte seine Lippen.

»Eine Million.«

»Das bezweifle ich.«

»Laß mich das beurteilen.« Ungeduldig nahm er sie in die Arme, küßte ihre Lippen, ihre Brüste. Sein Mund umschloß eine rosige Spitze, seine heiße Zunge spielte damit, entfachte ein unerträgliches Feuer in Taras Körper. Während er begierig an ihrer Brust saugte, glitt seine Hand über ihre Hüfte, ihren Schenkel, zart und federleicht.

Einerseits wollte sie seine Hand beiseite schieben, andererseits sehnte sie sich nach noch intimeren Liebkosungen. Sie grub ihre Finger in seine Schultern, erwiderte den Blick seiner dunklen Augen, las keinen sanften Spott mehr darin, nur ein drängendes Verlangen.

Seine Finger streichelten die Innenseiten ihrer Schenkel, erreichten das weiche blonde Kraushaar dazwischen. Als sie leise aufschrie, verschloß ihr ein fordernder Kuß den Mund.

Vorsichtig erforschten seine Fingerspitzen ihre Weiblichkeit, und sie glaubte in einem Teich aus warmem Honig zu versinken. »Eine Million wert!« flüsterte er an ihren Lippen. Dann spürte sie, wie er ihre Beine auseinanderschob, fühlte das Gewicht seines Körpers auf ihrem. Mühsam unterdrückte sie einen Schmerzensschrei, warf den Kopf hin und her und versuchte sich Jarretts Armen zu entwinden. Doch er hielt ihre Hüften eisern fest. Als sie erkannte, daß ihre Bewegungen jene unbekannten, seltsamen, süßen Gefühle noch verstärkten, erstarrte sie. Doch das nützte nichts. Mit jeder Sekunde vermehrten sich die überwältigenden Empfindungen, während Jarretts Lippen über ihre Brüste nach unten wanderten, den Bauch streiften, ihre Hüften küßten. Und dann spürte sie seine Zungenspitze dort, wo sich diese sonderbare, qualvolle Sehnsucht konzentrierte.

»Nein!« flüsterte sie, aber Jarrett ignorierte ihren Protest, und sie wollte auch gar nicht, daß er darauf achtete.

Sie glaubte zu schweben, immer höher empor, nach irgend etwas zu greifen, ohne zu wissen, was sie erstrebte. Als sie ein Stöhnen hörte, erkannte sie ihre eigene Stimme kaum wieder. Sengende Hitze durchströmte ihre Adern wie Sonnenstrahlen, erfüllte sie mit goldener Glut. Ein wilder Schauer verjagte die letzten klaren Gedanken und raubte ihr fast die Besinnung.

Nur vage nahm sie wahr, daß Jarrett sich aufrichtete und ihren Körper mit seinem bedeckte. Sie war viel zu verwirrt, um Angst oder Sorge zu empfinden, um sich zu wehren. Doch dann kehrte sie abrupt in die Wirklichkeit zurück, als sie einen brennenden, stechenden Schmerz verspürte. Entschlossen biß sie die Zähne zusammen, wollte nicht schreien, denn die Schiffsbesatzung durfte nichts hören. In ihre Augen stiegen heiße Tränen, die sie mühsam zurückhielt, das Gesicht an Jarretts Hals gepreßt.

Zärtlich streichelte er ihre Wange. »Alles ist gut«, flüsterte er.

Gar nichts war gut! Sie wollte sich losreißen, diesem verzehrenden Schmerz entrinnen. »Nein — o Gott ...«

»Hab' Geduld, bald tut's nicht mehr weh. Das verspreche ich dir.« Um seinen Worten Nachdruck zu verleihen, hob er den Kopf und schaute ihr beschwörend in die Augen.

Doch der Schmerz ließ nicht nach, und Jarrett hatte noch nicht einmal begonnen, sich zu bewegen. Das würde er tun, sie wußte es, weil er die gleiche überwältigende Erfüllung suchte, die er ihr geschenkt hatte ...

»So schlimm wird's nicht sein«, versicherte er. »Und bedenk doch — ich habe dich vor einem Schicksal bewahrt, das schrecklicher gewesen wäre als der Tod.«

»Wie gern würde ich jetzt sterben!« wisperte sie, und er lachte leise.

»Habe ich gesagt, du wärst eine Million wert?« fragte er zwischen zwei Küssen. »Vergiß es! Du bist unbezahlbar.«

Glücklicherweise verbarg er sein Gesicht an ihrem Hals, denn jetzt begannen die Tränen zu fließen. Nicht der Schmerz brachte Tara zum Weinen, sondern das zärtliche Kompliment. Und er hatte nicht zuviel versprochen.

Allmählich verebbten die Qualen, und das Wunder, das sie vorhin genossen hatte, betörte sie von neuem. Jarrett begann sich langsam zu bewegen, Feuerströme durchzuckten ihren Körper, und alles in ihr sehnte sich danach, jene berauschenden Gefühle noch einmal zu erleben.

Und die köstliche Ekstase blieb ihr nicht versagt. Während Jarrett seinen Rhythmus beschleunigte — unfähig, sich noch länger zu beherrschen —, begleitete sie ihn zum Gipfel höchster Lust. Flammendes Rot schien sie einzuhüllen, dann ein undurchdringliches Schwarz, und sie wußte nicht, ob sie noch lebte, noch atmete.

Aber als die Schatten entschwanden, spürte sie Jarretts Nähe. Er lag neben ihr und hielt sie in den Armen. Sie schloß erschöpft die Augen. Meine Hochzeitsnacht, dachte sie — verlegen und beglückt zugleich. Ein Schluchzen stieg in ihrer Kehle auf, und sie preßte das

Gesicht an seine Brust, um seinem Blick zu auszuweichen.

Sanft strich er mit einem Daumen über ihre Wange. »Tränen? Tut mir leid, daß ich dir weh getan habe.«

»Jetzt tut mir nichts mehr weh«, log sie. Nach der rauschhaften Erfüllung war der Wundschmerz zurückgekehrt.

Eine Zeitlang schwieg er, dann bemerkte er: »Eins steht jedenfalls fest — du läufst nicht vor einem Ehemann davon.«

Gekränkt wandte sie sich ab und starrte in die Kerzenflamme. »Ich habe dir doch gesagt, daß ich nicht verheiratet war.«

»Verzeih mir, aber es gibt sehr viel, was du mir *nicht* gesagt hast«, erwiderte er, umfaßte ihr Kinn und zwang sie, ihn anzusehen.

»Nun, du hast mich geheiratet, ohne Erklärungen zu verlangen.«

»Das stimmt.«

»Bereust du es?«

»O nein. Du hast mir die angenehmste Überraschung meines Lebens bereitet.«

»Aber ich ...«

Ein hungriger Kuß erstickte ihre Worte, und sie vergaß die Vergangenheit, sorgte sich nicht mehr um die Zukunft. Diesmal erschien ihr die Ekstase noch magischer, noch köstlicher. Und der Schmerz war vollends vergessen. Danach lag sie schweigend neben Jarrett, und während sich ihre Atemzüge und Herzschläge beruhigten, versank sie langsam im Reich der Träume.

Er blieb noch lange wach, hielt Tara in den Armen und dachte über ihre mysteriöse Vergangenheit nach. Nun begann seine eigene ihn zu verfolgen. So lange hatte ihn das Leid seines Verlustes begleitet. Stets war er bestrebt gewesen, sich an seine Erinnerungen zu klammern. Sicher, er brauchte eine Frau. In dieser Nacht hatte er eine gefunden, aber nicht mit den Gefühlen gerechnet, die sie in ihm wecken würde.

Was empfinde ich denn, fragte er sich. Ich kenne sie kaum. Und ich weiß nicht, wovor sie flieht. Nun, vielleicht bin ich auch ein Flüchtling, und wir helfen einander, unseren Qualen zu entrinnen.

Vorsichtig strich er ihr das goldenen Haar aus der Stirn. Wie schön sie war, wie exquisit ... In ihren Armen hatte er seinen tiefen Kummer vergessen. Gewissensbisse plagten ihn. Aber die Vergangenheit ist tot, sagte er sich. Tot und begraben. Seine Vergangenheit, Taras Vergangenheit. Sie würde ihre für sich behalten, er die seine.

Lautlos stand er auf, ging zum Tisch und schenkte sich ein Glas Wein ein. Nachdem er einen Schluck getrunken hatte, wandte er sich zum Bett und begegnete Taras Blick. Lächelnd prostete er ihr zu. »Auf die Zukunft — unsere Zukunft.«

Clive Carter wartete, bis der Morgen graute und die Kerzen in der Taverne gelöscht wurden. Während der langen Nacht hatte er seinen Zorn und seine Ungeduld kein einziges Mal verraten. Er war der Sohn eines bekannten Politikers, das einzige Kind eines reichen, allseits respektierten Mannes. Oft genug hatte er die Ränkespiele auf der politischen Bühne beobachtet und seine Lektion gelernt. Ein Mann mußte gelassen bleiben, was immer auch geschehen oder welche Ereignisse er selbst heraufbeschwören mochte.

Bis jetzt waren seine beiden Leibwächter nicht zurückgekehrt — nur die Diener des elenden Wirts, um zu berichten, sie hätten die junge Frau gefunden, aber McKenzie würde sie vor Ablauf der Nacht nicht gehen lassen. Danach wurden sie noch einmal in die Pension geschickt, wo sie feststellten, daß McKenzie mit dem Mädchen verschwunden war.

»Irgendwie muß man ihm das Mädchen entreißen«, erklärte Carter dem unglücklichen Eastwood. »Ich sage Ihnen, Sir, dieser Mann schützt eine Mörderin. Lassen Sie McKenzie hierherbringen ...«

»So einfach ist das nicht. Er ist ein reicher angesehener Mann ... Und unglaublich stark. Angeblich kann er sogar Alligatoren bekämpfen, mit bloßen Händen.«

Carter brach in verächtliches Gelächter aus. »Schicken Sie Ihre Männer noch einmal los, Eastwood. Sie müssen herausfinden, was mit Tara Brent geschehen ist. Und dieser Mann, der mit Alligatoren ringt, stirbt wie jeder andere auch, wenn ihn eine Kugel zwischen die Augen trifft.«

»Mr. Carter! Ich fürchte, Sie verstehen das alles nicht. Sollten Sie sich mit McKenzie anlegen, wird das Gesetz nicht mehr auf Ihrer Seite stehen.«

»Beenden wir diese sinnlose Diskussion. Beschaffen Sie mir lieber die Informationen, die ich brauche, Sir. Bis jetzt haben Sie mich schmählich enttäuscht.«

Eastwood holte tief Luft, eilte zur Tür, wo seine Männer warteten, und jagte sie wieder in die schwindende Nacht hinaus. Während er noch auf der Schwelle stand, erschien einer seiner anderen Diener im rosigen Nebel der Dämmerung und hielt sich den Kopf. »Was ist passiert?« herrschte der Wirt ihn an.

»Jemand war bei ihr. Und er bewegte sich so schnell wie ein Indianer. Er schlug mich zusammen, und danach konnte ich die beiden nicht mehr aufspüren.«

Seufzend drehte sich Eastwood zu Clive um. »Habe ich's Ihnen nicht gesagt? An diese Frau kommen Sie nicht ran, wenn McKenzie beschlossen hat, sie bei sich zu behalten.«

»Großartig!« rief Clive verächtlich.

»Aber wenn Sie sich's was kosten lassen, werde ich McKenzie finden. Allerdings wird's eine Weile dauern. Ich nehme an, er segelt nach Florida zurück.«

»Dort kann ich ihn selber finden.« Angewidert musterte Clive den erbärmlichen Wirt, dessen Geldgier ihm verwehrt hatte, Tara noch diese Nacht in seine Gewalt zu bringen. Er erhob sich, schlug mit dem Gehstock auf den Boden, und plötzlich sprang ein kleines, scharfes Messer aus dem Silbergriff. Blitzschnell lief er zu Eastwood hinüber und schwang den Spazierstock hoch.

Mit bebender Hand griff sich der Wirt an die Kehle, Blut quoll zwischen seinen Fingern hervor. Er starrte Carter verblüfft an, dann brach er zusammen. Noch ehe er den Boden berührte, starb er.

Clive drehte sich zu einem seiner Männer um, der in der Ecke des Schankraums wartete. »Wirf diesen Abfall in den Fluß. Dann streu das Gerücht aus, das Mädchen sei zurückgekommen, um Eastwood zu ermorden und dann wieder davongelaufen.«

Schweigend schleppte der Mann die Leiche aus der Taverne. Schon oft hatte das schlammige Wasser des Mississippi eine verlorene Seele aufgenommen, um sie irgendwo wieder an Land zu spülen.

Niemand wird sich darum kümmern, dachte Clive. Fast täglich sterben Männer wie Eastwood — an den Docks, in den Spielhöhlen und Freudenhäusern. Und dieser verdammte Wirt hat den Tod verdient.

So wie Julian Carter.

Aber manche Dinge mußten sorgfältiger geplant werden als andere.

Immer noch erfüllte ihn heißer Zorn. Nicht zuletzt, weil Tara sich lieber einem anderen Mann verkauft hatte, als anzunehmen, was er — Clive Carter — ihr bot. Nun mußte er sehr vorsichtig zu Werke gehen. Er setzte sich wieder, seine Finger trommelten auf die Tischplatte. Sicher hatte sie diesem McKenzie nicht die Wahrheit gestanden und ihn nur veranlaßt, ihr zur Flucht zu verhelfen.

Aber Clive würde sie finden. Selbst wenn er sich nach Florida oder in die Hölle wagen mußte.

5

Am nächsten Morgen erwachte Jarrett erst, als es beharrlich an der Tür klopfte. Ärgerlich stand er auf und schlang das Laken um seinen nackten Körper. Dann erinnerte er sich an seine ebenfalls nackte Frau, die im Bett lag, deckte sie wieder zu und schlüpfte in seine Hose.

Das Klopfen verstummte nicht. Erbost riß er die Tür auf und starrte ins grinsende Gesicht seines Freundes Robert, der keinerlei Reuegefühle zeigte. »Tut mir leid, daß ich dich stören muß, Captain, aber die Besatzung wartet auf deine Befehle.« Neugierig versuchte er über Jarretts Schulter zu spähen. »Wie geht's deiner jungen Gemahlin?«

»Sie schläft. Wenn sie aufwacht, kannst du sie ja selber fragen. Und falls sie sich unglücklich fühlt — vergiß nicht, daß du schuld dran bist.«

Entrüstet hob Robert die Brauen. »Ich?«

»Diese Heirat war deine Idee.«

»Ja, das stimmt, aber was kann ich dafür, wenn du dich wie ein Grobian aufführst?«

»Ich führe mich wie ein Grobian auf?« fragte Jarrett irritiert.

»Nun, die Ärmste schläft wie eine Tote, also hat sie sicher einiges durchgemacht.«

Jarrett biß die Zähne zusammen, und Robert trat vorsichtshalber einen Schritt zurück. »Captain, du wirst an Deck gebraucht«, erklärte er lachend. »Und da ich das Gesicht behalten will, mit dem ich geboren wurde, sage ich jetzt nichts mehr und mache mich lieber aus dem Staub.«

Schneidig salutiere er, wandte sich ab, und Jarrett schloß die Tür. Tara schlief immer noch, und er betrachtete sie nachdenklich. Seltsam — gestern um diese Zeit hatte er sie noch gar nicht gekannt. Und nun war er mit ihr verheiratet. Was immer sie ihm auch verheimlichte, in der

Hochzeitsnacht hatte sie ihre Pflicht erfüllt. Sogar noch mehr als das. Sicher, er hatte sie besitzen wollen, aber nicht erwartet ...

Was?

Ihre dichten, langen Wimpern lagen auf den Wangen, ihr Haar erinnerte ihn immer noch an gesponnenes Gold. Wie Elfenbein schimmerte ihre Haut. Ihr wohlgeformter Körper mußte jeden Mann bezaubern. Das alles hatte er schon vorher gewußt — und dann war ihm eine sonderbare Überraschung bereitet worden.

Er liebte es, sein schönes Schiff zu segeln, doch er konnte es verlassen, ohne es zu vermissen. Auch sein Pferd mochte er, empfand aber keinen Abschiedsschmerz, wenn er sich von ihm trennte. Nachdem Lisa gestorben war, hatte er vielleicht geglaubt, eine zweite Ehefrau würde ihm ebenso viel bedeuten wie die *Magda* oder sein Hengst — etwas, das man benutzte, hegte und pflegte, ohne sich Gedanken drum zu machen. Und doch ...

Unsinn, dachte er und lehnte sich an die Kabinentür. Eine Ehefrau ist kein Schiff oder Pferd ... Trotzdem hatte er erwartet, sie auf ähnliche Weise zu behandeln, sich mit ihr zu vergnügen und dann ohne Bedauern davonzugehen. Doch nach dieser Nacht fühlte er sich gefangen wie in goldenen Ketten. Mit solchen Emotionen hatte er nicht gerechnet.

Jetzt war er nicht mehr bereit, sich auf Taras Spiel einzulassen. Er wollte mehr von ihr, viel mehr, als sie ihm geschenkt hatte, und die ganze Wahrheit erfahren. Und sein Versprechen, keine Fragen mehr zu stellen?

Langsam ging er zum Bett, sehnte sich nach ihrem weichen, warmen Körper, nach einer Intimität, die ihm das Recht geben würde, das Geheimnis zu ergründen ... Aber er mußte sein Wort halten. Außerdem war auch er entschlossen, nichts von seiner Vergangenheit zu verraten.

Und so riß er seinen Blick von dem seidigen Haar los,

das Taras Brüste bedeckte. Fluchend kleidete er sich an und eilte an Deck, wo er Robert am Ruder fand. Zu seiner Verblüffung stand die Sonne hoch am Himmel. Also hatte er bis zum frühen Nachmittag geschlafen. Leo brachte ihm eine Tasse heißen Kaffee. »Leider wußten wir nicht, welchen Kurs wir nehmen sollten, Captain.«

»Der Wind war schwach«, berichtete Robert. »Nun folgen wir der Küste von Pensacola. Möchtest du hier ankern?«

Jarrett zögerte kurz, dann schüttelte er den Kopf. Seit dem Weihnachtstag hatten sie sich in New Orleans aufgehalten, und nun war bereits der 2. Januar. Also hatte er am Neujahrstag geheiratet. Ob das etwas bedeutete? Jedenfalls begann das neue Jahr auf unerwartete Weise.

Unter anderen Umständen hätte er in Pensacola Station gemacht, um sich über die letzten Neuigkeiten zu informieren. Aber nun drängte es ihn, nach Hause zu fahren. Auf den Plantagen nördlich und südlich des Hillsborough River kam es oft zu Spannungen, und er wollte seinem Heim nicht allzulange fernbleiben. Die Dinge konnten sich so schnell ändern.

Bei seiner Abreise aus Florida war er keineswegs glücklich über die politische Situation gewesen. Schon seit Jahren gab es Ärger.

Als das junge Amerika erneut in Schwierigkeiten mit den Briten geraten und 1812 ein Krieg ausgebrochen war, hatten sich beide Seiten mit Indianern verbündet. Während dieses Krieges, von 1813 bis 1814 fanden auch die Creek-Kämpfe statt. Viele überlebende Indianer zogen nach Süden und wurden Seminolen — die Upper Creeks, deren Land dezimiert worden war, und die Lower Creeks, die zwar auf amerikanischer Seite gekämpft, aber ihr Land trotzdem verloren hatten.

In Florida, damals noch unter spanischer Herrschaft, entstanden neue Unruhen. Das störte die Amerikaner nicht. Sie behaupteten, die Spanier könnten die marodierenden Indianer und britischen Spione nicht kontrollieren. Andrew Jackson hatte bereits gegen die Indianer gekämpft und bei der Schlacht von New Orleans einen spektakulären Sieg über die Engländer errungen. Damals war der Krieg offiziell schon beendet gewesen, doch das hatte keine der beiden Parteien gewußt. Jackson ging nach Süden, um die Probleme in Florida zu lösen und provozierte einen Seminolenkrieg. Nun verbündeten sich die Indianer, die zuvor Gegner gewesen waren, so wie sich jene verfeindeten, die früher Seite an Seite gekämpft hatten. Letzten Endes wurden die Seminolen im Norden unterworfen. Viele zogen sich noch tiefer in ihre Wälder zurück, manche nach Süden, auf die Halbinsel. Dies alles war sehr schnell geschehen. Spanien hatte den Amerikanern Florida endlich übergeben, unter gewissen Bedingungen. Und Jackson wurde zum ersten Militärgouverneur des neuen Gebiets ernannt. Beim Vertrag von Moultrie Creek gestand man den Indianern das Recht auf Grund und Boden zu, das zwanzig Jahre lang gelten würde. Nun sollte diese Garantie noch neun Jahre dauern. Aber die Indianer und die Weißen kamen sich zu oft in die Quere. Beide Seiten trachteten nach dem Land, das sich hervorragend für Viehzucht und Ackerbau eignete. Und die Weißen wollten den Indianern immer neue Territorien wegnehmen. Die Indianer warfen ihnen vor, das Seminolenland auszubeuten, und wurden ihrerseits beschuldigt, den Weißen Vieh und Nahrungsmittel zu stehlen.

Doch es gab auch Handelsbeziehungen zwischen Seminolen und Weißen. Zum Beispiel tauschten die Indianer ihre Pelze gegen Waren wie Alkohol, Kleidung, Waffen und Munition ein.

Jarrett kannte viele Häuptlinge, und manchmal glaubte er, die gesellschaftliche Struktur der Seminolen besser zu verstehen als seine eigene. Es gab Dutzende von Clans, und jeder hatte seinen Anführer, so wie jeder Stamm von einem Häuptling regiert wurde. Aus freien Stücken gehorchte man einer höheren Macht. Wenn ein Häuptling beschloß, Krieg zu führen, wurden alle verwandten Stämme benachrichtigt. Die Krieger, die zum Kampf bereit waren, gaben Stäbe ab. Und die Creeks, die dem Feind während der Schlacht mit solchen Stäben gedroht hatten, hießen ›Red Sticks‹. Da jeder Häuptling nach eigenem Gutdünken handelte, konnten jederzeit Scharmützel ausbrechen. Und weil so viele Indianer Waffen und Schießpulver erworben hatten, spitzte sich die Situation zu.

Unbehaglich erinnerte sich Jarrett an seine Begegnung mit Osceola. Der Indianeragent, Wiley Thompson, hätte wissen müssen, daß nicht einmal verfeindete Seminolen einander in Ketten legten. Eine schlimmere Erniedrigung gab es nicht. In Seminolenkreisen ahndete man Missetaten alljährlich beim ›Tanz des grünen Maises‹. Wer ein besonders schweres Verbrechen begangen hatte, wurde mit dem Tod bestraft oder verbannt. Manchen Männern und Frauen schnitt man wegen Ehebruchs Ohren oder Nasen ab. Aber niemand mußte in Ketten schmachten. Thompson, wütend und enttäuscht über seine Verhandlungen mit Osceola, hatte behauptet, der Seminole sei in sein Büro gekommen, um ihn zu beschimpfen, und deshalb festgenommen worden. Und Thompson glaubte immer noch, er hätte sich richtig verhalten.

Als Jarrett davon erfahren hatte, war er landeinwärts geritten, um Thompson zur Rede zu stellen. Der Mann erklärte, die Maßnahme sei nötig gewesen, denn er habe dem arroganten Osceola endlich eine Lektion erteilen müssen. Mit einer eindringlichen Warnung verabschiedete sich Jarrett. Er selbst hatte sein Bestes getan, um trotz des Zwischenfalls seinen Frieden mit Osceola zu bewahren. Auch andere Weiße wußten, daß den Indianern Unrecht geschah. Und falls Schwierigkeiten entstanden, würden diese weißen Männer ins Kreuzfeuer geraten.

Nun brachte Jarrett eine Ehefrau nach Hause. Wenn er ihr seine Vergangenheit auch verheimlichte — gewisse Dinge würde sie wohl oder übel herausfinden.

»Haben wir genug Vorräte an Bord?« fragte er Leo.

»Aye, Sir. Und wenn der Wind auffrischt, erreichen wir die Tampa Bay schon übermorgen vormittag.«

Jarrett nippte an seinem heißen schwarzen Kaffee, der ihm ausgezeichnet schmeckte und seinen Verstand schärfte. Ebenso genoß er die kühle, belebende Salzluft. »Ich übernehme das Ruder«, wandte er sich an Robert und drückte die leere Tasse in Leos Hand. »Sagen Sie Nathan, er soll eine Mahlzeit vorbereiten, Leo.«

»Aye, aye, Sir«, antwortete Leo und eilte davon.

Aber Robert blieb stehen, und Jarrett stöhnte.

»Was gibt's denn sonst noch?«

»Nun ja, ich glaube, du hast genau die richtige Frau gefunden.«

»Das bleibt abzuwarten. Schon jetzt fürchtet sie sich vor den Schlangen und Krokodilen. Was glaubst du, wie sie sich fühlen wird, wenn sie die Wahrheit über meine Situation erfährt?«

»Soll ich's herausfinden?«

»Wenn du ihr auch nur ein Sterbenswörtchen verrätst, schneide ich dir die Kehle durch.«

»Natürlich werde ich schweigen wie ein Grab. Aber was wirst du tun, wenn sie die Wahrheit nicht erträgt? Willst du sie in den Norden schicken?«

Jarrett lehnte sich an die Reling, starrte in die Wellen und schüttelte den Kopf. »Auch sie hat ihre Geheimnisse. Und ich habe sie nicht gezwungen, mich zu heiraten. Jetzt muß sie so liegen, wie sie sich gebettet hat.«

»Vielleicht solltest du sie warnen.«

»Sobald ich dazu bereit bin, werde ich's tun.«

»In Tampa wird sie einiges hören.«

»Wahrscheinlich. Und wenn sie noch mehr wissen möchte, muß sie mich eben fragen.«

»Aye, Captain«, stimmte Robert mit einem übertriebenen Seufzer zu, schlug die Hacken zusammen und verneigte sich. »Jetzt werde ich Nathan in der Kombüse helfen, damit möglichst bald eine anständige Mahlzeit auf den Tisch kommt.«

Er verließ Jarrett, der das Ruder übernommen hatte und die Einsamkeit genoß, den auffrischenden Wind, den Rhythmus des Schiffs. Die Ereignisse der letzten Nacht erschienen ihm immer noch seltsam. Was würde die Zukunft bringen?

Verwirrt und leicht benommen, richtete sich Tara im Bett auf und musterte die fremde Umgebung. Dann kehrte die Erinnerung zurück und ihre Wangen begannen zu brennen. Großer Gott, wie schnell dies alles geschehen war, und jetzt ...

Ein hartnäckiges Pochen hatte sie geweckt. Rasch stand sie auf und zog sich an. *Er* war zurück gekommen. Nein, nicht McKenzie. Niemals würde er anklopfen, sondern einfach eintreten. Jarrett McKenzie, ihr Ehemann ... In ihrem Kopf schien sich alles zu drehen, und sie fürchtete den Verstand zu verlieren.

Doch den hatte sie schon letzte Nacht verloren. Soviel verloren, soviel gewonnen ... Das Glück in Jarretts Armen ...

»Tara?« fragte eine höfliche Stimme.

Vollständig angekleidet, aber das Haar immer noch zerzaust, öffnete sie die Tür. Robert Treat trug ein Silbertablett herein und verneigte sich. »Zu Ihren Diensten, Tara.«

»Danke«, erwiderte sie lächelnd und knickste anmutig.

»Soll ich das Essen auf den Schreibtisch stellen?«

»Was gibt's denn?«

»Einen köstlichen Langusteneintopf.«

»Klingt sehr verlockend.«

Schwungvoll stellte er das Tablett ab, nahm den Deckel

von der Terrine und rückte Tara den Kapitänsstuhl zurecht. Dann setzte er sich auf die Tischkante. »Lassen Sie sich von mir nicht stören, ich habe schon gegessen.«

Der Eintopf duftete tatsächlich verführerisch, und seit dem letzten Abend hatte sie nichts mehr zu sich genommen. Heißhungrig begann sie zu essen. »Arbeiten Sie für Jarrett?«

»Nur gelegentlich.«

»Sie beide sind gute Freunde, nicht wahr?«

»Die allerbesten. Für Jarrett würde ich sogar sterben. Und wir teilen die leidenschaftliche Liebe zu unserem Land.«

»Trotz der Insekten und Alligatoren?« fragte sie leichthin.

»Spotten Sie nicht, bevor Sie einen Sonnenuntergang in Florida gesehen haben! Oder bevor Sie aus Juan Ponce de Leóns wunderbarem Jungbrunnen trinken ...«

»Den gibt's tatsächlich?« fragte sie skeptisch.

Grinsend zuckte er die Achseln. »Vielleicht. Wer weiß? Jedenfalls kann ich Ihnen versprechen, daß Sie so manches zauberhafte Fleckchen Erde finden werden. Und ganz in der Nähe Ihres neuen Heims geschehen erstaunliche, romantische Dinge.«

Tara hob die Brauen. »Sie meinen — ich kann den Krokodilen zusehen, wenn sie sich paaren?«

»Mrs. McKenzie!« rief Robert und brach in Gelächter aus. »Was für eine undelikate Frage!«

»Nun, ich befinde mich ja auch in einer etwas undelikaten Situation.« Verräterische Röte stieg ihr in die Wangen.

Aber Robert erwies sich als vollendeter Gentleman. Er ging nicht auf dieses Thema ein. »Wenn Sie gestatten, werde ich Ihnen ein bißchen was über unser kleines Paradies erzählen. Wie Sie wissen, entdeckte Kolumbus im Jahre 1492 die Neue Welt. Die Spanier beraubten Südamerika zahlloser Schätze. Auch unser guter Freund Ponce wollte sich bereichern, und so suchte er nach Gold und anderen Kostbarkeiten. Sein Weg führte ihn zu den West Indies. Dann hörte er fantastische Geschichten über ein anderes Land, wo es Gold, wundervolle Reichtümer und klares, magisches Wasser gab. Man behauptete, wer davon trinke, würde ewig leben. Nun, er fand weder Gold noch das Zauberwasser — aber Florida. Nach seinem Tod wollten andere unternehmungslustige Spanier ihr Glück in diesem Land machen. Und jetzt beginnt meine Geschichte. Hernando Cortés brachte die Schätze mexikanischer Azteken in seinen Besitz und wurde ein reicher Mann. Darum beneidete ihn Velasquez, der kubanische Gouverneur. Er beauftragte einen gewissen Pánfilo de Narváez, Florida zu erforschen und ähnliche Reichtümer aufzustöbern. Und so landete Pánfilo in der Nähe der Tampa Bay, wohin wir jetzt segeln. Dann schickte er seine Schiffe die Küste entlang, nach Norden, wo sie warten sollten, während er das Land erkundete. Zunächst traf er freundliche Eingeborene, aber die Indianer wandten sich bald gegen ihn. Er fand keine Schätze, und als er die Küste erreichte, waren seine Schiffe verschwunden. Verzweifelt begann er mit seinen Begleitern, Boote aus Helmen, Schilden und Holz zu bauen. Und dann fuhren sie in ihren armseligen kleinen Kähnen aufs Meer hinaus.«

»Eine wunderbare Geschichte, Robert!« meinte Tara lächelnd. »Jetzt kann ich meine Ankunft in Florida kaum mehr erwarten.«

»Still! Der beste Teil meiner Erzählung kommt erst jetzt. Fast alle Boote wurden zerstört. Die Insassen ertranken oder wurden von Indianern getötet. Nur vier blieben am Leben und konnten erzählen, was ihnen widerfahren war.«

»Das war der beste Teil?«

»Hören Sie doch zu! Pánfilos Frau schickte ihrem Mann ein Schiff mit Nachschub. Vergeblich hielt die Besatzung nach Pánfilo Ausschau, aber die Indianer bedeuteten den Männern, an Land zu kommen. Zwei junge Burschen ruderten zur Küste und wurden von einem Indianerhäuptling namens Hirrihiqua festgenommen, den Pánfilo sehr schlecht behandelt hatte. Einen seiner Gefangenen ließ er sofort foltern und töten.«

»Das muß der beste Teil sein ...«

»Der zweite junge Mann hieß Juan Ortiz«, fuhr Robert fort und warf ihr einen mißbilligenden Blick zu. »Auch er sollte gefoltert werden und sterben. Hirrihiqua befahl seinen Leuten, ihn zu fesseln und über ein Feuer zu hängen.«

»Robert ...«

»Aber davon wollte die Tochter des Häuptlings nichts wissen. Weinend warf sie sich ihrem Vater zu Füßen, flehte ihn an, den weißen Gefangenen zu verschonen, und da schenkte er Juan Ortiz tatsächlich das Leben.« Sichtlich beglückt über den guten Ausgang seiner Geschichte, verstummte Robert.

»Wurden Sie vielleicht von Pocahontas und John Smith inspiriert?«

»O nein!« protestierte er entrüstet. »Das ist eine wahre Geschichte, und sie trug sich lange vor Pocahontas' Geburt zu.«

»Ah, ich verstehe. Verliebte sich Ortiz in die Indianerin? Wurde sie seine Frau?«

»Nein, die Rothäute hielten ihn jahrelang als Sklaven fest. Offenbar war Hirrihiqua ein grausamer Mann. Aber seine gutherzige Tochter bat ihren Verlobten, den jungen Anführer eines anderes Stamms, Ortiz bei sich aufzunehmen, damit der weiße Mann nicht allzu schlecht behandelt wurde. Daraufhin weigerte sich Hirrihiqua, das Mädchen mit dem jungen Krieger zu verheiraten. Aber dieser hatte versprochen, Ortiz zu schützen, und das tat er auch.«

»Und dann?«

»Einige Jahre später wurde Ortiz von Hernando de Soto gerettet. Über das Schicksal des indianischen Liebespaares bin ich nicht informiert. Aber es ist eine schöne Geschichte, nicht wahr?«

Amüsiert nickte Tara. »Woher wissen Sie das alles?«

»Aus Büchern. Ich liebe Bücher. Und ich kenne jedes Wort, das Mr. William Shakespeare je geschrieben hat. Tara, Sie müssen mich unbedingt einmal besuchen. Das ewige Leben kann ich Ihnen nicht versprechen, aber ich werde Ihnen als unerschöpfliche Informationsquelle dienen.«

»Vielen Dank. Für alles.«

Robert sprang vom Schreibtisch. »Jetzt muß ich gehen, sonst ziehe ich mir womöglich den Zorn des Captains zu. Bis später.«

Rasch verließ er die Kabine, und sie schaute ihm belustigt nach. Was für ein netter junger Mann ... Sogar wenn er die gräßlichsten Dinge schilderte, konnte er sie zum Lachen bringen. Aber es würde ihm niemals gelingen, sie mit einem einzigen Wort oder einer leichten Berührung erzittern zu lassen, so wie Jarrett McKenzie.

Doch was würde geschehen, wenn ihr Gemahl jemals die Wahrheit erfuhr? Die Wahrheit — die Clive Carter erfunden hatte ...

Eine Zeitlang hielt Jarrett den Kurs. Dann kehrte Robert mit einem Teller Langusteneintopf an Deck zurück und übernahm das Ruder, während sein Freund aß. Dunkle Wolken ballten sich am Horizont und kündigten einen Sturm an.

Als der Wind auffrischte, wurden alle Besatzungsmitglieder an Deck gerufen und trimmten die Segel.

Jarrett stand wieder am Ruder und stemmte sich dem Sturm entgegen. Plötzlich spürte er, daß jemand hinter ihn trat, und drehte sich um. »Geh unter Deck!« schrie er Tara an.

»Aber ich kann dir helfen ...«, begann sie.

»Geh hinunter!«

»Ich bin eine gute Seglerin, und bei diesem Wetter bleibe ich nicht gern in der Kabine. Da fühle ich mich so beengt ...«

»Verdammt!« fluchte er. Mit aller Kraft umklammerte er das Ruder. »Willst du unbedingt über Bord gespült werden?«

»Ich sagte doch — ich verstehe was von der Schiffsfahrt ...«

»Leo! Ans Ruder!« überschrie er den heulenden Sturm und die rauschenden Wellen. Sobald er abgelöst worden war, packte er Taras Arm und zerrte sie die Kajüttreppe hinab.

Inzwischen war einiges in der Kabine verändert worden. Man hatte die Badewanne und die Tabletts entfernt. Und in der Ecke stand eine Truhe.

Eine vertraute Truhe. Sofort vergaß Jarrett das Gewitter, die Zukunft — und sekundenlang sogar seine junge Ehefrau. Diese Truhe hatte Lisa gehört ...

Er starrte sie an, dann wandte er sich zu Tara, die unsicher zurückwich. »Robert hat mir diese Truhe gebracht«, erklärte sie hastig. »Wie du weißt, besitze ich nur, was ich am Leib trage. Und er sagte, ich könnte diese Sachen benutzen.«

»Aber das hast du nicht getan.« Sein Blick streifte ihr Kleid.

»Nun, ich wollte erst einmal die Frau um Erlaubnis bitten, der das alles gehört.«

Die heftigen Gefühle, die ihn erfaßten, verstand er selber nicht.

Hohe Wogen schleuderten das Schiff hin und her. Das schien Tara nichts auszumachen. Mühelos hielt sie ihr Gleichgewicht. In diesem Moment haßte er sie beinahe. Und er haßte seine Begierde, ihre Vollkommenheit, ihre Schönheit, den goldenen Glanz ihrer Haare, ihre sanfte Stimme ...

Aber vor allem haßte er sie, weil sie ihn das Gesicht der

Frau vergessen lassen konnte, die er über ein Jahrzehnt lang geliebt hatte.

»Sie ist tot!« stieß er zwischen zusammengebissenen Zähnen hervor. »Nimm dir, was immer du brauchst. Und bleib in dieser verdammten Kabine, bis der Sturm vorbei ist!«

»Glaub mir, ich bin eine gute Seefahrerin ...«

»Ich würde es vorziehen, du wärst eine gehorsame Ehefrau.« Mit langen Schritten eilte er hinaus und warf die Tür hinter sich zu.

Als er an Deck zurückkehrte, kämpften seine Männer immer noch mit den Segeln. Es war ein typischer Florida-Sturm. Warme Luft traf die kältere, die aus Norden heranwehte. Solche Gewitter schienen den Himmel zu zerreißen. Unentwegt zuckten Blitze zwischen den dunklen Wolken, gefolgt von ohrenbetäubenden Donnerschlägen. Mit aller Kraft hielt Jarrett das Ruder fest, um das Schiff einigermaßen durch die aufgewühlte See zu steuern.

Kurz vor Mitternacht erlosch der letzte Blitz, der Donner verhallte. Der strömende Regen ging in ein leichtes Nieseln über, das Meer glättete sich.

Nathan kochte Kaffee, den er mit Whiskey würzte, und Jarrett beschloß, für die restliche Nacht am Ruder zu stehen. Bei Tagesanbruch sollte Robert ihn ablösen.

Der Himmel färbte sich rosa, als Jarrett in die Kabine zurückkehrte, seine nasse Kleidung ablegte und seine schlafende Frau betrachtete. Statt des blauen Hemds, das die Schiffsbesatzung für die Brautnacht gekauft hatte, trug sie eins aus dickem weißem Flanell. Offensichtlich entstammte es der Truhe. Er entsann sich nicht, Lisa jemals darin gesehen zu haben. Spitzenborten säumten den hochgeschlossenen Kragen. Sehr züchtig ... Aber Tara mußte verrückt sein, wenn sie glaubte, in diesem Hemd würde sie weniger begehrenswert wirken. Splitternackt kroch er ins Bett, zog den Saum des Flanellhemds nach oben und streichelte ihre nackten Schenkel. Irgendwie fand er sogar ein Stückchen Haut über dem hohen Kragen und begann es zu küssen. Nur langsam kehrte sie aus dem Reich der Träume zurück. Nach den anstrengenden letzten Stunden war er nicht in der Stimmung, den Streit fortzusetzen, der am Abend begonnen hatte. Wortlos glitt er auf Taras Körper, schob ihre Beine auseinander und drang in sie ein. Wie ihr leises Stöhnen verriet, war sie inzwischen vollends erwacht.

Doch sie protestierte nicht, und als er seinen Höhepunkt erreichte, spürte er, wie auch sie erschauerte. Allmählich verebbte die Leidenschaft und die Nachtluft kühlte sein Fleisch. Tara schwieg, und er überlegte unbehaglich, ob er sich für seinen Temperamentsausbruch entschuldigen sollte. Doch er fühlte sich viel zu müde. Die Augen fielen ihm zu, und innerhalb weniger Sekunden schlummerte er ein.

Am späten Morgen erwachte er. Seltsamerweise wurde er von perlendem Gelächter aus dem Schlaf gerissen. Eine Zeitlang blieb er verwirrt im Bett liegen und lauschte, bis das Lachen verklang. Dann stand er auf, von plötzlicher Panik erfaßt. Nur mit seiner Hose bekleidet rannte er an Deck. Die Besatzung hatte den Anker geworfen. An der Steuerbordseite saßen Ted und Nathan, Angelschnüre hingen ins Wasser. Jarrett runzelte die Stirn und starrte die beiden an. Als er an der Backbordseite ein Plätschern hörte, eilte er hinüber. Robert beugte sich über die Reling und spähte nach unten.

»Was gibt's da zu sehen?« fragte Jarrett.

»Tara ist ...«

»Über Bord?« Erschrocken stürmte Jarrett zu seinem Freund, bereit, ins Meer zu springen. In seiner Erregung bemerkte er die hinabgelassene Strickleiter nicht.

»Nein, sie schwimmt«, entgegnete Robert. »Sie meinte, das Wasser würde so einladend aussehen.«

»Und das hast du ihr erlaubt?«

»Wie sollte ich sie denn zurückhalten?«

Das Schiff ankerte nahe der Küste Floridas . Kein Wölkchen hing am Himmel, das Meer schimmerte azurblau. Und zwischen den glitzernden Wellen sah Jarrett den goldblonden Kopf seiner Frau.

Erbost fragte er sich, ob sie nackt badete. Doch dann drehte sie sich auf den Rücken, schwamm anmutig dahin, und er erkannte die enge Kniehose wieder, die Lisa für die gemeinsamen Exkursionen ins Landesinnere genäht hatte. Dazu trug Tara eines seiner Hemden, das ihr viel zu groß war. Ein Wunder, daß sie sich darin so mühelos bewegen konnte ...

»Offensichtlich fühlt sie sich im Meer zu Hause«, bemerkte Robert.

Statt zu antworten, stürzte sich Jarrett kopfüber ins Wasser. Die Eiseskälte traf ihn wie ein Keulenschlag. Im Winter kühlte sogar das Meer an der tropischen Florida-Küste stark ab. Doch das schien Tara nicht zu stören. Als er keuchend und zitternd auftauchte, sah er sie lächelnd vorbeischwimmen. Offenbar bemerkte sie gar nicht, daß er ihr ins Wasser gefolgt war. Er beschloß, die Kälte zu ignorieren — oder wenigstens nicht zu zeigen, wie erbärmlich er fror.

Die Zähne fest zusammengebissen, schwamm er zu ihr und berührte sie. Zu seiner Genugtuung zuckte sie verblüfft zusammen, ging unter und tauchte prustend wieder empor. »Oh, du hast mich fast zu Tode erschreckt!« schimpfte sie. »Ich dachte, du wärst ein Fisch.«

»Und was glaubst du, wie mir zumute war, als ich dich im Wasser entdeckte? Was weißt du schon von diesem Meer? Ich könnte tatsächlich ein Fisch sein. Ein Hai! Warum zum Teufel mußt du dich mutwillig in Gefahr bringen?«

Ihre tiefblauen Augen spiegelten den strahlenden Sonnenschein wider. »Was soll mir schon passieren? Ich kann schwimmen.«

»Ach ja, richtig! Das erwähntest du bereits, als ich dich

davon abhielt, in den schlammigen Mississippi zu springen. Hör mal, ich habe mir Sorgen gemacht! Und in Zukunft wirst du nichts tun, ohne mich vorher zu fragen!«

»Du hast geschlafen.«

»Dann hättest du eben gewartet, bis ich aufgewacht wäre.«

»Wie sollte ich denn wissen, daß ich dich wegen jeder Kleinigkeit um Erlaubnis bitten muß? Ich bin nicht dein Eigentum.«

»Aber meine Frau!«

»Das ist nicht dasselbe.«

»Nun, ich gestehe dir eine eigene Meinung zu. Aber jetzt will ich dir *meinen* Standpunkt klarmachen. Um dich zu schützen, habe ich dich geheiratet. Und ich möchte nicht jeden Morgen mit der Angst aufwachen, du könntest ertrinken. Und ich muß es noch einmal betonen — bevor du in Zukunft irgend etwas unternimmst, wirst du mich vorher fragen.«

»Ja, schon gut!« Blitzschnell verschwand sie in der Wassertiefe, ihre eine Ferse traf sein Kinn, so daß sein Kopf dröhnte, und als sie wieder auftauchte, hatte sie das Schiff fast erreicht.

Wütend schwamm er ihr nach und holte sie ein, bevor sie die Strickleiter ergreifen konnte. Er packte ihren Fußknöchel, zog sie mit sich in die Wellen hinab, dann ließ er sie los, und sie schnellten gleichzeitig hoch. »Was soll das?« prustete sie. »Du hast mir befohlen, nicht zu schwimmen, und ich versuche nur, deinen Wunsch zu erfüllen!«

»Oh, du weißt sehr genau, wofür ich mich gerächt habe.«

»Keine Ahnung, was du meinst ...«, protestierte sie, aber ihr kurzes Zögern verriet, daß sie ihn keineswegs unabsichtlich gegen das Kinn getreten hatte.

»Reiz mich nicht, Tara!« warnte er leise.

Als sie sich an der Strickleiter festhielt, umarmte er sie

von hinten, und sein Herz begann wie rasend zu schlagen. Heftige Gefühle erwachten in ihm. Wie eine zweite Haut klebte das Baumwollhemd an ihrem Körper, zeichnete alle Konturen nach. Und jeder Mann an Bord der *Magda* würde die verlockenden Rundungen sehen.

»Darf ich?« stieß sie zwischen zusammengebissenen Zähnen hervor und versuchte sich aus der Umarmung zu befreien, um nach oben zu klettern.

»Natürlich«, erwiderte er tonlos und ließ sie los. Rasch und behende stieg sie hinauf. Zu seiner Erleichterung wartete Robert an der Reling mit einer Decke, die er um ihren Körper wickelte.

Auch Jarrett erklomm die Leiter, und als er sich über die Reling schwang, war Tara bereits unter Deck verschwunden. Die kalte Luft jagte einen Schauer über seinen Rücken.

»Möchtest du ebenfalls eine Decke haben?« fragte Robert höflich.

»Nein, lieber heißen Kaffee.« Jarrett trat neben Nathan, der am Ruder stand, und starrte zur Küste, zum grünen Dickicht zwischen den weißen Sandstränden.

Wenig später brachte Leo ihm eine Tasse Kaffee, der Jarrett angenehm erwärmte. Seine Haut trocknete im warmen Sonnenschein, doch die Hose blieb feucht. »Ich übernehme das Ruder«, sagte er zu Nathan.

Während er das Schiff steuerte, würde auch die Hose trocknen — und sein Temperament abkühlen.

Es gab kaum etwas, das er lieber tat, als übers Meer zu segeln — mit seiner tüchtigen, treuergebenen Besatzung, die ihm schon seit Jahren diente. Dreimal im Jahr führten ihn seine Geschäfte nach New Orleans, einmal nach London. Baumwolle und Zuckerrohr ließen sich gut verkaufen. Außerdem besaß er fruchtbares Weideland, wo seine Rinder prächtig gediehen. Hühner und Schweine tummelten sich zusätzlich im Hof. In seinen Stallungen standen exquisite Pferde, und er hatte schon vor einiger Zeit festgestellt, daß man mit der Zucht dieser edlen Tiere ein Vermögen machen konnte. Auch die Salzsümpfe nördlich von Jarretts Haus nährten seinen Reichtum.

So wie sein Vater hatte er beschlossen, ein Leben in der Wildnis zu führen — nicht so sehr, um von den Schätzen des Landes zu profitieren, sondern um eine Heimat zu finden, für Lisa und sich selbst. Das Abenteuer hatte ihn gelockt, die unberührte Natur dieses Paradieses. Anfangs war es nicht leicht gewesen. Während sie das Haus bauten, schliefen sie auf dem Waldboden, und oft mußten sie bangen, ob die Ernte all die Mühe auch lohnen würde.

Dann hatte er Lisa verloren, und nun blieb ihm nur noch das Land, das er liebte, dem er ein friedliches Miteinander zwischen Weißen und Seminolen wünschte.

Er selbst ging mit gutem Beispiel voran. In seiner Abwesenheit führte Jeeves den Haushalt, ein hochgewachsener Mann von afrikanischer und indianischer Abstammung — schwarz wie Ebenholz, stark wie ein Ochse. Früher hatte er einem Senator in Boston gedient. Er war ein freier Mann, verdiente gutes Geld, und Jarrett behandelte ihn wie einen Freund. Würdevoll und umsichtig dirigierte Jeeves die große Schar, die im Haus und auf den Feldern arbeitete — Indianer, Afrikaner, Amerikaner, Iren, Engländer, Spanier, Haitianer und Kreolen. Stets an seinen Mitmenschen interessiert, brachte Jarrett von seinen Reisen neue Angestellte nach Cimarron mit. Jeder, der ein schlimmes Schicksal erlitten hatte, durfte auf seine Hilfe zählen. Zum Beispiel beschäftigte er zwei irische Stubenmädchen, die auf der Fahrt nach Amerika Schiffbruch erlitten und die Eltern verloren hatten. Verwaist und mittellos waren sie in den Straßen von Charleston gelandet. Zahlreiche Halbblutindianer, fremd in beiden Welten, suchten Zuflucht bei Jarrett.

Allzuviel verdienten die Feldarbeiter nicht, aber jeder besaß ein eigenes kleines Stück Land, das er bebauen konnte, und seine Freiheit. Stets hatte Jarrett die Sklaverei verabscheut und schon in früher Jugend gelernt, daß man Menschen nicht nach ihrer Hautfarbe beurteilen durfte. Er kannte ebensoviele gute, charakterfeste Indianer und Afrikaner wie Weiße. Und niemand hatte das Recht, einen anderen zu besitzen, ihm die Menschenwürde zu nehmen, die Chance, seine eigene Träume zu verfolgen. Auf Cimarrón bewies Jarrett eindrucksvoll, daß man auch ohne Sklaven eine ertragreiche Plantage betreiben konnte.

Seinem schönen Heim fehlte es an nichts — nur an einer Herrin, seit Lisas Tod. Sicher würde sich Jeeves freuen, wenn er die neue Ehefrau sah, die sein Herr nach Hause brachte.

Allmählich sank die Sonne. Jarrett hörte Gelächter, und wenig später erklang Roberts Fiedel. Melodische Klänge erhoben sich in den goldroten Himmel, begleitet von Taras kristallklarer Stimme, die eine alte englische Ballade sang:

»Wie kannst du nur so grausam sein,
mein treues Herz zu kränken?
So lang schon lieb ich nur dich allein,
kann immer nur an dich denken.«

Roberts ausdrucksvoller Tenor stimmte ein, im Duett sangen sie das Lied zu Ende. Dann lachten sie wieder. Natürlich, mit dem charmanten Robert konnte man sich leicht amüsieren ... Zu seiner eigenen Verblüffung empfand Jarrett heiße Eifersucht. Aber war es ein Wunder, wenn ihn seine geheimnisvolle Frau immer unwiderstehlicher in ihren Bann zog?

»Captain?« Leo trat an seine Seite, die Stirn sorgenvoll gerunzelt.

»Was gibt's?«

»Heute haben Sie noch keinen Bissen gegessen, Sir. Nathan hat einen köstlichen Fisch mit Gumboschoten zubereitet.«

»Wunderbar, ich bin halb verhungert.«

»Er hat ein Tablett in Ihre Kabine gebracht, Sir, weil Robert meinte, vor dem Essen möchten Sie sich vielleicht frisch machen und das Meersalz runterwaschen.«

»Das meint Robert?«

»Aye, Sir. Unser Süßwasser geht zwar zur Neige, aber Robert ließ ein heißes Bad für Mrs. McKenzie vorbereiten, weil er dachte, das würde ihr nach dem Schwimmen guttun.«

»So, das dachte Robert, eh?«

»O ja. Und Ihre Frau wußte es zu schätzen, Captain.«

»Das kann ich mir vorstellen«, murmelte Jarrett. »Aber nachdem meine Frau gebadet hat, möchte ich nicht noch mehr frisches Wasser verbrauchen.«

»Wir sind schon fast daheim, Sir.«

»Wie konnte ich das nur übersehen . . .«

Jarretts Ironie verfehlte jede Wirkung auf Leo. »Jetzt übernehme ich das Ruder, Captain. Sollen wir die Segel trimmen? Die Brise scheint wieder aufzufrischen, von Nordwesten her.«

»Aye, Leo, kümmern Sie sich drum.« Während der Maat seine Befehle erteilte, verließ Jarrett das Ruder und ging unter Deck, um die Freuden seiner jungen Ehe zu genießen — aber fest entschlossen, seine Gefühle im Zaum zu halten.

Tara hörte die Schritte, die sich der Tür näherten, und erkannte sie sofort wieder. Im Lauf des Tages hatten sich Robert und alle Besatzungsmitglieder eingefunden, um nach ihren Wünschen zu fragen und für ihr Wohlbefinden zu sorgen.

Aber Jarretts Schritte waren unverwechselbar — erstaunlich leichtfüßig für einen so großen, kräftigen Mann. Ihr Herzschlag beschleunigte sich. Empfand sie Angst oder erwartungsvolle Freude? Das wußte sie selber nicht.

Schon seit einiger Zeit saß sie in ihrem langen weißen

Nachthemd auf dem Bett und dachte über den seltsamen Mann nach, den sie geheiratet hatte. O ja, er war unglaublich attraktiv, und seine Liebkosungen konnten ein Feuer in ihr entfachen, von dem sie bis zu ihrer Hochzeitsnacht nichts geahnt hatte. Doch seine eindringlichen dunklen Augen schienen immer wieder die Wahrheit von ihr zu fordern, und wenn er Informationen bekam ...

Sie erschauerte. Wenigstens hatte sie ihn nicht belogen und reinen Gewissens ihre Unschuld beteuert. Nun konnte sie nur hoffen, er würde sein Wort nicht brechen und keine weiteren Fragen stellen. Und solange sie ihren Teil des Abkommens einhielt und die ehelichen Pflichten erfüllte ... Das fiel ihr nicht schwer. Mühelos gelang es Jarrett, ihr sinnliche Freuden zu bereiten — selbst wenn sie Zorn oder Verzweiflung fühlte.

Ja, sie würde ihm eine gute Ehefrau sein. Aber sie wollte sich nicht tyrannisieren lassen, nachdem sie so lange und so hart um ihre Unabhängigkeit gekämpft hatte.

Er trat ein und schloß die Tür hinter sich, immer noch barfuß und mit nacktem Oberkörper. Eng umspannte die Hose seine schmalen Hüften. Die Sonne hatte seine Schultern kupferbraun gefärbt. Nachdem er ihr einen kurzen Blick zugeworfen hatte, ging er zum Schreibtisch, wo ein Tablett mit einer zugedeckten Silberschüssel, einer Scheibe Brot und einem gefüllten Weinglas bereitstand.

Die Brauen fragend erhoben, wandte er sich zu Tara, und sie erklärte hastig: »Ich habe schon gegessen.«

Er nickte, setzte sich und nippte an seinem Wein. »Du hast also schon gegessen — und gebadet?«

»Ja. Hätte ich um Erlaubnis bitten müssen?«

Lächelnd faltete er die Hände im Schoß. »Vielleicht. Bei jeder anderen Frau würde ich nein sagen. Aber du bist so unberechenbar, und deshalb will ich immer ganz genau wissen, was du vorhast. Seltsam — du fürchtest dich vor den Schlangen und Alligatoren in Florida, aber nicht vor Haien ...«

»Im Meer fühle ich mich zu Hause.«

»Tatsächlich?«

Als sie nicht antwortete, begann er heißhungrig zu essen, leerte sein Glas und füllte es noch einmal. Nach der Mahlzeit lehnte er sich zurück. Das Kerzenlicht warf einen goldenen Schein auf sein dunkles Haar.

Schließlich brach er das Schweigen. »Florida ist nicht so schlimm, wie du glaubst. Ein wundervolles Land, so groß und so abwechslungsreich ... Um von Pensacola im Westen nach St. Augustine zu segeln, braucht man fünfzehn bis zwanzig Tage. Früher hielten die Abgeordneten ihre Sitzungen einmal in der einen, dann in der anderen Stadt ab. Doch sie fanden die weiten Reisen beschwerlich. Eines Tages erlitten sie an der Spitze der Halbinsel Schiffbruch und beschlossen, sich auf einen Versammlungsort in der Mitte zu einigen. Und so avancierte Tallahassee zur Hauptstadt.«

»Tallahassee?« wiederholte Tara leise. »Ein indianischer Name.«

»Allerdings.« Als er sie erschauern sah, fragte er mit gepreßter Stimme: »Verachtest du die Indianer?«

»Ich — fürchte sie«, gab sie zu.

Da stand er auf, ging zum Bett und setzte sich neben Tara. Behutsam strich er über ihr Haar, dann zog er ihr das weiße Nachthemd aus. Seine Lippen und Hände entfachten die Flammen einer wachsenden Lust, die ihr mittlerweile vertraut war. Bald wurde sie wieder in jenes beglückende Paradies entführt, wo Sterne vom Himmel zu regnen schienen. Und danach dauerte es lange, bis sich ihre rasenden Herzschläge beruhigten. Zufrieden schlief sie in Jarretts Armen ein.

TEIL II

Wildnis

6

Beinahe daheim, dachte Jarrett. Er befahl seiner Besatzung, die Segel einzuholen und das Schiff nach Backbord zu drehen, damit es am Dock von Tampa anlegen konnte. Beinahe daheim. Um die Plantage zu erreichen, mußte er noch den Fluß hinauffahren. Aber an diesem Abend wollte er seine Frau mit Freunden bekannt machen, die in diesem abgeschiedenen Außenposten lebten.

Der einstige Militärstützpunkt Fort Brooke an der Tampa Bay hatte sich zur Stadt Tampa entwickelt — keineswegs elegant, nicht einmal besonders zivilisiert und zum Großteil immer noch von Soldaten bewohnt. Manche Leute, die hierher versetzt wurden, glaubten in der Hölle zu landen. Andere liebten die weißen Strände, das azurblaue Wasser der Bucht, die milden Brisen, die auch im Winter wehten. Nur selten war es richtig kalt, selbst wenn es in Jacksonville und Pensacola gelegentlich schneite.

Auch Frauen lebten in Tampa — die Ehefrauen der Militärs, Marketenderinnen, leichte Mädchen, die sich auf Kosten der Regierung aushalten ließen. Immer noch überragte das Fort die schlichten Holzhäuser. In einigen Straßen hatte man hölzerne Gehsteige gebaut, um die langen weiten Röcke der Damen zu schützen, in anderen mußten sie wohl oder übel nach regnerischen Tagen durch den Schlamm waten.

Mit jedem Tag wuchs die Stadt. Barbiere, Ärzte, Zahnärzte, Apotheker und Kaufleute zogen nach Tampa. Hühner gackerten, hier und da tauchten Kühe auf, Offiziere ritten auf schönen Pferden dahin.

»Da ist ziemlich viel los, was?« bemerkte Robert, der neben seinem Freund stand und durch ein Fernglas die Aktivitäten in Tampa beobachtete.

Jarrett nickte und ergriff das Fernrohr. Auf eingezäunten Exerzierplätzen wurden Truppen gedrillt. Einzelne Soldaten eilten von einem Haus zum anderen, als müßten sie wichtige Nachrichten überbringen. Etwa zwanzig Mann schwangen sich in ihre Sättel und galoppierten davon.

Bei diesem Anblick krampfte sich Jarretts Herz zusammen.

»Was bedeutet das?« fragte Robert.

»Das weißt du ebensogut wie ich«, erwiderte Jarrett und fühlte sich elend. Neue Kämpfe mit den Indianern ... Genau das hatte er befürchtet. Osceola würde Wiley Thompson jene demütigende Gefangenschaft niemals verzeihen.

Es war ein trügerischer Friede gewesen. Im November 1835, bald nach Jarretts Besprechung mit Osceola, Alligator und dem Laufenden Bären, spitzten sich die Dinge zu.

Schon bei jener Begegnung hatte Osceola gewußt, daß man nicht auf Frieden hoffen durfte, denn auf seine Kappe ging die Ermordung des Indianers Charlie Emathla. Natürlich war es in Osceolas Augen kein Mord, sondern die Hinrichtung eines Mannes, der sein Volk verraten hatte. Viele Seminolen, entmutigt von der ständigen Hungersnot ihrer Angehörigen, betrachteten Charlies Handlungsweise als Kapitulation vor den Weißen, als Verrat an jenen, die sich nicht in die hintersten Winkel ihres angestammten Landes drängen lassen wollten.

Andrew Jackson plante schon lange, die Indianer westlich vom Mississippi anzusiedeln. Da die weißen Siedler immer größere Landstriche in Florida beanspruchten, war das Problem allmählich akut geworden. Letzten Endes hatte Jackson, mittlerweile US-Präsident, entschieden, die Indianer müßten für die verlorenen Gebiete entschädigt und sofort nach Westen geschickt werden. Das Militär von Florida beschloß die Umsiedlung im Frühling 1836 durchzuführen, ob es den Indianern paßte oder nicht.

Als Charlie aufgefordert wurde, seine Leute nach Westen zu bringen, erklärte er den Weißen, er habe nicht das Recht, für die Seminolen zu sprechen, da er selbst den Creeks angehöre. Er besaß eine Plantage und Vieh im nördlichen Zentral-Florida. Aber eines Tages war er des Widerstands müde und bereit, nach Westen zu ziehen. Er trieb seine Rinderherde nach Fort King und verkaufte sie. Auf dem Rückweg wurde er von militanten Indianern — darunter der Kriegerhäuptling Osceola — erschossen. Das hatte Jarrett von seinen Freunden im Fort Brookes erfahren.

Nicht nur Wiley Thompsons unbedachte Aktion schürte Osceolas Feindseligkeit. Er hatte noch einen anderen Grund, die Weißen zu hassen.

Als junger Mann hatte er sich zwei Frauen genommen, Morgentau und Sinkende Sonne. Viele Jahre, bevor die aktuellen Schwierigkeiten begonnen hatten, war Sinkende Sonne — eine bildschöne Indianerin mit Negerblut in den Adern — von weißen Trappern entführt worden. Einige Pelzhändler verkauften die junge Frau auf dem Sklavenmarkt von St. Augustine an einen Pflanzer. Aber Jarrett und der Laufende Bär konnten sie dem Mann abschwatzen.

So fand der Zwischenfall ein gutes Ende. Trotzdem bezweifelte Jarrett nicht, daß Osceola Rache geübt hatte. Eines Tages waren die Trapper, die Sinkende Sonne entführt hatten, bei einem Jagdausflug spurlos verschwunden.

Dies gehörte der Vergangenheit an. Doch nun, wo die Spannung wuchs, erwachten auch die Erinnerungen. Jarrett bereute bitter, daß er so lange in New Orleans geblieben war. Aber was hätte er unternehmen sollen? Er wußte noch nicht einmal, was hier geschah.

Wenig später legte die *Magda* am Dock an. Überall wurden Barrikaden errichtet und Fenster vernagelt. Trotz der hektischen Aktivitäten eilten viele Leute herbei, um Jarrett zu begrüßen. Josh und Nancy Reynolds winkten ihm, ein freundliches Ehepaar — gute alte Freunde. Andere wollten sehen, was er mitgebracht hatte. Mit Salz und Zucker war er nach New Orleans gefahren, mit französischen Strümpfen, Seifen und Parfums, Langusten und Gewürzen und Neuigkeiten kam er zurück. Stets wurde seine Heimkehr ungeduldig erwartet.

Er gab seinen Männern noch ein paar letzte Befehle, dann wollte er an Land springen, als er plötzlich Taras Stimme hinter sich hörte. »*Hier* — lebst du?« In dieser Frage schwang unverhohlenes Entsetzen mit. Und er glaubte auch Verachtung herauszuhören — Verachtung für sein Paradies, für alles, was ihm seit Lisas Tod noch etwas bedeutete, wofür er lebte und kämpfte und sogar sterben würde.

Wütend drehte er sich zu Tara um. Doch sie bemerkte seinen Zorn gar nicht, während sie bestürzt zur Stadt hinüberstarrte. Was für primitive, armselige Häuser, ohne jegliches Stilgefühl errichtet ... Welch ein Unterschied zu der majestätischen Stadt zwischen den sanft geschwungenen grünen Hügeln, aus der sie geflohen war!

Aber durfte sie sich überhaupt ein Urteil erlauben? Sie mußte dankbar sein, weil sie hier nach ihrer beschwerlichen Flucht einen Hafen gefunden hatte. Und sie konnte nicht bestreiten, daß die Wellen der Bucht in leuchtendem Blau glänzten, daß die Stadt auch im Winter von üppigem Grün umgeben war.

Ja, hier könnte sie sich wohlfühlen — wenn nur nicht

diese gräßliche Angst wäre. Erst jetzt bemerkte sie Jarretts prüfenden Blick, und ihre Miene verschloß sich. Sie hätte ihr Entsetzen nicht zeigen dürfen. Das würde er nicht begreifen, und sie konnte ihm nichts erklären.

Natürlich verstand er nicht, was sie bewegte. In diesem Moment schien die Intimität, die sie an Bord der *Magda* geteilt hatten, dahinzuschwinden. Ihre Schönheit erschien ihm kühl und unnahbar. Sie hatte ihr goldblondes Haar zu einem eleganten Nackenknoten geschlungen, und sie trug eins von Lisas Kleidern aus blauem Samt mit einem Hemd und Unterrock aus weißer Spitze — eng in der Taille, mit weitem Rock. Der Ausschnitt entblößte den elfenbeinweißen Busenansatz.

Plötzlich verspürte er den fast unwiderstehlichen Drang, das Kleid von Taras Leib zu reißen und sie zu schütteln, bis die blaue Kälte in ihren Augen erlöschen würde. Eigentlich müßte er sie daran erinnern, daß sie nichts weiter war als eine Schankkellnerin, die seine Neugier — und Begierde — erregt und die er geheiratet hatte, um ihr zu helfen. Niemals würde er eine Ehefrau in ihr sehen. Lisa war seine Frau gewesen, in jedem Sinn dieses Wortes. Und sie war es immer noch, wenn sie auch nicht mehr lebte.

Wie konnte Tara, die sein Paradies haßte, jemals sein Leben teilen, so wie man es von einer Ehefrau erwartete? Und sie hatte noch nicht einmal einen Fuß an Land gesetzt.

»Nein, hier lebe ich nicht«, entgegnete er. »Auf meiner Plantage sieht's noch viel schlimmer aus.«

Sein scharfer Ton ließ Tara zusammenzucken, aber sie schwieg und wich seinem Blick aus.

»Ah, Mrs. McKenzie!« lächelnd trat Robert an ihre Seite. »Nun, wie gefällt Ihnen Tampa? Das Wasser in dieser Bucht schimmert so blau wie Ihre Augen. Und warten Sie nur ab, bis Sie die Strände sehen! Die Häuser hier dürfen Sie sich nicht so genau anschauen. Jedenfalls ist Mrs. Conolly von der Bay Tavern eine wunderbare Köchin, und dort gibt's große, saubere Zimmer mit Betten, die nicht auf den Wellen schaukeln.«

Von unwillkürlicher Eifersucht erfaßt, beobachtete Jarrett, wie Tara das Lächeln seines Freundes erwiderte. Offensichtlich gelang es Robert immer wieder, sie aufzuheitern.

Könnte sie in dieser Wildnis glücklich werden, wenn sie Roberts Frau wäre?

»Oh, das klingt sehr verlockend, Mr. Treat«, meinte sie.

Robert wollte ihr den Arm bieten, um sie an Land zu führen, aber Jarrett kam ihm zuvor. Obwohl er es nicht beabsichtigt hatte, faßte er Tara ziemlich unsanft an und spürte, wie sie sich versteifte. Rasch stieg er mit ihr über die Schiffsplanken zum Dock hinab. Nancy und Josh eilten ihnen entgegen. Freudestrahlend warf sich die junge Frau in Jarretts Arme und küßte ihn auf die Lippen. »Wie wundervoll, dich wiederzusehen!«

»Paß doch auf, Nancy!« mahnte ihr Mann. »Sonst wirfst du ihn noch ins Wasser. Laß den armen Mann doch erst einmal Luft holen. Und steig der jungen Lady, die du so unhöflich beiseite geschoben hast, nicht auf die Zehen!«

»Oh, tut mir leid!« beteuerte Nancy und warf Tara einen kurzen Blick zu, dann begrüßte sie auch Robert mit einem herzhaften Kuß.

Voller Genugtuung beobachtete Jarrett das Unbehagen, das Tara nicht verhehlen konnte. War sie etwa eifersüchtig?

»Nancy!« Robert hob die schlanke, dunkelhaarige Frau hoch und wirbelte sie im Kreis herum. Dann stellte er sie wieder auf die Füße, um Joshs Hand zu schütteln.

»Das sind Nancy und Josh Reynolds«, erklärte Jarrett seiner Frau. »Die beiden besitzen einen Laden in Tampa.«

Andere Leute umringten die Heimkehrer, um sie willkommen zu heißen, und im Hintergrund entdeckte Jarrett einen blonden Offizier, der ihn offensichtlich erwartete — sein alter Freund, Captain Tyler Argosy.

»Verdammt, was geht in Tampa vor?« wandte sich Jarrett an Josh Reynolds.

»Hier ist die Hölle los, Jarrett«, seufzte Josh. »Major Dade brachte eine Truppe nach Norden, zum Fort King. Unterwegs wurden sie von Seminolen aus dem Hinterhalt überfallen. Nur drei Mann haben den Angriff überlebt. Einer starb auf der Rückreise nach Tampa, der zweite kann nicht mehr sprechen, und der dritte jagte uns allen kalte Angst ein. Nun bereiten wir uns auf eine gewaltige Attacke vor. Bald wirst du eine Gelegenheit finden, mit dem armen, übel zugerichteten Soldaten zu reden, der praktisch auf allen vieren in die Stadt zurückgekrochen ist. Die Indianer töteten unsere Soldaten, dann wurden die Leichen von entlaufenen Sklaven verstümmelt. Nun, du weißt ja, wie das ist, Jarrett. Ein paar Neger-Seminolen leben schon sehr lange bei den Indianern und haben sich deren Lebensart angeeignet. Jetzt sind sie keine Sklaven mehr, aber sie erinnern sich gut genug an das Unrecht, das ihnen von gewissen Plantagenbesitzern zugefügt wurde. Wann immer sie sich an weißen Männern rächen können, nutzen sie die Gelegenheit. Auch Wiley Thompson ... Verdammt, Jarrett — die Ladys ...«

»Sprich weiter, Josh!« drängte Nancy. »Jarrett muß erfahren, was geschehen ist.«

Nur widerstrebend gehorchte ihr Mann. »Wie wir alle wissen, konnte Osceola nicht hinnehmen, was Wiley ihm angetan hatte. Einen Seminolen darf man nicht in Ketten legen, das hätte Wiley Thompson bedenken müssen. Die Indianer fielen außerhalb des Forts über ihn her und ermordeten ihn, zusammen mit einigen Soldaten. Und jetzt wird ein Krieg ausbrechen, Jarrett, das läßt sich nicht verhindern.«

In seiner Verzweiflung fand Jarrett keine Worte.

»Großer Gott!« wisperte Tara.

»Ma'am, es tut mir so leid«, versicherte Josh. »Aber ich konnte Ihnen die Wahrheit nicht ersparen. Möchten Sie hier jemanden besuchen? Hoffentlich keinen der armen Soldaten, die Major Dade begleitet haben ...«

»Nein«, fiel Jarrett ihm müde ins Wort, »sie ist meine Frau.«

»Deine Frau!« Verwirrt schnappte Nancy nach Luft. »Oh, und wir haben das arme Mädchen zu Tode erschreckt. Du hättest uns warnen müssen, Jarrett. Dann hätten wir sie ganz anders begrüßt ...«

»Menschenfreundlicher«, ergänzte Josh.

»Jetzt sehen wir erst mal, daß wir von hier wegkommen«, schlug Nancy vor. »Oh, ich bedaure das alles wirklich zutiefst, Mrs. — McKenzie.« Offenbar fiel es ihr schwer, den Namen auszusprechen.

»Tara«, erklärte Jarrett. »Sie heißt Tara.«

»Bringen wir sie in die Taverne, bevor sie zusammenklappt«, schlug Nancy vor.

Obwohl Tara leichenblaß war, erweckte sie nicht den Eindruck, sie könnte die Besinnung verlieren. Herausfordernd schaute sie ihren Mann an, der diesen Blick richtig deutete. »Keine Bange, sie ist robuster, als sie aussieht«, verkündete er. »So leicht fällt sie nicht in Ohnmacht.«

»Kommen Sie, meine Liebe!« Nancy nahm Taras Arm. »Da vorn liegt die Taverne, nur ein Stück die Straße runter. Wenn Sie's schaffen ...«

»O ja, sie schafft es«, wurde sie von Jarrett unterbrochen.

»Und sie kann für sich selber sprechen!« fauchte Tara.

Während die Damen vorausgingen, wandte sich Jarrett zu seinen Männern und beauftragte sie, das Gepäck in die Taverne zu bringen. Dabei begegnete er Roberts Blick. »Es tut mir so leid«, versicherte sein Freund. »Aber wir haben es kommen sehen.«

Wortlos nickte Jarrett. Die Kriege, die Ermordungen, der Haß — auch in vermeintlichen Friedenszeiten hatte es niemals richtig aufgehört.

»Argosy wartet auf dich«, fügte Robert hinzu und zeigte auf den Captain, der immer noch auf dem Dock stand, etwas abseits von der Menge.

»Gut, ich rede mit ihm. Begleite Tara zu Mrs. Conollys Taverne, ich komme euch bald nach.«

Bedrückt schüttelte Argosy die Hand seines Freundes. »Vermutlich hast du die Neuigkeiten schon gehört, Jarrett. Im ganzen Land breitet sich Panik aus. Einige Plantagenhäuser wurden niedergebrannt, und die Weißen schreien lauthals nach Rache. Alle Florida-Indianer sollen nach Westen deportiert werden, keine einzige Rothaut darf zurückbleiben.«

»Jetzt geht's uns an den Kragen, Tyler. Du weißt nicht, wie hartnäckig die Seminolen sind. Viel zu lange mußten sie von einem Ort zum anderen fliehen. Wir haben sie belogen und verraten, dafür präsentieren sie uns nun die Quittung. Was ihre Kampfstärke betrifft, sind sie uns überlegen, trotz ihrer Unterzahl — weil sie das Land viel besser kennen als wir. Ein langer, blutiger Krieg steht uns bevor.«

»Die ortsansässige Miliz macht bereits mobil, und wir erwarten Verstärkung aus Washington. Vor allem brauchen wir Männer wie dich. Du kennst die Sümpfe und Wälder fast so gut wie die Indianer. Falls du das Kommando über einige Truppen übernimmst ...«

»Unmöglich, Tyler! Das weißt du.«

Der Captain holte tief Atem und blickte aufs Meer hinaus.

»Natürlich weiß ich's. Aber meine Vorgesetzten haben mich gebeten, an dich heranzutreten.«

»Frag mich noch einmal, wenn ich tatsächlich was unternehmen kann. Und ersuche mich nicht, die Häuptlinge zu belügen. Zu ehrlichen Verhandlungen bin ich stets bereit.«

Tyler nickte. »Bald werden wir dich brauchen — als Vermittler.« Zögernd fuhr er fort: »Viele weiße Männer in Florida verstehen deine Position nicht und sind dir feindlich gesinnt.«

»Wahrscheinlich hassen mich auch zahlreiche Indianer. Das spielt keine Rolle. Ich kann nur meinem eigenen Gewissen folgen.«

»Selbstverständlich. Gehst du landeinwärts?«

Jarrett nickte. »Meine Plantage liegt auf neutralem Gebiet.«

»Hoffen wir, daß es dabei bleibt ...«

»Ich glaube, Osceola wird meine Rechte respektieren. Außerdem habe ich das Vertrauen der Indianer nie mißbraucht.«

»Aber im Creek-Krieg hast du gegen die Red Sticks gekämpft.«

»Das waren andere Zeiten und andere Umstände. Beinahe hätten die Red Sticks mein Haus angegriffen. Jetzt bestehen andere Bündnisse. Ich habe Frieden mit meinen einstigen Feinden geschlossen.«

»Vielleicht wirst du gezwungen, erneut zu kämpfen. In der jetzigen Situation ist es schwierig, unparteiisch zu bleiben.«

»Das ist niemals einfach.«

»Jedenfalls werde ich dich nicht auffordern, unehrliche Verhandlungen zu führen.«

»Wenn es an der Zeit ist, bin ich bereit.«

»Du bringst eine Ehefrau nach Hause?« Tyler schaute der kleinen Gruppe nach, die sich der Taverne näherte.

»Ja.«

»Das wird viele hoffnungsvolle Damen in Tampa und Umgebung bitter enttäuschen«, meinte Tyler lächelnd. »Eine seltene Schönheit, deine Frau ... Wo hat du sie gefunden?«

Jarrett war versucht, die ganze Geschichte zu erzählen, doch er besann sich anders. »In New Orleans.«

»Zweifellos stammt sie aus einer untadeligen Familie.«

»Direkt aus New Orleans.« Natürlich konnte Jarrett

nicht eingestehen, daß er nichts über Taras Herkunft wußte. Er schüttelte Tyler noch einmal die Hand. »Du findest mich auf Cimarrón. Besuch mich, wenn du mich brauchst und wenn ich euch wirklich helfen kann.«

»Einverstanden. Und herzlichen Glückwunsch zur Hochzeit.«

»Danke.« Jarrett wandte sich ab und ging zur Taverne. Geistesabwesend erwiderte er die Grußworte von Freunden und Bekannten und beschleunigte seine Schritte, damit ihn niemand aufhalten konnte. Im Schankraum sah er Josh, Nancy und Robert an einem Tisch sitzen. Tara ließ sich nicht blicken.

Rauchschwaden erfüllten den Raum mit der niedrigen Balkendecke. Im Kamin brannte ein helles Feuer, aus der Küche drangen köstliche Düfte.

»Wo ist Tara?« fragte Jarrett und ärgerte sich, weil seine Stimme so angstvoll und mißtrauisch klang. War seine Frau davongerannt?

»Oben, in dem großen Zimmer am Ende des Flurs, das Mrs. Conolly euch beiden zugewiesen hat«, erklärte Nancy lächelnd. »Tara möchte sich nur frisch machen. Bald wird sie herunterkommen.«

Nur mühsam widerstand er der Versuchung, in den Oberstock zu stürmen. Während er noch mit sich kämpfte, sah er Tara anmutig die Treppe herabsteigen. Ohne ihn eines Blickes zu würdigen, ging sie zum Tisch, wo Robert ihr einen Stuhl zurechtrückte.

Auch Jarrett nahm Platz und winkte die rundliche Wirtin zu sich. Eifrig wischte sie ihre Hände an der Schürze ab und eilte zu ihm. »O Jarrett, wie schön, Sie wiederzusehen! Und mit einer so hübschen neuen Frau! Nun werden sich viele Ladys grämen, die sich Hoffnungen auf Sie gemacht haben. Jedenfalls wünsche ich Ihnen beiden alles Gute.« Dann erlosch ihr Lächeln. »Nur schade, daß Sie in so schrecklichen Zeiten heimkommen.«

»So oder so, es ist immer schön, nach Hause zurückzukehren, Peggy«, erwiderte er. »Solange Sie einen so köstlichen Braten auftischen ...«

»O ja, gleich ist das Essen fertig ... Ah, da kommt Sheila mit einer Kanne Tee für die Damen und gutem Ale für die Herren. Zum Braten gibt's Brot, das beste Kartoffelpüree von der Welt, Gemüse und Yamswurzeln.«

Als Mrs. Conolly beiseite trat, stellte die Kellnerin ein schweres Tablett auf den Tisch und warf Jarrett einen forschenden Blick zu.

Schon vor vielen Jahren hatte die verwitwete Mrs. Conolly das Waisenkind Sheila zu sich genommen, einen schönen, exotischen Mischling. Gewissenhaft achtete sie auf die gute Erziehung des Mädchens und schickte es regelmäßig zur Sonntagsschule. Dort verführte Sheila alle jungen Burschen, die ihre Klasse besuchten. Sie war wild und zügellos, aber offen und ehrlich. »Willkommen daheim«, flüsterte sie Jarrett zu, den sie kannte, seit sie denken konnte.

»Vielen Dank.«

»Wie ich sehe, macht Ihnen dieses ganze Gerede keine Angst«, sagte sie anerkennend.

»Gewiß nicht«, bestätigte er. Als Sheila den Tisch verlassen hatte, erhob er seinen Bierkrug und prostete seiner Frau zu. »Willkommen zu Hause, Mrs. McKenzie.«

»Aye, auch wir heißen Sie herzlich willkommen, Tara!« rief Nancy enthusiastisch.

Lächelnd nippte Tara an ihrem Tee. »Welch ein Zuhause«, murmelte sie. Ihre Stimme verriet nicht, was sie dachte, doch der Blick, den sie Jarrett zuwarf, sprach Bände.

»Was wollte Captain Argosy?« erkundigte sich Nancy. Währenddessen stellten Mrs. Conolly und ein kräftiger Schwarzer große Platten mit Roastbeef, Brot und verschieden Gemüsen auf den Tisch. Auch Sheila erschien wieder, um den beiden zu helfen.

»Er bot mir ein Kommando an«, antwortete Jarrett.

»Und du hast es abgelehnt, nicht wahr?« seufzte Nancy.

»Natürlich. Und du weißt, warum.«

»Wirst du Verhandlungen führen, wenn man dich darum bittet?« fragte Josh, und Jarrett nickte grimmig.

»Sei versichert, ich werde alles tun, was in meiner Macht steht, um das Blutvergießen in Grenzen zu halten.«

Bedrückt starrte Nancy auf ihren Teller hinab. »Aber du kannst nicht ändern, was geschehen ist. Und das war schlimm genug. Die Indianer versteckten sich im Dickicht und schossen Major Dades Soldaten einfach nieder. Und wie gräßlich die armen Männer zugerichtet wurden ...«

»Nancy!« unterbrach Josh seine Frau energisch.

Jarrett beobachtete Tara, die ihr Besteck ergriffen und wieder beiseite gelegt hatte.

»Essen Sie, Mrs. Reynolds!« bat Sheila. »Alle müssen essen. In den nächsten Tagen werden wir unsere ganze Kraft brauchen.«

»O Jarrett ...« Unsicher wandte sich Nancy zu ihrem Freund. »Ich kenne dich, und ich weiß, wozu du imstande bist. Aber an deiner Stelle würde ich mich jetzt nicht auf die Plantage wagen ...«

»Unsinn!« fiel Sheila ihr ins Wort und schenkte Jarrett noch etwas Ale nach. »Unserem Mr. McKenzie droht keine Gefahr. Beide Seiten brauchen ihn, und seine Plantage wird gut verteidigt.«

»Sicher!« mischte sich Tara in scharfem Ton ein. »Auch Major Dade hat für eine gute Verteidigung gesorgt.«

»Er wurde überrumpelt«, entgegnete Sheila. »Und das kann Mr. McKenzie nicht passieren.«

Herausfordernd hob Jarrett die Brauen und schaute seine Frau an. »Zweifelst du an meiner Fähigkeit, dich zu beschützen, meine Liebe?«

Es dauerte eine Weile, bis sie antwortete, und er glaubte beinahe, die Spannung zu spüren, die zwischen ihnen knisterte. »Nun, ich zweifle an der Fähigkeit jedes einzelnen, sich gegen eine Übermacht zu wehren.«

Verächtlich schnaufte Sheila und entfernte sich. Nancy schob ihren Stuhl zurück und gestand leise: »Oh, ich fühle mich nicht gut ...«

Sofort sprang Tara auf. »Dann gehen wir nach oben, Nancy. Legen Sie sich für ein paar Minuten hin. Danach geht's Ihnen sicher wieder besser.«

»Ja, vielleicht ...«

Tara wollte nicht zugeben, daß auch ihr elend zumute war. Strahlend lächelte sie Robert und Josh an und ignorierte Jarrett. »Entschuldigen Sie uns, Gentlemen.« Alle Herren erhoben sich, und Tara spürte Jarretts durchdringenden Blick, weigerte sich aber, ihn anzuschauen.

Fürsorglich führte sie Nancy in ihr Zimmer und half ihr, sich hinzulegen. Dann schob sie ihr ein weiches weißes Kissen unter den Kopf.

»Oh, das tut gut!« seufzte Nancy. Eine Zeitlang musterte sie Tara schweigend, dann fügte sie hinzu: »Also ist er mit einer Frau nach Hause gekommen ... Wer hätte das gedacht?« Sie lachte leise. »Sein Interesse an der holden Weiblichkeit ist zwar nie ganz erloschen, aber ich hätte mir nicht träumen lassen, daß er eine neue Liebe finden würde. Jarrett und Lisa waren noch so jung, als sie geheiratet haben, und einander so ähnlich ...«

»In welcher Weise?« Tara setzte sich auf den Bettrand und versuchte möglichst beiläufig zu sprechen, um ihre Neugier zu verbergen.

»Nun ja, beide liebten das Land und den Fluß und ihr schönes Haus. Seltsam ... Auch Josh ist ganz vernarrt in Florida. Früher war er bei der Army, bis er vom Pferd stürzte und sich am Rücken verletzte. Danach wollte ich in den Norden übersiedeln, aber er weigerte sich, von hier wegzugehen. Glauben Sie mir, anfangs war ich todunglücklich. Ich möchte nicht indiskret sein, aber in Tampa trieben sich schreckliche Frauen herum, von der übelsten Sorte ...«

»Huren?« fragte Tara.

»Allerdings!« bestätigte Nancy, und das Blut stieg ihr in die Wangen. »Und manche Soldaten führen sich wie die schlimmsten Rabauken auf. Aber Josh behauptete, die Situation in dieser Stadt könnte sich nur bessern, wenn anständige Leute hier wohnen. Also blieben wir in Tampa und taten unser Bestes. Allmählich lernte ich dieses Land schätzen. Ich liebe den milden Winter und die Sonne, die schönen weißen Strände, die Einsamkeit. Stellen Sie sich vor, man kann stundenlang am Meer entlanglaufen und begegnet keiner Menschenseele. Manchmal haben wir sogar nackt gebadet«, gestand sie und errötete wieder. »Und eine Zeitlang sah es so aus, als könnten wir in Frieden leben. Wir haben uns sogar mit einigen Seminolen angefreundet. Und jetzt fängt alles wieder von vorn an. Oh, mein Gott! Wenn ich mir vorstelle, was Dade und seinen Männern zugestoßen ist ...«

In wachsender Sorge fragte sich Tara, ob sie Jarrett nicht vorschlagen sollte, mit ihr in Tampa zu bleiben, statt seine Plantage im Landesinneren aufzusuchen. Dann wären sie mit den Reynolds zusammen, und falls Gefahr drohte, konnten sie jederzeit in den Golf von Mexiko hinaussegeln.

»Armer Jarrett!« murmelte Nancy. »Er ist in einer so schwierigen Situation. Und nachdem Lisa da draußen in der Wildnis den Tod gefunden hat, bei den Indianern ...«

»Bei den Indianern?« fragte Tara mit schwacher Stimme.

»Oh, es war nicht so schlimm wie Major Dades Schicksal«, versicherte Nancy hastig und setzte sich auf. »Ich wollte Sie nicht erschrecken. Hat Jarrett Ihnen nichts von Lisa erzählt? Über dieses Thema spricht er nicht gern. Aber da er jetzt mit Ihnen verheiratet ist, nahm ich an ...« Sie verstummte, als es an der Tür klopfte.

»Ja?« fragte Tara und sprang auf. In diesem Augenblick konnte sie keine Störung gebrauchen.

Die Tür öffnete sich, Josh und Jarrett standen auf der Schwelle.

»Jetzt müssen wir nach Hause gehen, Nancy«, wandte sich Josh an seine Frau. »Es geht dir doch wieder besser?«

»Ja, natürlich«, antwortete Nancy, stand auf und umarmte Tara. »Daheim warten unsere beiden kleinen Kinder. Ich hoffe, Sie werden Sie noch sehen, bevor ... Nun ja, hoffentlich bald ...«

Schweren Herzens erwiderte Tara die Umarmung und wünschte, sie könnte die beiden Männer nach unten schicken und noch mehr von Nancy erfahren. Was hatte die junge Frau sagen wollen? Sie hoffte, Tara würde die Kinder sehen, bevor — was? Bevor ich abreise, überlegte sie. Oder *bevor ich massakriert werde?* Wie Lisa, Jarretts geliebte erste Frau?

»Es war uns ein großes Vergnügen, Sie kennenzulernen, Mrs. McKenzie«, beteuerte Josh und beugte sich höflich über ihre Hand. Dann drehte er sich zu Jarrett um. »Morgen früh werden wir alle Vorräte, die du brauchst, an Bord der *Magda* bringen.«

Nachdem das Ehepaar das Zimmer verlassen hatte, schloß Jarrett die Tür und lehnte sich dagegen.

»Jarrett«, begann Tara und hörte beklommen, wie schrill ihre Stimme klang. »Wir können unmöglich zu deiner Plantage fahren.«

»Warum nicht?«

»Soeben haben die Indianer eine ganze Soldatentruppe massakriert. Bald wird ein Krieg ausbrechen. Hast du denn die schrecklichen Neuigkeiten nicht gehört?«

»Ja, es gibt gewisse Schwierigkeiten. Damit haben die Indianer in Florida zu kämpfen, seit die Europäer zum erstenmal nach Westen gesegelt sind.«

»Aber es waren keine Seminolen, die neulich so grausam niedergemetzelt wurden.«

»Mach dir nichts vor, Tara. Ein Krieg wird stets auf beiden Seiten ausgefochten. Immer wieder hat Wiley Thompson sein Wort gebrochen und gegen die amerikanischen Verträge verstoßen. Und ich sah, wie weiße

Truppen indianische Dörfer überfielen, Frauen und Kinder töteten. Also vergelten die Seminolen nur Gleiches mit Gleichem.«

Heißer Zorn stieg in ihr auf. »Großartig! Also findest du es richtig, daß wir ermordet werden, nur weil irgend jemand ein Versprechen bricht, das eine Bande wilder Barbaren gegeben hat?« Erschrocken hielt sie inne, als er auf sie zukam und eine Hand hob. Schon glaubte sie, er würde sie schlagen, aber er beherrschte sich und ließ seinen Arm sinken.

»Niemand wird dich ermorden«, erwiderte er tonlos.

»Ganz recht. Weil ich dir nicht ins Landesinnere folgen werde.«

»Was?« stieß er hervor.

»Ich werde nicht ...«

Mit zwei Schritten war er bei ihr, packte ihre Oberarme und zog sie an sich. Ihre Knie wurden weich, aber sie zwang sich, den durchdringenden, wütenden Blick seiner schwarzen Augen standzuhalten. »Nein, ich werde dir nicht auf die Plantage folgen!« rief sie verzweifelt. »Weil ich keine Lust habe, mich von diesen Wilden umbringen zu lassen.«

»Niemand wird dir auch nur ein Haar krümmen. Immerhin habe ich dich geheiratet, um dich zu beschützen.«

»Ja, du hast mir geholfen, und dafür danke ich dir aufrichtig. Aber du mußt dich nicht verantwortlich fühlen ...«

»Und du? Glaubst du etwa, du wärst mir nicht verpflichtet?« Schmerzhaft gruben sich seine Finger in ihre Arme, und er schüttelte sie so heftig, daß sich ihr Haar aus den Nadeln löste und auf den Rücken fiel.

»Ich habe keineswegs vor, davonzulaufen ...«

»Was dann?«

»Laß mich los! Du tust mir weh!«

»Wenn du mir nicht erklärst, was du denkst, werde ich noch viel härter zupacken.«

»Verdammt, du trägst keine Verantwortung für mich! Natürlich bin ich dir dankbar, weil du mir zur Flucht verholfen hast, aber jetzt kann ich auf eigenen Füßen stehen. Mach dir keine Sorgen um mich! So schnell wie möglich werde ich wieder aus deinem Leben verschwinden. Ich bedeute dir ohnehin nichts. Wenn ich auch nicht viel über deine erste Frau erfahren habe — so weiß ich doch, daß dein Herz immer noch ihr gehört.«

»Jetzt bist du meine Frau«, erwiderte er heiser.

»Aber nicht die Frau, nach der du dich sehnst.« Offenbar schürte sie mit jedem Wort seinen Zorn. »Du tust mir weh!« wisperte sie.

Abrupt ließ er sie los, eilte zur Tür, drehte sich wieder zu ihr um. Die Wut in seinen ausdrucksvollen dunklen Augen machte ihr angst, aber sie wußte nicht, ob sie davonlaufen oder sich in seine Arme werfen, mit beiden Fäusten gegen seine Brust hämmern oder ihn küssen wollte.

»Falls dich deine Vorgängerin interessiert ...«, herrschte er sie an. »Soviel kann ich dir versichern, sie war kein Feigling. Und sie fürchtete sich nicht vor Menschen, die anders waren, vor Orten, die sie nicht kannte.«

»Ich bin nicht Lisa!« erinnerte sie ihn.

»Das weiß ich. Aber du bist meine Frau — und mir *verpflichtet*!« fügte er warnend hinzu. »Wohin ich gehe, wirst auch du gehen. Und solltest du davonlaufen, werde ich dich überall finden. Du warst mit der Heirat einverstanden. Niemand hat dich dazu gezwungen. Und jetzt wirst du dein Gelübde in Ehren halten.«

»Und du?« fauchte sie. »Du hast gelobt, für deine Ehefrau zu sorgen. Und jetzt schickst du deine zweite genauso leichtfertig in den Tod wie die erste? Zu diesen Wilden?«

In seinen Augen schien ein schwarzes Feuer zu flackern. Diesmal glaubte sie allen Ernstes, er würde sie schlagen, und sie kämpfte mühsam mit den Tränen.

Aber er ging nicht zu ihr. Statt dessen entgegnete er leise: »Du solltest lieber Mitleid mit diesen armen Wilden empfinden.« Dann wandte er sich ab und stürmte aus dem Zimmer. Krachend fiel die Tür hinter ihm ins Schloß. Tara sank zitternd aufs Bett. Nicht nur die Angst vor der Zukunft bedrückte sie. Die Enttäuschung, die sie Jarrett bereitete, weckte einen seltsamen Schmerz in ihrem Herzen.

Am liebsten wäre sie auf der Stelle davongelaufen ... Nein, das würde sie nicht tun, sondern ihre verdammte Pflicht erfüllen. Außerdem wollte sie die Wahrheit über die tapfere Lisa herausfinden, über den Mann, der diese Frau so sehr geliebt hatte.

Später wußte sie nicht mehr, wie lange sie reglos dagesessen hatte, in ihre Gedanken versunken. Warum kam Jarrett nicht zurück? War er zu einer anderen Frau gegangen — zu dieser Sheila, der exotischen Schönheit, die ihn so schmachtend angeschaut hatte? Die heiße Eifersucht, die sie erfaßte, verblüffte sie selbst. Nein, bald würde er zurückkehren — zu seiner Frau ...

Aber die Stunden verstrichen, und er ließ sich nicht blicken. Müde streckte sich Tara auf dem Bett aus, aber erst im Morgengrauen fielen ihr die Augen zu.

7

Sie schreckte aus dem Schlaf auf und blinzelte ins Tageslicht, das Mrs. Conollys größtes, komfortabelstes Gästezimmer erfüllte. Vollständig angekleidet, lag sie auf dem Bett, nachdem sie stundenlang auf Jarrett gewartet hatte und erst in der Morgendämmerung eingeschlummert war.

Jetzt stand er am Fenster, in einer engen Hose, einem sauberen weißen Hemd und hohen Stiefeln. Als er sich zu ihr wandte, schloß sie rasch die Augen und drehte sich zur Seite, immer noch todmüde. Hatte er in diesem Raum geschlafen? Das bezweifelte sie. Das Kissen neben ihr war unberührt. Wieder einmal empfand sie Eifersucht und ärgerte sich darüber.

Nach einer Weile hob sie die Lider ein wenig, spähte zwischen den gesenkten Wimpern hindurch und zuckte bestürzt zusammen. Lautlos war er neben das Bett getreten und beobachtete sie. Nun fand sie es sinnlos, sich noch länger schlafend zu stellen. Seufzend setzte sie sich auf und verfluchte ihn, weil er so heimtückisch herangeschlichen war.

»Wie ich sehe, bist du wach«, bemerkte er sarkastisch. »Das freut mich. In spätestens zwei Stunden segeln wir zu meiner Plantage. Eigentlich wollte ich länger hierbleiben und dir eine Gelegenheit bieten, dich in der Stadt umzusehen, ein paar Leute kennenzulernen und einzukaufen. Aber unter diesen Umständen möchte ich mein Haus so schnell wie möglich erreichen.«

»Falls es noch steht«, warf sie tonlos ein.

»O ja, es steht noch.«

»Ich vermute, inzwischen sind einige Leute, die im Landesinneren leben, in der Stadt eingetroffen, um Schutz zu suchen. Vielleicht sollten wir abwarten und uns erkundigen, was geschehen ist.«

»Das würde zu lange dauern«, erwiderte er ungeduldig. »Auf dem Toilettentisch findest du Waschwasser, da drüben auf dem Tischchen am Fenster Kaffee. Spute dich! Ich möchte bald lossegeln. Flußaufwärts kommt das Schiff viel langsamer voran als im Golf.«

Tara stand auf und füllte eine Tasse mit Kaffee. Während sie daran nippte, starrte sie durch das Fenster in den strahlend blauen Himmel.

»Sieh zu, daß du rechtzeitig fertig bist«, mahnte Jarrett, und sie hörte, wie die Tür geöffnet wurde und zufiel.

»Natürlich!« zischte sie erbost. »Damit wir so schnell

wie möglich in der Wildnis ankommen, wo uns die Indianer in Stücke reißen werden. Wenn er's so verdammt eilig hat, warum ist er dann nicht schon letzte Nacht weitergesegelt? Aber da war er wohl anderweitig beschäftigt.«

Sie hatte mit dem blauen Himmel gesprochen, der wie erwartet keine Antwort gab. Aber sie hörte leises Gelächter und fuhr herum. Jarrett war im Zimmer geblieben. »Ah, hast du mich vermißt, Tara? Und ich dachte, du würdest keinen Wert auf meine Gesellschaft legen.«

In diesem Augenblick hätte sie ihn am liebsten erdrosselt. Offenbar hatte er die Tür nur zum Schein geöffnet und geschlossen. »O ja, ich war sehr froh, daß mir deine Gesellschaft erspart blieb«, fauchte sie.

»Das hättest du vor unserer Hochzeit bedenken sollen.«

»Da wußte ich noch nicht, wie unvernünftig du dich verhalten — und daß du mich in tödliche Gefahr bringen würdest. Vielleicht wäre die Person, mit der du die letzte Nacht verbracht hast, nur zu gern bereit, dich ins Landesinnere zu begleiten.«

Langsam hob er die dunklen Brauen. »*Du* wirst mit mir kommen, meine Liebe. Und keine Bange, ich werde dich beschützen. Oder habe ich dich jemals enttäuscht? In einer Stunde hole ich dich ab.«

Als er diesmal die Tür öffnete, verließ er das Zimmer. Mit bebenden Fingern umklammerte Tara ihre Kaffeetasse und setzte sich aufs Bett. O Gott, was sollte sie tun? Sie fühlte sich so verängstigt, so verloren.

Sicher, in New Orleans hatte er mit den Häschern gekämpft, um sie zu retten, obwohl sie nur eine einfache Kellnerin für ihn gewesen war. Aber nun befanden sie sich in einer anderen Situation. Diesmal ging es um Indianer — die Jarrett nicht bekämpfen wollte. Die Army brauchte ihn dringend, weil niemand das Landesinnere besser kannte als er. Trotzdem weigerte er sich, ein Kommando zu übernehmen. Wenn er nun trotzdem in einen Hinterhalt geriet, wie der arme Major Dade ...

Verzweifelt sprang sie auf und schenkte sich noch etwas Kaffee ein. Nachdem sie die Tasse hastig geleert hatte, wusch sie sich das Gesicht, dann wühlte sie in der Truhe, um leichtere Kleidung zu suchen. Plötzlich ließ sie die Sachen fallen, als hätte sie sich die Finger verbrannt. Das alles hatte Lisa gehört, Jarretts Frau, die bei den Indianern irgendwie ums Leben gekommen war. Nicht auf so schreckliche Weise wie Major Dade und seine Männer, hatte Nancy angedeutet. Aber wie dann?

Tara seufzte tief auf. Nun, ihr blieb nichts anderes übrig, als die Garderobe ihrer Vorgängerin zu benutzen. Ihr eigenes Kleid und der Umhang, auf der Flucht aus New Orleans zerrissen, waren an Bord der *Magda* zurückgeblieben.

Denk nicht an Lisa, ermahnte sie sich und wählte ein Baumwollkleid mit rosa Blumenmuster. Rasch zog sie sich um und bürstete gerade ihr Haar, als Jarrett zurückkehrte. Er klopfte nicht an, trat einfach ein. Im Spiegel begegnete sie seinem Blick, und die Bürste in ihrer Hand begann zu zittern. Hatte sie ihn wieder einmal enttäuscht? War sie zu spät dran? Nur mühsam schaffte sie es, ihre Haare hochzustecken. Dann drehte sie sich um und fragte kühl: »Müssen wir schon gehen?«

»Ja. Bist du bereit?«

»Unser Gepäck ...«

»Das wird aufs Schiff gebracht. Komm jetzt.«

Doch sie rührte sich nicht von der Stelle. »Du sollst wissen, daß ich dir nur unter Protest folge.«

»Wenn es dich auch überraschen mag — das weiß ich.«

»Es geht nicht nur um die aufständischen Indianer — um die Gefahr, daß sie uns im Bett abschlachten. Ich müßte einkaufen, eine Schneiderin aufsuchen. Da ich nur die Garderobe einer anderen Frau besitze ...«

Verwirrt verstummte sie, als er spöttisch die Brauen hob. »Was für ein anspruchsvoller Flüchtling ...«

»Ich beanspruche gar nichts«, entgegnete sie leise. »Das

würde mir nicht einmal im Traum einfallen, nachdem du mir so taktvoll klargemacht hast, wie tief ich in deiner Schuld stehe. Aber es beglückt dich sicher nicht, mich in den Kleidern deiner Frau zu sehen.«

»Im Augenblick gibt's nur wenig, was mich beglückt. Können wir bitte aufbrechen?«

Vielleicht wünschte Tara, er würde betonen, jetzt sei *sie* seine Frau. Doch das tat er nicht. Offensichtlich erwähnte er diese Tatsache nur, wenn er sie an ihre Pflicht erinnern wollte, ihm zu gehorchen. Hoheitsvoll rauschte sie an ihm vorbei. Im Flur drehte sie sich um. »Jetzt haben wir's so eilig. Schade, daß du an jenem Abend noch nicht wußtest, was hier passiert ... Sonst hättest du deine Zeit wohl kaum mit einer Pokerpartie verschwendet.«

»Und du wärst deinen Verfolgern nicht entronnen, Tara. Geh weiter.« Als sie zögerte, fügte er ironisch hinzu: »Was für ein Angsthase du bist ...«

»Das bin ich nicht, nur vernünftig, im Gegensatz zu dir.«

»Ich wiederhole meine Frage — habe ich dich jemals enttäuscht?«

»Erklär mir doch mal, woher du dein fantastisches Selbstbewußtsein nimmst, was diese Wilden betrifft.«

»Und du solltest mir erklären, warum du nun gezwungen bist, mit mir inmitten der Indianer zu leben.«

Wütend wandte sie sich ab und eilte weiter. Wie konnte sie ihm jemals die Wahrheit anvertrauen?

Am Fuß der Treppe wartete Mrs. Conolly, um sich zu verabschieden, Tara zu umarmen und sie noch einmal herzlich in Florida willkommen zu heißen.

Robert kam ihnen am Ausgang der Taverne entgegen, und sein Lächeln heiterte Tara ein wenig auf. Offenbar würde auch er zur Plantage reisen. Auf dem Weg zum Schiff unterhielten sie sich nur über belanglose Dinge.

Zu Taras Freude standen die Reynolds am Dock, um ihnen auf Wiedersehen zu sagen. Obwohl sie Nancy erst seit kurzer Zeit kannte, spürte sie die Herzenswärme der hübschen jungen Frau, und sie hatte das Gefühl, sie müßte sich von einer lieben Freundin trennen.

Nancy küßte sie impulsiv auf beide Wangen. »Es war so wundervoll, Sie kennenlernen, Tara!«

Inzwischen wandte sich Josh an Jarrett. »Die *Magda* ist mit allem beladen, was wir in so kurzer Zeit auftreiben konnten. Damit müßtet ihr eine Weile auskommen.«

Tara hörte den beiden Männern nur mit halbem Ohr zu. Wehmütig betrachtete sie die primitive Stadt, die ihr plötzlich wie der Himmel auf Erden erschien. Wie gern würde sie in Tampa bleiben ... Krampfhaft zwang sie sich zu einem Lächeln, als Nancy erzählte, sie habe schöne Stoffe und Schnittmuster, Korsetts, Nachthemden und Unterröcke für ihre neue Freundin eingepackt — alles, was sie im Laden finden konnte. »Jarrett erwähnte, Sie hätten New Orleans ziemlich überstürzt verlassen, und Ihre Sachen wären zurückgeblieben. Aber Cota, seine Wäscherin, ist eine ausgezeichnete Schneiderin — falls Sie nicht selber nähen.«

»Oh, ich kann nähen«, erwiderte Tara. Offenbar glaubte Nancy, die neue Mrs. McKenzie würde aus einer angesehenen Familie stammen und sich nicht mit so niedriger Arbeit befassen. Und sie durfte natürlich nicht erfahren, warum Tara mit Nadel und Faden umgehen konnte.

»Nun, dann auf Wiedersehen. Gott mit Ihnen! Um Jarretts willen bin ich froh, daß Sie ihn begleiten, und ich werde für Sie beten. Sicher wird er gut auf Sie aufpassen. Wenn es möglich ist, werde ich Sie besuchen. Und Sie müssen bald wieder in die Stadt kommen. Die Flußfahrt dauert nur zwei Tage, und zu Pferd oder im Wagen nicht viel länger. Also wohnen wir nicht allzuweit voneinander entfernt.«

»Nancy ...« Jarrett berührte sie an der Schulter, und sie küßte ihn.

»Gott schütze dich, Jarrett.«

»Und dich auch«, erwiderte er lächelnd, dann schüttelte er Josh die Hand. Auch Robert verabschiedete sich von den Reynolds, bevor er mit den McKenzies an Bord ging.

Während das Schiff ablegte, stand Jarrett neben Tara an der Reling, eine Hand um ihre Taille gelegt. »Gratuliere, meine Liebe«, flüsterte er.

»Wozu?«

»Du hast das Kinn hochgehalten — und du bist nicht in den Fluß gesprungen.«

»Oh, der Fluß ist immer noch da.«

»Ja, aber wir entfernen uns zusehends von der Zivilisation.«

»O Jarrett, warum verstehst du denn nicht ...«

»Und warum traust du mir nicht?« unterbrach er sie. Ohne eine Antwort wandte er sich ab und eilte zum Ruder.

Unglücklich blieb sie an der Reling stehen. Durch einen Tränenschleier sah sie Nancy und Josh, die ihr immer noch winkten. Hinter den beiden entdeckte sie den blonden Mann in der adretten Uniform, der am Vortag versucht hatte, Jarrett ein Kommando zu übertragen. Als er Taras Blick begegnete, lüftete er seinen breitrandigen Hut und verneigte sich. Zögernd hob sie eine Hand, um den Gruß zu erwidern.

Die Stadt blieb allmählich hinter der *Magda* zurück, das Gebüsch am Ufer verdichtete sich, die Wildnis rückte immer näher.

Stundenlang stand Tara an der Reling, während die *Magda* flußaufwärts fuhr, und betrachtete die Bäume, deren Zweige tief ins Wasser hingen, mit Moos behangen. Die Wellen färbten sich dunkelgrün. Und bald schien die ganze Welt hauptsächlich aus Grün zu bestehen, sogar der Himmel. Aber auch andere faszinierende Farben zeigten sich, die leuchtenden Blüten wilder Blumen. Eine sanfte, erfrischende Brise blähte die Segel.

Verwirrt zuckte Tara zusammen, als Vogelstimmen aus dem Dickicht drangen, schrill und klagend.

Der Himmel verdunkelte sich, und sie dachte, es würde wieder regnen. Plötzlich wurde das Laub am Ufer von einem heftigen Farbenspiel bewegt, und sie hielt erschrocken den Atem an. Würde ein Indianer mit buntem Federschmuck zwischen den Bäumen hervortreten? Aber es war nur ein großer Vogel, der sich in die Lüfte erhob.

Als sie eine Berührung an der Schulter spürte, schrie sie beinahe auf und fuhr herum. Der Wind hatte aufgefrischt, zerrte an ihrem Haar, riß es aus den Nadeln. Doch es war Jarrett, der einen Arm um sie gelegt hatte. Barfuß, nur mit seiner Hose bekleidet, stand er neben ihr, bronzebraun wie ein Indianer. »Geh unter Deck, sonst bist du in wenigen Sekunden klatschnaß!« überschrie er den heulenden Wind. Ohne zu antworten, starrte sie ihn an, und er musterte sie erstaunt. »Du bist ja leichenblaß.«

»Nun ja, ich glaubte, ich hätte den Kopfputz eines Indianers gesehen.«

»Aber da du weder gekreischt hast, noch in den Fluß gesprungen bist, war es wohl kein Indianer?«

»Nein, nur ein Vogel«, erwiderte sie würdevoll.

»Wenn du mich jetzt entschuldigst, ich möchte mich in Sicherheit bringen, bevor es zu regnen anfängt.«

»Natürlich.« Seine Hand glitt von ihrer Schulter, und er schaute ihr nach, bis sie unter Deck verschwand. Dann starrte er zum Ufer hinüber. Er hätte Tara nicht hänseln dürfen und er war verdammt froh, daß sie nur einen Vogel gesehen hatte.

Denn die Indianer lauerten in den Büschen und beobachteten ihn. Und sie würden ihn nicht aus den Augen lassen, bis er die Plantage erreichte.

Den ganzen Tag regnete es, manchmal in Strömen, oder es nieselte nur. Tara blieb in der Kapitänskabine und sortierte die Sachen, die Nancy so liebevoll für sie ausgesucht hatte — viele verschiedene Stoffe, Schnittmuster und Unterwäsche. Eifrig machte sie sich ans Werk und begann ein Kleid zuzuschneiden.

Als der Nachmittag zu Ende ging, hörte sie Schritte, doch die Tür öffnete sich nicht. Wenig später erschien Nathan und brachte ihr ein Tablett mit dem Abendessen. Erst jetzt merkte sie, wie hungrig sie war. Nach der Mahlzeit wanderte sie in der Kabine umher, dann stieg sie die Kajüttreppe hinauf. Das Schiff schien im Schneckentempo zu segeln. Fröstelnd trat Tara an die Reling. Inzwischen war nächtliches Dunkel hereingebrochen. Sie starrte unbehaglich zum Ufer hinüber. Noch nie hatte sie so grausige, schwarze Finsternis gesehen. Und dieses unheimliche Rascheln ... Bewegten sich halbnackte Gestalten im Dickicht? Dieser Gedanke scheuchte sie in die Kabine zurück. Sicher würde sie in dieser Nacht kein Auge zutun. Wie aus weiter Ferne hörte sie die Stimmen der Männer, die sich am Ruder unterhielten und gelegentlich lachten.

Schließlich vertauschte sie ihr Kleid mit einem züchtigen Nachthemd aus Kattun und kroch unter die Bettdecke. Angespannt lauschte sie auf verdächtige Geräusche. Würden die Indianer das Schiff angreifen? Und würde ihr Mann diese Nacht bei ihr verbringen?

Bald wurde sie von ihrer Müdigkeit überwältigt und glitt ins Reich der Träume hinüber. Auf bloßen Füßen lief sie durch einen dichten, schweigenden, dunkelgrünen Wald. Zunächst hörte sie nur die wilden Schläge ihres eigenen Herzens, dann begannen Zweige zu knacken. Bedrohliche Schritte näherten sich.

William rannte vor ihr her. Verzweifelt versuchte sie seinen Namen zu rufen, ihn einzuholen, dem Indianer zu entrinnen, der sie verfolgte und grausam verstümmeln würde.

Als sie einen Blick über die Schulter warf, sah sie ihn. Bunte Federn schmückten seinen Kopf, und er schwang einen Tomahawk hoch. Pechschwarz schimmerten seine Haare und Augen, und er trug nichts außer einer Rehlederhose. Grimmig und entschlossen eilte er ihr nach, und ihr Vorsprung verringerte sich mit jeder Sekunde. Ein Indianer?

Nein — Jarrett ... Sie wollte schreien, aber kein Laut kam aus ihrer Kehle. Und dann stolperte sie über die Wurzeln eines hohen, mit Moos bewachsenen Baums.

Langsam sank sie zu Boden, schaute auf, und der Tomahawk — verziert mit blonden und braunen Skalps — sauste herab. Wieder versuchte sie zu schreien ...

8

Sie mußte im Schlaf geschrien haben, denn sie wurde unsanft wach gerüttelt. Sekundenlang glaubte sie in die Augen des Indianers aus ihrem Traum zu blicken. Dann erkannte sie im schwachen Kerzenschein das angespannte Gesicht ihres Mannes.

»Tara! Um Himmels willen, was ist denn los? Hast du geträumt?«

Mit aller Kraft riß sie sich los. »Dieser Traum — war Wirklichkeit ...«, stammelte sie und zitterte am ganzen Körper.

»Tara!« Er wollte wieder nach ihr greifen.

Aber sie schüttelte heftig den Kopf, setzte sich auf und rückte in die hinterste Ecke der Koje. »Rühr mich nicht an!« flüsterte sie. »Du weißt nichts, du kümmerst dich um nichts, du segelst blindlings mitten in die Gefahr hinein!«

Fluchend sprang er vom Bett auf. Seine nackte, kraftvolle Brust schimmerte im rötlichen Licht. »Nur ein einziges Mal in meinem Leben war ich blind — als ich dich geheiratet habe!« stieß er hervor und wandte sich ab.

»Wohin gehst du?«

»Ich setze mich hierher«, entgegnete er und zog den Stuhl hinter dem Schreibtisch hervor. »Da mußt du nicht befürchten, daß ich dich noch einmal anfasse.« Er holte eine Rumflasche aus der Schublade und trank einen großen Schluck. »Oder soll ich die Kabine verlassen?«

Schweigend starrte sie ihn an.

»Ah, das dachte ich mir«, fuhr er fort. »Ich darf dich nicht allein lassen, muß aber Abstand wahren.« Als Tara noch immer keine Worte fand, seufzte er. »Schlaf jetzt weiter.«

»Jarrett ...«

»Schlaf!«

Mit steifen Gliedern streckte sie sich aus, kehrte ihm den Rücken und schloß die Augen. Doch sie konnte nicht einschlummern, lauschte auf die Geräusche seiner Bewegungen, dachte über ihren Traum nach. Ihr Verfolger war ein Indianer gewesen, aber er hatte Jarrett so ähnlich gesehen ...

Sie hörte ihn atmen, aus der Rumflasche trinken. Bald würde ihn die Nachtwache ermüden. Und wenn er dann neben ihr lag, würde er sie trotz seines Zorns in die Arme nehmen.

Doch darauf wartete sie vergeblich. Am Morgen erkannte sie, daß er die ganze Nacht auf dem unbequemen Stuhl verbracht haben mußte. Weil er versprochen hatte, sie nicht mehr zu berühren ...

Schweren Herzens stand sie auf. Nachdem sie sich gewaschen und angezogen hatte, ging sie an Deck. Sie winkte Nathan zu, der auf den Großmast geklettert war und seinen Blick über beide Ufer wandern ließ. Hielt er nach Indianern Ausschau? Vermutlich.

Aber er winkte grinsend zurück. Zögernd ging sie zum Ruder, wo Jarrett stand, immer noch in der engen Hose, mit dem nackten, muskulösen Oberkörper, der so bedrohlich an einen Indianer erinnerte. Schwarze Haarsträhnen hingen ihm in die Stirn, und als er Tara anschaute, schienen Feuer und Eis aus seinem Blick zu sprühen. »Ah, guten Morgen, meine Liebe. Wie hast du geschlafen?«

»Großartig, danke. Und du?«

»Ganz ausgezeichnet. Eine Rumflasche kann eine angenehme Gefährtin sein — und einen Mann erwärmen, wenn seine Ehefrau ihre Pflichten vernachlässigt.« Da diese herausfordernde Bemerkung keiner Antwort gewürdigt wurde, erkundigte er sich: »Sind noch ein paar Indianer in deinen Träumen aufgetaucht?«

»Nein. Werde ich im wirklichen Leben auch keine sehen?«

»Doch, sehr viele«, erwiderte er und zeigte zum Ufer. »Aber du mußt dich nicht fürchten.«

»Bin ich etwa immun?« fragte sie sarkastisch.

»O ja.«

Sie trat an die Reling. Nach dem Regen wirkte das Grün der dichten Vegetation noch saftiger. An den Bäumen rankten sich violette Blumen empor. Die Sonne schien blendend hell, und über dem Fluß herrschte absolute Windstille.

»Gib's doch zu!« rief Jarrett leise. »Hier ist es wunderschön. Ein Paradies.«

Er hatte recht. Eine seltsame Schönheit, wild und betörend, weit weg von aller Zivilisation … Sogar die Gefahr, die von dieser Wildnis ausging, faszinierte Tara.

Doch sie wollte ihrem Mann nicht zustimmen, der es nur darauf anlegte, sie zu verhöhnen. Erbost drehte sie sich um. »Des einen Paradies ist des anderen Hölle!«

Ein freudloses Lächeln umspielte seine Lippen. Rasch senkte sie den Blick und floh in die Kabine.

Auch diesen Tag verbrachte sie mit ihrer Näharbeit. Als Jarrett zu ihr kam, lag sie bereits im Bett und stellte sich schlafend. Er setzte sich wieder an den Schreibtisch, und die Rumflasche wärmte ihn.

Von quälenden Gedanken heimgesucht, fand sie keinen Schlaf. Sollte sie den ersten Schritt tun und ihrem Mann die Hand reichen? Doch die Erinnerung an jene Nacht in Tampa, wo er sein Ehebett gemieden und sich anderswo vergnügt hatte, hinderte sie an einer versöhnlichen Geste.

Erst im Morgengrauen schlief sie ein. Am späten Vormittag wurde sie von lauten, aufgeregten Stimmen geweckt. Offenbar hatte die *Magda* irgendwo angelegt.

Tara sprang aus dem Bett, lief zur Kabinentür und riß sie auf, ohne zu bedenken, daß sie nur ein Nachthemd trug. Atemlos stürmte sie die Kajüttreppe hinauf.

Das Schiff lag an einem großen Dock, das weit in den Fluß hereinragte. An seinem Ende standen zwei kleine Holzhäuser, eins mit Fenstern, eins ohne, und dazwischen konnte Tara zu einem grünen Hügel schauen, wo sich ein majestätisches Gebäude im Kolonialstil erhob. Massive weiße Säulen stützten das Dach der hinteren Veranda. Vermutlich war die Doppeltür durch einen breiten Flur mit dem Vordereingang verbunden, so daß im Sommer die erfrischende Brise, die vom Fluß hinaufdrang, durch das ganze Haus wehte.

Mitsamt den gepflegten Nebengebäuden paßte es perfekt in die Landschaft. Über der Veranda erstreckte sich ein Balkon, mit Türen, die zu den Räumen im Oberstock führten. Träumerisch malte Tara sich aus, wie wundervoll es sein mußte, nachts an der Balustrade zu stehen, zu beobachten, wie sich Mond und Sterne im Fluß spiegelten und den dunklen Wald am Rand des breiten Rasens zu betrachten.

Sogar jetzt, im Winter, wucherten bunte Blumen entlang der Veranda. Zur Linken sah sie große Felder in mehreren Farbtönen, wo offenbar verschiedenartiges Getreide angebaut wurde. Wie konnte ein so prächtiges Anwesen inmitten eines Landes existieren, das nur aus Sumpf und Dschungel zu bestehen schien?

»Cimarrón«, erklärte Jarrett, der plötzlich an ihrer Seite auftauchte.

»Cimarrón?«

»So heißt meine Plantage.«

»Cimarrón«, wiederholte sie leise und fand den Namen ebenso schön wie das Haus. Dann erinnerte sie sich, daß Jarrett ihr einmal erklärt hatte, dieses spanische Wort würde ›Flüchtling‹ bedeuten. Und die Weißen hatten es zu der Bezeichnung ›Seminole‹ verzerrt.

Sicher war Jarrett McKenzie noch nie vor irgendwas davongelaufen, im Gegensatz zu ihr. Nun war sie in dieses verwirrende Paradies geraten. Vielleicht gehörte sie hierher.

»Willst du im Nachthemd als neue Hausherrin auftreten?«

Verwirrt wandte sie sich zu ihrem Mann, der untadelig gekleidet war, in schwarzem Gehrock mit passender Hose, weißem Hemd und roter Weste. Sein schwarzes Haar hatte er glatt nach hinten gekämmt und zu einem Zopf zusammengebunden. Seine dunklen Augen funkelten fast diabolisch, während er Tara herausfordernd musterte.

»Das wäre Lisa sicher nie in den Sinn gekommen«, entgegnete sie, und im nächsten Moment hätte sie sich am liebsten die Zunge abgebissen. Doch wider Erwarten brauste er nicht auf.

»Nein — nie«, bestätigte er seelenruhig.

»Wenn du sie immer noch liebst — warum hast du mich dann geheiratet?«

»Das wissen wir beide.«

»Aber deine Liebe zu ihr ...«

Jetzt verlor er doch noch die Geduld und fluchte. »Um Himmels willen, was soll diese dumme Diskussion? Ja, ich habe sie geliebt, aber sie ist tot. Und die neue Herrin von Cimarron wird sich dem Haushalt im Nachthemd präsentieren!«

»Keineswegs«, entgegnete sie kühl. »In Zukunft werde ich dir keinen Anlaß mehr geben, meine äußere Erscheinung oder mein Verhalten zu bemängeln.«

»Nein, allerdings nicht. Dafür werde ich sorgen.«

Wütend lief sie in die Kabine zurück und warf die Tür hinter sich zu. Lautes Gelächter folgte ihr, aber sie hörte eine gewisse Bitterkeit heraus, die ihr Herz schmerzhaft zusammenkrampfte.

Sie zog sich hastig an und bedauerte, daß sie keine ihrer eigenen Kreationen tragen konnte. Statt dessen mußte sie ihr neues Heim in einem Kleid der einstigen Hausherrin betreten. Ihre Finger konnten die Häkchen kaum schließen, und sie befahl sich energisch, nicht mehr an Lisa zu denken. Nachdem sie ihr Haar kunstvoll hochgesteckt hatte, kehrte sie an Deck zurück, in einem eleganten goldbraunen Tageskleid mit senfgelbem Unterrock und einen passenden Sonnenschirm am Arm. Weiße Handschuhe und zierliche senfgelbe Schuhe, die ihr ein bißchen zu eng waren, vervollständigten das Ensemble.

Jarrett stand bereits auf dem Dock, in ein Gespräch mit einem hochgewachsenen, schlanken weißhaarigen Gentleman vertieft. Hinter ihm entdeckte Tara einen Schwarzen, ebenso groß, in würdevoller Haltung. Ein Sklave? Irgendwie bezweifelte sie, daß dieser Mann das Eigentum eines anderen war.

»Ah, meine Frau!« rief Jarrett, eilte zur Planke und führte sie an Land. »Tara, das ist Jeeves.« Den Schwarzen stellte er zuerst vor. »Er kümmert sich um den Haushalt, und Rutger beaufsichtigt die Feldarbeiter.«

»Guten Tag.« Höflich nickte sie den beiden Männern zu, die sie neugierig musterten.

»Mrs. McKenzie ...« Rutger verbeugte sich etwas steif, Jeeves um so geschmeidiger.

»Nun wird Jeeves dich ins Haus bringen, Tara«, erklärte Jarrett, um sie unmißverständlich zu entlassen. Vielleicht war ihm aufgefallen, wie knapp die beiden Männer seine neue Ehefrau begrüßt hatten. »Ich muß noch etwas mit Rutger besprechen. Dann komme ich dir nach. Jeeves, Molly soll Mrs. McKenzie Tee oder Kaffee servieren. Aber zeigen Sie ihr nicht das Haus. Das möchte ich selbst übernehmen.«

»Sehr wohl, Sir«, antwortete Jeeves, umfaßte Taras Ellbogen und führte sie auf einem Steinpfad zum Haus.

Nun konnte sie das majestätische Gebäude aus der Nähe bewundern, sie sah die üppigen Grünpflanzen, die sich an den weißen Säulen und dem schmiedeeisernen Balkongeländer emporrankten.

»Das schönste Herrschaftshaus weit und breit«, verkündete Jeeves voller Stolz.

»Daran zweifle ich nicht.«

»Es hat über ein Jahrzehnt gedauert, bis es fertiggestellt war.«

»Haben Sie schon für Mr. McKenzie gearbeitet, als das Haus gebaut wurde?«

»O ja, Ma'am«, erwiderte er lächelnd, in perfektem Englisch. Offenbar hatte er eine gute Schule besucht.

»Es gibt dreiundzwanzig Räume, Mrs. McKenzie — also ein sehr großer Haushalt ... Ich bin froh, daß Mr. McKenzie eine neue Herrin mitgebracht hat, die nach dem Rechten sehen wird.«

»Danke.« Skeptisch schaute sie in seine unergründlichen Augen und fragte sich, ob er die Wahrheit sagte.

Sie stiegen die Verandastufen hinauf, und Jeeves eilte voraus, um ihr die Doppeltür zu öffnen.

Wie Tara vermutet hatte, führte ein breiter Flur zum Vordereingang, mit brokatbezogenen Sesseln, Sofas und kleinen Tischen aus Kirschbaumholz eingerichtet. An jeder Seite reihten sich drei Türen aneinander, und Jeeves erklärte, dahinter würden der Salon, der Speiseraum, das Frühstückszimmer, die Bibliothek, das Büro und der Damensalon liegen. Die Küche befand sich in einem Nebengebäude, und der erste Stock enthielt das Schlafgemach für die Herrschaften mit angrenzendem Wohnraum, drei Kinder-, ein Spiel- sowie drei Gästezimmer. Im Dachgeschoß waren die Dienstboten untergebracht.

Jeeves führte Tara ins Frühstückszimmer, wo sie mit Molly bekannt gemacht wurde, einem jungen irischen Dienstmädchen.

Beflissen servierte Molly Kaffee und Biskuits, dann knickste sie ehrerbietig und entfernte sich. Auch Jeeves ging hinaus, nachdem er sich höflich vor seiner neuen Herrin verneigt und versichert hatte, Mr. McKenzie würde bald zu ihr kommen. Falls sie irgendwelche Wünsche habe, möge sie bitte läuten.

Tara trank ihren Kaffee, hatte aber keinen Appetit. Rastlos begann sie umherzuwandern, bewunderte den sonnenhellen Raum, die hübschen Möbel.

Eine Stunde verstrich. Das wußte Tara, weil sie immer wieder zur Uhr auf dem Sideboard hinüberstarrte. Schließlich konnte sie ihren Zorn kaum noch bezähmen. Sie verstand, daß Jarrett nach seiner Heimkehr wichtigere Dinge zu erledigen hatte, als ihr das Haus zu zeigen. Aber warum erlaubte er niemand anderem, das zu übernehmen? Wieso mußte sie mutterseelenallein die Zeit totschlagen?

Nach einer weiteren Stunde verließ sie das Frühstückszimmer, um das Haus auf eigene Faust zu erforschen. Doch dann besann sie sich anders, da sie Jeeves nicht in Schwierigkeiten bringen wollte. Sie trat auf die Vorderveranda, wanderte um eine Ecke und entdeckte einen großen Stall, hinter dem die Felder lagen.

Was für Pferde mochte ihr Mann besitzen? Neugierig lief sie zum Stalltor und sprang erschrocken zurück, als ihr jemand entgegenkam. »Ma'am?« Die Stimme klang verwirrt und gepreßt.

Von der grellen Sonne geblendet, beschattete Tara ihre Augen mit einer Hand, musterte einen etwa fünfzehnjährigen, dunkelhäutigen Jungen und hielt den Atem an. In seinen Adern schien Indianerblut zu fließen.

»Darf ich Ihnen helfen?« fragte er höflich, in kultiviertem Englisch.

Eigentlich sah er nicht so aus, als wollte er über sie herfallen. »Ich ...«, begann sie verwirrt. Dann erklärte sie stotternd: »Ich — bin Mrs. McKenzie.«

Nun war es der Junge, der entsetzt nach Luft schnappte. »Mrs. McKenzie ist tot!«

»Nun ja, ich bin die neue Mrs. McKenzie.« Nach einer kurzen Pause erkundigte sie sich: »Und du?«

»Ich heiße Peter, Ma'am, und ich füttere die Pferde.«

»Oh, die würde ich mir gern anschauen.«

»Ja, natürlich!« Er eilte in den Stall, und sie folgte ihm.

Alle Boxen wirkten sehr gepflegt, und der Duft frischen Heus verdrängte beinahe die animalischen Gerüche. Der festgestampfte Erdboden war sauber gefegt. Was für einen vielseitigen Mann ich geheiratet habe, dachte Tara. Er ist nicht nur ein guter Segler, auch aus seiner Plantage macht er das Beste.

Doch dann vergaß sie Jarrett, denn Peter, der die Pferde heiß und innig liebte, wußte interessante Geschichten über jedes einzelne Tier zu erzählen. Im Haus waren die Minuten langsam dahingekrochen. Jetzt verging die Zeit wie im Flug, und Tara verschwendete keine Gedanken mehr an ihre ursprüngliche Angst vor Peters indianischer Abstammung.

Sie hatte keine Ahnung, wie spät es war. Erst als ihr Name gerufen wurde, sah sie den rötlichen Schein der sinkenden Sonne, der durch die Stallfenster hereindrang und nur mehr schwaches Licht spendete.

»Oh, da kommt Mr. McKenzie«, murmelte Peter unbehaglich. Und da stand Jarrett auch schon im Stalltor, die Arme vor der Brust verschränkt.

»Wo zum Teufel warst du?« schrie er. »Nun suche ich dich schon seit Stunden!«

»Und ich habe stundenlang im Haus gewartet!« fauchte sie, stemmte die Hände in die Hüften und erwiderte herausfordernd seinen Blick. Sein Zorn ließ ihr Herz schneller schlagen, aber das ließ sie sich nicht anmerken. Nie wieder sollte er sie einen Angsthasen nennen.

»Ich habe mir schreckliche Sorgen um dich gemacht!« brüllte er.

Vermutlich würde der ganze Haushalt dem Streit lauschen, aber Tara dämpfte ihre Stimme trotzdem nicht. »Warum denn? Du hast mir doch mehrmals versichert, hier könnte mir nichts passieren.«

Seine Kinnmuskeln verkrampften sich. »Hier nicht — aber wenn du die Flucht ergriffen hättest, wärst du in große Gefahr geraten.«

»Natürlich — fern von deiner merkwürdigen Immunität!« konterte sie.

»Laß dir niemals einfallen, diese Plantage zu verlassen!«

Sie wollte antworten, doch dann sah sie Robert Treat und Jeeves auf der Veranda des Hauses stehen.

»He, Jarrett!« rief Robert. »Wie Jeeves mir soeben mitteilt, hat Hattie ihr köstliches Rehragout gekocht. Sobald der Master bereit ist, wird das Dinner serviert.«

Ohne seine Frau aus den Augen zu lassen, erwiderte Jarrett: »Gut, wir kommen!« Er wandte sich ab, ging zum Haus, und Tara folgte ihm, den Kopf würdevoll erhoben.

Liebenswürdig lächelte sie Jeeves und Robert an, der ihr den Arm bot und sie durch die breite Doppeltür in den Flur führte. »Meine Liebe, Sie müssen wirklich vorsichtiger sein. Jarrett war außer sich vor Sorge.«

Eher vor Wut, dachte sie mit einem Blick in das finstere Gesicht ihres Mannes, beschloß aber, ihn zu ignorieren. Auf dem Weg zum Speisezimmer fragte sie Jeeves, ob sie die Köchin kennenlernen könne, und Hattie wurde ihr vorgestellt.

Gemeinsam mit Molly servierte die rundliche Frau im eleganten Speisezimmer das Essen — frisches Gemüse, sogar im Winter, und das berühmte Rehragout. Inzwischen füllte Jeeves die Weingläser.

»Wohnen Sie hier, Robert?« fragte Tara. Zu spät merkte sie, wie hoffnungsvoll ihre Worte klangen. Nun hatte sie ihren Mann sicher wieder verärgert.

»Tut mir leid, meine Liebe«, antwortete er anstelle seines Freundes, »Mr. Treat besitzt sein eigenes Anwesen, weiter unten am Fluß.«

»Es grenzt an Cimarron, also lebe ich ganz in der Nähe«, versicherte Robert, und Jarrett schwieg.

Zum Dessert gab es einen Pfirsichkuchen nach Hatties Spezialrezept und Kaffee mit Sahne.

»Werden die Gentlemen den Brandy in der Bibliothek nehmen, Sir?« fragte Jeeves und räusperte sich. »Inzwischen könnte ich Mrs. McKenzie ein Glas Sherry im Damensalon kredenzen.«

Am liebsten hätte Tara einen großen Schluck aus einer Whiskeyflasche getrunken. Nervös preßte sie ihre Hände im Schoß zusammen.

Offenbar wollte ihr Jarrett nichts dergleichen gönnen. Er stand vom Tisch auf, bedachte sie mit einem düsteren Blick und reichte ihr seine Hand. »Wenn du mich für ein paar Minuten entschuldigen würdest, Robert — ich komme gleich zu dir in die Bibliothek, dann werden wir Brandy trinken und Zigarren rauchen. Sicher ist Tara erschöpft von der langen Reise. Ich führe sie nach oben.«

»Aber — ich dachte, du würdest mir das Haus zeigen.«

»Morgen«, entgegnete er kurz angebunden.

»Außerdem hätte ich gern einen Sherry.«

»Jeeves wird dir einen hinaufbringen.«

Notgedrungen erhob sie sich. Trotz ihrer Wut gelang es ihr, Robert ein strahlendes Lächeln zu schenken, und er wünschte ihr eine gute Nacht. »Sicher werden Sie sich bald auf Cimarron einleben, Tara.«

Tränen drohten ihre Stimme zu ersticken, und so wagte sie nicht zu antworten, küßte ihn auf die Wange und floh aus dem Speisezimmer. Aber Jarrett blieb ihr dicht auf den Fersen. Er ergriff ihren Arm und führte sie die breite, elegant geschwungene Treppe hinauf.

Im dunklen Oberstock öffnete er eine Tür. Sanftes Lampenlicht erhellte einen großen, luxuriös ausgestatteten Raum mit stilvollen Möbeln aus Kirschbaumholz. Der wuchtige Kamin nahm eine halbe Wand ein, ein kostbarer Teppich bedeckte den Hartholzboden.

Unsicher trat Tara ein und schaute sich um. Dies war eindeutig ein Herrenschlafzimmer, denn es enthielt keinerlei feminine Nuancen. Auf dem Schreibtisch vor der Glastür, die zum Balkon führte, lag ein Aktenordner, neben der Waschschüssel und dem Wasserkrug entdeckte sie Rasierzeug.

»Es gibt doch noch andere Schlafzimmer in diesem Haus ...«, begann sie zögernd.

Jarrett stand dicht hinter ihr. »Was willst du damit sagen?«

»Vielleicht — vielleicht wäre es besser, wenn ich mein eigenes Zimmer bewohne ...« Unbehaglich wandte sie sich zu ihm. »Da wir nicht allzugut miteinander auskommen ...«

»Das spielt keine Rolle. Du bist meine Frau, und deshalb wirst du in diesem Zimmer schlafen.«

»Warum mußt du mich ständig herumkommandieren?« Neuer Zorn stieg in ihr auf, vermischt mit jener elenden Eifersucht, die sie ärgerte und die sie doch nicht bezähmen konnte. »Mir befiehlst du, wo ich schlafen soll, während du selber ...«

»Während ich — was?«

»Lassen wir das jetzt. Jedenfalls werde ich tun, was mir beliebt!«

»So wie damals, als du geflohen bist. Aber von hier wirst du nicht weglaufen.«

Sie holte tief Luft. »Ja, ich bin davongelaufen! Aber du kommst keinen Schritt voran und lebst immer noch in der Vergangenheit, mit einer toten Frau ...«

Erschrocken verstummte sie, denn Jarrett hob sie plötzlich hoch und warf sie mit aller Kraft aufs Bett. »Wie kannst du es wagen!« rief sie empört und richtete sich auf. »Ich wünsche nicht ...«

»Was du wünschst, kümmert mich nicht. Du möchtest nicht angefaßt werden, aber den Schutz eines Mannes genießen, der stets in deiner Nähe bleibt — vorzugsweise mit einem Messer und einer Pistole bewaffnet. Natürlich möchte ich dich zu nichts zwingen. Aber ich hoffe, du erinnerst dich an dein Ehegelübde und wirst mir eine gute Frau sein.«

»Das versuche ich doch«, flüsterte sie unglücklich. »Aber du tust nichts, um mir Mut zu machen. Wenn du mir endlich erklären würdest ...«

»Warum sollte ich dir was erklären«, fiel er ihr ins Wort, »wenn du dich weigerst, mir irgendwas zu erzählen?«

»Nun, ich habe dich nicht mit Absicht in mein Leben hineingezogen. Meine Vergangenheit geht dich nichts an, und meine Probleme ...«

»Da ich deine Probleme nicht kenne — wie soll ich wissen, ob deine Vergangenheit uns beide nicht einholen wird, irgendwann?«

Schweigend starrte sie ihn an. Nach dem Eindruck, den er von ihr gewonnen hatte, konnte sie ihm die Wahrheit nicht anvertrauen. Er würde ihr niemals glauben.

»Bleib hier!« mahnte er eindringlich. »Dies ist mein Zimmer, du bist meine Frau, und du wirst hier schlafen.« Ohne ein weiteres Wort ging er hinaus und schloß die Tür.

Jeeves brachte ihr ein Glas Sherry, das sie langsam leer trank. Dann kleidete sie sich aus und sank in das breite Bett. Viele Stunden verstrichen, ehe sie endlich Schlaf fand. Jarrett war nicht zurückgekehrt.

9

Jarretts Heimkehr stand unter einem schlechten Stern. Was er ebenso wie viele andere monate-, vielleicht jahrelang befürchtet hatte, war eingetroffen.

Er hatte nicht geplant, seine Frau während der Nacht in Tampa allein zu lassen. Doch es war ihm nichts anderes übriggeblieben, als ins Fort zu gehen, mit den Kommandanten zu sprechen und dann Ransome Clarke zu besuchen — den schwerverwundeten, unglücklichen Soldaten, der den Indianerangriff überlebt hatte.

Ans Bett gefesselt, kaum fähig, den Kopf zu heben, begrüßte er Jarrett matt, aber freundlich. Noch war das besiedelte Gebiet von Florida ziemlich klein, und die meisten Leute, die hier lebten, kannten sich. Jarrett hatte schon viele Militärs in sein Haus eingeladen, und er kam oft in die Stadt. Hier war er dem jungen Clarke mehrmals begegnet.

Der Verletzte schilderte, wie ein Großteil der Offiziere bereits bei der ersten Indianersalve gestorben war. Hinter ihren gestürzten Pferden und im Gebüsch hatten die weißen Soldaten versucht, eine Kampflinie zu bilden. Aber sie standen schon seit dem ersten Schuß auf verlorenem Posten. Am Ende des stundenlangen Gefechts kroch Ransome ins Gestrüpp, versteckte sich und beobachtete, wie die schwarzen Mitstreiter der Indianer — von rachsüchtigem Zorn gegen die Sklavenbesitzer erfüllt — die Leichen der Weißen verstümmelten und skalpierten. Es war ein grausiger Anblick gewesen.

Dieser Bericht eines Augenzeugen erschütterte Jarrett zutiefst, und er schwieg eine Minuten lang, nachdem Ransome verstummt war.

»Nehmen Sie sich in acht, Sir«, bat der junge Mann. »Angeblich war das Massaker von Osceola geplant worden, obwohl er sich zur gleichen Zeit woanders aufhielt, um Wiley Thompson zu töten. Einige Plantagenhäuser wurden schon niedergebrannt. Man kann nie wissen, Jarrett. Nach allem, was ich gehört habe, genießen Sie die Gunst der Indianer — in höherem Maße als jeder andere Weiße. Aber bedenken Sie — der alte Charlie Emathla ist tot, und er war ein Creek-Seminole.«

»Meine Plantage liegt auf neutralem Boden. Das hat Osceola mir zugesichert.«

»Und wenn er seine Macht verliert?«

»Auf Cimarron arbeiten hundert Leute, weitere fünfzig für meinen Nachbarn, Robert Treat. Außerdem bin ich verdammt gut bewaffnet. Das wissen auch die Indianer. Vorerst habe ich nichts zu befürchten.«

»Hoffentlich behalten Sie recht«, seufzte Ransome.

Jarrett drückte die Hand des jungen Soldaten und forderte ihn auf, ihm jederzeit Bescheid zu geben, falls er Hilfe brauchen würde. Dann kehrte er in Mrs. Conollys Taverne zurück. Die restliche Nacht hatte er in der Gaststube verbracht und die sterbende Glut im Kamin betrachtet.

Diese Welt — seine Welt drohte sich in eine Hölle zu verwandeln. Und er hatte eine mutwillige, geheimnisvolle Ehefrau hierhergebracht, die ihn faszinierte und ein seltsames Netz um seine Seele zu schlingen schien. Immer wieder traf ihn ihr anklagender Blick mitten ins Herz. Jedesmal, wenn sie miteinander sprachen, kam es zum Streit ... Und wenn er sich von ihr fernhielt, stand er die schlimmsten Qualen aus.

Vielleicht fürchtete sie sich zu Recht, und es gelang ihm nicht, seinen Stolz hinunterzuschlucken, ihr irgend etwas zu erklären. Eigentlich müßte er Verständnis für Tara aufbringen. Bei der Ankunft in Tampa waren sie von grausigen Neuigkeiten erwartet worden, in allen beklemmenden Einzelheiten geschildert.

Auch an diesem Morgen erwachte er allein — nicht an der Seite seiner schönen jungen Frau. Er frühstückte mit Robert, spürte den stummen Vorwurf seines Freundes.

Während Robert nach Hause ritt, verdrängte Jarrett den Aufruhr seiner Gefühle und floh in den Stall. Er rief Peter zu, er brauche keine Hilfe, und legte seinem Rotschimmel Charlemagne eigenhändig das Zaumzeug an. Dann stieg er auf den ungesattelten Rücken des lebhaften Pferdes, reagierte auf jede Bewegung des Tieres, so wie er es von seinem Vater gelernt hatte.

Schnell wie der Wind sprengte er die Zufahrt hinab, in der Hoffnung, der Galopp würde die Spinnweben aus seinem Kopf verscheuchen, den Kummer aus seiner Seele. Hinter den Feldern erreichte er einen fast jungfräulichen Teil seiner Ländereien, den nur schmale Reitwege durchkreuzten. Hellgrünes Moos hing an den Ästen stattlicher Eichen, die zwischen gewundenen Bächen wuchsen.

Jarrett gönnte seiner Umgebung kaum einen Blick, als er sein Ziel ansteuerte, einen Pinienhain, wo wilde Orchideen wucherten und ein weicher Nadelteppich den Boden bedeckte. Nur ein leise plätschernder Bach begleitete die Stille. Dies war Jarretts Lieblingsplätzchen, seit er das Land besaß. Es grenzte an das Territorium, das man den Seminolen im Vertrag von 1821 zugestanden hatte.

Auch Charlemagne schien zu wissen, wohin der rasante Ritt führte. Inmitten der Pinien drosselte er aus eigenem Antrieb sein Tempo, am Ufer des Bachs blieb er stehen. Jarrett schwang sich vom Pferd, kniete nieder, kühlte sein Gesicht mit dem klaren Wasser und trank in durstigen Zügen. Dann beobachtete er, wie die Wellen sein Spiegelbild verzerrten. Er schloß die Augen, als könnte er dadurch seinen Problemen entrinnen, und das war ein Fehler.

Zu spät spürte er den Luftzug in seinem Rücken. Starke Hände packten ihn an den Schultern, und er fiel mitsamt seinem Angreifer ins eiskalte Wasser. Wütend sprang er ans Ufer und fuhr herum, um festzustellen, wer ihn in so demütigender Weise überrumpelt hatte.

Der Mann war bereits auf den Beinen, die Knie leicht gebeugt. Glattes schwarzes Haar, das auf die Schultern hing, und das bronzebraune Gesicht verrieten seine indianische Herkunft. Doch die hohen Stiefel, die dunkelblaue Hose und das bunte Hemd mit den bauschigen Ärmeln wirkten europäisch. Um die Stirn hatte er ein rotes Tuch geschlungen, in dem zwei Federn steckten, direkt am Hinterkopf. Eine Lederscheide am Schienbein enthielt ein langes Bowie-Messer, eine gefährliche Waffe. Allzu jung war er nicht mehr, aber in der Blüte seiner Kriegerjahre, fast so groß wie Jarrett, muskulös und sehnig. Sein markantes Gesicht mit den breiten Wangenknochen wurde von verwirrenden blauen Augen beherrscht.

Nur zu gut kannte Jarrett diese Augen, die dem Seminolen Laufender Bär gehörten.

Plötzlich lächelte der Krieger, warf sich auf Jarrett, der hart am Boden aufprallte. Doch er erhob sich sofort wieder. Mit aller Kraft rammte ihm der Indianer eine Schulter in den Bauch. Beide stürzten und begannen verbissen zu ringen. Nach einer Weile befreite sich der Seminole aus Jarretts Griff, stand auf und entfernte sich um fünf Schritte.

Immer noch lächelnd, musterte er seinen Gegner. »Verdammt, und ich dachte, diesmal könnte ich dich endlich besiegen«, keuchte er in Englisch, mit leichtem Südstaatenakzent.

Jarrett holte tief Luft. »Beinahe hättest du's geschafft, kleiner Bruder«, erwiderte er, und sie umarmten sich grinsend. »Freut mich, dich wiederzusehen.«

»Und ich bin froh, daß du daheim bist«, seufzte der Indianer. »Was für schwere Zeiten . . . Wer hätte das gedacht?«

Die Indianer nannten Jarretts Halbbruder ›Laufender Bär‹. Getauft war er auf den Namen James McKenzie, der ihn mit Stolz erfüllte, denn er hatte seinen Vater geliebt und das auch nie geleugnet.

»So mußte es kommen«, entgegnete Jarrett. »Wir waren blind, du und ich. Weil wir's nicht sehen wollten. Kanntest du Osceolas Pläne, als wir uns das letzte Mal trafen?«

James schüttelte den Kopf. »Wer behauptet, er würde einfach nur allen Weißen grollen, irrt sich. Mich weiht er nicht ein, denn in meinen Adern fließt weißes Blut. Gutes weißes Blut, nach seiner Meinung. Und er weiß, wie nahe ich dir stehe.«

»Auch er ist ein Mischling. Du hast von dem Massaker gehört, nicht wahr?«

»O ja«, bestätigte James unglücklich. »Aber bedenke, wie schrecklich Wiley Thompson die Indianer behandelt hat ...«

»Major Dade nicht.«

»Nun, er war ein Offizier, und wie du weißt, ist das weiße Militär durchaus fähig, indianische Krieger niederzumetzeln — und Frauen und Kinder, ohne mit der Wimper zu zucken. Hätten die Weißen diese verdammten Verträge eingehalten ...«

»Dieser Vorwurf kann den niederträchtigen Hinterhalt nicht entschuldigen, James. Sicher, mehrere grausame Weiße haben Indianerdörfer überfallen. Aber viele wollen in Frieden leben. Und wie du immer wieder beteuert hast, weiß Osceola, daß nicht alle weißen Männer schlecht sind. Gerade dir müßte es gelingen, diese neue Welle des Hasses einzudämmen ...«

Stöhnend unterbrach James seinen Halbbruder. »Jeden Tag flehe ich den Allmächtigen an, Er möge die Weißen schützen. Unser guter, großherziger Vater hat uns gelehrt, allen Menschen auf Erden die gleichen Rechte zuzugestehen. Leider besitzen nur wenige Menschen einen solchen Charakter. Und wenn auch anständige Weiße in Florida siedeln — wir haben genug böse, grausame kennengelernt.«

Jarrett strich das Haar aus seiner Stirn, setzte sich auf einen umgestürzten Baumstamm und starrte ins Wasser.

Zu seinem Bedauern konnte er James nicht widersprechen.

Seit seiner Jugend beobachtete er immer wieder solche brutalen Übergriffe. Er war in Charleston, South Carolina, geboren worden, als Sohn irischer Einwanderer. In Cork hatte sein Großvater den Titel des Lords McKenzie getragen. Doch Jarretts Vater, der siebente von acht Söhnen, sah auf dem McKenzie-Landsitz in Irland keine Möglichkeit, sich ein eigenes Leben aufzubauen. Und so verließ der fünfzehnjährige Sean sein vornehmes, aber ärmliches Elternhaus, ging nach Amerika und schloß sich gegen Ende des Freiheitskrieges den Rebellen an.

Nach den Kämpfen landete er in Charleston, und da blieb er, vor allem wegen einer gewissen Geneva Tweed, der Tochter eines reichen Kaufmanns. Diese faszinierende Schönheit, ein eigenwilliges Einzelkind, erklärte Sean, sie wolle nichts mit einem dahergelaufenen Iren zu tun haben. Aber er umwarb sie beharrlich und eroberte sie. Bald nach der Hochzeit erkrankte sie an Gelbfieber. Sean pflegte sie aufopfernd, und irgendwie entging er der Gefahr, sich selbst anzustecken.

Wenn Geneva die schwere Krankheit auch überlebte — sie wurde nie wieder ganz gesund, war schwach und anfällig. Ihr zuliebe blieb Sean in Charleston, obwohl er von einem eigenen Stück Land träumte und sich für den Pelzhandel interessierte. Zehn Jahre lang hoffte das Ehepaar vergeblich auf Nachwuchs — bis Jarrett 1802 geboren wurde, zur großen Freude und Überraschung seiner Eltern.

Doch Geneva kam nie wieder zu Kräften. Ein paar Monate vor Jarretts fünftem Geburtstag umarmte sie ihn, gab ihrem Mann einen Abschiedskuß und hauchte lächelnd ihr Leben aus.

Sean McKenzie war untröstlich. Beinahe starb er selbst an gebrochenem Herzen. Sein Schwiegervater, ebenfalls in tiefer Trauer, beschwor ihn, einen neuen Anfang zu wagen. Da erinnerte sich Sean an seinen alten Traum vom eigenen Land. Der Pelzhandel mit den Georgia-Indianern verhalf vielen Weißen zu sagenhaftem Reichtum. Und so zog er mit seinem kleinen Sohn ins Gebiet der Creeks.

Zunächst fühlte sich Jarrett oft einsam. Damals lebten nur wenige Weiße im Indianergebiet. Aber er war ein kräftiger, kluger, wißbegieriger Junge, und es gelang ihm bald, sich anzupassen. Er fand heraus, welche Unterschiede zwischen den einzelnen Stämmen bestanden, lernte die Muskogee-Sprache der Creeks, das Hitichi der Mikasukis. Und er erkannte, daß die Creek-›Konföderation‹ vor allem deshalb aus so vielen verschiedenen Stämmen bestand, weil sie sich notgedrungen zusammenschlossen, um die wachsende Einengung durch die Weißen abzuwehren.

An seinem sechsten Geburtstag erfuhr er noch etwas anderes — er würde einen Bruder bekommen.

Sein Vater hatte sich in Mary McQueen alias Mondschatten verliebt, eine Indianerin, die mütterlicherseits mit Peter McQueen verwandt war, einem weißen Anführer der Upper Creeks. Ihr Vater war ein Seminolenhäuptling aus der Gegend von Pensacola in Florida, einer der Flüchtlinge oder Renegaten, deren Familien sich mit den Ureinwohnern der Halbinsel vermischt hatten.

Es fiel Jarrett nicht schwer, die junge, hübsche, liebevolle Mary als Stiefmutter zu akzeptieren. Zu dritt bewohnten sie ein komfortables Holzhaus, genossen den Luxus der Weißen, achteten aber auch die Erdverbundenheit und den Spiritualismus der Indianer.

Sobald James das Licht der Welt erblickte, liebte Jarrett seinen kleinen Bruder heiß und innig.

Die weißen Pelzhändler, die oft zu Besuch kamen und immer weiter nach Westen vordrangen, fanden es seltsam, daß Jarrett die kohlschwarzen Augen seiner kreolischen Mutter geerbt hatte und James die kobaltblauen seines Vaters. Ansonsten ähnelten sich die beiden hochgewachsenen, kräftig gebauten Jungen.

James folgte dem großen Bruder auf Schritt und Tritt, und Jarrett brachte ihm alles bei, was er von den Lebensarten der Weißen und der Indianer wußte.

1812 führten die Vereinigten Staaten wieder Krieg gegen Großbritannien. Die amerikanischen Präsidenten hatten sich bemüht, ihre Neutralität zu wahren, während Napoleon Bonaparte zum französischen Kaiser emporstieg, und hielten sich aus dem europäischen Krieg heraus. Aber sowohl die Franzosen als auch die Engländer erließen ein Embargo gegen amerikanische Handelsschiffe. Schließlich begannen die Briten amerikanische Schiffe zu kapern und deren Besatzung zu rekrutieren. Die Vereinigten Staaten erklärten England den Krieg — ironischerweise, als die Briten das Embargo bereits aufgehoben hatten. Das konnten die Amerikaner wegen der mangelnden Verständigung über den Atlantik hinweg nicht wissen.

Um sich zu rächen, versprachen die Engländer, die Indianer zu unterstützen, wenn diese auf britischer Seite kämpften. 1813 war der Creek-Krieg ausgebrochen, zwischen den zivilisierten Lower Creeks und den Upper Creeks. Viele dieser Creeks waren Shawnees und andere Nordindianer, in der Creek-Konföderation zusammengeschlossen, weil die Weißen sie gezwungen hatten, auszuwandern. Der große Shawnee-Häuptling Tecumseh — ein intelligenter, angesehener Mann, der von den Weißen gelernt hatte, Bündnisse einzugehen — schlug sich auf die Seite der Engländer, in der Hoffnung, die weißen Siedler daran zu hindern, noch weiter ins westliche Indianerland vorzudringen. Er starb auf dem Schlachtfeld.

Jarretts Familie lebte bei den zivilisierten Creeks und stellte sich auf die amerikanische Seite. Sean wollte seinen Söhnen die beste Erziehung ermöglichen, die beide Welten — die indianische und die weiße — zu bieten hatten, und schickte sie auf eine Schule in Charleston. Aber wegen der Feindseligkeiten mußten sie nach Hause zurückkehren. Für Mary brachen bittere Zeiten an, denn fast alle ihre Verwandten väterlicherseits waren Upper Creeks und Florida-Seminolen. Dazu zählte auch James McQueen, einer der militantesten Krieger von den Upper Creek-Red Sticks. Glücklicherweise mußten sie nicht gegen ihr eigenes Fleisch und Blut kämpfen.

James war zu jung, um den Krieg zu verstehen, und klein genug, um an den Ohren gepackt zu werden, wenn er verkündete, er würde gern gegen die Engländer kämpfen. Natürlich beschloß Sean McKenzie, auch seinen älteren Sohn Jarrett von den Schlachtfeldern fernzuhalten. Doch das war schwierig, denn zu Beginn des Krieges wurde Fort Nims von den Red Sticks attackiert, die Frauen und Kinder ebenso niedermetzelten wie die Männer. Die Mehrzahl der Opfer waren zivilisierte Creeks oder Mischlinge.

Als Andy Jackson das Kampfgebiet durchquerte, faszinierte er Jarrett. Und so entwischte der Junge den Adleraugen seines Vaters, folgte Jackson und diente ihm als Dolmetscher.

Der General war ein eindrucksvoller Mann, obwohl schon im vorgeschrittenen Alter, verwittert und müde im Gesicht und in der Seele, aber bereit alles hinzunehmen — Entbehrungen, Überraschungsangriffe, Enttäuschungen, mangelnden Nachschub. So wie seine Männer aus Tennessee hielt er sich an das Prinzip: Handeln oder sterben. Jarrett bewunderte ihn, und als Jackson die Red Sticks bezwungen hatte und zu den Kämpfen in New Orleans weiterzog, beschloß der Junge seine Eltern zu verlassen und bat sie in einem Abschiedsbrief um Verzeihung. Da er sehr groß und muskulös war, glaubte ihm der General, den er bezüglich seines Alters belog.

Damals noch keine fünfzehn, erlernte er unter Jacksons Führung die Kriegskunst von der Pieke auf. Nie würde er seine Feuertaufe vergessen, die schreckliche Angst vor seiner ersten Schlacht. Und er erfuhr auch eine ganze Menge über die taktische Kriegsführung. Bei alldem kamen ihm die Einflüsse seines Elternhauses zugute — Mäßigung, Geduld und Klugheit, vom weißen Vater ererbt, Tapferkeit und Ausdauer, von der indianischen Stiefmutter übernommen.

Jarrett überlebte die Schlachten, aber bei seiner Heimkehr konnte er sich des väterlichen Zorns kaum erwehren. Als alles vorbei war, erfuhr er, daß die Lower Creeks den Krieg gemeinsam mit den Amerikanern verloren hatten. Für ihre Hilfe wurden sie sogar noch bestraft, denn die Amerikaner zogen westwärts und drängten die Indianer immer weiter ins Landesinnere.

Wie es bei den Seminolen Sitte war, hatte Sean McKenzie bei der Familie seiner Frau gelebt und niemals eigenes Land beansprucht. Nun wurden die Indianergebiete ernsthaft bedroht. Jarrett entschied, daß es nur eine einzige Möglichkeit gab — er mußte Jackson mit den Ereignissen konfrontieren und das Land seiner Familie mit allem Nachdruck beanspruchen.

Damals bekämpfte Jackson die Seminolen in Florida. Dieses Territorium gehörte immer noch den Spaniern, doch das hielt den General nicht zurück. Jarrett mochte und bewunderte ihn wie eh und je. Aber in Florida begann er die Haltung des Generals gegenüber den Indianern zu hassen. Jackson wollte sie alle vertreiben. Draußen im Westen gab es genug Land. Und die Amerikaner wollten sich Florida aneignen, das immer noch in zwei spanische Territorien geteilt war.

Und so zogen sie nach Süden, bekämpften die Indianer und behaupteten, die Spanier könnten die Rothäute nicht unter Kontrolle halten, die ständig die Georgia-Grenze überquerten, um dort zu morden und zu plündern.

Als Jackson zwei britische Bürger hinrichten ließ, Alexander Arbuthnot und Robert Ambrister, weil sie die Indianer gegen die Amerikaner aufgewiegelt hatten, waren die Engländer ebenso wütend wie die Spanier. Aber Andy Jackson hielt seine Stellung.

Im Lauf der Geschichte hatte Florida immer wieder den Besitzer gewechselt. Nun wollten die Amerikaner das Land endgültig erobern. Aber Jarrett konnte nicht länger an der Seite eines Kommandanten kämpfen, der gegen die Indianer zu Felde zog.

Während einer Kampfpause hielt sich Jackson in St. Augustine auf, und Jarrett bat den General um eine Audienz. Leidenschaftlich erinnerte er ihn an die treuen Dienste, die er ihm geleistet hatte. Zum Dank dafür habe er bei seiner Heimkehr feststellen müssen, daß er kein Zuhause mehr besaß. Natürlich würde er den General auch in Zukunft unterstützen — nur nicht in einem Krieg gegen die Indianer. Zunächst war Jackson verärgert. Aber schließlich überzeugten ihn Jarretts Argumente. Noch während der junge Mann sprach, füllte der General die Formulare aus, die den Besitzanspruch der Familie McKenzie auf das Land bestätigten.

»Wenn ich es auch bedaure, daß wir keine Waffenkameraden mehr sind ...«, der General stand auf und überreichte ihm die Dokumente, »... so zögere ich doch nicht, Sie meinen Freund zu nennen, denn die Tugenden, die ich am meisten schätze, zeichnen Sie aus — Ehrlichkeit und Mut. Unsere Ansichten stimmen zwar nicht überein, aber ich finde, jeder sollte erhalten, was ihm zusteht. Auch mein Gegner.«

Lächelnd schüttelten sie sich die Hände, und Jarrett wußte, daß er den General stets respektieren würde, trotz aller Meinungsverschiedenheiten.

Am selben Abend lernte er Lisa auf einem Tanzfest in der alten Stadt St. Augustine kennen. Sie erzählte von den Reisen, die sie mit ihrem Vater ins Landesinnere unternommen hatte, von kristallklaren Quellen, buntschillernden Vögeln und exotischen Pflanzen — vom Gefühl, allein in einem Paradies zu leben, das nur von den Sternen beleuchtet wurde.

Danach blieb Jarrett in der Stadt, machte sich als Vermittler und Dolmetscher zwischen Indianern und Weißen nützlich. Viele Red Sticks hatten inzwischen Frieden mit den Weißen geschlossen, aber einige waren ihnen immer noch feindlich gesinnt. Nun änderten sich die Allianzen. Zahlreiche ›zivilisierte Lower Creeks‹ bekämpften die Indianer, die ihnen das Land weggenommen hatten, und verbündeten sich mit ihren einstigen Widersachern, den Upper Creeks.

Einige Indianer konnten im Norden Floridas, weit entfernt von den Siedlungen der Weißen, die Stellung halten. Aber von der südlichen Halbinsel wurden die meisten vertrieben.

Unermüdlich kämpfte Jackson weiter — gegen die Indianer und die Positionen der Spanier, gegen die Engländer, die erneut zu den Waffen griffen, gegen gewisse Mitglieder des amerikanischen Kongresses, die seine Maßnahmen verurteilten.

1821 wurde eine Vereinbarung zwischen Spanien und den Vereinigten Staaten getroffen. Die USA würden einen Großteil der spanischen Schulden an die Bürger beider Länder zahlen. Außerdem wurde die mexikanische Ostgrenze festgelegt, und die USA gaben jeden Anspruch auf Texas auf. Andrew Jackson kehrte nach Florida zurück und wurde dessen erster Gouverneur.

Immer mehr amerikanische Siedler zogen auf die Halbinsel. Jarrett suchte seinen alten Freund und Kommandanten wieder auf. So wie viele Männer wollte er sein eigenes Stück Land erwerben. Bestrebt, für geordnete Verhältnisse zu sorgen, überschrieb Jackson ihm ein großes Gebiet — mit einem einzigen Haken, es grenzte direkt ans Indianer-Territorium, westwärts vom Hafen Tampa, einer Wildnis, für die sich andere Weiße im Jahr 1821 noch nicht interessierten.

Weder die Indianer noch die unwegbare Wildnis jagten Jarrett Angst ein. Gemeinsam mit Lisa hatte er seine Zukunft aufgebaut.

Dies alles lag nun schon lange zurück. Nach Jackson hatte William P. Duval das Amt des Gouverneurs von Florida übernommen, gute Arbeit geleistet, das Vertrauen der Indianer gewonnen und die Situation einigermaßen stabil gehalten. Sein Nachfolger John Eaton mußte sich mit neuen Indianerunruhen herumschlagen.

Inzwischen saß Präsident Jackson im Weißen Haus. Und wenn Jarrett den alten Krieger richtig einschätzte, mußte er mit schwierigen Zeiten rechnen. Von Anfang an hatte sich Andy Jackson für die Vertreibung der Indianer eingesetzt.

Und die Florida-Indianer wollten sich nicht verjagen lassen.

Nachdenklich musterte Jarrett seinen Halbbruder, der indianisches und weißes Blut in sich vereinte. Statt zwischen beiden Welten hin und her zu wandern, hatte sich James für das Volk seiner Mutter entschieden, aber niemals die Verbindung zu seinem Bruder und den Weißen abgebrochen, die er seine Freunde nannte. Wie der Vater besaß er die Fähigkeit, einen Mann nicht nach seiner Hautfarbe und Herkunft oder seinem Glauben zu beurteilen, sondern nach dem Charakter.

»Die ganze Zeit hat es Schwierigkeiten gegeben«, seufzte Jarrett. »Und jetzt bricht ein Krieg aus.«

»Nun, er wird so verlaufen wie all die Kriege. Irgendwann wird jemand nach Frieden streben. Einige Indianer werden *mit* den Weißen kämpfen, andere *gegen* sie. Auf jeden Fall werden wir verlieren. Ich habe Dade nicht angegriffen, nicht an Osceolas Seite gefochten. Aber ich verstehe seine Beweggründe.«

»In Tampa erfuhr ich, zum Zeitpunkt des Angriffs auf Dade sei General Clinch irgendwo da draußen unterwegs gewesen, um den Exodus der Indianer zu betreiben. Bald werden weitere Bundestruppen in Florida eintreffen. Auch die Miliz macht mobil. Die Weißen sind außer sich vor Zorn.«

»Und du hast dich geweigert, uns zu bekämpfen?«

»Das wußten sie.«

James zuckte die Achseln und setzte sich neben seinen Bruder auf den Baumstamm.

»Nie hast du gegen ein Abkommen mit den Creeks, Seminolen oder Mikasukis verstoßen. Und ich habe nichts mit der Attacke auf Major Dade und seine Leute zu tun, niemals überfiel oder bestahl ich die weißen Siedler. Selbst wenn wir uns im Kriegszustand befinden — eine gemeinsame Überzeugung wird uns beide immer verbinden.«

»Ja«, stimmte Jarrett zu, »aber einmal kämpfte ich gegen die Red Sticks, an Andy Jacksons Seite.«

James grinste. »Das hat dir mittlerweile selbst Osceola verziehen.«

»Eins mußt du bedenken. Du weißt, daß es unter den Weißen auch viele gute Menschen gibt. Aber nur wenige Weiße sind imstande, solche Unterschiede zwischen den Indianern zu erkennen.«

»Das ist mir klar. Und wenn ich mich auch nicht an grausamen Aktionen beteilige — du mußt verstehen, Jarrett, daß ich die Krieger nicht verdammen kann, die sich mit aller Macht zur Wehr setzen. Sonst müßten sie sterben oder sich dem weißen Mann auf Gedeih und Verderb ausliefern. Oft genug hat das weiße Militär ganze Indianerdörfer verwüstet und alle Bewohner getötet.«

O ja, auch Jarrett kannte weiße Männer, die dachten, nur ein toter Indianer wäre ein guter Indianer. Aber glücklicherweise lebten in den Vereinigten Staaten auch vernünftige Bürger, die gegen ein sinnloses Gemetzel protestierten. Sonst wären die Indianer womöglich längst ausgerottet worden.

»Was sollen wir tun?« fragte James leise.

»Warum wendest du dich an mich? Mit diesem Krieg habe ich nichts zu schaffen.«

»Aber man wird dich hineinziehen.«

»Ich habe mich mit aller Entschiedenheit geweigert, ein Kommando zu übernehmen.«

»Bald wird man dich ersuchen, mit unseren Häuptlingen zu verhandeln.«

»Das werde ich auch tun — ohne eine Waffe zu ergreifen.«

»Aber wenn dir nichts anderes übrigbleibt?«

»Und du, James? Manche Männer wurden von ihren eigenen Leuten getötet, weil sie *keine* Waffe erhoben haben.«

»Nun, ich habe nicht mit Waffen gekämpft, aber mein Volk nie verraten, keinen Vertrag unterzeichnet, nicht beschlossen, meine Verwandten in das unfruchtbare Land westlich des Mississippi zu führen. Aber es stimmt, wir müssen aufpassen, denn uns beiden könnten Feinde in den eigenen Reihen auflauern. Übrigens, was hält deine neue Frau von deiner Entscheidung, ein militärisches Kommando abzulehnen?«

Jarrett warf seinem Bruder einen raschen Blick zu. Wie schnell sich solche Neuigkeiten herumsprachen ... Andererseits wußte er, daß er auf seiner Reise von Tampa nach Cimarron beobachtet worden war, vermutlich in James' Auftrag. Gewiß, er wollte Jarrett vor den Indianern schützen — und gleichzeitig im Dienst der Indianer alle Weißen im Auge behalten, auch sein eigenes Fleisch und Blut.

Nun grinste er triumphierend, sichtlich erfreut, weil er seinen Halbbruder überrascht hatte.

»Meiner neuen Frau kommt es nicht zu, meine Entschlüsse in Frage zu stellen«, erwiderte Jarrett und runzelte die Stirn.

»Das ist aber nicht gerade ritterlich. Übrigens, weiß sie, daß sie jetzt mit der Hälfte aller Wilden in dieser Gegend verwandt ist?« Trotz Jarretts finsterer Miene schien James sich köstlich zu amüsieren. »Nie hätte ich gedacht, daß du eines Tages mit einer zweiten Ehefrau heimkommen würdest.«

»Ich auch nicht.«

»Hast du sie nur zufällig geheiratet?«

»Das habe ich nicht behauptet.«

Plötzlich wurde James ernst. »Es ist nur — nach Lisa ...«

»Seit ihrem Tod sind fast drei Jahre vergangen«, erwiderte Jarrett tonlos.

»Aber du sagtest, du würdest nie wieder heiraten. Und jetzt bringst du eine neue Ehefrau mitten in dieses Pulverfaß. Sicher weiß sie nichts von mir und meiner Familie.«

Langsam stand Jarrett auf, trat ans Ufer und blickte über den Bach hinweg. Klar und hell schien die Wintersonne vom Himmel herab. Eine kühle, sanfte Brise bewegte das Moos, das an den Bäumen hing. Anmutig flog ein Kranich über die Wipfel hinweg.

Welch eine schöne, friedliche Szenerie ... Dies war die Heimat, die er liebte, die vor seinem geistigen Auge erschienen war, als Tara seine Wildnis verspottet hatte.

»Jarrett?« drängte James.

»Nein, sie weiß nichts von dir — oder meiner Familie«, entgegnete Jarrett, ohne sich umzudrehen. »Ich fand es überflüssig, ihr das alles anzuvertrauen. Eigentlich habe ich sie nur geheiratet, um sie vor ihren Verfolgern zu retten.« In knappen Worten schilderte er, was in New Orleans geschehen war.

»Wie ich höre, ist sie außergewöhnlich schön. Stimmt das?«

»Ja, sie ist sehr schön. Fast vollkommen.«

»Nun, das darfst du ihr nicht übelnehmen.«

»Was?« fragte Jarrett in scharfem Ton.

»Irgendwie gewinne ich den Eindruck, du würdest ihr grollen, weil sie schön ist — so schön, daß du sie zur Frau genommen hast, obwohl du nie wieder heiraten wolltest.«

»Obwohl sich alles in mir dagegen sträubte — ich brauchte eine Ehefrau.« Jarrett holte tief Atem, dann setzte er sich wieder neben seinen Bruder auf den Baumstamm. James war der einzige, mit dem er offen über diese Dinge sprechen konnte. »Als sie die Taverne betrat, erregte sie sofort meine Aufmerksamkeit. Ich begehrte sie, und mit jedem Tag faszinierte sie mich mehr.«

»Weißt du noch immer nichts über sie?«

»Gar nichts.«

»Und du verheimlichst ihr deinerseits gewisse Dinge.«

»Ja.«

»Ich kann es kaum erwarten, meine geheimnisvolle Schwägerin kennenzulernen. Allerdings, unter den derzeitigen Umständen — wenn ich euch beide zum Dinner einladen würde, könnte sie glauben, ich wollte sie in den Kochtopf werfen.«

»Wie ich zugeben muß, ist sie nicht allzu glücklich über ihre derzeitige Situation. Sie fürchtet sich, wenn sie es auch nicht zugibt. Und sie tut so, als hätte ich sie nur vor einer Gefahr bewahrt, um sie in eine andere Hölle zu werfen. Obwohl ich ihr immer wieder versichere, ich würde sie beschützen.«

»Aber du hast ihr sicher nicht verraten, daß die Indianer dein Haus verschonen werden. Weil du einer der Weißen bist, die stets sein Wort halten.«

»Weil Laufender Bär mein Bruder ist«, betonte Jarrett.

»Vielleicht solltest du's deiner Frau erzählen.«

»Nachdem ich sie vor einem schlimmen Schicksal gerettet habe, müßte sie mir vertrauen, auch wenn sie nichts von meinen guten Beziehungen zu den Indianern erfährt.«

»Bei ihrer Ankunft hörte sie, was Major Dade und seinen Männern zugestoßen ist. Solche Geschichten müssen auch das vertrauensseligste Herz beunruhigen.«

Wieder stand Jarrett auf, wanderte rastlos umher. James hatte recht, er schuldete Tara eine Erklärung. Das ärgerte ihn, denn er wünschte, sie würde ihm bedingungslos vertrauen — und endlich ihr eigenes Schweigen brechen.

»Womöglich hat sie noch mehr gehört«, gab James zu bedenken. »Manche Leute behaupten, deine Frau sei von unserer Hand gestorben.«

Jarrett straffte die Schultern, und es verblüffte ihn, wie schwer jener Kummer immer noch auf seiner Seele lastete. »Das ist eine Lüge. Wer würde ihr so etwas erzählen?«

»Irgend jemand in Tampa. Du solltest sehr behutsam mit deiner Frau umgehen.«

Erbost drehte Jarrett sich um. »Und sie? Wer weiß, was sie mir alles verheimlicht!«

»Jetzt lebt sie in deiner Welt. Um *ihre* Vergangenheit brauchst du dich nicht zu kümmern.«

»Aber wenn uns ihre Vergangenheit verfolgt, bin ich schlecht gewappnet.«

»Am besten lasse ich dich mit deinem Zorn allein, großer Bruder.« Grienend erhob sich James. »Aber ich hoffe, ich werde meine schöne Schwägerin bald kennenlernen, die künftige Mutter meiner Neffen und Nichten.«

Seufzend runzelte Jarrett die Stirn. Dies war einer der Gründe, warum er eine Frau brauchte. Er wünschte sich Kinder, wollte einen Sohn aufwachsen sehen und ihm alles beibringen, was er von seinem Vater gelernt hatte. Denn er zweifelte nicht an der friedlichen Zukunft dieses Landes. Glück und Wohlstand würden auf Florida warten.

Ja, er brauchte eine Frau, und nun hatte er eine, die er viel zu sehr begehrte.

»Jetzt muß ich nach Hause gehen«, erklärte James. »Ich wollte dich nur kurz sehen und sprechen, nach all dem Unheil, das über uns hereingebrochen ist.«

»Natürlich.« Die Brüder umarmten sich, und Jarrett bat: »Richte meiner Mutter herzliche Grüße aus.« Nachdem Sean vor fast zehn Jahren gestorben war, lebte Mary McKenzie jetzt bei James' Familie. »Gib meinen Nichten

Sara und Jennifer einen Kuß von mir. Und auch meiner bezaubernden Schwägerin.« James hatte Naomi geheiratet, ein schönes Halbblut mit dunklem Teint, haselnußbraunen Augen und langem, tintenschwarzen Haar.

»Bald mußt du uns besuchen, mit deiner neuen Frau oder allein. Sicher möchte Mutter dich daran erinnern, daß du stets ihr Sohn bleiben wirst — ganz egal, welche Kämpfe wir ausfechten.«

»Ja, ich komme sehr gern.« Als James sich abwandte, rief Jarrett ihm nach: »Und du vergiß nicht, daß du mein Bruder bist! Welchen Krieg andere Männer führen, spielt keine Rolle.«

Lächelnd drehte James sich noch einmal um und ahmte den irischen Akzent seines Vaters nach: »Aye, wir sind Sean McKenzies Söhne, daran wird sich nichts ändern.«

»Niemals!« Jarrett beobachtete, wie sein Bruder zwischen den Bäumen verschwand, dann betrachtete er wieder die plätschernden Wellen des Bachs, die im Sonnenschein glitzerten. Nun mußte er sich von seiner geliebten Idylle trennen. Es gab viel zu tun.

Vor allem mußte er sich um seine widerstrebende Ehefrau kümmern, die ihn nachts um den Schlaf gebracht hatte. Er pfiff nach Charlemagne, der weiter unten am Ufer gegrast hatte und nun gehorsam herantrottete. Geschmeidig schwang sich sein Herr auf den Pferderücken und ergriff die Zügel.

10

Tara stand auf der hinteren Veranda. Sogar im Winter entfalteten die Wiesenblumen am Flußufer ihre fantastische Farbenpracht. Schnell strömte das Wasser dahin. An diesem Januartag war der leichte Wind nicht kalt, sondern angenehm kühl.

Fast die ganze Nacht war sie wach geblieben, um auf Jarrett zu warten. Soviel hatte sie ihm sagen wollen. Aber er war nicht mehr in sein Zimmer gekommen, nachdem er ihr verboten hatte, es zu verlassen.

Von den Feldern drangen die Stimmen seiner Angestellten herüber. Weiße, Schwarze und Indianer — alle arbeiteten einträchtig zusammen. Hier gab es keine Leibeigenen.

In Florida fanden entlaufene Sklaven jederzeit Hilfe. Teilweise hingen die Schwierigkeiten der Indianer auch mit ihrer Weigerung zusammen, die Entflohenen den weißen Sklavenjägern auszuliefern.

Trotz des milden Klimas erschauerte Tara, als sie an die drohenden Gefahren dachte. Warum war ihr Mann so sorglos, während sie vergeblich gegen ihre Angst ankämpfte?

Plötzlich spürte sie, daß jemand hinter ihr stand, und drehte sich um. Die Arme lässig vor der Brust verschränkt, musterte er sie forschend. Seine Miene mißfiel ihr. In seinen Augen lag verächtlicher Spott. Natürlich, sie hatte ihn enttäuscht. Mit Lisa konnte sie sich nicht messen.

»Wie ich sehe, hast du die Nacht überlebt«, bemerkte er spöttisch.

»Hätte es dir was ausgemacht, wenn ich gestorben wäre?« Sofort bereute sie diese Worte, doch sie ließen sich nicht mehr zurücknehmen.

Er trat näher, und sie wich zum Geländer der Veranda zurück, lehnte sich an das weißgestrichene Holz. Aber er rührte sie nicht an. »Und wie hast du geschlafen, meine Liebe?«

»Gut, danke.«

»Das freut mich. Also wurdest du nicht mitten in der Nacht von nackten Wilden aus dem Bett gezerrt.«

»Du ebensowenig — wo immer du auch in dieser Nacht warst.«

»Nun, ich habe ja auch nicht mit dergleichen gerechnet.«

»Das weiß ich. Gegen die Messer und Kriegsbeile der Seminolen bist du immun. Aber du besitzt schönes, dichtes Haar. Vielleicht solltest du vorsichtiger sein.«

»Du findest mein Haar schön? Wenigstens etwas, das dir an mir gefällt . . .«

»Mein eigenes Haar gefällt mir auch. Und ich möchte es gern behalten — zusammen mit der Kopfhaut.«

»Du wolltest dich in den Mississippi stürzen und deine Seele dem Teufel ausliefern. Und jetzt fürchtest du dich vor ein paar unzufriedenen Indianern?«

»Leider verharmlost du das Problem. Es geht nicht nur um ein paar unzufriedene Indianer. Ein Krieg bricht aus.«

»Schon immer hat es Kriege gegeben«, seufzte Jarrett. »Und es dürften immer wieder welche stattfinden. Die Menschheit wird's überleben.«

»Gewiß, die Männer können sich verteidigen. Und die Frauen?«

»Gerade du bist eine typische Überlebenskünstlerin. Das habe ich schon festgestellt, obwohl ich so wenig von dir weiß.«

»Vielleicht mehr als ich über dich. Und wie hast *du* letzte Nacht geschlafen?« Diese Frage konnte sich Tara nicht verkneifen.

»In meinem Haus schlafe ich immer ausgezeichnet.«

Zumindest hatte er die Nacht nicht woanders verbracht. Aber mit wem war er zusammengewesen, höhnte eine boshafte innere Stimme.

»Hast du an diesem Haus irgendwas auszusetzen?« erkundigte er sich höflich.

»Wie kann ich das sagen, nachdem ich so wenig davon gesehen habe? Bei meiner Ankunft gewann ich den Eindruck, ich sollte herumgeführt werden. Aber der Hausherr hatte was Besseres zu tun.«

»Ah, der Hausherr wollte dir alles zeigen. Und dann

war er außer sich vor Sorge, weil er die neue Herrin nirgends fand.«

»Hätte sie noch länger auf ihn gewartet, wäre sie alt und grau geworden. Und dann hätte er sie vielleicht nicht wiedererkannt.«

Ein schwaches Lächeln umspielte Jarretts Lippen. »Irgendwie hatte ich das Gefühl, du bist nicht alt und grau geworden, sondern in den unwegsamen Sumpf geflohen.«

Sein scherzhafter Ton konnte trügerisch sein, und sie ermahnte sich zur Vorsicht. Trotzdem war sie froh über seinen Stimmungsumschwung. In seiner Nähe fühlte sie sich sicher und geborgen, trotz allem. Und seine inneren Kräfte konnten sie erwärmen wie Sonnenstrahlen.

In diesem Moment erkannte sie, daß sie ihn liebte — alles an ihm, die faszinierenden dunklen Augen, den tiefen Klang seiner Stimme, die Berührung seiner starken Hände.

Rasch senkte sie den Blick. Es war keine beglückende Erkenntnis, den Mann zu lieben, der sie geheiratet hatte — um ihr zu helfen, gewiß. Aber er betrachtete sie nur als dekorativen Gegenstand, der sein Haus zierte — oder als Geschöpf aus Fleisch und Blut, das sein Verlangen stillen konnte, wann immer es ihm gefiel.

Doch sie wollte nicht seine Feindin sein. »Einmal hast du mir versprochen, keine Fragen mehr zu stellen«, erinnerte sie ihn leise.

»Tatsächlich?«

»Ja, ich glaube schon.«

»Nun, wohl oder übel muß ich mich wundern. Wohin hätte deine Flucht geführt, wären wir uns nicht begegnet? In den Norden? Du sprichst fast akzentfrei. Manchmal erinnert mich dein Tonfall an die Südstaaten. Und dann meine ich wieder, du würdest aus Boston stammen. Aber meistens suche ich vergeblich nach Anhaltspunkten.«

»Du hast es versprochen ...«

»Trotzdem darf ich Überlegungen anstellen. Natürlich steht es dir jederzeit frei, mir Hinweise zu geben.« Seine Stimme war beinahe ein Flüstern. Er umfaßte ihr Kinn und zwang sie, ihn anzuschauen.

»Auch ich versuche einige Rätsel zu lösen«, erwiderte Tara. »Würdest du mir erklären, warum du so sicher bist, daß dir nichts zustoßen kann?«

»Bekomme ich eine Antwort von dir?«

»Du hast versprochen, keine Fragen zu stellen. Ich nicht.«

Sanft strich er über ihre weiche Wange, zog sie an sich, hauchte einen Kuß auf ihre Lippen, ganz zart und doch verführerisch. »Wenn du meine Anweisungen befolgst und stets in der Nähe des Hauses bleibst, wird dir nichts passieren.«

»Wieso weißt du das?«

Was er sagen wollte, sollte sie nicht erfahren, denn vom Dock drang ein Ruf herauf. »Mr. McKenzie! Ein Boot auf dem Fluß!«

Jarrett runzelte die Stirn. Eine Hand auf Taras Schulter gelegt, blickte er zum Fluß hinab. »Entschuldige mich«, murmelte er, ließ sie los und eilte den Hang hinab.

Neugierig folgte sie ihm zum Ufer. Eine Schaluppe hatte angelegt, mit acht Kanonen bestückt. Im Bug standen bewaffnete Soldaten.

Etwa zwanzig Schritte entfernt, hielt Tara inne und beobachtete, wie die Planke herabgelassen wurde.

Als erster ging der hochgewachsene blonde Captain an Land, der ihr bei der Abreise aus Tampa zugenickt hatte.

»Tyler!« rief Jarrett. »Ich hätte nicht erwartet, dich so bald wiederzusehen.«

»Das war auch nicht geplant, aber ...« Captain Argosy zuckte die Achseln, sein Blick streifte die beiden Offiziere, die ihn begleitet hatten. Die anderen Soldaten hielten Wache an Deck. Ganz in der Nähe stand Jarretts Aufseher, Rutger, und starrte ihn mißtrauisch an. Sogar Jarretts neue Frau schien zu lauschen. »Vielleicht sollten wir in dein Büro gehen«, schlug Tyler vor.

»Natürlich.« Jarrett umfaßte den Arm seines Freundes und wollte ihn zum Haus führen. Da fiel sein Blick auf Tara. »Ich glaube, meine Liebe, du hast Captain Argosy noch nicht kennengelernt. Tyler, meine Frau Tara.«

Lächelnd zog der Captain ihre Hand an die Lippen. »Mrs. McKenzie, es ist mir eine Ehre und ein Vergnügen.«

»Danke, Sir, das Vergnügen ist ganz auf meiner Seite.«

»Jarrett, du kennst die Sergeants Culpepper und Rice.« Er zeigte auf die zwei jungen Männer. »Gentlemen — Mrs. McKenzie.«

Beide salutierten zackig, und Tara nickte ihnen freundlich zu. »Willkommen auf Cimarron.«

»Liebste Tara, sicher werden die Gentlemen zum Dinner bleiben.« Bei diesen Worten schaute Jarrett nicht seine Frau an, sondern den Captain. Offensichtlich wollte er sie loswerden, und sie fragte sich, welche neue Greueltat die Indianer begangen hatten, von der sie nichts erfahren durfte.

Doch sie hatte gelobt, eine gute Ehefrau zu sein, und sie würde ihre Pflicht erfüllen. »Entschuldigen Sie mich«, bat sie die Besucher und kehrte zum Haus zurück. In einigem Abstand folgten sie ihr und sprachen so leise, daß sie kein Wort verstand.

In der Küche traf sie Jeeves an, der bereits mit Hattie die Speisenfolge erörterte. Die große, kräftige Frau — eine Indianerin mit Negerblut — redete nicht viel, aber an ihrem Herd war sie eine wahre Künstlerin.

Erstaunt wandten sich beide zu Tara, die zum erstenmal das Küchenhaus betrat, dann lächelten sie.

»Guten Tag, Mrs. McKenzie!« Jeeves verneigte sich höflich. Sicher würde er ihr getreulich dienen und alle ihre Wünsche erfüllen — solange sie den Interessen ihres Mannes nicht widersprachen.

»Guten Tag, Mistress«, grüßte Hattie leise, und ihre Mandelaugen fixierten Tara ernsthaft.

»Heute abend haben wir Gesellschaft«, erklärte Tara. »Captain Argosy und zwei seiner Offiziere. Ich nehme an, seine Besatzung wird an Bord bleiben.«

Hattie nickte. »Dann schicken wir den Jungs was zu essen. Das hat Mistress Lisa auch immer getan.«

»Selbstverständlich wollen wir diese Tradition aufrechterhalten«, betonte Tara und zwang sich zu einem Lächeln.

»Ich wollte Hühner braten«, bemerkte Hattie und warf einen Blick auf Jeeves, der schweigend neben ihr stand.

»Oder vielleicht Roastbeef?« schlug Tara vor. »Mit Kartoffeln und Gemüse? Vorher eine Suppe und Fisch für die Gentlemen?«

»Unsere Hattie kocht den besten Katzenfisch weit und breit«, verkündete Jeeves voller Stolz.

»Oh, das wäre wundervoll!« meinte Tara.

»Und der Nachtisch, Mistress?« fragte Hattie.

»Haben wir Äpfel?«

»In Hülle und Fülle.«

»Und Hatties Apfelkuchen ...«

»Ist der beste weit und breit«, vollendete Tara den Satz, den Jeeves begonnen hatte. »Welch ein Glück wir haben!« Sie verließ die Küche und überlegte, welche Vergleiche die beiden nun zwischen ihr und der verstorbenen Lisa anstellen würden.

Aber Jeeves folgte ihr. »Mrs. McKenzie ...«

»Ja?«

»Würden Sie mir bitte mitteilen, welchen Wein Sie für heute abend bevorzugen?«

»Sehr gern.«

»Wenn ich Ihnen unseren Keller zeigen darf ...«

Sie nickte, und er führte sie zum nächsten Nebengebäude.

Der sogenannte ›Keller‹ lag zur Hälfte über dem Erdboden, und sie nahm an, daß man hier im Flachland nicht tiefer graben konnte, sonst würde man auf Grundwasser stoßen. Die Regale enthielten Jahrgangsweine aus Frankreich, Spanien und Italien, auch ein paar heimische Spezialitäten, die Jarrett von verschiedenen Reisen mitgebracht hatte. Nachdem Tara französische Weiß- und Rotweine ausgesucht hatte, studierte sie die anderen Flaschen. Unverwandt spürte sie Jeeves' Blick. Taxierte er sie? Nun, sie hatte sicher keinen Fehler begangen. Und sie wußte, was man von der Hausherrin erwartete. »Billigen Sie meine Wahl, Jeeves?«

»Es steht mir nicht zu ...«, begann er.

»Da Sie den Haushalt schon seit Jahren untadelig führen, haben Sie doch sicher eine eigene Meinung«, unterbrach sie. Dann lächelte sie, um ihre Worte zu mildern, falls sie etwas sarkastisch geklungen hatten. Sie war auf die Freundschaft dieses Mannes angewiesen.

Um sich für das Kompliment zu bedanken, erwiderte er das Lächeln. »Oh, die Weine passen ausgezeichnet zu der Speisenfolge, für die Sie sich entschieden haben.«

»Was macht Captain Argosy hier?«

»Nun, Mrs McKenzie ...«

»Jeeves, sehe ich wie ein Kind aus?« seufzte sie ungeduldig.

»Bitte, Mrs. McKenzie. Wahrscheinlich halten die Gentlemen gerade eine Besprechung in der Bibliothek ab ...«

»Und dabei möchten Sie sicher Whiskey trinken. Würden Sie bitte ein Tablett herrichten? Ich will es selbst hineintragen.«

»In der Bibliothek befindet sich eine Bar. Gewiß werden sich die Gentlemen selbst bedienen.«

»Oh«, murmelte Tara frustriert. »Aber vielleicht hätten sie gern ein bißchen Obst. Bis zum Dinner dauert es noch eine Weile.«

Jeeves verdrehte die Augen und schüttelte den Kopf. »Mrs. McKenzie, ich glaube wirklich nicht ...«

»Würden Sie bitte meinen Wunsch erfüllen, Jeeves?« entgegnete sie energisch.

Nun blieb ihm nichts anderes mehr übrig. Doch das Tablett mit dem frischen Obst nützte ihr wenig. Als sie an die Bibliothekstür klopfte, herrschte zunächst tiefe Stille, bevor ein scharfer Ruf ertönte. »Herein!« Mit einem unschuldigen Lächeln betrat sie den Raum.

Alle Herren sprangen ehrerbietig auf und dankten ihr für die Aufmerksamkeit. Aber Jarrett musterte sie streng, nahm ihr hastig das Tablett ab und schob sie ohne Umschweife zur Tür hinaus.

So stand sie wieder im Flur, nicht klüger als zuvor. Jeeves trat leise zu ihr. Ohne auch nur anzudeuten, er habe sie zu warnen versucht, empfahl er ihr höflich, vor dem Dinner ein Bad zu nehmen. Er sei bereits so frei gewesen, eine Wanne nach oben bringen zu lassen.

Ein heißes Bad — eine wundervolle Idee. Lächelnd dankte sie dem fürsorglichen Jeeves und gewann zum erstenmal den Eindruck, daß sie tatsächlich einen Freund in diesem Haus gefunden hatte.

Ausgiebig genoß sie ihr Bad, und als das Wasser abkühlte, stieg sie aus der Wanne. Sie beschloß, eines der Kleider fertig zu nähen, die sie zugeschnitten und zusammengeheftet hatte. Wenn sie sich beeilte, müßte sie es bis zum Dinner schaffen — insbesondere, wenn ihr jemand half. Nancy Reynolds hatte ihr erzählt, Jarretts Wäscherin Cota sei eine gute Schneiderin. Also läutete sie nach Jeeves und bat ihn, die Frau heraufzuschicken. Dieser Wunsch wurde sofort erfüllt.

Tara hatte angenommen, die Wäscherin wäre eine Schwarze, eine Indianerin oder ein Mischling. Statt dessen stand eine hübsche junge Italienerin mit blauschwarzem Haar, hellgrünen Augen und olivfarbener Haut vor ihr. Cota, die noch nicht lange in diesem Haushalt arbeitete, bemühte sich immer noch, die englische Sprache zu erlernen. Sobald sie verstanden hatte, was von ihr erwartet wurde, ging sie enthusiastisch ans Werk. Sie konnte ausgezeichnet nähen, mit flinken, geschickten Fingern.

Die beiden Frauen waren immer noch beschäftigt, als sich die Tür öffnete. Nur mit einem Korsett und einer langen Unterhose bekleidet, sah Tara ihren Mann auf der Schwelle stehen. Brennend stieg ihr das Blut in die Wangen.

»*Scusi*!« rief Cota, die ebenfalls errötete und hastig aufsprang.

»Cota ...«, begann Tara, doch das Mädchen war bereits an Jarrett vorbeigeschlüpft und ergriff die Flucht.

Verlegen preßte Tara das Kleid an ihre Brust. Es war fast fertig, nur ein Teil des Saums mußte noch genäht werden. Jarrett trat ein und schloß die Tür hinter sich. »Ich wollte dir nur mitteilen, daß das Dinner bald serviert wird.«

Krampfhaft schluckte sie. »Ja, ich komme gleich.«

Er ging zu ihr und berührte das Kleid. »Das hat Cota heute genäht?«

»Nein, damit fing ich schon an Bord des Schiffs an. Und heute nachmittag haben wir's fertiggestellt.«

»Offenbar bist du eine fachkundige Schneiderin.«

»Nun, ich habe dir ja gesagt, daß ich tüchtig bin und alle Pflichten einer Ehe- und Hausfrau erfüllen werde.«

»Mir kommt's nur auf eine einzige Pflicht an.«

Ihre Wangen färbten sich noch dunkler. »Habe ich dich vielleicht in irgendeiner Weise enttäuscht?«

»Keineswegs — und ich habe dir nur vorübergehend gestattet, diese Pflicht zu vergessen«, erwiderte er belustigt.

Entschlossen wechselte sie das Thema. »Jarrett, warum sind diese Männer gekommen?«

Er zögerte. »Das erkläre ich dir später. Jetzt haben wir keine Zeit dafür.«

»Sag mir nur ...« Als er ihr das Kleid aus den Händen nahm, verstummte sie verwirrt.

Verwundert musterte er den eleganten Schnitt. »Paris? Kommst du aus dem Ausland? Natürlich ist Jeeves überzeugt, daß du einer vornehmen Familie entstammst und vor irgendeinem Skandal geflohen bist. Mitten in den Sumpf . . .«

»Ich habe dir zuerst eine Frage gestellt«, fauchte sie und entriß ihm ärgerlich das Kleid. »Warum besuchen uns diese Soldaten?«

Statt zu antworten, ließ er seinen Blick über ihren Körper wandern. »Außergewöhnlich.«

»Das Kleid?«

»Das auch«, erwiderte er lächelnd. »Aber vor allem die Figur, die darin stecken wird.« Wieder nahm er ihr das Kleid aus den Händen, warf das Resultat stundenlanger Arbeit achtlos beiseite und umfaßte Taras Schultern. »Wir sollten uns etwas mehr um unsere Ehe bemühen. Es bekümmert mich, daß du glaubst, du hättest mich enttäuscht.«

Viel zu heiß begehrte sie ihn. Ihr Herz schlug wie rasend, und sie mußte nach Atem ringen. »Jarrett — die Gäste warten . . .«

»Ach ja, ich darf dich nicht anrühren. Aber ich habe von Anfang an nicht verhehlt, was ich von dir verlange.«

»Jarrett!« protestierte sie und wußte nicht, warum sie sich so unglücklich fühlte. »Soeben hast du mir erklärt, du hättest keine Zeit, meine Fragen zu beantworten. Ich möchte endlich erfahren . . .«

Abrupt ließ er sie los, was sie verblüffte, aber irgendwie auch enttäuschte. »Darüber reden wir heute abend.« Seine schwarzen Augen waren unergründlich. Er ging zur Tür, wo er sich noch einmal umdrehte. »Übrigens, ich muß dich warnen. Heute abend werde ich nicht vor deiner Tür Wache halten. Es interessiert dich, wo ich schlafe? Diesmal gibt es keinen Zweifel. Bei dir. Und wir werden kaum Ruhe finden.« Ohne ein weiteres Wort verließ er das Zimmer.

11

Tara zitterte so heftig, daß sie sich aufs Bett setzen mußte. Fürchtete sie das Ende des Dinners? Oder haßte sie die Stunden, die verstreichen würden, ehe sie mit Jarrett allein war?

Oh, das Dinner ... Hastig sprang sie auf, griff nach dem Kleid aus gelber Seide und weißer Spitze, das er so sorglos zu Boden geworfen hatte, und strich es glatt. Sie nähte den restlichen Saum, dann schlüpfte sie in ihre Kreation. An die Nacht wagte sie nicht mehr zu denken. Was immer geschehen mochte, sie würde eine Antwort auf ihre Frage fordern, warum die Soldaten nach Cimarron gekommen waren.

Die Gentlemen standen im Speisezimmer und nippten an ihren Drinks. Formvollendet wurde sie begrüßt, und Jarrett rückte ihr einen Stuhl zurecht. Schneeweiß schimmerte die Tischdecke unter kostbarem Silber und blau gemustertem Porzellan.

Wahrscheinlich hat Lisa dies alles in die Ehe mitgebracht, dachte Tara, dann tadelte sie sich selbst, weil sie einen so unvernünftigen Groll gegen die Tote hegte.

Jeeves räusperte sich diskret, und sie merkte, daß er neben ihr stand. Offenbar wartete er auf ihre Anweisung, den Wein einzuschenken und den ersten Gang servieren zu lassen. Lächelnd nickte sie ihm zu, und er grinste aufmunternd.

Höflichkeitsfloskeln wurden ausgetauscht. Der blonde, sommersprossige Sergeant Rodney Culpepper — liebenswert und freundlich wie ein junges Hündchen — erzählte ihr, dieser Winter sei viel angenehmer als der letzte. Und Captain Argosy schwärmte von der reichen Ernte, die das ganze Jahr über gedieh. Ein wahres Wunder ...

»Ach ja, und da wäre auch noch das Wunder des Indianerkriegs«, murmelte Tara und schaute ihren Mann an, der am anderen Ende der langen Tafel saß. Wie erwartet, runzelte er die Stirn, und seine schwarzen Augen verengten sich.

»Nun, dies ist ein neues Land«, erwiderte Tyler Argosy, »zum Großteil unberührte Wildnis — längst nicht so kultiviert wie New York, Philadelphia, Boston, Richmond oder Charleston.«

»Kommen Sie aus dem Norden, Mrs. McKenzie?« erkundigte sich Sergeant Rice.

»Aus dem Norden?« wiederholte sie leise, starrte auf ihren Teller und spürte immer noch Jarretts durchdringenden Blick.

»Sicher sind sie eine Südstaaten-Lady«, meinte Rice, der vorhin erklärt hatte, er stamme aus Alabama.

»Auch bei uns in den Nordstaaten gibt es viele schöne Frauen«, warf Sergeant Culpepper ein.

»Jedenfalls bin ich nicht in Florida geboren, Gentlemen«, versicherte sie lachend.

»Aber Mrs. McKenzie, Sie müssen doch ...«, begann Rice.

Zu Taras Verwunderung war es Jarrett, der ihr zu Hilfe kam. »Meine liebenswürdige Frau möchte keinen von Ihnen beiden enttäuschen. Wir haben uns in New Orleans kennengelernt und dort auch geheiratet. Danach wollte ich so schnell wie möglich hierher zurückkehren — angesichts der Umstände.«

Er hatte sie gerettet und ihr außerdem eine Gelegenheit gegeben, endlich herauszufinden, was sie wissen wollte. »Welche Umstände?« fragte sie in unschuldigem Ton.

Sekundenlang herrschte drückendes Schweigen, und sie begegnete wieder dem Blick ihres Mannes. Nur er würde antworten. In seiner Gegenwart wollten ihr die anderen gewiß nichts erklären.

»Nicht weit von hier lebt eine Familie, die zur Tampa Bay reisen möchte«, entgegnete er leichthin. »Sie wohnt nicht am Fluß, sondern im Landesinnern, und ich werde sie abholen.«

»Was?« wisperte sie. Schmerzhaft hämmerte ihr Herz gegen die Rippen.

»Ich werde die Leute eskortieren«, sagte Jarrett ungeduldig.

»Aber — Captain Tyler hat ein Schiff voller bewaffneter Soldaten.«

»Nur eine kleine Kompanie. Nicht genug, um erfolgreich an Land zu kämpfen. Diese Situation kann ich besser bewältigen.«

»Warum?«

»Weil wir keine Attacke provozieren wollen. Wir möchten nur die Familie in Sicherheit bringen und ein weiteres Gemetzel vermeiden. General Clinch führt seine Truppen auf irgendwelche Schlachtfelder, und Milizeinheiten schließen sich zusammen. Deshalb ist es vernünftiger, wenn ich mich um diese spezielle Angelegenheit kümmere.«

Damit hatte er ihr alles und nichts erzählt. Ehe Tara noch eine Frage stellen konnte, fügte er in energischem Ton hinzu: »Meine Liebe, ich fürchte, wir bereiten unseren Gästen Unbehagen.«

Zum Teufel mit den Gästen ... Sie starrte ihn an, legte ihr Besteck beiseite und nippte an ihrem Wein, dann schenkte sie Captain Tyler, Sergeant Rice und Sergeant Culpepper ein strahlendes Lächeln. »Verzeihen Sie, Gentlemen! Sie alle müssen sich entspannen und Ihren Besuch auf Cimarron genießen. Nun werde ich Sie allein lassen, damit Sie in Ruhe Ihren Brandy trinken und Zigarren rauchen können.«

Weder der Kaffee noch das Dessert waren serviert worden. Aber als Hausherrin hatte Tara das Recht, die Mahlzeit zu beenden, wann immer es ihr beliebte. Wie gern hätte sie Jarrett die Augen ausgekratzt ... Sie ertrug es nicht, noch länger an der Tafel zu sitzen und vorzugeben, alles wäre in bester Ordnung.

Sie erhob sich, und alle Herren sprangen auf.

»Bitte, Tara ...«, begann Jarrett, doch da hatte sie das Zimmer schon verlassen.

Durch die Hintertür eilte sie auf die Veranda, in die Nacht hinaus, über den Rasen. Unter einem hohen Baum blieb sie stehen, um Atem zu schöpfen. Sie blickte zum Fluß hinab, wo die Militärschaluppe dicht neben der *Magda* lag. Beide Schiffe wurden von gelblichen Laternen erhellt.

Großer Gott, er würde fortgehen! Er hatte sie in diese Wildnis gebracht, und nun ließ er sie allein! Wie viele schlaflose Nächte würde sie verkraften und sich fragen müssen, ob er noch lebte?

»Verdammt!«

Beinahe schrie sie auf, als Jarretts Hand ihre Schulter packte. Er war ihr unbemerkt gefolgt und hatte sie gefunden, obwohl sie im schwarzen Schatten stand.

Vergeblich versuchte sie sich loszureißen. »Du — gehst weg ...«

»Nun, ich dachte, du würdest mich nicht vermissen.«

»Und ich glaubte, du würdest mich niemals diesen Wilden ausliefern.«

»Hast du auf dieser Plantage schon einen Wilden gesehen?«

Tara ignorierte diese Frage. »Mußt du dich nicht um deine Gäste kümmern? Mein plötzlicher Aufbruch war durchaus akzeptabel, denn sie vermuten sicher, ich hätte die Flucht ergriffen, um mich an den Gedanken zu gewöhnen, daß mein Mann mit aller Macht skalpiert werden will. Aber *du* darfst die Gentlemen nicht im Stich lassen.«

»Doch, meine Süße«, konterte er und zog sie an sich. »Natürlich muß ich meine arme Gemahlin trösten, der mein Skalp völlig egal ist und die sich nur um ihren eigenen sorgt.«

Wütend kämpfte sie mit den Tränen und versuchte gegen sein Schienbein zu treten. Aber er war schneller, nahm sie trotz ihres verzweifelten Widerstands auf die Arme und trug sie zum Haus.

»Ich schreie!« warnte sie ihn und trommelte mit beiden Fäusten auf seine Brust. »Dann werden sich deine guten Freunde vom Militär sehr wundern.«

»Nein, sie sind bereits zu ihrem Schiff zurückgekehrt.«

Also war ihre Drohung wirkungslos. Wenn sie schrie, würde es kein Dienstbote wagen, sich in den Ehestreit der Herrschaften einzumischen.

Jarrett trug sie über die Veranda, in den Flur, die Treppe hinauf, ins Schlafzimmer. Durch die offenen Fenster strömte kühle Nachtluft herein, süßer Blumenduft erfüllte den Raum. Die Bettdecke war zurückgeschlagen. Nur über dem Waschtisch brannte eine Lampe und warf flackernde Schatten.

»Heute nacht lasse ich dich nicht allein«, versprach Jarrett, stellte Tara auf die Füße und schloß die Tür.

»Aber morgen! Und letzte Nacht ...«

»Hattest du Angst um mich?«

»Du bist ein Tyrann! Unentwegt befiehlst du mir, hierzubleiben, während du ...«

Ihre Stimme erstarb, als er sie herumdrehte und die Häkchen an ihrem Rücken zu öffnen begann, die sie so sorgfältig an ihr neues Kleid genäht hatte. Sie versuchte seinen Fingern auszuweichen, aber das ließ er nicht zu. »Halt doch still! Ich würde das schöne Kleid, mit dem du dir soviel Mühe gegeben hast, nur ungern zerreißen.«

Da ihr nichts anderes übrigblieb, gehorchte sie und biß in ihre zitternde Unterlippe. Erst nachdem er ihr das Kleid über den Kopf gezogen hatte und als sie nur mehr ihre Unterwäsche trug, rannte sie davon. In vermeintlich sicherem Abstand wandte sie sich zu ihm.

Seufzend stemmte er die Hände in die Hüften. »Ich entsinne mich nicht, daß ich dir jemals weh getan hätte.«

»Das habe ich auch gar nicht behauptet.«

Plötzlich sprang er zu ihr, packte sie und schleuderte

sie aufs Bett, wo sie bäuchlings landete, das Gesicht im Kissen. Während er rittlings auf ihren Schenkeln saß, löste er die verknoteten Satinbändchen ihres Korsetts. »Was tust du da?« zischte sie.

»Ich mag's lieber, wenn meine Frauen atmen können.«

Mit aller Kraft warf sie sich herum. Die heftige Bewegung vollendete Jarretts Werk. Das zarte Gebilde aus Spitze und Fischbein fiel herab und entblößte ihre Brüste. Obwohl ihr das Blut in die Wangen stieg, hielt sie seinem Blick stand. »Genau! Deine Frauen!«

Er kauerte auf seinen Fersen, aber seine Schenkel umklammerten ihre Beine immer noch, und es gab kein Entrinnen. »Sprich doch weiter!« bat er höflich. Lächelnd ergriff er ihre Handgelenke und neigte sich langsam herab. Seine Zungenspitze zeichnete die Konturen ihrer Lippen nach, dann küßte er sie, verführerisch und aufreizend. Nach einer Weile richtete er sich wieder auf. »Habe ich dir nicht gesagt, daß ich eine Frau brauche?«

Tara holte tief Atem. »Und ich habe dir nichts verweigert.«

»Das wirst du auch heute nacht nicht tun.« Wieder beugte er sich herab, seine Lippen liebkosten eine ihrer Brüste.

»Wo warst du?«

Verwundert hob er den Kopf. »Wann?«

»Letzte Nacht.«

»In einem Gästezimmer.«

»Und die Nacht davor?«

»Natürlich an Bord des Schiffs.«

»Ich meine — in Tampa.«

Als er zögerte, krampfte sich ihr Herz zusammen. Jetzt bestätigte sich ihr Verdacht. Natürlich, er war bei der schönen, freizügigen Sheila gewesen.

»Ich ging ins Fort, um mit einem der Soldaten zu sprechen, der das Massaker überlebt hat«, erklärte er seufzend.

»Oh!« flüsterte sie.

»Bist du jetzt zufrieden?«

»Versteh mich doch! Wenn du mir befiehlst, hier zu schlafen, dann ...«

Er legte einen Finger auf ihre Lippen. »Dann muß ich auch hier schlafen.«

Als sie nicht widersprach, küßte er sie wieder, und sie sah keinen vernünftigen Grund mehr, ihn abzuwehren. Selbstvergessen erwiderte sie den Kuß. Bald glaubte sie, auf Wolken zu schweben, spürte Jarretts wachsendes Verlangen, das eine süße Hitze in ihr entfachte. Ihre plötzliche Kapitulation schien ihn zu überraschen, denn er richtete sich wieder auf und starrte sie an. Dann schob er das Korsett beiseite, sprang aus dem Bett und befreite sie hastig von ihren Schuhen und den Unterröcken.

Ungeduldig fluchte er, als er ein Seidenbändchen ihrer langen Unterhose zerriß. Die Augen halb geschlossen, genoß sie es, seine warmen Hände auf ihren nackten Hüften zu fühlen. Als sie nur mehr ihre Strümpfe trug, hielt er inne. Wenig später wußte sie, warum. Er hatte es nicht mehr eilig. Ganz langsam rollte er einen Seidenstrumpf über ihr Bein nach unten, reizte ihre Haut mit sanften Fingerspitzen, küßte ihre Schenkel. Ihr Atem stockte, und sie bekämpfte erfolglos die süße Qual, die in ihr aufstieg.

Auch der zweite Strumpf fiel zu Boden, und Tara beobachtete, wie Jarrett sich auszog. Warum bewunderte sie den wohlgeformten, muskulösen Körper eines Mannes, der so hellen Zorn in ihr erwecken konnte — eine so rasende Eifersucht?

Und eine so wilde Sehnsucht ...

In diesem Augenblick erkannte sie, daß es ganz natürlich und richtig war, ihn zu begehren. Er hatte sie geheiratet, und was ihr noch wichtiger erschien — mit jedem Tag wuchs ihre Liebe zu ihm.

Überwältigt von ihrem Wunsch, ihn zu berühren, stieg

sie aus dem Bett. Er hatte ihr den Rücken zugewandt, und als er ihre Hand an der Schulter spürte, drehte er sich erstaunt um. Unsicher und verlegen senkte sie den Blick, doch dann strich sie über seine Brust. »Ich — ich möchte dich nur anfassen«, wisperte sie.

»Ah, meine süße Frau ...« Leidenschaftlich preßte er sie an seinen nackten Körper. »Es gibt nichts, was mir lieber wäre.«

Glücklich klammerte sie sich an ihn, genoß den wilden Hunger seines Kusses, das begierige, aufwühlende Spiel seiner heißen Zunge und den Sturm der Gefühle, den er in ihr weckte. Eng umschlungen sanken sie aufs Bett, und dann spürte sie überall seine Hände und Lippen. Ein loderndes Feuer drohte sie zu verzehren.

Fordernde und zärtliche Küsse bedeckten ihren Hals, ihre Brüste, ihre Hüften. Leise schrie sie auf, protestierte, stöhnte, flehte ihn an. Bald glaubte sie, den Verstand zu verlieren. Halb benommen spürte sie sein Gewicht, seinen warmen Atem an ihrer Wange, als er in sie eindrang.

Neue Flammen durchfluteten ihre Adern, während er sich bewegte — erst vorsichtig, dann immer schneller. Im nächtlichen Dunkel schienen weiße Sterne zu bersten. Tara flog empor zum Gipfel höchster Lust, und irgendwann sank sie wieder hinab, in goldene Schatten.

Bebend lag Jarretts Körper auf ihrem, und seine Arme umfingen sie immer noch, als er von ihr herabglitt und sich an ihrer Seite ausstreckte. Ihr Herz schlug immer noch viel zu schnell. »Mußt du wirklich fortgehen?« fragte sie atemlos.

Da rückte er ein wenig von ihr ab. Auf einen Ellbogen gestützt, schaute er sie an. »Hast du deine wundervollen Verführungskünste nur angewandt, um mich hier festzuhalten?«

Am liebsten hätte sie ihn geohrfeigt. »Ich erinnere mich nicht, daß ich dich verführt hätte.«

»Ein Blick von dir genügt, und schon bin ich dir verfallen.« Lächelnd nahm er sie wieder in die Arme. Er schwieg eine Weile, dann gestand er: »Wenn ich nicht gehen müßte, würde ich bei dir bleiben.«

Tränen stiegen ihr in die Augen, und sie konnte nicht antworten.

»Glaub mir, ich komme zurück, so schnell ich kann«, beteuerte er. »Weil es jetzt etwas gibt, das mich mit aller Macht nach Hause zieht.«

Die Stimme gehorchte ihr noch immer nicht, und auch Jarrett sagte nichts mehr. Trotz ihrer Angst, allein zu erwachen, schlief sie ein. Doch seine Leidenschaft weckte sie bald wieder. Und jetzt war es Tara, die nach allen Regeln der Kunst verführt wurde.

Danach fragte sie vorwurfsvoll: »Wirst du mich auch noch begehren, wenn ich meinen Skalp verloren habe?«

»Oh, du wirst dein Haar behalten«, flüsterte er an ihren Lippen. »Und wenn wir getrennt sind, wirst du stets an mich denken.«

Es war sehr spät, als Tara zum zweitenmal einschlief. Vielleicht träumte sie deshalb so lebhaft. Wieder einmal floh sie vor einem Indianer, der seinen Tomahawk emporschwang. Sie wagte nicht, sich umzudrehen, sein Gesicht zu sehen, denn sie fürchtete, Jarrett würde ihr nach dem Leben trachten.

Und dann mußte sie stehenbleiben, weil sie William entdeckte. Jemand hatte ihn an den Haaren gepackt, hielt ihm ein Messer an die Kehle.

In der seltsamen, gespenstischen Wildnis schien seine Stimme widerzuhallen. »Komm zurück, Tara. Zahl den Preis, zahl den Preis, rette ihn ...«

»William!« Immer wieder schrie sie seinen Namen und glaubte, sie würde ihm helfen können, wenn sie ihn rechtzeitig erreichte.

Aber der Indianer blieb ihr auf den Fersen. Sie hatte ihn direkt zu William geführt, der jetzt auch von dem Tomahawk bedroht wurde. Ihr oder Williams Skalp ...

»Tara!« Plötzlich preßte sich eine Hand auf ihren Mund, und sie fuhr aus dem Schlaf empor. Jarrett beugte sich über sie, und sie starrte in seine kohlschwarzen Augen.

»Bald wird ein halbes Regiment in unser Zimmer stürmen, um zu sehen, ob ich dich ermorde!« stieß er hervor und entfernte seine Hand von ihren Lippen.

»Hier ist kein halbes Regiment. Du sagtest doch, Captain Argosy sei mit Rice und Culpepper an Bord seines Schiffes gegangen.«

»Weil ich nicht wollte, daß du draußen vor dem Haus schreist«, gab er leichthin zu. »Und warum brüllst du mitten in der Nacht, so als wären alle Teufel hinter dir her?«

»Du hast mich belogen ...«, begann sie ihn zu beschuldigen.

Aber er fiel ihr ungeduldig ins Wort. »Wer ist William?«

Sie konnte nicht verhindern, daß ihr Tränen in die Augen stiegen, und sie zitterte am ganzen Körper.

»Tara, wer ist William?«

Sein Blick erschien ihr gnadenlos wie harter Stahl. Zögernd öffnete sie die Lippen, aber ehe sie sprechen konnte, wurde sie von einem heftigen Schluchzen geschüttelt. Zu ihrer Verblüffung nahm er sie in die Arme, stellte keine Fragen mehr. Sanft streichelte er ihr Haar, strich wirre Strähnen aus ihrem Gesicht. »Es ist ja schon gut. Schlaf weiter. Ich bin bei dir.«

Aber morgen nicht mehr! hätte sie beinahe gerufen.

»Hier bist du sicher«, flüsterte er. »Das schwöre ich dir.«

Allmählich ließ das Zittern nach. In Jarretts Nähe fühlte sie sich geschützt und geborgen. Der Traum verblaßte in ihrer Erinnerung, sie war so müde.

Nur langsam kehrte sie aus der Tiefe ihres Schlafs ins Bewußtsein zurück. Wie gern wäre sie in jenem schwarzen Abgrund geblieben. Aber irgend jemand schüttelte sie, und sie öffnete die Augen.

Jarrett saß auf der Bettkante und beugte sich über Tara,

die Hände zu beiden Seiten ihres Kopfes ins Kissen gestützt. Obwohl der Tag eben erst anbrach, war er vollständig bekleidet, mit einer engen braunen Hose, einem weißen Hemd, am Kragen geöffnet, einer grünen Weste und einem hautfarbenen Jackett. Die Stiefel reichten fast bis zu seinen Knien. Straff aus dem Gesicht gekämmt, war sein Haar im Nacken zusammengebunden, was seine Züge noch markanter erscheinen ließ — und in diesem Augenblick bedrohlich. »Wer ist William?«

Entschieden schüttelte sie den Kopf. »Das braucht dich nicht zu interessieren.«

»Wer ist William?« wiederholte er.

»Jarrett ...«

»Verdammt, wer ist William?« Schmerzhaft gruben sich seine Finger in ihre Schultern.

Er hatte versprochen, nicht zu fragen. Aber nun blieb ihr wohl nichts anderes übrig, als zu antworten. »Mein Bruder ...« Krampfhaft schluckte sie ihre Tränen hinunter, schob Jarretts Hände weg und drehte sich zur Seite. Könnte sie doch in tröstlichem Schlaf versinken ...

»Dein Bruder? Schwörst du das?«

Ihr halberstickter Fluch mußte ihn überzeugt haben, denn er strich ihr Haar beiseite und küßte ihren Nacken. »Darüber sprechen wir, wenn ich zurückkomme.«

O ja, er würde sie mit neuen Fragen bestürmen und sich weigern, ihr von seiner eigenen Vergangenheit zu erzählen.

Sie spürte, wie er vom Bett aufstand. Wenige Sekunden später fiel die Tür hinter ihm ins Schloß. In heller Verzweiflung sprang sie auf, wickelte sich in ein Laken und wollte ihm folgen — zu spät. Sie hörte seine Stimme, die Jeeves im Erdgeschoß irgend etwas zurief, eilte ans Fenster — und sah ihn nur noch davonreiten.

Heiße Tränen rollten über ihre Wangen. Sie wünschte sehnlichst, er wäre bei ihr geblieben — nicht nur, weil sie die Wildnis fürchtete. Vor allem, weil sie ihn liebte ...

12

Wie Tara bald feststellte, glich Cimarron einer gutgesicherten Festung. Bewaffnete Männer bewachten das Anwesen rund um die Uhr. In der vierten Nacht nach Jarretts Abreise schlief sie furchtlos ein, fühlte sich beschützt und geborgen.

Nach drei durchwachten Nächten war sie so erschöpft, daß sie keine bösen Träume wahrnahm, falls sie davon heimgesucht wurde.

Jeeves zeigte ihr das ganze Haus, und sie bewunderte das elegante, komfortable Interieur. Jarretts Schlafzimmer, bei Taras Ankunft ausschließlich maskulin, änderte sich mit der Zeit und wurde auch *ihr* Reich. Neben seinem Rasierzeug lagen nun ihre Toilettensachen. Jeeves brachte ihr einen Queen Anne-Drehspiegel und eine passende Frisierkommode.

Jeder Raum war geschmackvoll eingerichtet — ein Gästezimmer mit französischen Antiquitäten aus dem siebzehnten Jahrhundert, ein anderes im Tudor-Stil mit einem wuchtigen Bett, über dem sich ein dunkler hölzerner Baldachin wölbte. Die Bibliothek und das Büro hatte Jarrett sparsam ausgestattet, mit Möbeln aus New England.

Während der ausgedehnten Besichtigungstouren, die Tara mit Jeeves unternahm, beunruhigte sie nur eine einzige Entdeckung:

Eines Nachmittags führte er sie in die kleine Bibliothek im ersten Stock. Zwischen den beiden Fenstern hing ein großes Gemälde. Es zeigte eine Frau in sonnenblumengelbem Kleid mit tiefem Ausschnitt und pittoresker Schleppe. Vom Betrachter halb abgewandt, stand sie in königlicher Haltung neben einem Blumentischchen. Sie hatte braune Mandelaugen und mahagonifarbenes Haar, das zu einem kunstvollen Knoten hochgesteckt war, der den schönen Nacken betonte. Ein rätselhaftes Lächeln umspielte ihre Lippen.

Schweren Herzens betrachtete Tara das Bild. Dies mußte die wahre Herrin von Cimarron sein — Lisa. Wenn man dem Porträt glauben durfte, war sie außergewöhnlich schön gewesen — lebhaft und sanftmütig zugleich, eine perfekte Ehefrau für Jarrett, die das Haus gemeinsam mit ihm gestaltet hatte.

Aber jetzt ist sie tot, erinnerte sich Tara und schämte sich ihrer Eifersucht. Aber wie soll ich solche Gefühle unterdrücken, fragte sie sich, wo ich doch weiß, daß Lisa soviel mit Jarrett geteilt hat — seine Gedanken, sein Herz, seine Seele? Viel mehr als ich ...

Sie versuchte sich von dem Gemälde fernzuhalten, ging aber fast täglich in die kleine Bibliothek, wie von einer fremden Macht getrieben, und studierte das Porträt. Während sie sich im Haushalt beschäftigte, überlegte sie, ob Lisa dies oder jenes auch so gemacht hatte. Wieviel Seife und wie viele Kerzen waren damals hergestellt, wieviel Fleisch gepökelt oder geräuchert worden?

Niemand wollte Taras Fragen beantworten. Als sie sich bei Jeeves erkundigte, wie Lisa gestorben sei, seufzte er tief auf und erwiderte, sicher wolle Master Jarrett ihr das selbst erzählen. Cota wußte nichts, und Hattie verdrehte die Augen und erklärte, Mr. McKenzie würde sie skalpieren, wenn sie auch nur ein Sterbenswörtchen verrate.

Eines Abends ließ Tara den Aufseher Rutger zu sich rufen, unter dem Vorwand, sie würde sich für etwaige Neuigkeiten interessieren. Er aß mit ihr im Speisezimmer und berichtete, ein Kaufmann habe seine Reise auf Cimarron unterbrochen und ihm mitgeteilt, Tampa sei nicht angegriffen worden — noch nicht. Von Lisa wußte er nichts, oder er war ein guter Schauspieler. Während Tara ihn diskret auszuhorchen versuchte, wich er allen Fragen aus.

Und dann stillte Jeeves wenigstens einen Teil ihrer Neugier. Eines Nachmittags traf er sie in der kleinen Bibliothek an, wo sie vor dem Porträt stand, und schlug ihr vor, Lisas Grab zu besuchen. Obwohl sie sich etwas makaber vorkam, stimmte sie sofort zu. Er führte sie am letzten Nebengebäude vorbei, in ein Wäldchen, wo ein kunstvoller schmiedeeiserner Zaun einen Friedhof umgab.

Über einem der Gräber, einem schön gemeißelten steinernen Sarkophag, erhob sich eine Engelsstatue mit ausgebreiteten Schwingen. ›Hier ruhen die sterblichen Überreste von Lisa Marie McKenzie‹, lautete die Inschrift, ›geboren 1806 in St. Augustine, Florida, am 18. Januar 1833 aus ihrem irdischen Paradies von den Engeln in den Himmel geholt. Jarrett McKenzies geliebte Ehefrau und Herrin von Cimarron, von allen betrauert, wird stets in unseren Herzen weiterleben‹.

Diese Worte verrieten nicht viel. Tara drehte sich um, wollte Jeeves befragen, doch er war lautlos verschwunden. Langsam wanderte sie an den anderen Gräbern vorbei und studierte die Inschriften. Auf einem Grabstein stand einfach nur: ›Ein Flüchtling.‹ Daneben hatte eine ›Mary Lyde‹ ihre letzte Ruhestätte gefunden, ›geboren 1811 in Dublin, Irland, gestorben 1831 auf der Plantage Cimarron, Florida, ebenso wie ihr totgeborener Sohn. Asche zu Asche, Staub zu Staub. Gott wird seine Kinder segnen‹.

Arme Mary Lyde, dachte Tara. Und arme Lisa. Beide waren so jung gestorben.

Plötzlich wehte ein kalter Wind durch den Friedhof. Da war nur mehr ein Grab, das sie noch nicht betrachtet hatte. Es lag hinter Lisas Ruhestätte, von dem steinernen Engel überschattet. Eine schöne Skulptur, die den kleinen Sarkophag schmückte, stellte die Jungfrau Maria dar, das Jesuskind im Arm. Die Inschrift bestand aus zwei Wörtern. ›Kleine Tochter‹.

Verwirrt runzelte Tara die Stirn. Lisas und Jarretts Tochter?

Der Wind frischte auf, blies welke Blätter vor ihre Füße, und die Sonne näherte sich dem Horizont. Von einer seltsamen Furcht erfaßt, schaute Tara sich um. Nirgends ließ sich einer der bewaffneten Männer blicken, die sonst regelmäßig in der näheren und weiteren Umgebung des Hauses patrouillierten.

Hastig floh sie zum Tor des Friedhofs, wo unsichtbare Augen in den Schatten zu lauern schienen. Irgend etwas zerrte an ihrem Rock, und sie geriet in Panik. War der Geist von Jarretts erster Frau zurückgekehrt, um ihr zu erklären, sie habe nichts auf Cimarron zu suchen? Doch ihr Rock hatte sich nur an einer schmiedeeisernen Rosette verfangen. Sie riß ihn los und zwang sich, ihre Schritte zu verlangsamen und in würdevoller Haltung zum Haus zu gehen. Doch ihre Zähne klapperten unentwegt.

In der Bibliothek schenkte sie sich einen Whiskey ein, der brennend durch ihre Kehle rann, aber die gewünschte Wirkung erzielte. Nun fühlte sie sich etwas ruhiger und ziemlich albern. Nachdenklich wanderte sie umher und gelangte zu der Überzeugung, daß sie bald herausfinden würde, was sie wissen wollte.

Sie erklärte Hattie, an diesem Abend würde sie in ihrem Zimmer essen, und bat sie, ein Tablett hinaufzuschicken. Als Jeeves ihr das Dinner brachte, dankte sie ihm, weil er ihr den Friedhof gezeigt hatte, stellte aber keine einzige Frage. Statt dessen betonte sie lächelnd, es sei bewundernswert, wie gut und effizient die Plantage betrieben werde.

»Natürlich habe ich noch nicht viel davon gesehen, und ich bin mir nicht einmal sicher, wo genau Cimarron liegt.« Sie setzte sich aufs Bett und zeichnete mit einem Finger die imaginären Umrisse der Halbinsel nach. »Zeigen Sie mir doch die Stelle, Jeeves!«

Gehorsam ging er zu ihr. »Da sind die Florida Keys und die Sümpfe. Hier ist Jacksonville, südlich davon St. Augustine, auf der anderen Seite der Halbinsel Pensacola, in der Mitte Tallahassee, die Hauptstadt, westlich davon Tampa. Und hier verläuft der Fluß, da sind wir. Dahinter erstreckt sich das Indianer-Territorium. Dieses ganze Gebiet gehört Master Jarrett. Und da beginnen Mr. Treats Ländereien ...«

Tara hörte nicht mehr zu und unterdrückte ein Lächeln. Also lebte Robert nur ein Stück weiter unten an dem Bach, der den Rasen durchquerte und in den Fluß mündete. Am nächsten Morgen würde sie zu ihm reiten.

An diesem Abend ging Jeeves nicht zu Bett. Er saß in der Bibliothek seines Herrn, in einem der tiefen Plüschsessel, und studierte den Inhalt der Bücherregale. Klassiker, Romane, Familientagebücher, medizinische Werke über Heilkräuter und häusliche Behandlungsmethoden diverser Krankheiten, die gebundenen Kopien der Gemälde von Audubon, Bücher über die Flora und Fauna Floridas, über giftige Schlangen und gefährliche Pflanzen, militärische Werke, darunter eins mit Jacksons Widmung ...

Schon immer hatte er es interessant gefunden, den Lesestoff eines Menschen zu erkunden. Mr. Treat besaß eine noch größere Bibliothek, die Jeeves ebenfalls sehr gut gefiel. Und er mochte beide Gentlemen.

Er selbst war als freier Mann zur Welt gekommen. Nicht so seine Eltern. Sein Vater Jonah hatte einem Farmer aus Georgia gehört, dem von den Spaniern ein Stück Land außerhalb St. Augustines zugeteilt worden war. Dort lernte Jonah seine künftige Frau Maria kennen, einen Indianermischling mit Negerblut. Sie konnten nicht lange beisammenbleiben, doch in dieser kurzen Zeit wurde Jeeves gezeugt.

Die Sklaven rebellierten, und um Schwierigkeiten zu vermeiden, versuchte der Farmer seine kräftigen Feldarbeiter zu verkaufen. Aber Jeeves' Vater flüchtete und schloß sich einer Neger-Seminolen-Bande an. Der Farmer fürchtete, Jonah würde zurückkehren, um seine Frau zu holen und für Mord und Aufruhr zu sorgen. Er war jedoch ein anständiger, kluger Mann und erbot sich, Jonah und Maria ein kleines Stück Land zu verpachten. Noch vor Jeeves' Geburt schenkte er ihnen die Freiheit. Was sie ihm schuldeten, dankten sie ihm mit harter Arbeit.

Als junger Mann beschloß Jeeves, in den Norden zu gehen. In Baton Rouge hatte ihn eine französische Hure lesen und schreiben gelehrt, und er wußte seine Kenntnisse zu nutzen. Mühelos konnte er alle möglichen Akzente imitieren und fand heraus, daß ein britischer Tonfall ihm zu interessanten Jobs verhelfen würde. Bald bekam er eine gute Stellung in Boston, wo er eine Zeitlang blieb. Dann kehrte er nach Hause zurück.

In St. Augustine erfuhr er, daß seine Eltern nun für einen ehemaligen Soldaten arbeiten würden, der sich in der Wildnis eine Existenz aufbauen wollte. Und so begegnete er Jarrett McKenzie, der große Ländereien erworben hatte.

Einen Monat nach seiner Heimkehr starb seine Mutter im Schlaf. Wenig später, an einem milden Abend, saß sein Vater im Schaukelstuhl auf der Veranda und erklärte, Maria würde nach ihm rufen, vom anderen Flußufer her. Dann schloß er die Augen und tat seinen letzten Atemzug.

Jeeves begrub die beiden auf einem Negerfriedhof außerhalb von St. Augustine. Nicht einmal die freien Schwarzen durften ihre Toten auf den Gottesäckern der Weißen bestatten. Um solche Regeln kümmerte sich Jarrett McKenzie nicht. Auf seinem Friedhof hatte bereits ein Onkel seiner Stiefmutter die letzte Ruhe gefunden. Aber Maria und Jonah hatten sich ihre Freiheit in St. Augustine verdient, und deshalb fand Jeeves es angemessen, sie dort zu beerdigen.

Danach kehrte er auf die Plantage Cimarron zurück. Jarrett hatte einen Deutschen namens Rutger als Aufseher engagiert. Das Land wurde gerodet, ein Dock gebaut und bald auch ein Haus. Jeeves übernahm die Rolle des Butlers. Von ganzem Herzen liebte er seinen jungen Herrn und dessen schöne Frau. Vor allem schätzte er die Gesinnung Jarretts, der keine Sklaven besaß und niemanden nach seiner Hautfarbe beurteilte.

Niemals wäre Jeeves auf den Gedanken gekommen, Master Jarrett zu verlassen, schon gar nicht nach Lisas Tod. Der schwere Verlust stürzte Jarrett in tiefste Verzweiflung. Doch er war zu jung und zu vital, um seiner Frau in den Tod zu folgen, so wie Jonah. Und er wurde von zu vielen Menschen gebraucht. Entschlossen hatte er seine Pflicht erfüllt — und stumm gelitten.

Lächelnd dachte Jeeves an die zweite Mrs. McKenzie, die neues Leben ins Haus gebracht hatte.

Eine geheimnisvolle Frau ... Wenn er nur wüßte, woher sie kam! Fast jeden Akzent konnte er erkennen, ihren nicht.

Jedenfalls mochte er seine neue Herrin. Sie interessierte sich für ihre Mitmenschen, besaß sehr viel Feingefühl — und eine innere Kraft, die ihr helfen könnte, die Angst vor der Wildnis zu besiegen. Oder einen Fluchtversuch zu unternehmen.

An diesem Tag hatte er einen seltsamen Ausdruck in ihren Augen gelesen, der ihn vor dieser Gefahr warnte. Deshalb verzichtete er auf seinen Schlaf und hielt Wache. Doch sie hatte sich nicht aus ihrem Zimmer gerührt, und allmählich kam er sich etwas töricht vor. Warum sollte sie mitten in der Nacht davonlaufen? Trotzdem blieb er in der Bibliothek sitzen und wartete.

Ein Uhr.

Beinahe war er eingedöst und zuckte zusammen, als eine Hand seine Schulter berührte. Rutger stand vor ihm, sein deutscher Freund, der ihn mit funkelnden blauen Augen musterte. »Jetzt löse ich dich ab. Ich nehme an, du willst verhindern, daß Mrs. McKenzie durchbrennt. Aber wenn du hier sitzt und schnarchst, wird sie dir mühelos entwischen.«

Empört richtete sich Jeeves auf. »Ich schnarche nie!«

»Dann muß irgend jemand den Wald hinter dem Haus

abgesägt haben. Geh jetzt ins Bett, ich passe auf unsere neue Herrin auf.«

Steifbeinig erhob sich Jeeves und ging zur Bibliothekstür, wo er sich noch einmal umdrehte. »Bleib bloß wach!« mahnte er.

Rutger goß sich einen Whiskey ein. »Ich heiße ja nicht Jeeves!«

Im Flur schüttelte Jeeves nachdenklich den Kopf. Warum glaubte er, Mrs. McKenzie würde Fluchtpläne schmieden, obwohl sie ihren Mann zu lieben schien? Seufzend rieb er sich den Nacken. Nun, offenbar hatte er sich getäuscht, und das freute ihn. Mit schweren, müden Schritten stieg er die Treppe hinauf. Wie auch immer, er würde froh sein, wenn Master Jarrett nach Hause zurückkehrte. Verdammt froh.

Bisher war Tampa ein Indianerangriff erspart geblieben. Das erkannte Jarrett, als er sich mit den Pattersons der Stadtgrenze näherte. Jim Patterson wurde von seiner Frau Jill begleitet, deren Schwester Marianne, seinem jüngeren Bruder G. P. und den sieben Kindern — Paddy, Jane, Anne-Marie, Michael, Seth und den beiden Jüngsten, den Zwillingen Caleb und Joshua.

Schon zwei Tage nach seiner Abreise von Cimarron wäre Jarrett in Tampa angekommen, hätte er nicht einen Treck eskortiert, der aus zwei Planwagen, drei Kühen, vier Ziegen und zahlreichen gackernden Hühnern bestand. Auf den holprigen Straßen im Landesinneren, wo zudem nur wenige Brücken über den Fluß und die Bäche führten, kamen sie nur langsam voran. Aber er hatte die Pattersons schon immer gemocht, und so grollte er ihnen nicht, obwohl sie soviel von seiner kostbaren Zeit beanspruchten, die er lieber bei seiner Frau verbringen würde. Bei Tara, die ihm so viele Rätsel aufgab ... Nun, immerhin wußte er jetzt, daß sie einen Bruder namens William hatte, und er durfte hoffen, bald noch mehr zu erfahren.

»O Jarrett, gleich sind wir da!« rief Jill entzückt. Sie ging vor dem ersten Wagen her und ließ gelegentlich ihre Peitsche knallen, um das Ochsengespann anzuspornen.

Spontan hatten die Pattersons beschlossen, ihr Heim zu verlassen, obwohl bisher noch niemand angegriffen worden war, der in der Nähe von Cimarron lebte. Aber nach der Ermordung Wiley Thompsons, Major Dades und seiner Soldaten überfielen die Indianer einige Zukkerrohrplantagen im Norden. Einige Pflanzer konnten dem Tod entrinnen und fliehen. Aber ihre Häuser wurden niedergebrannt, die Felder verwüstet. Andere kamen zwar mit dem Leben davon, aber die Indianer nahmen sie gefangen. Und in der Asche der Ruinen lagen zahllose Leichen.

Glücklich betrachtete Jill die Häuser von Tampa, den Rauch, der aus den Schornsteinen stieg, die Wachtposten rings um die Stadt. »Mein Gott, wir haben's geschafft!« Lächelnd wandte sie sich zu Jarrett, der auf seinem Hengst Charlemagne saß. Fast zwanzig Jahre lang hatte die hübsche, vierzigjährige Frau in der Wildnis ihre Kinder großgezogen, und ihr Gesicht zeigte Spuren eines beschwerlichen Lebens. Trotzdem wirkte sie immer noch attraktiv.

Sie war Lisas beste Freundin gewesen, obwohl die beiden Frauen aus verschiedenen Welten stammten. Andererseits hatten sie viel gemein, liebten beide das Abenteuer, ihre Ehemänner, die neue Heimat in einem Land, das erobert werden mußte. Lisas Vater, ein junger Held im Freiheitskrieg und später ein angesehener Politiker hatte seiner Tochter jeden erdenklichen Luxus geboten. Jill war als Waisenkind auf einer Plantage in Georgia aufgewachsen und hatte zusammen mit den Sklaven des Eigentümers Baumwolle gepflückt.

Ebenso wie Jarrett wollte sie keine Sklaven besitzen. Auf der Patterson-Farm hatten Schwarze, Weiße und Indianer gearbeitet. Und dann war einer nach dem anderen vor der drohenden Katastrophe geflohen. Schließlich hatte Jill entschieden, auch ihre Familie müsse in der Stadt Schutz suchen.

»Ja, da sind wir«, bestätigte Jarrett. Jim trat neben seine Frau — ein großer, schlaksiger, unscheinbarer Mann, gezeichnet von harter Arbeit und stets ein verläßlicher Freund.

»Vielen Dank, Jarrett«, sagte er aufatmend, legte einen Arm um die Taille seiner Frau und betrachtete die Stadt. »Ohne dich hätten wir es nicht geschafft.«

Jarrett zuckte die Achseln. »Vielleicht wäre eure Flucht gar nicht nötig gewesen. Ihr hattet nie Schwierigkeiten mit den Indianern.«

»Das stimmt. Aber ich gewann immer wieder den Eindruck, sie würden uns beobachten. Auch jetzt, während der Reise. Und ich will mir gar nicht erst vorstellen, was geschehen wäre, hättest du uns nicht begleitet.«

»Oh, ihr wart sicher nicht in Gefahr.«

»Glaubst du, es waren die Leute deines Bruders, die uns beschützt haben?«

Jarrett nickte. »Nun wollen wir den letzten Teil der Strecke zurücklegen. Wahrscheinlich kann Mrs. Conolly uns schmackhaftere Speisen auftischen als die mageren Hasen, die ich unterwegs erlegt habe.«

»Und ihre Biskuits schmecken viel besser als die harten Dinger, die Ma immer backt!« drang ein Ruf aus einem Wagen herüber. Jarrett drehte sich im Sattel um. Der fünfjährige Caleb, ein magerer kleiner Racker mit den hellen Augen, dem platinblonden Haar und dem unbeugsamen Kampfgeist seiner Mutter, grinste ihn an.

»Wage es bloß nicht, meine Biskuits zu beleidigen, junger Mann!« schimpfte Jill, aber sie lächelte. Plötzlich wurde Jarrett von Neid erfaßt, was ihn verwirrte. Jim und Jill hatten stets hart gearbeitet, und sie verdienten ihre kerngesunde, fröhliche Kinderschar.

Die Zwillinge waren Jarretts Lieblinge — vielleicht, weil

seine kleine Tochter jetzt im selben Alter wie die beiden wäre, hätte sie nicht den Tod gefunden. Sehnlichst hatte er sich ein Kind gewünscht, aber den Verlust damals kaum wahrgenommen in seiner tiefen Trauer um Lisa.

»Tut mir leid, daß wir dich von deiner jungen Frau weggeholt haben, Jarrett«, bemerkte Jill, die ihn aufmerksam beobachtete. »Das war ihr sicher nicht recht.«

»Bald reite ich zurück.«

»Komm, beeilen wir uns!« ermahnte Jim seine Frau. »Dann kann Jarrett sich ein bißchen ausruhen und den Rückweg antreten.«

Diesmal übernahm Jim den ersten Wagen, und Jill rannte zum zweiten. Jarrett ließ beide vorbeifahren, wartete noch eine Weile und lauschte. Doch er hörte nichts. Offenbar waren die Indianer verschwunden. Jim hatte richtig geraten — während der ganzen Reise waren sie von Seminolen eskortiert worden.

Obwohl es Jarrett drängte, möglichst schnell heimzukehren, wollte er seinen Bruder und dessen Familie besuchen. Nicht nur dem guten Ruf des Weißen Tigers war es zu verdanken, daß Cimarron verschont blieb, sondern auch James.

Captain Argosy ritt dem Treck mit einigen Soldaten entgegen, und die Männer halfen den Pattersons, das Gepäck abzuladen. Danach genoß die ganze Familie in Mrs. Conollys Taverne heiße Bäder und eine köstliche Mahlzeit.

Jarrett saß mit Tyler in der Schankstube und erfuhr, der Krieg sei unvermeidlich. Während General Clinch die Seminolen nach Westen zu treiben suchte, wurde er immer wieder in Scharmützel verwickelt. Zahlreiche Männer waren getötet oder verwundet worden. Südlich von Jacksonville hatten die Indianer eine Farm überfallen, den Besitzer ermordet, seine Frau skalpiert und liegenlassen, im Glauben, sie wäre tot. Doch sie überlebte und beschrieb in allen Einzelheiten die Indianer, die sie attackiert hatten. Schneller als Seuchen breiteten sich Bitterkeit und Haß aus.

»Vielleicht solltest du mit James reden.« Tyler riß ein Streichholz am steinernen Kamin an, um seine Pfeife zu entzünden. »Bald wird's keinen Weißen mehr geben, der Fragen stellt, bevor er schießt.«

»James hat niemanden getötet«, verteidigte Jarrett seinen Bruder. »Aber er verurteilt die Krieger nicht, die keine Gnade kennen, nachdem sie so schmählich behandelt wurden.«

Bedrückt kaute Tyler am Pfeifenstiel. »Die Weißen wollen die Indianer verjagen. So einfach ist das.«

»Aber einige werden niemals gehen. Und du weißt, wie groß das Sumpfgebiet ist, in das sie sich zurückziehen können.«

»Präsident Jackson ist fest entschlossen, alle nach Westen zu verfrachten.«

»Dann muß er sich auf einen langen Krieg gefaßt machen.«

»Du wirst James doch warnen?« Jarrett nickte, und Tyler stand auf. Dann legte er eine Hand auf Jarretts Schulter. »Danke, daß du die Pattersons nach Tampa gebracht hast. Sicher ist es dir nicht leichtgefallen, deine schöne junge Frau allein zu lassen.«

»Bald bin ich wieder daheim.«

»Meine Jungs sind ganz hingerissen von Mrs. McKenzie, und alle finden, du hättest eine Märchenprinzessin erobert. Sag mir, wenn sie irgend etwas braucht ...«

»Verschwinde, Tyler, bevor ich mich frage, was du vorhast. Womöglich würde ich dich an die Wand werfen.«

Lachend hob Tyler seine Hände. »Ich gehe ja schon.« Er salutierte, dann verließ er die Gaststube, und Jarrett nippte an seinem Whiskey. Müde schloß er die Augen. Während der letzten Nächte hatte er kaum geschlafen und stets auf verdächtige Geräusche gelauscht. Wenn er endlich eingeschlafen war, hatten ihn seine Träume gepeinigt

— Träume von Taras schönem Gesicht, ihrem goldblonden Haar, den strahlend blauen Augen.

Und in all diesen Träumen rannte sie davon. Vergeblich versuchte er, sie einzuholen. Sie verschwand im Schatten unbekannter Gefahren.

Er leerte sein Glas. Nun wollte er ein paar Stunden schlafen und dann im Morgengrauen die Heimreise antreten. Schwerfällig stieg er die Stufen zu seinem kleinen Zimmer hinauf. Bevor er ins Bett ging, nahm er ein Bad. Entspannt lag er im heißen Wasser und schloß die Augen. Nach einer Weile spürte er, daß er nicht allein war, und hob die Lider. Sheila stand vor ihm und lächelte aufreizend.

»Was willst du?« fragte er seufzend.

»O Jarrett, ich bin kein Kind mehr.«

Er mochte sie, hatte sich aber stets von ihr ferngehalten — weil sie viel zu jung für ihn war und anhänglich sein konnte wie eine Klette. »Und ich bin ein verheirateter Mann.«

Verächtlich schüttelte sie den Kopf. »Ich habe ja auch nie gesagt, daß du mich heiraten sollst. Glaub mir, ich will dich nur glücklich machen.«

»Schon jetzt gerate ich in Ekstase«, spottete er.

Schmollend kniete sie neben der Wanne nieder. Sie trug nur ein dünnes weißes Nachthemd, durch das ihre braune Haut schimmerte. Dunkelrot zeichneten sich die Brustwarzen ab. Nein, sie war tatsächlich kein Kind mehr, sondern eine verführerische, sinnliche Frau. Ihre langen Wimpern flatterten. »Die neue Mrs. McKenzie wird dir nur Kummer bereiten. Sie ist weiß wie Marmor, kalt wie Marmor, und sie liebt dich nicht. Ihr gegenüber mußt du deine Pflicht erfüllen. Bei mir kannst du himmlische Freuden genießen.«

Lächelnd strich er über ihren Kopf. »Sheila, sie ist schön wie Marmor — aber nicht kalt, sondern von leidenschaftlicher Glut erfüllt.«

Da sprang sie ärgerlich auf. »Großartig! Und wenn sie dich betrügt, denk dran, daß *ich* die Frau bin, die du begehren solltest!« Nachdem sie ihm einen letzten vernichtenden Blick zugeworfen hatte, stürmte sie aus dem Zimmer.

Das Badewasser war kalt geworden. ›Sie liebt dich nicht‹, hatte Sheila behauptet, und das war die reine Wahrheit. Auf der langen Reise hatte er genug einsame Nächte ertragen müssen. Vielleicht wäre es besser gewesen, Sheilas Angebot anzunehmen.

Aber er begehrte sie nicht. Nur eine einzige Frau konnte sein Verlangen wecken. Bald würde er sie wieder in den Armen halten. Er stieg aus der Wanne, trocknete sich ab und kroch erschöpft ins Bett.

Im Morgengrauen ritt er aus der Stadt und verwarf seinen Plan, vor seiner Heimkehr James zu besuchen. Vielleicht lag es an seinen bösen Träumen. Jedenfalls mußte er sich erst einmal vergewissern, daß Tara nichts zugestoßen war.

Glücklicherweise hatte sie sich mit Peter angefreundet, und so konnte sie ihn mühelos veranlassen, ein Pferd für sie zu satteln — eine hübsche graue Stute namens Celine.

Vorsichtshalber nahm sie einen warmen Umhang mit, falls sich das Wetter verschlechtern würde. Und sie eilte in die Küche, um Proviant einzupacken — eine Wasserflasche, getrocknetes Rindfleisch, Biskuits und Käse.

Als sie in den Sattel stieg, gab sie vor, die Wachtposten nicht zu bemerken. Zunächst ritt sie zum Dock hinunter, kehrte in weitem Bogen zum Haus zurück und wiederholte dieselbe Runde. Sobald sie sicher war, daß sie kein Mißtrauen erregt hatte, folgte sie einem der Waldwege hinter dem gepflegten Rasen. Sie kannte ihr Ziel, dann Jeeves hatte ihr gezeigt, wo Roberts Plantage lag. In spätestens einer Stunde müßte sie dort ankommen.

Sie besaß einen guten Orientierungssinn und war eine

ausgezeichnete Reiterin. Bedauerlicherweise verschwand der Weg schon nach wenigen Minuten unter einem dicken Nadelteppich, dann änderte sich das Terrain. Die Stute stolperte, versank immer wieder in weichem Schlamm.

Schließlich zügelte Tara das Pferd und zwang sich zur Ruhe. Sie brauchte nur den Weg zurückzureiten, den sie gekommen war. Den Besuch bei Robert, von dem sie sich Antworten auf gewisse Fragen erhoffte, mußte sie eben auf einen anderen Tag verschieben.

Unter tiefhängenden Zweigen machte sie kehrt und trat den Heimweg an, war sich aber nicht ganz sicher, ob die Richtung stimmte.

Eine plötzliche Bewegung erschreckte sie, und sie stieß einen Schrei aus. Dann atmete sie auf, als sie einen großen weißen Vogel in einem Tümpel stehen sah. Majestätisch flog er empor — ein Kranich. Andere Vögel tummelten sich am Wasserrand, kleine weiße Reiher, die mit gestelzten Schritten dahintrippelten.

Wenn in diesem Wald Kraniche und Reiher lebten, würde es hier auch Tiere geben, die Kraniche und Reiher fraßen — Alligatoren. Und noch schlimmere Geschöpfe — Indianer ...

Beklommen spornte sie die Stute an, und beinahe wurde sie abgeworfen, als ein Huf in einem Schlammloch versank. Jetzt durfte sie nicht in Panik geraten. »Celine, da müssen wir rauskommen!« erklärte sie der Stute, die sich mit einiger Mühe befreite. Wenig später trabte sie über festeren Boden.

Schon wollte sich Tara gratulieren, weil sie glaubte, sie hätte den richtigen Weg gefunden. Doch dann stockte ihr Atem, und sie zügelte das Pferd. Sie hatte nichts gehört. Trotzdem war sie umzingelt.

Direkt vor ihr stand ein Indianer mit kupferbraunem Gesicht und pechschwarzem Haar, in einer blutroten Hose und einem hellen Baumwollhemd, mit zahlreichen

Silberketten geschmückt. Sein Kopfputz bestand aus mehreren Federn, und er trug weiche Lederstiefel, die ihn vermutlich zu lautlosen Schritten befähigten. Um seine Taille war eine Schärpe geschlungen, in der ein Dolch steckte. Am Schienbein hing eine Scheide mit einem langen Messer, und er hielt ein Gewehr in der Hand.

Als er einen Arm hob, sprangen mehrere Krieger von den Bäumen — einige so ähnlich gekleidet wie der Anführer, andere mit nackten, teilweise bemalten Oberkörpern.

Instinktiv schrie Tara auf. Die Indianer kamen auf sie zu, und sie versuchte nach ihnen zu treten. Zu ihrer eigenen Verblüffung traf sie den ersten Krieger am Kinn. Er taumelte nach hinten. Mit aller Kraft drückte sie ihre Knie in die Pferdeflanken, und Celine bäumte sich schnaubend auf. Tara blieb im Sattel, und die Stute stürmte vorwärts.

Doch es waren zu viele Indianer, die sie umringten. Sie klammerten sich an die Mähne, ans Zaumzeug. Trotz ihrer verzweifelten Gegenwehr wurde Tara aus dem Sattel gezerrt und zu Boden geworfen. In wilder Panik schlug sie um sich. Ein Indianer hielt ihre Arme fest, ein anderer saß rittlings auf ihren Hüften.

Der Krach eines Schusses hallte durch den Wald, und alle erstarrten. Taras Arme wurden losgelassen, der Mann, der auf ihren Hüften saß, erhob sich.

Sofort sprang sie auf und sah, daß ein weiterer Indianer eingetroffen war. Er ritt einen schönen Braunen, trug dunkelblaue Hosen, kniehohe Rehlederstiefel und ein buntgestreiftes Hemd. Ein seltsames Unbehagen erfaßte Tara, als sie sein Gesicht betrachtete. Irgendwie kam er ihr bekannt vor. Hatte sie ihn in einem Alptraum gesehen? Aufmerksam musterte er sie von Kopf bis Fuß, und da sah sie seine erstaunlich blauen Augen. In seinen Adern mußte das Blut weißer Vorfahren fließen. Doch das spielte keine Rolle. Sie würde in dieser unwegsamen Wildnis sterben. Hätte sie sich doch im Mississippi ertränkt oder die Schlinge des Henkers gewählt ...

Aber nein, sie hatte gekämpft und die Flucht ergriffen — und Rettung in Jarrets Armen gefunden. Eine trügerische Rettung.

Sie starrte den Indianer an, dann hob sie entschlossen das Kinn. Ohne erbitterten Widerstand zu leisten, würde sie sich nicht umbringen, skalpieren und verstümmeln lassen.

»Mörderischer Bastard!« rief sie und stürzte sich auf den Indianer, mit solcher Wucht, daß er vom Pferd fiel. Blitzschnell warf sie sich über ihn. Ihre Fäuste trommelten auf seine Brust.

Sein wilder Wutschrei gellte ihr ihren Ohren, als er sie packte und herumdrehte, so daß er auf ihr lag. Die anderen lachten und feuerten ihn an. Wieder schaute sie in diese seltsamen Augen, auf attraktive, stolze Züge. Dann sprang er plötzlich auf und reichte ihr eine Hand, aber Tara ignorierte die Geste. Mit scharfer Stimme erteilte er ihr einen unverständlichen Befehl, umfaßte ihren Arm und zog sie auf die Beine.

Wütend spuckte sie ihm ins Gesicht. Diesmal fluchte er in seiner Indianersprache. Schreiend wehrte sie sich, aber ohne Erfolg. Er hob sie hoch, legte sie über seine Schulter und schwang sich auf sein rotbraunes Pferd. Im wilden Galopp entführte er sie in die Tiefe des Waldes.

13

Auf der Schaluppe des alten Johnson fuhr Jarrett den Fluß hinab. Es war eine Zweitagereise, die sich nun ihrem Ende näherte.

Der weißhaarige, zahnlose Johnson, gebeugt wie ein knorriger Ast, hauste schon länger in dieser Gegend als jeder andere Weiße, der noch unter den Lebenden weilte. Vielleicht wegen seines Alters, oder weil er gleichsam ein

Teil der Landschaft geworden war, vertrugen sich die Indianer gut mit ihm. Er fürchtete keinen Angriff, und der Vorschlag der Offiziere im Fort, er solle eine Zeitlang in der Stadt bleiben, hatte ihn verblüfft.

»In einem Haus mit gerüschten Gardinen an den Fenstern würde ich mich eingeengt fühlen«, erklärte er Jarrett an Bord seines Boots.

Jarrett, der es kaum erwarten konnte, Cimarron zu erreichen, zuckte nur die Achseln. Er wußte nicht, wo der Alte wohnte, denn er hatte ihn immer nur auf der Schaluppe gesehen, die unablässig den Fluß hinauf und hinunter zu segeln schien.

Das kam Jarrett zugute. Nach dem anstrengenden Ritt mit den Pattersons wollte er Charlemagne schonen. Außerdem würde die Bootsfahrt nicht so lange dauern.

»Die wollten mir einreden, ich sei in Gefahr«, fügte Johnson hinzu und grinste breit. »Glauben die etwa, ich würde schon so jung sterben?«

Lachend lehnte Jarrett sich an die Reling und blickte zum Ufer hinüber. Auch jetzt vermutete er, daß er beobachtet wurde.

Mittlerweile befanden sich die Regierung der Vereinigten Staaten und die Florida-Seminolen im Kriegszustand. Vor Jarretts Abreise aus Tampa hatte Tyler ihn über die letzten Neuigkeiten informiert. Auf General Clinchs Ansuchen beauftragte Gouverneur George Walker den Milizgeneral Richard Keith Call, in Florida Freiwillige zusammenzutrommeln, die sich den regulären Truppen anschließen und sie im Kampf gegen die Indianer unterstützen sollten. Andy Jackson hatte General Winfield Scott befohlen, das Oberkommando zu übernehmen. Vierzehn zusätzliche Kompanien wurden Clinchs Kommando zugeteilt.

Inzwischen verblaßte das grausame Massaker an Major Dade und seinen Männern in der Erinnerung, weil sich soeben eine Tragödie in Texas ereignet hatte. In einer kleinen Mission namens Alamo waren über hundert Amerikaner niedergemetzelt worden. Auf verlorenem Posten, hatten sie bis zuletzt versucht, die Stellung zu halten — wegen der militärischen Notwendigkeit, den unentwegt vorrückenden mexikanischen General Santa Anna abzuwehren. Alle Soldaten hatten ihre Tapferkeit mit dem Leben bezahlt.

»Offensichtlich werden Sie schon sehnlich erwartet, Mr. McKenzie«, unterbrach der alte Mann Jarretts Gedanken.

Jarrett schaute zu seinem Dock hinüber, wo Jeeves, Rutger und mehrere andere Angestellte standen, sogar die kleine Cota.

Nach Tara hielt Jarrett vergeblich Ausschau. Was hatte er erwartet? Daß sie ihn glückstrahlend begrüßen würde? Kaum hatte die Schaluppe angelegt, als er auch schon an Land sprang. Unglücklich kamen ihm Rutger und Jeeves entgegen. »Wo ist sie?«

»Verschwunden, Mr. McKenzie«, erwiderte der Aufseher. »Wir folgten ihr in den Wald, aber dann verwischte sich ihre Spur. Offenbar wollte sie uns entkommen. Das ist natürlich keine Entschuldigung ...«

»Was hat sie mitgenommen?«

»Proviant«, erklärte Jeeves. »Und einen warmen Umhang, wie Cota vermutet. Aber vielleicht möchte Mrs. McKenzie nur einen Tagesausflug unternehmen.«

»Die Jungs und ich werden sofort wieder losreiten ...«, begann Rutger.

»Ich suche sie selber«, fiel Jarrett ihm ins Wort. »Striegeln Sie Charlemagne und verpflegen Sie ihn. Und Sie, Jeeves, suchen mir was Sauberes zum Anziehen heraus. Sobald mein Pferd versorgt worden ist, reite ich los.«

»Aber ich war für Mrs. McKenzie verantwortlich«, warf Rutger ein.

»Nein — ich!« widersprach Jarrett und eilte an den beiden vorbei. Sicher war sie ins Territorium der Seminolen geraten und einem Trupp in die Hände gefallen — hoffentlich James oder seinen Leuten ... Auch die anderen Häuptlinge würden ihr nichts antun. Osceola hatte versichert, Cimarron liege auf neutralem Boden. Aber würden ihm alle Indianer gehorchen?

Gefolgt von Jeeves, rannte Jarrett ins Haus und in sein Schlafzimmer hinauf. Er nahm sich nicht die Zeit für ein Bad, wusch nur Gesicht und Hände und kleidete sich dann um.

Ehe er den Raum verließ, betrachtete er das Bett, das er mit Tara geteilt hatte und bemerkte einzelne feminine Nuancen. Aus einer Schublade hing eine Spitzenborte und auf dem Toilettentisch lag eine silberne Haarbürste. Der Duft von Rosenparfum erfüllte die Luft.

»Zum Teufel!« fluchte er und ballte die Hände. Warum war er so dumm gewesen, ihr zu vertrauen — zu glauben, sie würde hierbleiben?

Aber er war fest entschlossen, sie zurückzuholen. Und dann mußte sie büßen. Falls sie noch lebte ...

Dieser Gedanke scheuchte ihn die Treppe hinab, aus dem Haus, zum Stall, wo ein gestriegelter Charlemagne wartete, der inzwischen seinen Hunger und Durst gestillt hatte. Jarrett sprang auf den Pferderücken. »Sobald ich sie gefunden habe, verständige ich Sie«, versprach er Jeeves und Rutger, dann drückte er die Fersen in die Flanken seines Rotschimmels und galoppierte zur Grenze des Indianergebiets.

Was Tara erwartet hatte, wußte sie nicht — aber gewiß nicht dieses Dorf, das aus schlichten, gut instand gehaltenen Hütten bestand. Bei der Ankunft war sie so verängstigt, daß sie beinahe stürzte, als der Halbblut-Indianer sie von seiner Schulter hob und auf die Beine stellte. Dann schwang er sich selbst vom Rücken seines Pferdes und hielt sie fest, bis sie ihr Gleichgewicht wiedererlangte.

Sie wich vor ihm zurück und schaute sich um. In der

Dorfmitte brannte ein Feuer, über dem ein Hirsch briet. Einige Frauen drehten den Spieß, teils in lederner, teils in europäischer Kleidung. Wie die Männer schienen sie Schmuck zu lieben, denn die meisten waren üppig mit Halsketten behangen. Am Waldrand spielten Kinder mit einem Ball.

Eine junge Frau näherte sich dem Mischling, der drohend auf Tara zuging, stellte eine Frage und erhielt eine knappe Antwort. Mit großen Augen starrte sie die blonde Frau an, dann sprach sie wieder, und der Mann schien ihr einen Befehl zu geben, denn sie trat zu Tara und zeigte auf die größte Hütte.

Als Tara sich nicht von der Stelle rührte, packte die Frau ungeduldig ihren Arm. Erbost wollte Tara sich losreißen, besann sich aber anders, weil der Mischling wieder aufs Pferd gestiegen war und sein Gewehr hob. Widerstandslos ließ sie sich von der Indianerin in die Hütte führen.

Im Hintergrund des einzigen Raums loderte ein Feuer, dessen Rauch durch eine Öffnung im Dach abzog. Steine bildeten einen Kreis in der Mitte des Bodens. An den Seiten lagen mehrere Schlafstellen aus Decken und Fellen. Gewehre lehnten an einer Wand und zogen Taras sehnsüchtigen Blick auf sich. Doch sie wäre außerstande, eine Waffe zu ergreifen und die junge Frau zu erschießen, die ihr sicher nichts Böses antun wollte — mochte das Halbblut auch andere Absichten hegen.

Die Indianerin bedeutete ihr, auf einer Schlafstelle Platz zu nehmen. Nervös schüttelte Tara den Kopf. In diesem Augenblick trat der Mischling ein, umklammerte ihre Handgelenke und drückte sie auf die Decken und Felle hinab. Dann ließ er sie los und sprach mit der Indianerin, die ein Bündel holte, eine lange Schnur herauszog und vor Tara niederkniete.

»Nein!« wisperte Tara.

»Geben Sie mir Ihre Hände!« bat das Mädchen auf englisch und schaute zu dem blauäugigen Krieger hinüber. »Er wird Ihnen nichts tun.«

»Bitte, sagen Sie mir doch ...«, begann Tara flehend und verstummte sofort, als die Indianerin ihr einen warnenden Blick zuwarf.

Nun, sie würde sich nicht ohne Gegenwehr massakrieren lassen. Während ihr die junge Frau den Strick um die Handgelenke zu schlingen versuchte, gab Tara ihr einen Stoß und sprang auf.

Aber sie erreichte den Ausgang nicht. Blitzschnell ergriff der Mischling ihren Arm, zerrte sie zur Schlafstelle zurück und schleuderte sie darauf. Dann fesselte er sie eigenhändig. Das Ende des Stricks befestigte er an einem Deckenbalken.

Und was jetzt, fragte sie sich. In einem Buch hatte sie gelesen, manche Indianer würden Weiße gefangennehmen, um sie anläßlich irgendwelcher Festivitäten zu foltern.

Er ging zu der hübschen Indianerin mit den haselnußbraunen Augen und sprach leise auf sie ein. Sie nickte zögernd, als draußen laute Stimmen und Hufschläge erklangen. Die beiden eilten hinaus und ließen Tara allein. Sie lauschte angespannt, hörte Geschrei und Gelächter. Plötzlich herrschte tiefe Stille, und der erste Indianer, der ihr im Wald gegenübergetreten war — der Mann in der roten Hose —, betrat die Hütte.

Während er sie anstarrte, wagte sie kaum zu atmen. Langsam ging er zu ihr. Sie stand auf und preßte sich an die Wand. Er stellte eine Frage, die sie nicht verstand, und sie hoffte inständig, ihre Beine würden sie tragen.

Auch die hübsche Indianerin und der blauäugige Krieger kamen wieder herein. »Er will wissen, ob Sie die Frau des Weißen Tigers sind«, erklärte er in seinem gutturalen Englisch.

»Die Frau des — was?« Tara musterte den Mann, der vor ihr stand. Er hatte breite, hohe Backenknochen. Der Blick seiner kleinen braunen Augen wirkte intelligent — und gefährlich.

Ungeduldig seufzte die Indianerin. »Sind Sie McKenzies neue Frau?«

»Ja«, bestätigte Tara rasch, und ihr Herz begann schneller zu schlagen. Ihr Mann wurde ›Weißer Tiger‹ genannt? Erstaunlich, daß seine Freunde beim Militär ihn nicht längst aufgeknüpft hatten, nachdem er auf der Seite dieser Rothäute zu stehen schien. In ihrer Mitte ist Lisa gestorben, dachte sie. Und jetzt droht mir das gleiche Schicksal.

Erbost runzelte der Indianer in der roten Hose die Stirn, zeigte auf Tara und sprach mit dem Mischling.

»Er meint, man müßte Sie auspeitschen«, flüsterte ihr die Indianerin zu, »weil Sie Ihrem Mann gegenüber ungehorsam waren. Dadurch haben Sie sich in große Gefahr gebracht.«

»Sagen Sie ihm, er soll zum Teufel gehen!« fauchte Tara.

Diesen Wunsch erfüllte ihr das Mädchen natürlich nicht. Aber der Krieger schien den Sinn ihrer Worte zu erraten. Entrüstet starrte er sie an und sagte etwas, das die Indianerin übersetzte.

»Wenn Ihr Mann Sie nicht auspeitscht, würde er diese Aufgabe gern übernehmen.«

Bevor er sich zum Gehen wandte, warf er Tara einen letzten Blick zu, und sie glaubte nicht nur Zorn in seinen Augen zu lesen, sondern auch eine gewisse Bewunderung. Der blauäugige Krieger folgte ihm nach draußen, und sie atmete erleichtert auf. »Was wird mit mir geschehen?« fragte sie das Mädchen.

»Nichts.«

»Nichts?« flüsterte Tara verwirrt.

»Wenn Sie sich ordentlich benehmen. Sie hätten nicht allein in den Wald reiten dürfen.«

»Und diese Männer hätten mich nicht überfallen sollen! Ich ...«

»Schweigen Sie!« befahl die Indianerin und lief aus der Hütte. Die Tür fiel ins Schloß.

Verzweifelt versuchte Tara, den Strick vom Deckenbalken herunterzureißen. Doch der Knoten war zu fest. Sie setzte sich wieder auf die Decken und starrte die roten Striemen an, die ihre Handgelenke umgaben. Wäre doch ein Messer in Reichweite, mit dem sie die Fesseln durchschneiden könnte ... Suchend schaute sie sich um. An der gegenüberliegenden Wand lagen Küchengeräte — zu weit entfernt. Fluchend vergrub sie ihr Gesicht in einem Fell. Als sie Schritte hörte, wäre sie beinahe wieder aufgesprungen. Doch die Person zögerte nur kurz vor der Tür, dann entfernte sie sich.

Tara war durstig, müde — und verängstigt. Durfte sie der Indianerin glauben? Würde man ihr wirklich nichts antun? Bis jetzt hatte man sie nur deshalb geschont, weil sie McKenzies Frau war. Oder eher sein Eigentum! Jedenfalls mußte ihr Mann diese Indianer sehr gut kennen. Vielleicht hatte er der jungen Frau sogar Englisch beigebracht.

Aber was spielte das für eine Rolle? Fast wäre sie eingeschlafen, doch da öffnete sich die knarrende Tür. Erschrocken hob Tara den Kopf. Die Schatten des Spätnachmittags fielen herein, und sie sah nur die Umrisse des Mischlings, der die Hütte betrat, gefolgt von der jungen Indianerin.

»*Koonti*», erklärte sie, dann stellte sie ein Schneidebrett und einen hölzernen Becher vor Tara auf den Boden. »Eine Wurzel, die wir zu Brei zermahlen. Daraus backen wir Brot. Essen Sie.«

Als die beiden sich abwandten, um die Hütte zu verlassen, sprang Tara auf. »Warten Sie! Sie können mich nicht hier gefangenhalten! Was haben Sie vor ...«

Der Mann unterbrach sie in scharfem Ton, und das Mädchen übersetzte seine Worte. »Er sagt, Sie sollten sich eher vor McKenzie fürchten als vor ihm. Solange Sie bei uns sind, müssen Sie tun, was Ihnen befohlen wird. Sonst geraten Sie in ernsthafte Gefahr. Aber vielleicht droht Ihnen später ein noch schlimmeres Schicksal. Woanders!«

Ohne eine Antwort abzuwarten, eilten sie hinaus, und die Tür fiel zu.

Resignierend sank Tara auf die Schlafstelle. Dann erinnerte sie sich an ihren Durst und setzte den Holzbecher an die Lippen. Das Wasser schmeckte süß und frisch. Beharrlich knurrte ihr Magen. Wie sollte sie den Brei auf dem Brett essen? Die Indianerin hatte ihr keine Gabel gebracht, keinen Löffel. Vermutlich mußte sie ihn einfach auflecken. Sie versuchte es, und zu ihrer Überraschung schmeckte er gar nicht so übel, mit Kürbisstückchen und Honig gewürzt.

Danach stand sie auf und wanderte umher, soweit ihre Fessel es zuließ. Bald würde das schwache Feuer erlöschen, und sie mußte sich im Dunkeln zurechtfinden. Sie setzte sich wieder auf die Decken und starrte zur Tür. Kein Laut drang in die Hütte. Wie lange würde man sie hier gefangenhalten? Schließlich streckte sie sich aus, von Müdigkeit überwältigt, und schloß die Augen.

Ein paar Minuten — oder Stunden? — später erwachte sie, weil sie ein Kichern hörte. Angstvoll setzte sie sich auf. Im rötlichen Feuerschein blickte sie in die Augen zweier Kinder. Das jüngere war etwa drei Jahre alt, das ältere fünf. Als das kleine Mädchen sah, daß sie erwacht war, versteckte sie sich hinter ihren großen Schwester, spähte aber lachend an ihr vorbei — ein schönes Kind mit dunklen Mandelaugen, leuchtend weißen Zähnen und kupferbrauner Haut.

»Hallo!« sagte Tara. Da kicherten sie wieder. »Wer seid ihr? Aber wahrscheinlich versteht ihr mich nicht . . .«

»Hallo«, lautet die leise Antwort.

»Großer Gott, du sprichst englisch? Oder ahmst du mich nur nach? Weißt du, was ich sage?«

Das ältere Mädchen wollte antworten, doch da flog die Tür auf, und der blauäugige Krieger kehrte zurück. Tara erschauerte, als er die Kinder mit knappen Worten tadelte und hinausschickte. Er ging auf sie zu, und sie drückte sich angstvoll an die Wand. Aber er hob nur die Hände — offenbar, um ihr zu zeigen, daß er unbewaffnet war. Dann ließ er sie allein.

Trotz ihrer Müdigkeit schlief sie wieder ein, und sie wußte nicht, wieviel Zeit verstrichen war, bevor sie wach gerüttelt wurde. Die hübsche Indianerin legte eine große Hirschhaut und eine scharfkantige Muschel vor sie hin. »Das will er heute abend haben.«

»Was?« fragte Tara verständnislos.

»Ich zeig's Ihnen. Passen Sie auf.« Das Mädchen begann mit der Muschel über die Hirschhaut zu schaben, entfernte kleine Stücke getrocknetes Fleisch, so daß weiches Leder zurückblieb. »Jetzt sind Sie dran. Ich wage es nicht, noch mehr für Sie zu tun.«

»O nein, ich arbeite nicht für diese elenden Schurken, die mich gefangenhalten und skalpieren wollen.«

»Niemand wird Sie skalpieren.« Ärgerlich drückte das Mädchen die Muschel in Taras immer noch gefesselte Hände. »Aber Sie müssen sich Ihr Essen verdienen. Hier arbeitet jeder. Sonst verhungern wir.«

»Und wenn ich mich weigere?«

»Dann werden Sie's bereuen. Das läßt er sich sicher nicht bieten. Jede Frau muß einen gewissen Nutzen bringen.«

Was diese Worte bedeuten sollten, wußte Tara nicht so recht, aber sie wollte es auch gar nicht herausfinden. Sie hob ihre Handgelenke. »Binden Sie mich los?«

»Das ist nicht nötig«, erwiderte das Mädchen und verließ die Hütte.

Seufzend preßte Tara die Lippen zusammen und begann mit der Muschelkante über die Hirschhaut zu streichen. Erst nach einer Weile wurde ihr bewußt, wie albern sie war. Da hielt sie einen messerscharfen Gegenstand in der Hand und versuchte nicht einmal, ihre Fesseln zu durchschneiden. Sofort machte sie sich ans Werk. Doch es war gar nicht so einfach, die Finger zu verkrümmen und mit der Muschelkante den Strick an ihren Handgelenken zu erreichen.

Ihre Hände verkrampften sich, der Schweiß brach ihr aus allen Poren.

Beinahe hatte sie die Fesseln durchtrennt, als die Tür aufschwang. Hastig schabte sie mit der Muschel über die Hirschhaut, aber es war zu spät. Das ausgefranste Ende des Stricks hing vom Deckenbalken herab. Und es war natürlich der Mischling, der die Hütte betrat. Sie schrie vor Schmerzen, als er sie auf die Beine zerrte, ihre Handgelenke zusammenpreßte und mit durchdringender Stimme einen Befehl erteilte. Die Indianerin erschien, und nachdem er eine knappe Erklärung abgegeben hatte, verschwand sie.

Wenig später kehrte sie mit einem langen Lederseil zurück, das er mehrmals um Taras Handgelenke schlang. Trotz ihres heftigen Widerstand gelang es ihm mühelos, sie wieder zu fesseln und das Ende des Seils am Deckenbalken zu befestigen. Mit aller Kraft trat sie nach ihm, immer wieder. Nur ein einziges Mal hob er drohend die Hand, doch er tat ihr nichts.

Das Mädchen trug die Hirschhaut und die Muschel hinaus, dann brachte es ihr einen großen Mörser, einen Stößel und eine Schüssel, die sonderbare Streifen enthielt.

»*Koonti*«, erklärte der Krieger, und das Mädchen forderte Tara auf, die Wurzeln zu feinem Pulver zu zermahlen. »Daraus wird Brot gebacken.«

Entschieden schüttelte Tara den Kopf.

»Aber das müssen Sie tun«, mahnte das Mädchen. »Wenn Sie nicht arbeiten, werden Sie einen anderen Preis bezahlen.«

»Ich bin eine Gefangene, aber ich lasse mich nicht zur Arbeit zwingen.«

Nachdem die Indianerin ein paar Worte mit dem Krieger gewechselt hatte, wandte sie sich wieder zu Tara. »Diese Anordnung stammt nicht von ihm, sondern von jemandem, der noch größere Macht über Sie besitzt. Gehorchen Sie, sonst müssen Sie Dinge tun, die Ihnen — noch schwerer fallen werden.«

Tara setzte sich. Vielleicht war es wirklich besser, *Koonti*-Wurzeln zu zermahlen, als das Schicksal herauszufordern. Wütend starrte sie die beiden an. »Mögen Sie alle in der Hölle schmoren!« fauchte sie.

Mit ihren gefesselten Händen den Stößel zu betätigen, war noch schwieriger, als die Hirschhaut abzuschaben. Eine Zeitlang sah der Mischling ihr zu, dann war er offensichtlich zufrieden und ging mit dem Mädchen hinaus.

Tränen brannten ihr in den Augen. Wie spät mochte es sein? Zwei oder drei Uhr morgens. Und sie war so verdammt müde ...

In der Feuerstelle glühte nur noch Asche. Tara begann zu frieren. Blasen bildeten sich an ihren Fingern, ein heftiger Krampf schmerzte in ihrer Hand, und sie schleuderte den Mörser quer durch den Raum. *Koonti*-Stücke flogen nach allen Seiten. »Nein, ich tu's nicht!« kreischte sie. »Ich tu's nicht mehr!«

Sofort bereute sie ihr Verhalten, als sich die Tür öffnete. Die Indianerin trat ein und betrachtete den Mörser und die *Koonti*-Stücke. Dann seufzte sie. »Was haben Sie denn jetzt wieder angestellt?« Zu Taras Überraschung bückte sie sich und begann die Wurzeln einzusammeln. Aber plötzlich eilte der Krieger herein. Mit einem Blick erfaßte er die Situation. Nachdem er dem Mädchen einen Befehl erteilt hatte, verließ er die Hütte.

»Jetzt müssen Sie mit mir kommen«, erklärte die Indianerin.

»Nein ...«

»Folgen Sie mir, sonst werden Sie geholt.«

Zögernd erhob sich Tara. »Wohin gehen wir?«

»Zur kleinen Hütte. Dort werden Sie schlafen.«

»Oh, bitte, lassen Sie nicht zu ...« Unglücklich verstummte Tara, denn sie wußte nicht, *was* das Mädchen verhindern sollte.

Wurde sie jetzt in ein anderes Gefängnis gebracht? Was hatte man mit ihr vor? Aber welche Rolle spielte das schon? Ein Fluchtversuch wäre sinnlos. Die Krieger würden sie sofort wieder einfangen.

Die Indianerin durchschnitt das lederne Seil, das Taras Hände mit dem Deckenbalken verband, und führte sie aus der Hütte. In der Dorfmitte brannte immer noch ein Feuer, mehrere Indianer saßen ringsherum. Neben ihnen steckten Lanzen und Gewehre im Boden. Mit ausdruckslosen Mienen beobachteten sie die beiden Frauen, die an ihnen vorbeigingen.

Als sie sich einer kleinen Hütte am Waldrand näherten, wuchs Taras Angst. Hinter schmalen Fenstern sah sie rötlichen Flammenschein. Aus der Öffnung im Dach stieg grauer Rauch zum samtig schwarzen Himmel empor. Beklommen blieb sie stehen, und das Mädchen forderte sie auf: »Kommen Sie, es ist an der Zeit.«

An der Zeit? Wofür?

»Er hat gesagt, Sie müssen jetzt zu ihm gehen«, erklärte die Indianerin.

»Er?« wisperte Tara.

Ohne zu antworten, öffnete das Mädchen die Hüttentür und schob Tara hindurch. Der Raum war kleiner als der andere, sah aber so ähnlich aus. An einigen Deckenbalken hing getrocknetes Fleisch. Im Hintergrund lagen mehrere Bündel. In einer Ecke stapelten sich Küchengeräte und Trinkgefäße. Große Felldecken nahmen ein Viertel des Bodens ein. Im Herd knisterte ein kleines Feuer, davor stand eine hölzerne Wanne mit dampfenden Wasser gefüllt.

Und in der Wanne …

Tara hörte einen knappen Befehl in der Indianersprache.

»Nun müssen Sie ihn bedienen«, drängte das Mädchen und gab ihr noch einen Stoß.

Entschieden schüttelte Tara den Kopf. *Er* saß in der Wanne, ihr Peiniger, der Mischling. Da er ihr den Rücken zuwandte, sah sie nur die kupferbraunen Schultern, das tintenschwarze Haar. »Nein …« Sie hatte den Eindruck gewonnen, dieser Krieger wäre der Liebhaber oder Ehemann der jungen Frau. Sie hätte niemals gedacht …

Was? Wie gelähmt stand sie da, und das Mädchen flüsterte: »Gehorchen Sie! Sonst zwingt er sie dazu!«

Ein kalter Schauer rann über Taras Rücken. Könnte sie doch in die andere Hütte zurückkehren … Widerstandslos würde sie stundenlang Hirschhäute abschaben und Wurzeln zermahlen.

»Gehen Sie zu ihm!« wisperte die Indianerin.

»Nein! Das ist doch Wahnsinn! Wie kann ich es denn tun? Mit gefesselten Händen … Binden Sie mich los …«

Mit scharfer Stimme fiel der Mann ihr ins Wort.

»Er glaubt, Sie würden sich besser benehmen, wenn Sie gefesselt sind«, erklärte die Indianerin. »Bedienen Sie ihn endlich!« drängte sie und lief aus der Hütte. Die Tür fiel zu. Ein Riegel wurde vorgeschoben.

Schluchzend drehte Tara sich um, hämmerte mit ihren gebundenen Fäusten gegen das Holz und bekämpfte die Hysterie, die in ihr aufstieg. Aber vielleicht war es besser, dem Wahnsinn zu verfallen, die grausame Welt nicht mehr wahrzunehmen, in der sie sich befand.

Hinter ihr erklangen gebieterische Worte, und sie erstarrte. Dann wandte sie sich langsam zu dem Krieger und sah, wie seine kraftvollen Hände den Wannenrand umklammerten. Jeden Augenblick würde er aufspringen und über sie herfallen. Es gab kein Entrinnen.

Was er sagte, verstand sie nicht, und plötzlich kam es

nicht mehr darauf an. Über dem Feuer hatte sie einen großen Kessel entdeckt, in dem kochendes Wasser zischte. Der Mann wollte bedient werden? Gut, diesen Gefallen würde sie ihm tun, das brennend heiße Wasser über ihn schütten. Sie rannte zum Feuer, aber ehe sie den Kessel erreichte, schloßen sich kupferbraune Finger wie Eisenklammern um ihre Handgelenke. Schreiend wehrte sie sich, trat nach dem nackten, triefnassen Krieger, der aus der Wanne gesprungen war. Er zog sie an sich, verlor aber das Gleichgewicht, und sie fielen beide ins Badewasser.

Mühsam rang sie nach Atem und versuchte sich von den starken Armen zu befreien, die sie umschlangen.

»Tara!« Als sie ihren Namen hörte, hielt sie verwirrt inne. Ihr Herz begann wie rasend zu pochen. Zum erstenmal schaute sie in das Gesicht des Mannes, aber sie sah nicht die blauen Augen des Mischlings.

Verlor sie den Verstand? Träumte sie? Doch es gab keinen Zweifel. Sie schaute in die kohlschwarzen, gnadenlosen Augen ihres Mannes.

14

»Jarrett!« keuchte sie, und seine dunklen Augen verengten sich. »Mein Gott, du! Und ich hatte solche Angst. Um mein Leben mußte ich bangen! Ich wurde schrecklich behandelt — und beinahe gefoltert ...«

»Wärst du gefoltert worden, hättest du's sicher gemerkt!« herrschte er sie an.

»Laß mich los!« stieß sie zwischen zusammengebissenen Zähnen hervor, aber im Durcheinander ihrer nassen Röcke preßte er sie noch fester an sich. »Am liebsten würde ich dich in Stücke reißen! Die ganze Zeit hast du's gewußt! Wie konntest du mir so was antun?«

»Oh, das ist noch gar nichts. Du solltest mal sehen, wie manche Flüchtlinge bestraft werden, meine Liebe.« Der warnende Klang seiner Stimme beschleunigte ihren Puls. »Wie so viele andere Indianer können die Seminolen sehr grausam sein. Ehebruch und Verrat werden besonders streng geahndet. Gelegentlich schneidet man den Schuldigen die Nasen und Ohren ab, oder ...«

»Sei still!« Erbost stemmte sie ihre gefesselten Fäuste gegen seine Brust. »Elender Schurke! Du kennst diese Leute, und du hast ihnen erlaubt ...«

Plötzlich stand er auf und zog sie mit sich hoch, dann stieg er aus der Wanne, hob Tara heraus und stellte sie auf die Füße. »Mach mir bloß keine Vorwürfe! Nach allem, was du angestellt hast! Du dachtest wohl, du könntest einfach davonlaufen und ...«

»Nach allem, was *ich* ... *Du* hast mich in diese Wildnis gebracht und dann im Stich gelassen!« Vergeblich versuchte sie, seine Hände abzuschütteln, die ihre Schultern umfaßten. Als sie seinem drohenden Blick auswich, entdeckte sie seine Satteltaschen in einer Ecke, seine ordentlich zusammengefaltete Kleidung. Seine Waffen lehnten an der Wand, auf der Felldecke lagen weiße Leinenhandtücher bereit. Also hatte er sich häuslich in dieser Hütte niedergelassen — während seine Frau gefesselt und gezwungen worden war, eine Hirschhaut abzuschaben und Wurzeln zu zermahlen. Weil er es befohlen hatte! Jarrett! Nicht der blauäugige Mischling, auch nicht der Krieger in der roten Hose. Nein, Jarrett war jene ›größere Macht‹, die ihr Schicksal bestimmte! Das hatte er unbarmherzig ausgenutzt, um sie zu quälen und kalter Todesangst auszuliefern.

»Bastard!« kreischte sie. »Das verzeihe ich dir niemals! Wie konntest du dulden, daß diese wilden Barbaren ...«

»Schrei nicht so, sonst hören sie dich!«

»Das ist mir egal!«

»Aber mir nicht.« Wütend wollte sie ihm eine passende

Antwort geben, aber er hielt ihr den Mund zu. »Es wäre äußerst ungünstig, wenn die Seminolen den Eindruck gewännen, ich könnte mit meiner Frau nicht fertig werden. Sie hatten niemals vor, dir auch nur ein Haar zu krümmen. Aber sie waren entsetzt, als sie dich ganz allein im Wald antrafen, außerhalb des Gebiets, wo du — das hatten sie mir garantiert — sicher gewesen wärst. Natürlich verlangten sie eine Erklärung, und wie ich gestehen muß, fiel mir keine ein.«

Er nahm seine Hand von ihrem Mund, drehte sie um und öffnete die Häkchen an ihrem Rücken.

»Was tust du?« wisperte sie, obwohl sie ihn lieber angeschrien hätte.

»Keine Bange, im Augenblick erwarte ich nicht allzuviel von meiner Frau. Aber dein Kleid ist klatschnaß.«

»Das kümmert mich nicht.«

»Willst du zu allem Überfluß auch noch eine Lungenentzündung bekommen?« Er hatte Taras Kleid und das Korsett aufgemacht, sogar die Bänder ihrer Unterröcke und der langen Unterhose gelöst, aber wegen ihrer gefesselten Hände konnte er sie nicht ausziehen.

»Binde mich los!« verlangte sie.

»Nein. Hätte ich dich vor meiner Abreise in Cimarron gefesselt, wären wir jetzt nicht hier.«

»Wenn du mich nicht losbindest, wirst du mich niemals aus diesem nassen Zeug kriegen.« Oh, hätte sie doch nur eine Hand frei, um in sein attraktives, gnadenloses Gesicht zu schlagen ...

»Glaubst du?« Herausfordernd hob er die Brauen, mit einem Ruck zerriß er ihr Kleid.

»Oh, du verdammter Bastard, das wirst du mir büßen!« zischte sie, während er sie auf die Arme nahm und zu den Felldecken trug. Wirkungslos hämmerte sie ihre gefesselten Fäuste gegen seine Brust. »Ich steche dir die Augen aus, ich schneide dir das Herz aus dem Leib ...«

»Und *du* behauptest, die Seminolen seien wilde Barbaren?« spottete Jarrett. Unsanft ließ er sie auf den Pelz fallen und riß ihr die Unterwäsche vom Leib.

Nackt und atemlos saß sie da, starrte wütend in seine schwarzen Augen, und doch ... Nie zuvor war er ihr so begehrenswert erschienen wie jetzt, im roten Feuerschein. Draußen mochte die Nacht kalt sein, in der kleinen Hütte war es warm. Tara roch Erde, den Duft von Zypressen, Pinien und Gras, und trotz der Hitze, die ihre Glieder durchströmte, erschauerte sie.

Jarrett kniete neben ihr nieder und legte eine geflochtene Decke um ihre Schultern. Leise klopfte es. Er stand auf und wickelte ein Handtuch um seine Hüften. Dann öffnete er die Tür, die von außen entriegelt worden war. Der Mischling trat ein, und sie wechselten ein paar Worte in der Indianersprache.

Unbehaglich starrte Tara die beiden an und wickelte die Decke noch fester um ihren Körper. Sie hatte geträumt, ein Indianer würde sie verfolgen. Es war Jarrett gewesen. Aber in seinen Adern floß kein Indianerblut, oder? Die zwei Männer waren gleich groß, und abgesehen von der unterschiedlichen Augenfarbe ähnelten sie einander.

Der Mischling hatte einen Korb mitgebracht, den er Jarrett überreichte.

»Danke«, sagte Jarrett auf englisch.

»Keine Ursache«, erwiderte der Krieger in derselben Sprache.

Unwillkürlich hielt Tara den Atem an und sprang auf. »Sie sprechen englisch!« beschuldigte sie ihn.

»Hast du ihr das nicht erzählt?« fragte er Jarrett und hob die Brauen. Plötzlich lächelte er. »Du hast ihr die Fesseln nicht abgenommen?«

»Allzulange war ich noch nicht mit ihr allein.«

»Ah ...« Das Lächeln des Mischlings vertiefte sich, und in diesem Moment erschien er Tara fast so attraktiv wie Jarrett.

»Ist Osceola immer noch hier?« wollte Jarrett wissen.

Das Halbblut schüttelte den Kopf. »Gut, dann macht es nichts, wenn meine Frau bis zum Morgengrauen verrückt spielt.«

Empört schnappte sie nach Luft, und der Mischling nickte ihr grienend zu. »Nun will ich nicht länger stören. Es war mir ein Vergnügen, Sie kennenzulernen, Tara McKenzie.«

»Was geht hier vor, Jarrett?« fauchte sie, nachdem der Mann die Hütte verlassen hatte.

Statt zu antworten, warf er das Handtuch zu Boden, das seine Hüften bedeckt hatte, ging zu Tara und entfernte die Decke von ihren Schultern. »Es ist so lange her. Nur einige Tage — aber es kam mir wie eine halbe Ewigkeit vor.«

»Jarrett ...«

Lachend drückte er sie in das weiche Fell hinab und legte sich auf ihren Körper. Als sie die gefesselten Hände gegen seine Brust stemmen wollte, zog er ihr die Arme hinter den Kopf.

»Jarrett, ich hab's ernst gemeint. Niemals werde ich dir verzeihen ...«

Doch er hörte ihr gar nicht zu. »So lange waren wir getrennt.«

»Jarrett ...« Vergeblich versuchte sie, sich abzuwenden. Seine heißen, hungrigen Lippen verschlossen ihr den Mund, seine Zunge zwang ihre Zähne auseinander, und sie konnte das Feuer nicht mehr bekämpfen, das er in ihr entfachte. Hilflos überließ sie sich seinen Liebkosungen, seinen Fingern, die ihre Brüste streichelten und zwischen ihre Beine glitten. Als er sich plötzlich aufrichtete, blitzte ein Messer in seiner Hand. Beinahe stieß Tara einen Schrei aus, aber sie biß in ihre zitternden Lippen, während er die ledernen Fesseln durchschnitt.

Dann sank er wieder auf sie herab, und sobald er sich mit ihr vereinte, vergaß sie ihren Zorn, die demütigende Gefangenschaft. Voller Verlangen klammerte sie sich an seine Schultern, genoß die süße Ekstase, die ihren ganzen Körper erfaßte. Fast erschien es ihr beängstigend, wie leidenschaftlich sie ihn begehrte, wie ungeduldig sie die Erfüllung herbeisehnte.

Und dann glaubte sie, in einem Sternenregen zu ertrinken, in gleißendem Licht. Kurz nachdem sie den Gipfel ihrer Lust erreicht hatte, spürte sie, wie auch Jarrett erschauerte und sein Verlangen stillte.

Atemlos streckte er sich neben ihr aus und nahm sie in die Arme.

»Ich könnte dich immer noch erwürgen«, flüsterte sie.

»Du — mich? Eigentlich müßte ich *dir* böse sein — nachdem du die Flucht ergriffen hast.«

»Aber du warst schon länger in diesem Seminolen-Dorf und hast die Leute veranlaßt, deine ohnehin verängstigte Frau zu fesseln und ihr lächerliche Hausarbeiten aufzuhalsen!«

»Sie sagten doch, sie würden dir nichts antun!«

Nun klang seine Stimme etwas unsicher.

»Und das sollte mich beruhigen — obwohl das Indianerland mit den Leichen zahlloser Weißer übersät ist?«

»Du kannst von Glück reden«, erwiderte er irritiert. »In der augenblicklichen Situation gibt's nur wenige Weiße, die Osceola mit ein paar geharnischten Worten davonkommen läßt.«

»Osceola!« wiederholte sie schaudernd. »Der Mann in der roten Hose mit dem Federschmuck — das war Osceola?«

»Ja.«

»Oh!« rief sie, von neuem Zorn erfüllt. »Und du hast mich in dieser Wildnis allein gelassen, wo Osceola mich überfallen hat — ein furchtbarer Barbar, der alle Weißen haßt ...«

»Er haßt nicht alle Weißen.«

»Gewiß nicht. Von dir scheint er sehr viel zu halten.«

»Obwohl er mit ansehen mußte, was die Weißen seinem Volk antaten, haßt er tatsächlich nicht alle. Aber er führt Krieg gegen sie.«

»Hoffentlich erklärst du ihnen diesen Unterschied, wenn deine Freunde und Nachbarn das nächste Mal ermordet und skalpiert werden. Verdammt, du hast mich nicht beschützt ...«

»Ich habe dich daheim zurückgelassen, und dort hättest du bleiben sollen!« Er rückte ein wenig von ihr ab, stützte sich auf einen Ellbogen und starrte sie vorwurfsvoll an. »Als ich im Wald deine Spur fand, warst du bereits hierhergebracht worden.«

»Du hättest mich schon vor Stunden aus dieser anderen Hütte holen können!« klagte sie.

Das bestritt er nicht.

»Du hast ihnen auch noch befohlen, wie sie mich behandeln sollen!«

»Strafe muß sein. Wärst du nicht davongelaufen ...«

»Ich bin nicht davongelaufen!« protestierte sie ärgerlich.

»Was denn sonst?«

Es widerstrebte ihr, ihm zu verraten, daß sie geplant hatte, Robert zu besuchen. Nur zu gut erinnerte sie sich, wie wütend Jarrett gewesen war, als sie versucht hatte, ihn mit seinem Freund eifersüchtig zu machen. »O nein, ich beantworte keine Fragen mehr. ›Weißer Tiger›, also wirklich! Was geht hier eigentlich vor? Wie heißt dieser Mischling mit den blauen Augen?«

»Laufender Bär.«

»Ein laufender Bär, der offenbar perfekt Englisch spricht«, bemerkte Tara bitter.

»Allerdings«, bestätigte Jarrett.

»Und du beherrschst seine Sprache.«

»Ja, einen Muskogee-Dialekt. Aber ich kann auch Hitichi. Als ich aufwuchs, hörte ich diese Sprachen sehr oft.«

»In deiner Kindheit?« Als er keine Antwort gab, drängte sie: »O Jarrett, ich möchte endlich alles wissen.«

Es dauerte lange, bis er antwortete. »Laufender Bär heißt auch James McKenzie.«

Ihr Atem stockte. »Aber ...«

»Er ist mein Bruder, Tara.«

Nun verstand sie, warum sich die beiden Männer so ähnlich sahen. Jarrett war bei den Indianern aufgewachsen! Kein Wunder, daß er sich vor ihnen sicher fühlte! Und ihr hatte er das alles verschwiegen!

»Oh, du verdammter Kerl!« Sie warf sich über ihn, so daß er auf den Rücken fiel, trommelte mit beiden Fäusten auf seine Brust. »Ich schieße dich in beide Knie! Und dann skalpiere ich dich!«

»Tara, nicht so laut ...«

»Was ich mit dir tun werde, sage ich so laut, wie's mir beliebt ...«

»Halt den Mund, meine Liebste.«

»Ich ...«

»Wenn du nicht gehorchst, muß ich dich zum Schweigen bringen.«

»Wie kannst du es wagen ...«

Aber er wagte es, drückte sie an seine Brust und warf sich mit ihr herum, so daß er auf ihrem Körper lag. Dann preßte er seine Lippen auf ihre. Und als er nach einer Weile den Kopf hob, wußte sie nicht mehr, warum sie ihn angeschrien hatte. Zitternd rang sie nach Atem.

»Tara, ich warne dich. Mach mich in diesem Dorf nicht zum Narren!«

»Und was hast du *mir* angetan?«

»Ich wollte dir nur vor Augen führen, welche Gefahren den Ehefrauen drohen, die ihren Männern davonlaufen.«

»Oh, zum Teufel mit dir ...« Wieder verschloß ihr ein heißer Kuß den Mund.

Jarretts Hände liebkosten ihre Brüste. Dann begann er an einer rosigen Spitze zu saugen, bis sie sich stöhnend umherwand. Sie schlang die Finger in sein dichtes Haar.

Langsam wanderten seine Lippen über ihren Bauch nach unten und erreichten das weiche blonde Dreieck zwischen ihren Schenkeln.

In ihrem ganzen Körper schien sich ein flüssiges Feuer auszubreiten, eine süße Schwäche. Und als sie glaubte, ringsum würde die Welt explodieren, lag er wieder auf ihr, drang in sie ein und jagte sie in immer schnellerem Rhythmus zu einem neuen Höhepunkt.

Danach schien sie in bodenloser Tiefe zu versinken, aber er hielt sie fest in seinen Armen, und sie fühlte sich sicher.

Ein Teil ihres Verstandes wollte ihn immer noch hassen. Aber in ihrem Herzen liebte sie ihn, und plötzlich waren seine Geheimnisse nicht mehr so wichtig. »Deinen Bruder werde ich auch erwürgen«, flüsterte sie.

»Oh, gewiß wird er es wie ein Mann ertragen.«

»Ist diese Badewanne von Seminolen gezimmert worden?«

»Nein, sie gehört mir.«

»Und die Hütte?«

»Auch.«

»Was allgemein bekannt ist ...«

»Nun, die meisten meiner Freunde und Bekannten wissen, daß ich hier draußen einen Bruder habe.«

»Man sollte dich wirklich an den Zehen aufhängen und unbarmherzig auspeitschen.«

»Das könnte tatsächlich passieren. In dieser Wildnis ist alles möglich.«

Als sie erschauerte, drückte er sie fester an sich. »Hier sind wir nicht in Gefahr.«

»Das weiß ich. Aber — Osceola ist nicht der einzige Kriegerhäuptling. Also könnte sogar *dir* etwas zustoßen.«

»Glaub mir, ich kann mich auch mit den Creeks und Mikasukis verständigen. Und wenn du auf mich hörst, wird dir nichts passieren.«

»Aber ...«

»Heute nacht wollen wir nicht mehr streiten.«

»Jarrett ...«

»Bitte, Tara, es war ein langer Tag.«

»Du ahnst nicht, wie lange!«

»Schon vor meiner Heimkehr mußte ich anstrengende Tage ertragen. Morgen werde ich alle deine Fragen beantworten.«

Dieses Versprechen besänftigte sie. Die Wange an seine Brust gepreßt, schloß sie die Augen. Wenig später geschah etwas, das sie nie für möglich gehalten hätte — sie versank in tiefen, friedlichen Schlaf.

James McKenzie lehnte in seiner Hütte an der Wand und beobachtete ungeduldig die tanzenden Flammen. Seufzend strich er durch sein dunkles Haar.

Schon vor einiger Zeit hatte Naomi den ›Gast‹ in die Hütte seines Bruders gebracht. Dann war er selber hingegangen, um das Ehepaar mit Speisen und Getränken zu versorgen. Bei der Rückkehr hatte er seine Frau und die Kinder nicht mehr angetroffen.

Wie er wußte, war Naomi nicht allzu glücklich über die Ereignisse dieses Tages. Weil sie ihm grollte, wollte sie sein Ehebett nicht teilen, und deshalb schlief sie mit den kleinen Mädchen bei seiner Mutter.

Er gehörte zu Naomis Familie. In der Indianergesellschaft war es üblich, daß ein Mann zu den Eltern seiner Frau zog. Aber da sich Mary McKenzies Verwandtschaft nach den Creek-Kriegen großteils zerstreut hatte, lebte jetzt auch seine Mutter mit dem Rest ihrer Angehörigen in Naomis Heimat.

James' Erbe mütterlicherseits hatte ihn ermächtigt, die Position des Häuptlings in dem kleinen Dorf zu übernehmen — nicht zuletzt, weil die meisten von Naomis männlichen Verwandten gestorben waren.

Müde schloß er die Augen. Das Leben war so schön gewesen. Und jetzt dieser neue Krieg ... Da er auch in der

Welt der Weißen gelebt hatte, sah er Gefahren, die seinen Stammesbrüdern nicht bewußt wurden. Nein, die Weißen würden weder ruhen noch rasten, bevor sie alle Indianer aus Florida vertrieben hatten.

Und er, ein halber Weißer, befand sich in einer besonders heiklen Lage. Er mußte seine Position verteidigen, und er durfte niemandem erlauben, einen Narren aus ihm zu machen. Schon gar nicht der Frau, die er über alles liebte.

Aber ehe er seine Hütte verlassen konnte, um Naomi zu holen, öffnete sich langsam die Tür. Zögernd trat sie ein, und ihre Miene verhehlte nicht, was sie bedrückte.

»Wo warst du?« fragte er leise.

»Du sprichst englisch?«

»Ja, heute nacht spreche ich englisch. Wo warst du?«

»Bei deiner Mutter und meinen Kindern.«

»Bei *unseren* Kindern«, verbesserte er sie höflich.

»Ich dachte, du würdest schlafen.«

»Unsinn! Du mußt doch wissen, daß ich ohne dich nicht schlafen würde. Soeben wollte ich dich holen.«

Statt einer Antwort nickte sie nur. Natürlich hätte er sie in seine Hütte zurückbringen müssen — um sein Gesicht zu wahren.

»Übrigens, ich bin froh, daß du meine Schwägerin zu meinem Bruder gebracht hast, statt ihr zur Flucht zu verhelfen«, bemerkte er.

Vorwurfsvoll starrte sie ihn an. »Das war ein niederträchtiger Trick.«

»Was meinst du?«

»Als Tara die Hütte betrat, sah sie den nackten Rücken eines Mannes mit dichtem schwarzem Haar. Natürlich mußte sie glauben, ein grausamer Halbblut-Indianer würde sie vergewaltigen.«

James ging zu ihr und unterdrückte ein Lächeln. »In dieser Gefahr hat sie niemals geschwebt.«

»Aber *mir* droht dieses Schicksal, nicht wahr?«

»War ich jemals grausam?«

Sie wich zurück, aber er nahm sie lachend in die Arme. Noch immer begehrte er die Mutter seiner Kinder genauso heiß wie damals, als er das blutjunge Mädchen am Ufer eines kristallklaren Bachs zum erstenmal verführt hatte.

»James McKenzie!« fauchte sie. »Bilde dir bloß nicht ein, ich würde dir heute nacht meine Gunst schenken — nachdem du mich gezwungen hast, dieses arme Mädchen so schrecklich zu behandeln! Hör auf ...«

Aber sie verstummte, als er mit ihr auf das Lager aus weichen Fellen sank. Ihre Lippen fanden sich, während er ungeduldig an ihren Kleidern zerrte. Bald schmiegten sie sich nackt aneinander, und ihr Verlangen wuchs ebenso wie seines. Nicht einmal ihr Zorn konnte das verhindern.

Einmal hatte Mary ihr erklärt, der Groll einer Ehefrau dürfe sie nachts nicht von ihrem Mann fernhalten. Und sie gab ihrer Schwiegermutter recht. Deshalb war sie ja auch zurückgekommen.

Voller Leidenschaft liebten sie sich, völlig eins in Leib und Seele.

Alles andere war vergessen. Erst später, als sie müde und glücklich nebeneinander lagen, dachte Naomi wieder an Tara. »Sie hat sich so gefürchtet.«

»Mein Bruder ist kein Ungeheuer.«

»Vor *dir* hatte sie Angst. Wenn du ihre Augen gesehen hättest, als sie diesen Kopf mit den schwarzen Haaren anstarrte ...«

»Sie hat Jarrett mit mir verwechselt? Aber sie konnte sich doch denken, daß ich verheiratet bin.«

»Vielleicht glaubte sie, du würdest dir eine zweite Frau nehmen, so wie viele Seminolen.«

»Das käme mir niemals in den Sinn. Mit *einer* Frau habe ich schon genug Ärger.«

Spielerisch schlug sie mit ihrer Faust auf seine Schulter, und er lachte.

»Außerdem brauche ich keine zweite Frau, weil in meinem Herzen nur Platz für eine einzige ist.«

Lächelnd legte sie ihren Kopf auf seine Brust. »Trotzdem bin ich dir böse — nach allem, was heute geschehen ist.«

James strich zärtlich über ihr Haar. »Versteh doch, ich mußte sie hierherbringen. Wenn ich auch bezweifle, daß Osceola ihr etwas angetan hätte — ich konnte nicht sicher sein. In einem Krieg ist alles möglich. Und Jarretts Frau mußte eine Lektion lernen. Nun weiß sie, wie gefährlich es ist, Cimarron zu verlassen.«

»Aber du hättest sie nicht so grausam behandeln müssen.«

»Ich war nicht grausam, nur streng. Und ich möchte, daß meine Schwägerin den Krieg überlebt.«

»War es denn wirklich nötig, ihr solche Angst einzujagen? Wenn sie nur die Hälfte der Lügen gehört hat, die über Lisas Tod verbreitet wurden ...«

»Bald wird sie die Wahrheit erfahren. Und jetzt wollen wir nicht mehr streiten, Naomi«, fügte James ungeduldig hinzu. »Es ist spät geworden, und wir brauchen unseren Schlaf.«

Sie wußte, daß es sinnlos war, ihm zu widersprechen. Nicht zuletzt wegen seines starken Willens liebte sie ihn. Sie schloß die Augen und genoß die Nähe seines warmen Körpers.

Irgendwo heulte ein Wolf, ohne die Nachtruhe des kleinen Dorfs zu stören.

15

Wie Tara am nächsten Morgen herausfand, sprach James McKenzie tatsächlich ein perfektes Englisch. Und er besaß ein gewinnendes Lächeln. Während das Ehepaar noch unter den Pelzdecken lag, betrat er die Hütte, eine Kaffeekanne in der Hand.

»Die habe ich in Dougalls Handelsposten gekauft«, erklärte er, »südlich von Apopka.« Er füllte zwei irdene Becher mit dem heißen, duftenden Gebräu, dann wandte er sich zu Jarrett. »Mittlerweile weiß sie doch hoffentlich, wer ich bin?«

»Ja.«

James zwinkerte seiner Schwägerin zu, und sie konnte kaum glauben, daß dies der ›Wilde‹ war, der sie am Vortag halb zu Tode erschreckt hatte. Offenbar waren beide Brüder zu der Überzeugung gelangt, sie müßte ihre Lektion lernen, damit sie sich nie wieder allein ins Indianergebiet wagte.

»Hoffentlich verzeihst du mir die Rolle, die ich in diesem Spiel übernehmen mußte, Tara«, seufzte James. »Es war notwendig, sonst hätte Osceola dich in sein Lager gebracht — wenn auch nur, um dich zu schützen. Du hättest nicht allein in den Wald reiten dürfen. Immerhin befinden wir uns im Kriegszustand. Überall laufen Renegaten herum. Und wenn eine blonde Frau an einem Ort auftaucht, wo sie nicht sein sollte, könnte sie für Freiwild gehalten werden.«

»Du hättest mir sagen müssen, wer du bist.«

»Dann wäre die Lektion nicht so wirkungsvoll gewesen.«

»Sicher nicht«, stimmte Jarrett zu und starrte Tara mit schmalen Augen an.

»Reden wir nicht mehr darüber«, bat James. »Ihr müßt Mary besuchen. Natürlich kann sie es kaum erwarten, deine Frau kennenzulernen, Jarrett. Du wirst Mary mögen, Tara — obwohl auch in ihren Adern Indianerblut fließt.«

Vor Empörung wollte sie aufspringen, aber ihr fiel gerade noch rechtzeitig ein, daß sie nackt war. »Ich bin dir nicht böse, weil du ein Indianer bist, sondern weil du mich getäuscht hast, James. Das würde mich auch ärgern, wenn du weiß oder schwarz wärst — oder gestreift wie ein Zebra!«

»Dann bitte ich dich, meine aufrichtig gemeinte Entschuldigung anzunehmen«, entgegnete er grienend, bevor er die Hütte verließ.

Ein Bärenfell an ihre Brust gepreßt, setzte sie sich auf. »Wer ist Mary?«

»Meine Stiefmutter.«

»Oh ...«

»Und wenn du mir noch so sehr zürnst — sei höflich zu ihr.«

»Keine Sorge, ich weiß mich zu benehmen!« stieß sie zwischen zusammengebissenen Zähnen hervor. »Hat sie dich großgezogen?«

»Viele Jahre lang.«

»Dann ist sie also für deine mangelhaften Manieren verantwortlich.«

Belustigt drohte er ihr mit einem Zeigefinger. »Nimm dich bloß in acht!« Dann sprang er auf und fröstelte. Längst war das Feuer erloschen.

Er wusch sich mit dem abgekühlten Badewasser und schlüpfte in seine Hose, während Tara sehnsüchtig die Holzwanne anstarrte.

»Ein heißes Bad — das wäre jetzt wunderbar ...«

»Später. Oder ich habe noch eine bessere Idee, falls die Sonne scheint.«

Von plötzlicher Scheu erfüllt, wickelte sie ihren nackten Körper in die Pelzdecke, bevor sie aufstand, mußte sie aber fallen lassen, als sie ihre zerrissenen Sachen anzog.

»Sicher wirst du dich gut mit Mary verstehen«, bemerkte Jarrett. Und plötzlich erkannte sie, wie wichtig es ihm war, daß sie sich in diesem fremdartigen Teil seiner Welt zurechtfand.

»Soll ich ihr in dieser Aufmachung gegenübertreten?« fragte sie honigsüß.

Er hob die Brauen und musterte ihre Kleidung, die er in der Nacht ruiniert hatte. »Besser nicht«, entgegnete er, dann ging er zu einem der Bündel, die in der Ecke lagen.

Nun wird er mir wieder was von Lisas Garderobe anbieten, dachte sie und biß sich auf die Lippen. »Wenn du mir Nadel und Faden besorgst, kann ich mein Kleid flikken.«

Er zuckte die Achseln und fand in einem ledernen Nähkästchen die gewünschten Utensilien. Ohne ihn anzusehen, schlüpfte Tara aus ihrem Kleid und begann die Risse zuzunähen.

Jarrett beobachtete sie aufmerksam. »Du bist sehr geschickt«, bemerkte er nach einer Weile.

»Wie die meisten Frauen.«

»Offenbar bist du auch besonders tüchtig, und das gibt mir zu denken. Aber du hast mich schon oft genug verblüfft.«

»Tatsächlich?« Sie vernähte den Faden und biß ihn dann ab.

Dann half er ihr in das geflickte Kleid und schloß die Häkchen am Rücken. »Übrigens — wohin wolltest du reiten, als dich die Indianer aufhielten?« fragte er und drehte sie zu sich herum.

»Ich — ich versuchte herauszufinden, was mit Lisa geschehen ist«, gab sie zu.

Sofort verdüsterte sich seine Miene. »Dachtest du, die Bäume im Wald würden dir was erzählen?«

Das Blut stieg ihr in die Wangen. »Nein, ich ...«

»Also hattest du die Absicht, Robert zu besuchen?«

»Ja.«

»Kleine Närrin! Dann verdienst du's erst recht, was dir passiert ist.«

»So?« fauchte sie. »Und weißt du auch, was du verdienst?«

Ehe er antworten konnte, klopfte es wieder an der Tür. Er rief etwas in der Indianersprache. Die Indianerin trat ein und grüßte auf englisch: »Guten Morgen! Mary schickt mich hierher, falls du den Weg zu ihr vergessen hast, Jarrett.« Lächelnd wandte sie sich zu Tara. »Sie läßt sich entschuldigen, weil sie euch so bedrängt, aber sie kann es kaum erwarten, dich kennenzulernen.«

Jarrett legte einen Arm um die Schultern seiner Frau und stellte ihr die Indianerin vor. »Das ist Naomi, meine Schwägerin.«

»Nichts von allem, was gestern geschah, war *meine* Idee«, versicherte Naomi.

»Aber sie ist eine sanfte, liebevolle Ehefrau«, betonte Jarrett, »die ihrem Mann stets gehorcht — auch wenn ihr seine Anordnungen mißfallen. Gehen wir?«

Er schob Tara zur Tür, und Naomi ging voraus. In dem kleinen Dorf herrschte bereits reges Leben und Treiben. Offenbar waren einige Männer schon auf der Jagd gewesen. An einigen Pfählen hingen Hasen, und über dem Lagerfeuer wurde ein großer Hirsch gebraten.

Freundlich wurde Jarrett von den Dorfbewohnern begrüßt. Sie lächelten Tara an, und obwohl sie sich auf Kosten der weißen Frau zu amüsieren schienen, gewann sie den Eindruck, alle würden sie willkommen heißen.

Vor James McKenzies großer Hütte, wo man sie gefangengehalten hatte, stand eine schöne, schlanke Frau in einem buntgemusterten Rock und einer roten Bluse, mit Silberketten geschmückt. Sie konnte höchstens fünfzehn oder sechzehn Jahre älter sein als James. Blauschwarzes Haar umrahmte ein kupferfarbenes Gesicht mit dunklen Mandelaugen und hohen Wangenknochen. Lächelnd begrüßte sie Jarrett, dann streckte sie Tara beide Hände entgegen. »Willkommen, meine Tochter!«

Selbst wenn Jarrett ihr keinen Stoß gegeben hätte, wäre Tara vorgetreten, um die Hände dieser liebenswürdigen Frau zu ergreifen.

Mary sagte etwas in der Indianersprache. Sie schien ihren Stiefsohn zu tadeln. In höflichem, aber energischem Ton antwortete er, zuckte die Achseln und ging davon. Die drei Frauen betraten die Hütte.

»Bitte, setz dich.« Naomi berührte Taras Schulter. »Iß Brot mit uns.« Dann flüsterte Mary ihr etwas zu, und die junge Indianerin lächelte. »Sie sagt, du seist so schön, daß du das Auge blenden würdest.«

»Oh — bitte danke ihr in meinem Namen.«

»Mary versteht deine Sprache. Ihrem Mann zuliebe lernte sie Englisch, aber seit seinem Tod spricht sie's kaum noch.«

Da wandte sich Tara wieder zu Mary. »Vielen Dank.«

Nachdem sie Platz genommen hatten, tischte Mary *Koonti*-Brot mit Kürbis und getrocknetem Rehfleisch auf. Wie Naomi erklärte, züchteten die Indianer auch Rinder. »Aber in letzter Zeit haben wir viele verkauft. Man behauptet, wir müßten bald wieder flüchten.«

»Wieso?« fragte Tara. »Das ist euer Land.«

Seufzend zuckte Naomi die Schultern. »Ja, nach dem Vertrag von Moultrie Creek noch für einige Jahre. Daran scheinen die Weißen jedoch nicht mehr zu denken. Aber Krieger wie Osceola wollen nicht kapitulieren. Also werden wir nicht in den Westen ziehen.«

Nun mischte sich Mary ein, dann bedeutete sie Tara, tüchtig zuzugreifen.

»Sie sagt, die jungen Weißen würden uns nicht verstehen«, übersetzte Naomi. »Seit sie hierherkamen, wurden wir immer wieder aus unseren Dörfern vertrieben. Aber sie wird nicht in den Westen gehen. Hier ist sie zu Hause.«

»Das verstehe ich nicht.« Tara runzelte die Stirn. »Wenn Jarrett und James Brüder sind ...«

»Natürlich wird Jarrett niemals eine Waffe gegen seine eigenen Leute erheben«, erwiderte Naomi, »aber ebensowenig seinen Bruder und dessen Familie vergessen. Er hat uns ein Stück Land übergeben, einen Teil unseres Erbes, da James der Sohn Sean McKenzies ist. Aber die Gratwanderung zwischen zwei feindlichen Parteien ist nicht leicht. James hat sich für sein Indianerblut entschieden. Wenn der Krieg uns zur Flucht zwingt, wird er uns begleiten und beschützen — und letzten Endes auch die Weißen bekämpfen, wenn ihm nichts anderes übrigbleibt.«

»Vielleicht wird's nicht dazu kommen«, flüsterte Tara unglücklich.

Wieder ergriff Mary das Wort, und Naomi dolmetschte lächelnd: »Sie sagt, du hast ein gutes Herz, Tara, und sie ist froh, daß du Jarretts Frau bist.«

Erfreut nickte Tara ihrer Schwiegermutter zu. »Danke, Mary.«

»Und sie hofft, du wirst Jarrett viele Söhne schenken«, fügte Naomi hinzu.

»Oh ...« Tara spürte, wie ihr Herz schneller schlug. »Was — was ist mit Lisa geschehen, Jarretts erster Frau?«

Unsicher wechselte Naomi einen Blick mit Mary, die ihr zunickte, dann antwortete die junge Indianerin: »Sie starb hier, in unserem Dorf.«

Taras Atem stockte. »Aber ...«

»Warum behaupten die Weißen unentwegt, wir hätten sie getötet?« fragte Naomi bitter. »Nur weil sie in unserer Mitte starb ...«

»Ja — warum?« drängte Tara.

»Unglücklicherweise überlebte sie ihre Niederkunft nicht«, erzählte Naomi leise. »James und Jarrett waren gerade unterwegs. Damals versuchten sie noch, gewisse Dinge ohne Blutvergießen zu klären. Außerhalb von Fort

King fand eine große Versammlung statt, an der sie teilnahmen. Lisas Baby sollte erst in zwei Monaten zur Welt kommen. Aber eines Morgens beschloß sie, bei Mary und mir auf Jarrett zu warten. Davon wußten wir nichts. Nachts kam Jeeves zu uns, voller Sorge, weil sie ihn nicht von ihrer Ankunft in unserem Dorf benachrichtigt hatte.«

»Mein Gott! Was ...«

»Sie war vom Pferd gestürzt. Mitten im Wald fanden wir sie. Meine Schwiegermutter versteht sehr viel von heilsamen Kräutern und Wurzeln, und sie tat ihr Bestes. Aber Lisa und das Baby starben. Das Kind tat keinen einzigen Atemzug, und seine Mutter verblutete.«

»Um Himmels willen.« Tränen glänzten in Taras Augen.

»Bei ihrem Sturz hatte sie schwere innere Verletzungen erlitten. Kein weißer Arzt hätte sie retten können. Aber sie starb hier bei uns. Und du kannst dir denken, wie die Menschen, die uns hassen, die Wahrheit verdrehen.«

Bedrückt starrte Tara vor sich hin. Was mochte Jarrett empfunden haben, als er heimgekehrt war und vom Tod seiner geliebten Frau erfahren hatte? Auch der Verlust seiner kleinen Tochter mußte ihm sehr nahe gegangen sein.

Nun begann Mary wieder zu sprechen, in ernstem, eindringlichem Ton, und Naomi übersetzte ihre Worte. »Sie sagt, du darfst dich nicht vor uns fürchten, Tara. Da sie Jarrett wie einen leiblichen Sohn liebt, litt sie mit ihm, als er Lisa verlor.«

Nach einer kurzen Pause fuhr die junge Indianerin lächelnd fort: »Und gestern war sie wütend, weil Jarrett dich unbedingt bestrafen wollte. Sie meinte, du würdest uns nicht kennen und deshalb Angst haben. Andererseits versteht sie, daß er dich davon abhalten möchte, jemals wieder allein durch den Wald zu reiten — nach Lisas schrecklichem Unfall. Dieses Dorf ist jetzt auch dein Zuhause. Mary heißt dich herzlich willkommen, und sie hofft, du wirst über alle Rassenunterschiede hinwegsehen und ihre Liebe erwidern.«

Wieder brannten Tränen in Taras Augen. Noch am Vortag hatten ihr die Seminolen kaltes Grauen eingejagt — und jetzt? Impulsiv stellte sie ihren Holzteller beiseite, kniete neben Mary McKenzie nieder und umarmte sie. Ihre Schwiegermutter drückte sie zärtlich an sich, dann schaute Tara in ihre klugen, dunklen Augen. »Bitte, Naomi, sag ihr, ich sei jahrelang nirgendwo so herzlich aufgenommen worden wie hier. Mir ist, als wäre ich nach Hause gekommen.«

Sie war froh, daß sie Mary kennengelernt und in Naomi eine Freundin gefunden hatte. Den Großteil des Tages verbrachte sie bei den beiden Frauen und ihren kleinen Nichten, Sara und Jennifer. Die lebhaften Kinder sprachen ausgezeichnet Englisch, denn James hatte darauf bestanden, daß sie diese Sprache erlernten. Später würden sie in einer Welt überleben müssen, wo die englisch sprechenden Weißen dominierten.

Sara, die ältere, kannte bereits die Verantwortung, die eine Frau in der Seminolen-Gesellschaft trug. Hier standen die Frauen nicht hinter den Männern zurück. »Meine Großmutter wohnt bei uns, weil ihre Familie im Lauf der Jahre auseinandergerissen wurde. Jetzt leben wir alle bei den Verwandten meiner Mutter, und wenn ich heirate, wird mein Mann zu uns ziehen.«

Lächelnd nickte Naomi. »Das stimmt. Aber der Krieg zerstört viele alte Traditionen.«

»Und was geschieht, wenn ein Mann zwei Frauen nimmt?« fragte Tara neugierig.

»Die zweite Frau wird von der Familie der ersten aufgenommen. Manchmal ist sie eine jüngere Schwester, vielleicht eine Witwe. Aber die Dinge ändern sich, und so leben wir da, wo wir uns am sichersten fühlen.«

Am späten Nachmittag kehrte Tara in Jarretts Hütte zurück, sank erschöpft auf das Bärenfell und dachte über die Erkenntnisse nach, die sie während der letzten Stunden gewonnen hatte. Sicher hätte sie sich gut mit Lisa verstanden. Nun konnte sie die Eifersucht auf ihre Vorgängerin endlich bezwingen.

Irgendwann mußte sie eingeschlafen sein, denn als sie die Augen öffnete, brannte ein kleines Feuer im Herd. Mit gekreuzten Beinen saß Jarrett neben ihr am Boden und beobachtete sie.

»Müde?« fragte er leise.

»Nun ja, gestern war's ziemlich anstrengend ...«

Zärtlich ergriff er ihre Hand. »Oh, du hast ja Blasen an den Fingern!«

»Nicht zum erstenmal.«

»Seltsam — hier glauben alle Leute, du würdest aus einer vornehmen Familie stammen. Wie konnte eine feine Lady Blasen an den Händen bekommen? Vorausgesetzt, du bist eine.«

»Und wenn ich keine bin?« fragte sie kühl. »Würde dich das stören?«

»Überhaupt nicht.« Er sprang auf, ergriff ihre Hand und zog sie hoch. »Komm! Ich habe doch angedeutet, heute würde ich dir noch eine Überraschung bereiten. Und jetzt ist es soweit.«

»Was hast du vor?«

»Das wirst du bald sehen. Du bist doch nicht so übel zurichtet worden, daß du nicht mehr gehen kannst?«

»Natürlich kann ich gehen.«

»Sonst würde ich dich tragen.«

»Auch wenn ich auf dem ganzen Weg schreie?«

»Dann hätten wir ein interessiertes Publikum«, feixte er.

Tara trat vor die Hütte, wo sie zögernd stehenblieb.

»Keine Angst«, flüsterte Jarrett ihr zu. »Ich werde dich vor all diesen Wilden beschützen.«

»Warum sollte ich mich fürchten — wo ich doch mit einem Wilden verheiratet bin?«

»Sehr gut!« erwiderte er und lachte leise. »Sieh nur zu, daß du das nie vergißt.«

Neugierige Blicke folgten ihnen, als sie durch das Dorf wanderten. Diesmal brutzelte ein Kalb über dem Gemeinschaftsfeuer. Die Männer reinigten die Gewehre und wetzten ihre Messer. Überall rannten spielende Kinder umher. Eifrig schabten Frauen und Mädchen mit scharfkantigen Muscheln über straff gespannte Tierhäute, um sie später zu Kleidern und Decken zu verarbeiten. Eine andere Frauengruppe zermahlte *Koonti*-Wurzeln, und einige jäteten Unkraut in einem kleinen Garten, wo Kürbisse und anderes Gemüse wuchsen. Dabei lachten und schwatzten sie. Freundlich begrüßten sie Jarrett und starrten Tara unverhohlen an. Jennifer und Sara warfen sich einen Ball aus zusammengerollten Kohlpalmenblättern zu. Sobald sie ihren Onkel und ihre Tante entdeckten, kamen sie angelaufen.

Jarrett schwenkte das kleinere Mädchen, das vor Vergnügen kreischte, hoch in die Luft, und Tara wirbelte Sara im Kreis herum. Sofort gesellten sich andere Kinder hinzu, die sich an diesem Spiel beteiligen wollten, und sie wurden nicht enttäuscht.

Nachdem das letzte Kind an die Reihe gekommen war, konnten Tara und Jarrett ihren Weg fortsetzen. Zwischen Zypressen und Palmen schlenderten sie zu einem Fluß, der die Farbenpracht der sinkenden Sonne widerspiegelte — tiefes Rot, leuchtendes Gelb und Orange. Kraniche und weiße und blaue Reiher tummelten sich am Ufer.

»Oh!« rief Tara erfreut. »Solche blauen Vögel habe ich in einer Ausstellung gesehen, auf Bildern von Mr. Audubon.«

»Ja, ein berühmter Jäger.«

»Er jagt die Reiher?« fragte sie entsetzt.

»Nun, er jagt alles. Und wenn er Vögel braucht, die er selber nicht erlegen kann, beauftragt er andere Männer, ihm welche zu bringen. Die stopft er dann aus, malt sie und schenkt ihnen auf diese Weise ein neues Leben.«

»Kennst du ihn?«

Jarrett nickte. »Ich mag ihn sehr. Seine Neugier ist geradezu unerschöpflich. Obwohl er zur Jagd geht, liebt er die Tiere und bewundert ihre Schönheit.« Während er sprach, zog er sich zu Taras Verblüffung aus. »Komm schon, beeil dich!«

Mit großen Augen starrte sie seinen nackten Körper an, der im rötlichen Abendlicht schimmerte. »Was soll das?«

»Sicher ist das Wasser angenehm warm. Heute hat den ganzen Tag die Sonne geschienen.«

»Aber ...«

»Es hat dir doch nichts ausgemacht, im Golf von Mexiko zu schwimmen. Und dieser seichte Fluß macht dir angst?« Lachend packte er eine der dicken Ranken, die von den Zypressenzweigen hingen, schwang sich aufs Wasser hinaus und fiel hinein. Die Vögel flatterten erschrocken empor, und wenig später tauchte Jarrett wieder auf. Glänzend klebte das nasse schwarze Haar an seinem Kopf. »Kommst du?«

»Aber — wenn da vielleicht Schlangen oder Alligatoren drin sind ...«

»Nicht an dieser Stelle. Hier baden sogar die Kinder.«

»Trotzdem schau ich dir lieber nur zu.« Tara setzte sich auf eine weiche Schicht aus Kohlpalmenblättern. »Hoffentlich hast du nicht vor, mich gewaltsam auszuziehen und zu einem Bad zu zwingen. Hier ist die Landschaft so schön, und ...« Bestürzt verstummte sie, als Jarrett ans Ufer watete. »Was willst du?«

»Ich finde deine Idee sehr gut.«

»Was meinst du?«

Lachend packte er ihre Hände und zog sie auf die Beine. »Daß ich dich gewaltsam ausziehen und dich zu einem Bad zwingen könnte.« Er drehte sie herum und begann die Häkchen ihres Kleides zu öffnen.

»Aber du kannst doch nicht ...«

»Natürlich kann ich, das weißt du. Halt endlich still! Ich will das Kleid nicht noch mehr ruinieren. Oder möchtest du nackt ins Dorf zurückkehren?«

»O Jarrett, zum Teufel mir dir!« schimpfte sie, während er das Kleid über ihre Schultern nach unten streifte. Rasch löste er die Bänder ihres Korsetts und befreite sie von den Unterröcken. Dann setzte er sie auf den Boden, um ihr die Schuhe, die Unterhose und die Strümpfe auszuziehen.

Unbehaglich folgte sie ihm über die Zypressenwurzeln zum Wasserrand. »Wenn da auch nur ein einziges Ungeheuer drin ist ...«

»Keins außer mir!« Mit einem Arm hob er sie hoch, mit der anderen Hand umklammerte er eine Ranke, und sie schwangen gemeinsam über den Fluß hinaus. Klatschend fielen sie ins klare Wasser, und Tara staunte, weil es viel wärmer war als die Luft. Sie riß sich von Jarrett los und schwamm davon.

Doch er holte sie sofort wieder ein, verschwand in den Wellen, packte sie an einem Fuß und zog sie hinab. Prustend und atemlos tauchten sie auf.

Wenig später erreichten sie eine Stelle, wo sie stehen konnten.

Entzückt betrachtete er Taras rosige Brustwarzen, die das prickelnde Wasser erhärtet hatten. Er zog sie an sich und streichelte ihre Hüften. Sie spürte seine Erregung. Als er mit ihr verschmolz, preßte sie die Lippen auf seine Schulter und genoß den sinnlichen Kontrast zwischen dem angenehm kühlen Wasser und der Hitze, die ihren Körper durchströmte. Dann hielt sie den Atem an, erstaunt über den intensiven Höhepunkt, den sie so schnell erreichte.

Kraftlos lehnte sie sich an Jarrett, und er hielt sie fest, bis sie ihr Gleichgewicht wiederfand. »Nun, freundest du dich allmählich mit meinem Paradies an?« flüsterte er.

»O ja . . .«, begann sie, dann unterbrach sie sich erschrocken.

Irgend etwas berührte sie von hinten. Und das konnte unmöglich Jarrett sein. Schreiend stieß sie ihn von sich.

»Tara . . .«

»Eine Schlange! Eine Riesenschlange!«

»Was?«

»Bring mich ans Ufer!«

»Das ist keine Schlange, sondern eine Seekuh, Tara. Die tut dir nichts. Schau doch, sie sieht aus wie ein häßlicher Delphin. Und sie ist an die Kinder gewöhnt, die hier spielen. Sie möchte nur gestreichelt werden.«

»Aber . . .«

Jarrett ließ Tara los und tauchte unter. Durch das kristallklare Wasser sah sie, wie seine Hände über die seltsame Kreatur wanderten. Die Seekuh glich tatsächlich einem häßlichen Delphin — etwa drei Meter lang, ein plumpes Geschöpf, das aber erstaunlich anmutig schwimmen konnte.

Plötzlich empfand auch Tara den Wunsch, das Tier zu berühren. Sie tauchte hinab, strich über die rauhe Haut, dann richtete sie sich wieder auf, um Luft zu schöpfen.

Jarrett, der im seichteren Wasser stand, hatte sie lächelnd beobachtet. »Da drüben wächst die Lieblingsspeise der Seekühe — Tropische Wasserpest.«

Sofort schwamm Tara zum anderen Ufer, pflückte eine der Pflanzen und brachte sie der Seekuh, die ihr schon entgegenschwamm. Das seltsame Tier hatte ein Gesicht wie ein Walroß mit Barthaaren. Vorsichtig nahm sie ihr die Pflanze aus der Hand, tauchte wieder unter und strich um ihre Beine herum.

Selbstvergessen spielte Tara mit ihrer neuen Freundin. Jarrett kletterte ans Ufer, setzte sich auf die weichen Kohlpalmenblätter und schaute ihr zu. Die Vögel, die er aufgescheucht hatte, waren zurückgekehrt. Rosig schimmerte das Gefieder der weißen Reiher und Kraniche im Abendlicht.

Ein letztes Mal tätschelte Tara die Seekuh, dann schwamm sie zum Wasserrand. Jarrett sprang auf, kam ihr entgegen und half ihr ans Ufer. Dann zog er sie an seinen warmen Körper, den die untergehende Sonne bereits getrocknet hatte.

»Ich mache dich ja ganz naß!« protestierte sie.

»Dann lasse ich mich eben wieder trocknen, zusammen mit dir.«

Als sie sich auf den Palmenblättern ausstreckten, meinte Tara: »Was für ein liebes Tier! Und so zutraulich ...«

»Ich hab's ja gesagt, sie will nur gestreichelt werden, so wie die meisten Lebewesen auf dieser Erde.« Lächelnd schmiegte er seine Wange an ihren Bauch.

»Du auch?«

»Natürlich.«

Heiße Liebe erfüllte ihr Herz, und während sie über sein feuchtes schwarzes Haar strich, erwachte ein neues Verlangen.

Längst war die Sonne untergegangen, nächtlicher Schatten verdunkelte das Land. Der Mond stieg am Himmel empor, bevor sie sich anzogen und ins Dorf zurückkehrten.

16

Drei Tage später wanderten sie wieder zum Fluß. Inzwischen hatte sich das Wetter verschlechtert. Für ein Bad war es zu kalt, und so setzten sie sich ans Ufer. Jarrett lehnte an einem Baumstamm, Tara an seiner Brust. In einträchtigem Schweigen beobachteten sie die Vogelschar.

Am nächsten Morgen würden sie nach Cimarron zurückkehren, was Tara zu ihrer eigenen Überraschung bedauerte. »Sie sind so friedlich«, sagte sie leise.

»Wer? Die Vögel?«

»Nein, ich meine die Indianer.«

Nachdenklich seufzte er. »Diese Menschen führen ein anderes Leben als wir, Tara. Manche Dinge sind so wie in unserer Welt, andere nicht. Vor allem besitzen sie einen ausgeprägten Gerechtigkeitssinn. Sogar der geringste aller Dorfbewohner darf seine Ansichten äußern. Aber jeder Mord wird mit dem Tod bestraft. Und wenn der Täter flieht, muß ein Mitglied seiner Familie für ihn büßen. Normalerweise wird der älteste Sohn von der Schwester des Häuptlings das neue Oberhaupt, ›Mico‹ genannt. Doch so vieles ändert sich. Jetzt ist James der Mico dieses Dorfs, weil Naomis männliche Verwandte fast alle gestorben sind. Osceola hat seine Häuptlingswürde nicht geerbt, sondern mit seinem Kampfgeist erobert.« Zögernd fuhr Jarrett fort: »Die Indianer lieben ihre Kinder. Aber manchmal — wenn das Geschrei eines Kindes den Angriff eines anderen Stamms heraufbeschwört, wird es von den Eltern getötet.«

»Um Himmels willen!« flüsterte Tara und erschauerte. Wie konnte man sein eigenes Fleisch und Blut umbringen? Andererseits — gerade sie wußte nur zu gut, daß familiäre Bindungen nicht die stärksten waren.

»Auch Ehebrecher werden streng bestraft«, fügte Jarrett hinzu. »Man schneidet ihnen die Ohren oder Nasen ab. Und ein betrogener Ehemann kann den Liebhaber der untreuen Frau zwingen, sie bei sich aufzunehmen. Wenn ein verheirateter Mann stirbt, muß die Witwe vier Jahre lang mit wild zerzaustem Haar um ihn trauern. Sollte sie sein Andenken entehren, indem sie mit einem anderen schläft, darf sie von den Verwandten ihres verstorbenen Mannes getötet werden.«

»In diesem Dorf habe ich niemanden mit abgeschnittenen Ohren gesehen.«

»Weil sich die Frauen hier gut benehmen«, erwiderte Jarrett leichthin.

»Hm«, murmelte sie, und seine Arme umfingen sie noch fester.

»Die Indianer glauben an das Gute und Böse, an ein höheres Wesen, das sie verehren. Dieser Große Geist regiert über Himmel und Erde, und er ist der Herr allen Lebens. In ihrem irdischen Dasein bemühen sie sich, Gutes zu tun, und hoffen auf einen Lohn im Himmel, wo die Sonne aufgeht. Wo sie versinkt, liegt die Hölle, wo alle Bösen in einer Feuerhölle bestraft werden.«

»So ähnlich wie im christlichen Glauben ...«

»Übrigens, hast du mir schon verziehen?«

»Nun, es gibt Vergeben und Vergessen. Und vergessen kann ich diesen schrecklichen Tag sicher nicht.«

»Wenn du mir nächstes Mal den Gehorsam verweigerst, werde ich dir zwar weder die Ohren noch die Nase abschneiden, aber dein Hinterteil gründlich versohlen.«

»Hör mal, Jarrett, und du ...«

»Ja, ich weiß, du bist ganz versessen auf meinen Skalp.« Lächelnd küßte er ihre Stirn. »Gehen wir ins Dorf zurück. Vor unserer Abreise möchte ich noch einige Zeit mit der Familie und meinen Freunden verbringen.«

Er aß mit den Kriegern zu Abend, Tara mit Mary, Naomi und den Kindern. Als die beiden kleinen Mädchen schliefen, blieben die drei Frauen in der Hütte und unterhielten sich leise.

Durch die offene Tür beobachtete Tara ihren Mann, der neben James am Lagerfeuer kauerte und lebhaft auf die Indianer einsprach. In dieser Nacht teilte er mit seinem Bruder den ›Black Drink‹. Bald legte der eine den Arm um die Schultern des anderen — der Laufende Bär und der Weiße Tiger.

»Wie nahe sich die beiden stehen ...«, flüsterte Naomi.

Mit gekreuzten Beinen saß Tara am Boden, die Ellbogen

auf ihre Knie gestützt. »Um die Wahrheit zu gestehen — ich weiß fast nichts über Jarrett.«

»Vielleicht weißt du genug«, erwiderte Naomi lächelnd.

»Er vermißt Lisa immer noch.«

»Aber du bereitest ihm soviel Freude.«

Skeptisch hob Tara die Brauen. »Glaubst du? Als ich hierhergebracht wurde ...«

Naomi lachte. »Da war er dir natürlich böse, weil er dachte, du hättest die Flucht ergriffen.«

»Aber ich wollte nur Mr. Treat besuchen.«

»Robert?«

»Du kennst ihn?«

»O ja. Er ist Jarretts bester Freund und kommt oft zu uns. Jedesmal bringt er den Kindern Süßigkeiten aus New Orleans mit, und sie lieben ihn sehr.«

»Ich mag ihn auch.«

»Vorsicht! Wenn du eine Seminolen-Frau wärst, könntest du deine Ohren aufs Spiel setzen.«

»Nun, ich bin eine Weiße, und in Robert sehe ich nur einen guten Freund.«

»Das beruhigt mich.« Naomi zeigte zur Tür. »Da kommen die Männer«, verkündete sie und wandte sich zu Mary, die im Hintergrund der Hütte hockte und an einem Hemd nähte.

Ehe Naomi ihre Worte wiederholen konnte, nickte Mary. »Meine Söhne.«

Der restliche Abend verlief sehr erfreulich für Tara, denn Mary erzählte ihr von Jarretts Kindheit. Dann schilderte sie, wie man ihn zum Krieger ernannt, seinen Körper blau bemalt und ihm den Namen ›Weißer Tiger‹ gegeben hatte. James fungierte als Dolmetscher. Manchmal schmückte er die Geschichten ein wenig aus und brachte seine Schwägerin zum Lachen. Aber Jarrett verbesserte ihn beharrlich und geduldig.

»Du hättest sehen sollen, wie er die Wassermokassinschlange fing, Tara«, bemerkte James.

»Eine giftige Schlange?«

James nickte. »Damals war ich noch ganz klein. Jarrett hätte die Schlange nicht anfassen dürfen, aber sie war aus dem Fluß zu uns ans Ufer gekrochen, und er mußte natürlich den großen Krieger mimen, der all die anderen Jungs beschützte.«

»O James«, stöhnte Jarrett, »diese Geschichte ...«

Unbeirrt fuhr sein Bruder fort: »Also packte er die Schlange und wagte nicht, sie wieder loszulassen. Stundenlang saß er am Fluß und wartete, bis er von Vater erlöst wurde.«

»Das dauerte vier oder fünf Stunden«, murmelte James.

Lächelnd schüttelte Mary den Kopf und hob zwei Finger.

»Aber mir kam's wie eine Ewigkeit vor.«

Bald danach kehrten Tara und Jarrett in ihre eigene Hütte zurück. Müde und zufrieden schlüpfte sie aus ihren Kleidern und streckte sich zwischen den Felldecken aus. Doch dann fiel ihr etwas ein, und sie richtete sich wieder auf. »Jarrett, als James mich ins Dorf brachte, war Osceola hier. Seither habe ich ihn nicht mehr gesehen. Wo ist er?«

Jarrett zuckte die Achseln und zog sein Hemd aus. »Obwohl er mit Mary und James verwandt ist, lebt er bei seiner eigenen Familie.«

»Und warum kam er in dieses Dorf?« fragte sie zögernd. »Um Männer für seinen Kampf zu holen, nicht? Weil er weiße Siedler angreifen will?«

»Wie soll ich das wissen, Tara!« entgegnete er ungeduldig.

»Doch, du weißt es!« beschuldigte sie ihn.

»Osceola führt einen Krieg. Unter solchen Umständen weiht er mich nicht in seine Pläne ein.«

»Aber wenn er dich braucht, wird er dich aufsuchen.«

»Und wenn ich ihn brauche, gehe ich zu ihm.« Er kroch unter die Pelzdecke und nahm seine Frau in die Arme.

Nicht einmal seine verführerische Nähe konnte Taras Sorge verdrängen. Da er ihren Fragen ausgewichen war, sah sie ihre Vermutung bestätigt. Zweifellos trommelte Osceola so viele Krieger wie nur möglich zusammen, um die Weißen zu attackieren.

Die Stute Celine war längst alleine nach Hause gelaufen, und so saß Tara vor Jarrett auf dem Rücken Charlemagnes, der das zusätzliche Gewicht nicht zu spüren schien. Zum Abschied hatte sie Mary, Naomi, die Kinder und sogar James umarmt. Alle Dorfbewohner hatten ihr freundlich zugewinkt, was sie tief berührte. Wie konnte Jarrett es nur ertragen, im Kreuzfeuer zweier Welten zu stehen? Hoffentlich würde er das grausige Blutvergießen überleben.

Während sie durch den Wald ritten, schlief sie ein, an die Brust ihres Mannes gelehnt. Sie erwachte erst, als er am Ufer eines Bachs anhielt. Beide tranken von dem klaren Wasser, auch der Rotschimmel stillte seinen Durst.

Dann wandte sich Jarrett nach rechts, und Tara folgte ihm. Zu ihrer Verwunderung blieb er vor einem ausgehöhlten, gefällten Baum stehen, über den sich ein Pfahl spannte, von gekreuzten Stangen gestützt, wie ein Bratspieß. Kleidungsstücke und Felle hingen daran. Über Flaschenkürbissen und Schüsseln mit verfaulten Speisen schwirrten zahllose Fliegen.

Ein Grab, dachte Tara. Unbehaglich schaute sie Jarrett an, der mit leiser Stimme erklärte: »Hier hat ›Kleiner Wilder‹ seine letzte Ruhestätte gefunden.«

»Ein Freund?«

»Früher kannte ich ihn.«

»Hat er an einer tödlichen Krankheit gelitten?«

»Da liegen noch seine Waffen, das Gewehr und der Speer, bereit für die Geisterwelt. Er fiel auf dem Schlachtfeld.«

»Ein Krieger stirbt lieber im Kampf als im Bett, nicht wahr?«

»Vielleicht. Er war erst fünfzehn. Viel zu jung ... Reiten wir nach Hause.« Jarrett hob sie wieder aufs Pferd.

Wenig später erreichten sie den Zypressenwald, wo die folgenschwere Begegnung zwischen Tara und Osceola stattgefunden hatte. Und dann überquerten sie den Rasen von Cimarron. Das Glücksgefühl, das sie beim Anblick des Hauses empfand, erstaunte sie selbst. Als sie es verlassen hatte, war es immer noch Lisas Heim gewesen.

Jetzt sah sie keine Feindin mehr in Lisa. Cimarron blieb das Zuhause ihrer Vorgängerin, war aber auch ihr eigenes geworden.

»Ah, Jeeves eilt uns entgegen!« rief Jarrett. »Sicher wird er uns heute ein Festmahl auftischen.«

»Aber vorher möchte ich baden«, wandte Tara ein.

»Dieser Wunsch kann leicht erfüllt werden.« Geschmeidig schwang er sich vom Pferderücken und hob seine Frau herunter. Peter kam angelaufen, um Charlemagne in Empfang zu nehmen, und Jeeves strahlte übers ganze Gesicht.

»Willkommen daheim, Mrs. McKenzie! Wir haben Sie schmerzlich vermißt.«

»Danke, Jeeves.«

»Sie möchte baden«, verkündete Jarrett.

»Das dachte ich mir bereits, Sir, und da Sie mich über Ihre Rückkehr verständigt hatten, war ich so frei, die Wanne nach oben bringen zu lassen. Sie ist zur Hälfte mit heißem Wasser gefüllt, und über dem Feuer hängen weitere Kessel.«

»Oh, vielen Dank, Jeeves!« Tara überraschte den Butler mit einer stürmischen Umarmung. War eine solche Geste auf Cimarron verpönt? Nun, das kümmerte sie nicht. Lächelnd rannte sie ins Haus und die Treppe hinauf. Endlich wieder daheim ...

Im Schlafzimmer wartete tatsächlich eine dampfende

Wanne. Tara begann sich auszuziehen, doch dann hielt sie zögernd inne. War es absurd, daß sie sich so glücklich fühlte? Vielleicht liebte Jarrett sie gar nicht. Aber immerhin bereitete sie ihm Freude, wenn man Naomi glauben durfte. Und mit der Zeit ...

Plötzlich ballte sie die Hände und wünschte, es gäbe keine Geheimnisse in ihrem Leben. Könnte sie ihrem Mann doch die Wahrheit anvertrauen ... Sonst würde die Vergangenheit immer zwischen ihnen stehen. Aber hätte sie ihm alles erzählt, wäre sie jetzt vermutlich nicht hier. Und sie durfte es nicht riskieren, ihn einzuweihen.

Mit ihren schmerzlichen Erinnerungen mußte sie allein fertig werden. Inständig hoffte sie, bald zu erfahren, was mit William geschehen war. Solange sie sich von ihm fernhielt, würde ihm keine Gefahr drohen.

Das Bad wartete, eine Dampfwolke wehte zu ihr. Schnell schlüpfte sie aus ihrer restlichen Kleidung, goß noch etwas Wasser in die Wanne und setzte sich hinein. Neben ihr, auf einem kleinen Schemel, lagen ein zusammengefaltetes Badetuch und eine Seife, die nach Rosen duftete.

Sie mußte die Vergangenheit endlich vergessen. Sie schloß die Augen, lehnte sich entspannt zurück und legte ihren Kopf an den Wannenrand. Nur die Zukunft zählte.

Plötzlich spürte sie, daß sie nicht mehr allein war und öffnete die Augen. Jarrett stand vor ihr. Wieder einmal war er mit lautlosen Schritten zu ihr gekommen. Nun musterte er sie nachdenklich. Wie gut sie diesen prüfenden Blick inzwischen kannte, die leicht gerunzelte Stirn, die zusammengepreßten Lippen. Das alles kannte — und liebte sie. »Du hättest anklopfen können«, tadelte sie leise.

»Aber ich wohne hier — und du bist meine Frau.«

Sollte das die Aufforderung zu einem Streit sein? Darauf würde sie nicht eingehen. Lächelnd senkte sie den Blick. »Oh, ich habe auch gar nicht erwartet, daß du anklopfen würdest. Dafür kenne ich dich inzwischen viel zu gut.«

Zu gut — doch sie wußte immer noch viel zu wenig.

Er kniete neben der Wanne nieder. »Ja, jetzt kennst du meine dunklen Geheimnisse.«

»Alle?«

»Alle«, bestätigte er. »Und deshalb dachte ich, du könntest mir auch *deine* Geheimnisse verraten.«

Plötzlich schien das Badewasser zu erkalten. »Ich — ich kann dir nicht sagen ...«

»Warum träumst du von William? Hast du Angst um ihn?«

»Solange er von mir getrennt ist, wird ihm nichts zustoßen.«

»Tara ...«

»Bitte, ich habe dir doch versichert, ich sei unschuldig.«

»Aber weshalb wurdest du verfolgt? Ich weiß so gut wie gar nichts von dir. Was für Anhaltspunkte habe ich denn? Du kannst nähen, und du hattest schon einmal Blasen an den Händen. Obwohl wir uns in einem besseren Freudenhaus kennenlernten, warst du ein unberührtes Mädchen. Deine Manieren und deine Sprechweise sind untadelig. Dein Tonfall verrät keinen Akzent. Bist du in einer vornehmen Familie aufgewachsen — oder als Straßenkind?«

»Du hast erklärt, das würde keine Rolle spielen.«

»Natürlich ist es unwichtig. In unserer neuen Welt können wir alle Vorurteile vergessen. Hier kommt es nicht auf die Herkunft an, sondern auf Mut und innere Kraft — Tugenden, die du zweifellos besitzt, Tara.«

Ihre Lippen zitterten. »O Jarrett, du hast versprochen, nichts mehr zu fragen.«

»Ja, ich weiß«, erwiderte er ungeduldig. »Hätte ich dir doch nie mein Wort gegeben ... Aber nun mußt du mir auch was versprechen.«

»Was?«

»Lauf mir nie wieder davon!«

»Ich bin dir doch gar nicht davongelaufen.«

»Ach ja, du wolltest Robert besuchen. Um ihn auszuhorchen. Aber das ist jetzt nicht mehr nötig. Du weißt Bescheid über mich. Während du mir nach wie vor ein Rätsel bleibst.«

»Ich bin deine Frau, und ich habe dir alles gegeben ...«

»Nicht alles.« Langsam strich sein Finger über ihre Lippen.

»Alles, was ich dir geben kann.« Mühsam schluckte sie. Hatte sie ihm zuviel geschenkt — zu schnell? Sie durfte nicht vergessen, daß er immer noch Lisa liebte. Und sie selbst, seine zweite Frau, konnte ihm nur die flüchtigen Freuden körperlicher Liebe schenken — aber die Leere in seinem Herzen nicht füllen.

Abrupt sprang er auf, hob Tara aus der Wanne und hüllte sie in das große Badetuch. Dann trug er sie zum Bett, legte sie darauf, riß sich die Kleider vom Leib.

Diesmal war er kein zärtlicher, behutsamer Liebhaber. In verzweifelter Leidenschaft stillte er seine Lust, und Tara konnte es kaum fassen, wie schnell die wilde Ekstase ihren ganzen Körper erschütterte.

Müde und zufrieden lag sie in seinen Armen. Es genügte ihr, einfach nur Jarretts Nähe zu spüren, seine Wärme.

Trotzdem hörte sie sich fragen: »Wie war sie?«

Sie spürte, wie er sekundenlang den Atem anhielt. »Wer?«

»Lisa.«

»Um Gottes willen, Tara ...«

»Bitte, Jarrett, ich möchte so gern etwas mehr über sie wissen.«

Er schwieg so lange, daß sie schon fürchtete, er würde niemals antworten. Doch dann begann er zu sprechen, leise und zögernd.

»Als wir uns kennenlernten, waren wir beide noch sehr

jung. Sie wurde in St. Augustine geboren, und ihr Vater war ein reicher Pelzhändler. Um mit den Indianern Geschäfte zu machen, reiste er immer wieder über die ganze Halbinsel, und Lisa begleitete ihn oft. Sie liebte Florida und die Indianer, und sie war so optimistisch, so unerschütterlich in ihrem Glauben, alle Probleme würden sich bald lösen. Und dann erwartete sie ein Baby. Dieses Kind hatten wir uns sehnlichst gewünscht ...« Nach einer kurzen Pause fügte er tonlos hinzu: »Sie hätte niemals zum Dorf meines Bruders reiten dürfen.«

»Es tut mir so leid«, flüsterte Tara und schmiegte ihre Wange an seine Brust.

Er sagte nichts mehr, aber er nahm sie noch fester in seine Arme.

TEIL III

Der Kreis schließt sich

17

Wenn Tara später an die Tage nach der Heimkehr dachte, erinnerte sie sich an eine Zeit reinen Glücks. Jeden Morgen ritt Jarrett mit ihr aus und erklärte ihr, wie er die Plantage verwaltete. Abends saßen sie gemütlich beisammen. Und wenn er sie nachts umarmte, entführte er sie ins Paradies.

Manchmal brachte sie Blumen auf den Friedhof. Falls Jarrett das bemerkte, sprach er nicht darüber.

Wann immer er sie nachdenklich beobachtete, wußte sie, daß ihn die unbeantworteten Fragen bedrückten. Aber er bedrängte sie nicht. Vermutlich wollte er einen geeigneten Augenblick abwarten, um Erklärungen zu verlangen. Oder er hoffte, sie würde freiwillig von ihrer Vergangenheit erzählen. Dazu konnte sie sich noch immer nicht aufraffen — aus Angst, das friedliche Idyll zu zerstören.

Zärtlich und leidenschaftlich schlief er mit ihr. Doch das Wort ›Liebe‹ kam nicht über seine Lippen. Trotzdem genoß Tara die ehelichen Freuden.

Eines Tages ritten sie zu Robert Treat, weil Jarrett geschäftliche Dinge mit ihm besprechen wollte.

Wild Oak, wie Robert sein hübsches rotes Ziegelhaus nannte, war kleiner als Cimarron. Im Erdgeschoß befanden sich vier Räume — ein Salon, ein Speisezimmer, ein sogenanntes Sonnenzimmer an der Ostseite und die Bibliothek, wo die kurze Besichtigungstour beendet wurde.

Beim Anblick der unzähligen Bücher stockte Taras Atem. An drei Wänden reichten die Regale vom Boden bis zur Decke. Da gab es französische und italienische Werke, politische und wissenschaftliche Abhandlungen, Opernpartituren, Defoe, Bacon, Shakespeare, Molière — fast die gesamte Weltliteratur.

»Das ist ja eine richtige Schatzkammer!« rief Tara entzückt, und Robert wandte sich lächelnd zu seinem Freund. »Ich glaube, hier können wir deine Frau unbesorgt allein lassen, während wir über langweilige Dinge wie landwirtschaftliche Produkte, Bestellungen und Schiffsfahrpläne reden.«

Aber Jarrett ging zu einem Regal, nahm einen großen Lederband heraus und legte ihn auf den Eichentisch in der Mitte des Raums. Dann schlug er die erste Seite auf und winkte Tara zu sich. Interessiert betrachtete sie ein Aquarell, das einen Fluß zeigte. Eichenzweige, mit Moos behangen, wölbten sich über dem Wasser.

Jarrett blätterte weiter. Auf dem nächsten Bild war eine Dschungelszene zu sehen. »Erzähl Tara davon, Robert.«

»Sicher würde sie lieber auf eigene Faust in meiner Bibliothek herumstöbern.«

»Haben Sie diese Aquarelle gemalt, Robert?« fragte sie verwundert.

Zögernd nickte er und kam zum Tisch. »Hier sehen Sie Pinien, Steineichen und Florida-Rosmarin. In diesem Dickicht hausen zahlreiche wilde Tiere — Schildkröten, Waschbären, Stinktiere, Füchse, Virginia-Hirsche, Schwarzbären, Virginische Wachteln, Spechte und viele andere.« Er schlug eine weitere Seite auf. »Und das ist ein Sumpfgebiet, wo Zypressen dominieren — und Alligatoren.« Das nächste Blatt zeigte eine dürre Prärie, gefolgt von einer Landschaftsszene auf der Spitze der Halbinsel. »Ein Wasserfall, der von Felsen herabstürzt.«

»Wie schön!« Nun begann Tara selber in dem Buch zu blättern, bewunderte Federzeichnungen und Aquarelle von Vögeln und Insekten. »Diese Bilder müssen Sie unbedingt veröffentlichen, Robert.«

»Vielleicht, eines Tages.«

Neben dem Bild einer alten Mission schilderte ein kurzer Text die Bemühungen der Spanier, die Indianer zu christianisieren, kurz nach der Entdeckung Floridas.

»Damals war die Situation noch schwieriger als jetzt«, erklärte Robert. »Die spanischen Soldaten kamen nicht gut mit den Eingeborenen aus. Dann traf der erste Missionar in Florida ein, Cancer de Barbastro, und andere folgten ihm. Darüber freute sich der spanische König, denn er meinte, die Entdecker wären Tyrannen gewesen, die nur Unheil angerichtet hätten. Nun hoffte er, die Priester würden es besser machen. Cancer schickte ein paar Männer in die Wildnis, die von den Indianern gefangengenommen wurden. Als er sich selber in den Dschungel wagte, ein Kreuz über dem Kopf erhoben, erging es ihm genauso.«

»Trotzdem fuhren weitere Missionare übers Meer«, ergänzte Jarrett. »In Havanna lernten die Priester von Gefangenen aus Florida die Indianersprachen. Ein Priester namens Vater Corpa unterrichtete die Indianer in einer Mission im nördlichen Florida. Eines Tages beging er den Fehler, einen Häuptlingssohn zu beschimpfen. Da wurde der arme Priester getötet, als er gerade betete. Und danach zog der Häuptlingssohn mit seinen Freunden von einer Mission zur anderen, um alle Geistlichen niederzumetzeln.«

Stöhnend verdrehte Robert die Augen. »Wenn du deiner Frau solche Geschichten erzählst, wird sie unser Paradies ganz sicher liebgewinnen.«

»Haben die Missionare nicht erkannt, daß es besser gewesen wäre, ihre Aktivitäten aufzugeben?« fragte Tara.

»Das schlug der König vor«, entgegnete Robert, »aber

die Priester wollten ihre heilige Pflicht erfüllen und blieben hier. Dann verlangten die Spanier eine Getreidesteuer von den Indianern. Die sollten alle Häuptlinge an den Sammelstellen abliefern. Die Priester wußten, daß die Indianer das niemals tun würden und wollten nach Havanna segeln, um die Order widerrufen zu lassen. Aber das Schiff ging unter, bevor sie ihr Ziel erreichten. So brach ein Krieg zwischen den Indianern und den Weißen aus.«

»War die Missionsarbeit damit beendet?«

»Vorerst nicht. Aber 1702 kam Gouverneur Moore von South Carolina nach Florida und bekämpfte die Spanier. Die Missionen wurden dem Erdboden gleichgemacht. Unter britischer Herrschaft wurde die Missionarsarbeit in Florida beendet. Als das Land wieder in den Besitz der Spanier gelangte, fehlte ihnen das Geld, um die Missionen wieder aufzubauen. Für Spanien war Havanna stets der wichtigste Hafen in der Neuen Welt. Florida wurde zur Last, und unsere Regierung förderte diese Entwicklung nach Kräften — vor allem Jarretts guter alter Freund, Andy Jackson.«

»Ich habe nie behauptet, ich würde alle Maßnahmen Jacksons billigen«, warf Jarrett ein.

»Das weiß ich. Sicher sind Sie zu jung, um sich daran zu erinnern, Tara. Damals gab's einen Riesenwirbel, weil Jackson spanische Positionen angriff, obwohl seine Truppen im Auftrag der Regierung nur gegen die Indianer vorgehen sollten, die in Alabama und Georgia eingedrungen waren und amerikanische Siedler bedrohten. Das geschah kurz nach dem Krieg von 1812. Hätten die Engländer gesiegt, wäre den Indianern in Nord-Florida vielleicht Land zugefallen, das jetzt den Vereinigten Staaten gehört. Aber diesen Krieg hatten die USA gewonnen. Nun hetzten die Engländer die Indianer gegen die Amerikaner auf, und Jackson wandte brutale Mittel an.«

Bestürzt runzelte Tara die Stirn. »Du hast unter diesem General gekämpft, Jarrett?«

»Nicht gegen die Indianer«, erwiderte er ärgerlich. »Nur in New Orleans. Er war ein hervorragender Kommandant — aber manchmal unmenschlich. Er nahm den Spaniern Land weg, wozu er kein Recht hatte, und er setzte alles daran, um die Indianer von ihrem angestammten Grund und Boden zu vertreiben ... Entschuldigt mich jetzt, ich brauche frische Luft!« Ohne ein weiteres Wort verließ er die Bibliothek.

Tara starrte Robert verwirrt an, und er seufzte tief auf. »Leider war's ein Fehler, von alten Zeiten zu reden.«

»Warum?«

Er schlug eine andere Seite seines Buchs auf, ein Aquarell, das James und Jarrett Rücken an Rücken zeigte, mit ernsten Mienen. Jarrett trug einen dunklen Gehrock, eine enge Hose, ein weißes Rüschenhemd und hohe Stiefel, sein Bruder Lederkleidung im Indianerstil. An James' Hals hing ein silberner Halbmond, ein rotes Tuch war um sein rabenschwarzes Haar geschlungen. »Beide lieben dieses Land leidenschaftlich«, erklärte Robert. »Und beide sind in die Schwierigkeiten Floridas verstrickt. Jarrett kämpfte stets für die große Zukunft seines Paradieses und verschloß die Augen vor der Indianerfrage. Er setzte sich für den Bau von Schulen und Straßen ein, und er wünschte stets, daß Florida offiziell zum Bundesstaat erklärt wird. Doch jetzt kann er sich nicht mehr in die Politik einmischen. Weil wir uns im Kriegszustand befinden — und weil er zwischen den Seminolen und den Weißen steht.«

»Trotzdem versucht er, seinen Einfluß zu nutzen.«

»Ja, und es gibt noch andere, die zur Mäßigung raten und erkennen, welches Unrecht den Indianern geschehen ist. Aber ihre Stimmen verhallen wie die Schreie einsamer Wölfe, die nachts den Mond anheulen. Straßen werden gebaut, das amerikanische Territorium wächst. Immer mehr Leute fordern die Vertreibung der Indianer. Trotzdem tut Jarrett sein Bestes, und ich habe großen Respekt vor ihm.«

Tara nickte und küßte Robert auf die Wange. »O Robert, Sie sind ein wunderbarer Freund.«

»Danke. Nun werde ich zu ihm gehen. Wir müssen unsere geschäftlichen Angelegenheiten erörtern. Sehen Sie sich inzwischen hier um.«

»Sehr gern.« Lächelnd schaute sie ihm nach, als er aus der Bibliothek eilte, dann blätterte sie wieder in dem großen Lederband.

Die Federzeichnung einer schönen Indianerin erregte ihr besonderes Interesse. In anmutiger Haltung neigte sich die junge Frau zu einem Bach hinab, um ihr Gesicht mit klarem Wasser zu kühlen. Sie war sehr ausdrucksvoll dargestellt, also mußte Robert sie gekannt haben.

Nachdenklich schloß Tara das Buch. Sollte sie ihn nach dem Mädchen fragen? Aber vielleicht würde er das zu indiskret finden.

Sie stellte den Lederband ins Regal zurück, dann vertiefte sie sich in einen Piratenroman. Gefesselt von der dramatischen Handlung, merkte sie nicht, wie die Dunkelheit hereinbrach. Plötzlich spürte sie, daß sie beobachtet wurde, hob den Kopf und sah Jarrett auf der Schwelle stehen.

»Gefällt dir die Bibliothek, Tara?«

»O ja, aber deine fasziniert mich genauso.«

»Unsere«, verbesserte er sie.

Das Blut stieg ihr in die Wangen. »Unsere«, stimmte sie leise zu.

Lächelnd ging er zu ihr, küßte ihre Stirn und zog sie vom Stuhl hoch. »Das Dinner ist serviert.«

Erst am späten Abend kehrten sie nach Cimarron zurück. Tara zog sich allein ins Schlafzimmer zurück, weil ihr Mann den Aufseher Rutger über die geschäftlichen Dinge informieren wollte, die er mit Robert besprochen hatte.

Eine Stunde später kam er zu ihr, und da schlief sie schon. Doch sie war sofort hellwach, fühlte seinen warmen Körper neben sich, seine leidenschaftlichen Küsse auf ihren Lippen.

Am nächsten Morgen waren genau zwei Wochen seit der Rückkehr aus dem Indianerdorf verstrichen. Tara pflückte Blumen vor der Veranda. Unbehaglich richtete sie sich auf, als sie ein Kriegsschiff entdeckte, das sich dem Dock näherte. Sie lief in den Hausflur, wo sie Jeeves antraf. »Offensichtlich bekommen wir Besuch von Captain Argosy. Wie viele Offiziere ihn begleiten, weiß ich nicht. Aber ich glaube, beim Dinner müssen wir mindestens drei zusätzliche Gedecke auflegen.«

Jeeves nickte. »Gut, ich werde der Köchin Bescheid sagen, Mrs. McKenzie.«

Seufzend reichte sie ihm den Strauß, den sie gepflückt hatte. »Bitte, stellen Sie die Blumen in eine Vase, hier im Flur, kümmern Sie sich um die Speisenfolge und wählen Sie die Weine aus ... Jeeves, diesmal muß ich herausfinden, was den Captain hierherführt.«

Ohne eine Antwort abzuwarten, rannte sie aus dem Haus und zum Dock hinab. Jarrett inspizierte gerade die Felder. Natürlich würde man ihn inzwischen über die Ankunft der Soldaten informiert haben, aber er war noch nicht eingetroffen. Auch Rutger ließ sich nirgends blicken. Nur Leo Hume stand am Dock. »Guten Morgen, Mrs. McKenzie!« grüßte er.

»Guten Morgen.« Lächelnd trat sie an seine Seite, und er musterte sie unsicher. Aber sie rührte sich nicht von der Stelle.

Wenig später legte das Schiff an, und Captain Argosy ging als erster von Bord. »Guten Tag, Mrs. McKenzie!« Höflich neigte er sich über ihre Hand. »Hallo, Leo.«

»Willkommen, Sir. Mr. McKenzie wurde bereits verständigt, er wird gleich kommen.«

»Danke, Leo. In Mrs. McKenzies Gesellschaft warte ich sehr gern auf ihren Mann. Sie ist viel hübscher als er.«

»Oh, Sie Schmeichler!« Kokett senkte Tara den Blick. »Welchem Umstand verdanken wir Ihren erfreulichen Besuch?«

»Nun, ich weiß nicht recht, ob Sie sich freuen werden. Wir müssen Ihnen Jarrett entführen.«

»Oh ...«

»Hoffentlich nicht für lange. Zu meinem Bedauern läßt es sich nicht vermeiden.«

Nun konnte sie nichts mehr sagen, denn Jarrett galoppierte über den Rasen, sprang von Charlemagnes Rücken und schüttelte seinem Gast die Hand. »Hallo, Tyler! Was gibt's?«

Der Captain warf einen kurzen Blick auf Tara. »Vielleicht sollten wir uns lieber in deiner Bibliothek unterhalten.«

Rasch mischte sie sich ein. »Vielleicht könnten wir uns *alle* in der Bibliothek unterhalten.«

»Tara ...«, begann Jarrett.

»Besuchen Sie uns heute allein, Captain?« fragte sie. »Wo sind Ihre jungen Sergeants?«

Energisch umfaßte Jarrett ihre Schultern und schob sie in Richtung des Hauses. »Meine Liebe, du solltest Jeeves mitteilen, daß Captain Taylor unser einziger Gast ist.«

»*Mein Lieber*», erwiderte sie, schüttelte seine Hände ab und wandte sich wieder zu ihm, »ich habe bereits mit Jeeves gesprochen.«

»Aber er kann noch nicht wissen, daß Taylor allein zu uns kommt. Bevorzugst du einen bestimmten Wein, mein Freund?«

»O ja, den köstlichen Bordeaux, der uns letztes Mal kredenzt wurde.«

»Tara, wenn du dich bitte darum kümmern würdest ...«

»Nun, später mußt du mir ohnehin erzählen, was los ist!« warnte sie ihren Mann und eilte erbost zum Haus hinauf.

Auf der Veranda angekommen, blickte sie zum Dock

hinab, wo die Männer stehengeblieben waren und ernsthaft miteinander sprachen. Leo und ein paar Matrosen, die sich inzwischen hinzugesellt hatten, hörten sichtlich bestürzt zu. Sie verständigte Jeeves, dann wartete sie im Flur auf Jarretts und Argosys Ankunft. Doch die beiden hatten vermutlich beschlossen, ihre Unterredung am Flußufer fortzusetzen. Jeeves kehrte zurück, nachdem er einige Vorbereitungen getroffen hatte, und Tara beklagte sich: »Ständig versuchen die Männer, ihren Frauen schlimme Nachrichten zu ersparen. Und die Ehemänner der Frauen, die in ihren Häusern massakriert wurden, haben ihnen vorher sicher nicht erzählt, sie würden bald ihren Skalp verlieren!«

»Aber Mrs. McKenzie, Sie wissen doch, daß Sie nicht in Gefahr schweben.«

Sekundenlang schloß sie die Augen. Guter Jeeves — er konnte nicht ahnen, welche Gefahren ihr da draußen in der Welt auflauerten ... »Tut mir leid ... Wollten Sie mir etwas mitteilen?«

»Mr. McKenzie läßt Ihnen ausrichten, er würde mit Captain Tyler erst zum Dinner zurückkommen. Um sechs erwartet er Sie im Speisezimmer.«

»Danke, Jeeves.«

Was wurde ihr verheimlicht. Die Zeitungen trafen immer noch ein, wenn auch mit Verspätung. Also würde sie irgendwann erfahren, wie die neue politische Situation aussah.

Bedrückt ging sie ins Schlafzimmer hinauf und ließ sich einen kleinen Imbiß servieren. Am Nachmittag begann sie sich für das Dinner umzukleiden. Sie wählte ein tief ausgeschnittenes smaragdgrünes Kleid, legte eine Perlenkette an und steckte ihr Haar kunstvoll hoch. Als sie etwas Parfum auf ihre Ohrläppchen tupfte, klopfte es an der Tür.

Das konnte unmöglich Jarrett sein. Der klopfte niemals an.

Als sie die Tür öffnete, stand Robert vor ihr, und sie umarmte ihn erfreut.

»Wenn Sie mich immer so begrüßen, Tara, würde ich am liebsten weglaufen und noch mal wiederkommen«, bemerkte er lachend.

»Allerdings fürchte ich, daß Jarrett mich dann erschießen würde.«

»Davor müssen Sie sich vorerst nicht fürchten. Er treibt sich irgendwo mit Tyler Argosy herum.«

»Oh ...« Sofort verschloß sich seine Miene, und sie gewann den Eindruck, auch er würde ihr etwas verbergen.

»Robert, wenn Sie irgendwas wissen ...«

»Wollen Sie denn, daß ich erschossen werde?«

»Robert ...«

»Nun, ich fürchte, ich weiß nicht mehr als Sie. Aber wenn Sie mich nach unten begleiten und mir wie eine gute Gastgeberin einen Whiskey anbieten, erzähle ich Ihnen gern, was ich erfahren habe.«

»Kommen Sie! Befriedigen Sie meine Neugier, und ich ertränke Sie in Whiskey!«

In der Bibliothek servierte sie ihm den gewünschten Drink und schenkte sich selbst einen Brandy ein. Dann setzte sie sich auf das komfortable Sofa in der Mitte des Raums und beobachtete den besten Freund ihres Mannes, der ans Fenster trat und den Rasen betrachtete. So leicht würde er sich seine Geheimnisse nicht entlocken lassen.

Um ihn in gesprächige Stimmung zu bringen, schilderte sie ihre Erlebnisse im Indianerdorf. Dann fügte sie hinzu: »Jetzt weiß ich, was Lisa zugestoßen ist, und ich bin nicht mehr eifersüchtig auf sie. Mary und Naomi haben mir alles erzählt.«

»Ja, eine schreckliche Tragödie ...« Langsam ging Robert zu ihr und starrte in sein Glas. »Aber Ihre Eifersucht war überflüssig Tara. Sicher hätten Sie Lisa gemocht.«

»Es ist nur ...«

»Was?«

»Jarrett liebt sie immer noch.«

Nach einer kurzen Pause erwiderte er: »Auch wenn er die Liebe zu Lisa in seinem Herzen bewahrt — er kann Sie trotzdem lieben.«

»Danke, das klingt ermutigend«, meinte sie trocken. »Und jetzt keine Ausflüchte mehr, Sir! Was wissen Sie?«

Er leerte sein Glas, dann stellte er es auf den Tisch. »Bald werden James McKenzie und seine Leute die Flucht ergreifen.«

»Was?« rief Tara erschrocken. »Ich dachte, sein Land ...«

»Sein Land wird vom Militär überrollt, und der Vertrag von Moultrie Creek ist nur mehr ein wertloses Stück Papier.«

»Aber Jarrett besitzt soviel von diesem Gebiet.«

»Tara!« Er setzte sich zu ihr, nahm ihr das Brandyglas aus der Hand und umschloß ihre schmalen Finger. »In James' Adern fließt das Blut eines Weißen, und er ehrt das Andenken seines Vaters. Doch seine Mutter ist eine Indianerin, seine Frau ist eine Indianerin, seine Töchter sind Indianerinnen, und er führt das Leben eines Seminolen. Nun muß er verschwinden, bevor die Soldaten den Wald nach Indianern absuchen, um sie nach Westen zu jagen. Verstehen Sie nicht? James hat keine Wahl.«

»Sicher wird Jarrett ...«

»Nein, Jarrett wird ihn nicht aufhalten. Das wäre falsch, denn er könnte seinen Bruder in Gefahr bringen ...« Er verstummte abrupt, als sich die Tür öffnete und stand auf. Jarrett und Captain Argosy traten ein, und er eilte ihnen entgegen, um ihnen die Hände zu schütteln.

Mißtrauisch schaute Jarrett von seinem Freund zu Tara, dann verkündete er: »Das Dinner ist serviert, meine Liebe. Wollen wir gehen?«

Er führte sie ins Speisezimmer, gefolgt von Robert und Tyler. Während der Mahlzeit drehte sich das Gespräch um Belanglosigkeiten. Jarrett forderte Tyler auf, von den gesellschaftlichen Ereignissen in Tampa zu berichten, die zugegebenermaßen dünn gesät waren. Aber auch dort blühte der Klatsch, unabhängig von den weltbewegenden Ereignissen.

Schließlich schnitt Robert das Thema an, über das er mit Tara gesprochen hatte. Und er sollte auch recht behalten.

Nachdem Jarrett die Neuigkeit erfahren hatte, bestätigte er mit gepreßter Stimme, er würde nicht gegen die Entscheidung seines Bruders protestieren.

»Natürlich wird James dich noch aufsuchen, aber unter diesen Umständen ...« Robert verstummte hilflos.

»Und was für Umstände sind das?« fragte Tara.

Tyler schwieg bedrückt, und Jarrett spielte mit seinem Weinglas. »Ein paar Dutzend Häuser wurden zerstört, Farmer getötet, reiche Männer, arme Männer. Auch das Militär hat schwere Verluste erlitten, trotz der Verstärkung durch die Bundestruppen. Mit der einheimischen Miliz ist nicht mehr zu rechnen, da die verzweifelten Männer nach Hause geeilt sind, um nach ihren Familien zu sehen. Die Bundestruppen kennen sich in diesem Terrain nicht aus, bleiben im Sumpf stecken, während die Indianer durch das Dickicht schlüpfen und in ihren Zypressenkanus über Bäche und Flüsse fahren.«

»Also wirst du mich wieder verlassen?« flüsterte Tara.

»Da ich in der Lage bin, unserem Militär zu helfen, kann ich mich der Verantwortung nicht entziehen«, entgegnete er in scharfem Ton.

»O Jarrett, du bist doch nicht der einzige Mann, der das Problem lösen kann!« rief sie.

Unvermittelt beugte sich Tyler vor. »Letzte Nacht wurde Sergeant Culpepper getötet, Tara. In einem Scharmützel mit einem von Osceolas Unterhäuptlingen — Coacoochee oder Wildkatze.«

Sie schluckte krampfhaft. Wie gut erinnerte sie sich an den jungen Soldaten, der in diesem Raum gesessen hatte, so höflich und liebenswert — ohne zu ahnen, daß er bald sterben würde ...

»Nachdem Osceola einer von General Clinchs Fallen entronnen war«, fuhr Tyler fort, »ließ er ihm mitteilen, er würde ebenso wie die Weißen Waffen und Munition besitzen. Und er sei bereit zu kämpfen, bis der letzte Tropfen Seminolenblut seine Jagdgründe getränkt habe.«

»Und was hat Jarrett damit zu tun?« fragte Tara.

»Er kann an Osceola herankommen. Das schaffen nur wenige weiße Männer.«

Am liebsten hätte sie diesen fanatischen Kriegerhäuptling eigenhändig aufgeknüpft. Aber sie schwieg und senkte den Blick.

Nach der Mahlzeit waren die Teller immer noch halb voll. Jeeves erschien und erbot sich, den Gentlemen Brandy und Zigarren in der Bibliothek zu servieren. Dort würden sie wieder diskutieren — ohne Tara. Abrupt stand sie auf. »Da du so fest entschlossen bist, die Aufgaben der Army zu erfüllen, wirst du morgen vermutlich abreisen, Jarrett. Captain Argosy ...« Wie gern hätte sie ihm erklärt, sie sei es leid, ihn immer wieder auf Cimarron zu sehen. Aber sie beherrschte sich. »Passen Sie gut auf sich auf.«

Alle Herren hatten sich erhoben, und Tyler nickte ihr ernsthaft zu. Nur zu gut wußte er, daß er nicht sagen konnte, was sie hören wollte. Robert ergriff ihre Hände und küßte sie auf die Wange. Ehe Jarrett sie zurückhalten konnte, eilte sie hinaus.

Statt sich ins Schlafzimmer zurückzuziehen, lief sie auf die Terrasse, dachte an den fröhlichen Gesang der Arbeiter, der tagsüber von den Feldern herüberdrang, an die beglückenden Liebesnächte mit Jarrett, an das wundervolle Heim, das sie hier gefunden hatte. Würde sie das alles verlieren?

»Könnte ich doch Ihre Gedanken lesen und diese sorgenvolle Stirn glätten!«

Verwirrt drehte sie sich zu Robert um. »Es dürfte Ihnen

nicht schwerfallen, meine Gedanken zu erraten. Natürlich leide ich mit James, und ich bin wütend auf Jarrett. Er kann doch diesen Krieg nicht beenden, Osceola niemals unter Kontrolle bringen ...«

»Und er kann sich nicht weigern, wenn Tyler ihn bittet, Osceola ein Angebot zu unterbreiten.«

»Und wenn der Häuptling das Angebot ablehnt? Dann wird Tyler meinen Mann immer wieder zu ihm schicken, mit neuen Vorschlägen ... Oh, ich hasse Osceola, der so viele Menschenleben auf dem Gewissen hat ...« Unglücklich unterbrach sie sich. »Lisa wäre mit dieser Situation sicher besser fertig geworden.«

»Auch sie hätte Höllenqualen ausgestanden.«

»Wieso wissen Sie das?«

»Weil ich sie mein Leben lang kannte.«

»Was?« flüsterte Tara.

Es dauerte sehr lange, bis er das Schweigen brach. »Also hat Jarrett meine Beziehung zu Lisa niemals erwähnt?«

»O Gott, wie viele Dinge gibt es denn noch, über die ich nichts weiß?«

»Lisa war meine Schwester.«

»Oh ...«

»Als Jarrett dieses Land kaufte, begleitete ich sie hierher, und ich freundete mich sofort mit meinem Schwager an. Wir ...« Erschrocken verstummte er und starrte in Taras bleiches Gesicht.

Seine *Schwester*! Die ganze Welt schien sich um Tara zu drehen. Was für eine Närrin hatte sie aus sich gemacht? War ihr in ihrer Eifersucht jemals ein unbedachtes, verletzendes Wort entschlüpft, wenn sie mit Robert über Lisa gesprochen hatte? Der gute, liebe, freundliche Robert, der immer noch um die geliebte Schwester trauerte ... Zum Teufel mit Jarrett! Warum hatte er ihr das verschwiegen? Heftige Schwindelgefühle erfaßten Tara, und sie fürchtete, sie würde wie die sprichwörtliche Südstaaten-Schönheit in Ohnmacht fallen. Unter ihren Füßen schwankte der Boden ...

Bestürzt eilte Robert zu ihr, hielt sie fest, und in diesem Augenblick betrat Jarrett die Veranda. Während sie noch um Fassung rang, riß er sie aus den Armen seines Freundes. »Diesmal wirst du dich in meiner Abwesenheit wohl nicht so einsam und unglücklich fühlen, meine Liebe.«

»Jarrett ...«, begann Robert.

Aber Tara wollte nichts von alldem hören. Inzwischen hatte sie sich von ihrem Schwächeanfall erholt. Entschlossen hob sie eine Hand und schlug ihrem Mann mitten ins Gesicht. Das verblüffte ihn dermaßen, daß er seinen Griff lockerte. Sofort nutzte sie ihren Vorteil, riß sich los, flüchtete ins Haus und die Treppe hinauf.

Im Schlafzimmer öffnete sie das Fenster und sog die frische Nachtluft tief in ihre Lungen. Bald konnte sie wieder ruhig atmen, aber nicht klar denken.

Als sie hörte, wie Jarrett eintrat und die Tür schloß, drehte sie sich empört um. »Wie konntest du es wagen, Robert und mich zu beschuldigen — nachdem du mir die Wahrheit verschwiegen hattest!«

»Welche Wahrheit?«

»Er ist dein Schwager!«

»Und welchen Unterschied macht das?« fragte er wütend.

»Du hast mich nicht gewarnt. Oh, was ich alles zu ihm sagte ...«

»Welche Indiskretionen du auch mit ihm geteilt hast — dafür bist du selber verantwortlich.«

»Wäre ich informiert gewesen, hätte ich nie mit ihm über Lisa gesprochen.«

»Warum hätte ich dich einweihen sollen? Nachdem du alle deine Geheimnisse für dich behältst ...«

»Um mich geht es jetzt nicht, sondern um dich, um dein unmögliches Benehmen, dein Mißtrauen gegen Robert und mich ...«

»An Robert habe ich nie gezweifelt«, unterbrach er sie.

»Also nur an mir?«

»Was soll ich denn denken, wenn du bei jeder Gelegenheit, die sich bietet, zu Robert läufst?« fauchte er.

»Weil er eine viel angenehmere Gesellschaft ist als du!«

»Nun, vielleicht wird er mich morgen begleiten.« Tara sah den Puls, der in seinem Hals zu pochen begann. »Dann mußt du eben auch auf seine Gesellschaft verzichten.«

»Also gehst du wirklich fort? Obwohl du nichts gegen Osceola ausrichten kannst? Wie willst du diesem mörderischen Bastard klarmachen, daß er den Krieg beenden muß?«

»Zumindest will ich es versuchen, den Seminolen und den Weißen zuliebe.«

»Oh, du glaubst, er wird bereitwillig mit seinem Volk nach Westen ziehen, in ein unfruchtbares Land?«

»Davon verstehst du nichts, Tara.«

»Darf ich meine Meinung nicht äußern?«

»Du bist meine Frau, und du wirst die Güte haben, *meinen* Standpunkt zu vertreten!«

Entschlossen straffte sie die Schultern. »Vielleicht wirst du keine Frau mehr haben, wenn du zurückkommst.« Was war nur in sie gefahren? In ihrer Verzweiflung wußte sie nicht mehr, was sie sagte. O Gott, wie sollte sie die nächsten Tage ertragen? Wenn er sie verließ, würde ihr Herz ihm folgen. Ständig würde sie fürchten müssen, ein Weißer könnte ihn töten, weil er zwischen den Parteien stand — oder ein Indianer, der alle Weißen haßte ...

»Ich werde keine Frau mehr haben?« fragte er tonlos und ballte die Hände.

»Vielleicht nicht!« Hätte sie doch diesen Streit nicht angefangen ... Aber jetzt gab es kein Zurück mehr, wenn sie ihre Würde nicht verlieren wollte.

Mit zwei Schritten war er bei ihr und packte ihre Schultern. Nie zuvor hatten seine Augen in so abgrundtiefem

Schwarz geschimmert, nie waren seine Finger schmerzhafter in ihr Fleisch gedrungen. »Keine Frau?«

»Behandelst du mich etwa wie eine Ehefrau? Eine echte Partnerin dürfte aussprechen, was sie denkt. Wenn Lisa dich bitten würde, hierzubleiben ...«

»Lisa hätte mir niemals Vorschriften gemacht!« fiel er ihr ins Wort. »Weil sie die Situation kannte und Verständnis dafür hatte!«

»Aber du hättest ihr wenigstens zugehört — und sie wie eine richtige Ehefrau behandelt ...«

»Glaub mir, es bereitet mir die allergrößte Freude, *dich* wie eine Ehefrau zu behandeln.«

»O nein, die Erinnerung an einen Geist ist dein höchstes Glück.«

Jarretts Augen verengten sich. »Keine Bange, heute nacht werden keine Geister in diesem Zimmer erscheinen.«

»Unentwegt beherrscht Lisa deine Gedanken ...«

»Nein, deine. Hör endlich auf mit diesem Unsinn, Tara!«

»Ich ...« Erschrocken verstummte sie, als er sie hochhob, an seine Brust preßte und zum Bett trug. Unsanft ließ er sie auf die Decke fallen.

»Verdammt, Jarrett, wenn du mich morgen wirklich verlassen willst, werde ich nicht ...«

»Meine Süße, ich gehe nicht fort, ohne dich vorher zu lieben.«

Wütend wollte sie aufspringen, aber er neigte sich über sie und hielt ihre Handgelenke fest. Vergeblich versuchte sie, das Feuer seines Kusses mit eisiger Kälte zu erwidern. Seine wachsende Leidenschaft entzündete auch ihr Verlangen.

Als er den Kopf hob, um Atem zu schöpfen, schluchzte sie: »Oh, ich hasse dich — weil du fortgehst und mich allein läßt ...«

»Zum Teufel damit, Tara!« flüsterte er heiser und küßte sie wieder.

Sie befreite ihre Handgelenke von seinem Griff und versuchte ihre Fäuste gegen seine Brust zu stemmen. Doch statt dessen schlang sie die Hände um seinen Hals. Die wilde Glut ihrer Sehnsucht jagte ihr Angst ein, doch sie konnte nicht dagegen ankämpfen.

Rasch streifte er ihr die Kleider vom Leib, zog sich selbst aus und liebkoste ihren ganzen Körper mit heißen Lippen und Händen. Ungeduldig hob sie ihm die Hüften entgegen, als er in sie eindrang, und wenig später näherte sich der wilde Sturm ihrer Gefühle dem Höhepunkt.

Doch die Erfüllung bedeutete nichts. Morgen würde er sie verlassen.

»Tara!« flüsterte er und legte eine Hand auf ihre Schulter, als sie ihm den Rücken kehrte.

»Ich hasse dich!«

Da seufzte er, traurig und bitter enttäuscht. »Vielleicht bist du eben nicht die Frau, die ich auf Cimarron brauche.«

Jetzt mußte sie sich zu ihm wenden, im Streit durften sie nicht auseinandergehen. Aber es dauerte lange, bis sie sich dazu aufraffen konnte, weil sie nicht die richtigen Worte fand. »Jarrett ...«, begann sie und verstummte. Was sollte sie sagen? *Ich will nicht, daß du Osceola aufsuchst. Weil ich fürchte, du könntest getötet werden — von einem Indianer oder einem Weißen. Womöglich kommst du nicht zurück — oder du willst gar nicht zurückkommen ...*

»Jarrett?« wisperte sie, aber er antwortete nicht. Jetzt war er es, der ihr den Rücken kehrte. »O Jarrett — ich liebe dich!«

Sein Schweigen krampfte ihr das Herz zusammen. Und dann hörte sie tiefe, gleichmäßige Atemzüge. Er war eingeschlafen, bevor sie die richtigen Worte gefunden hatte.

Oder er stellte sich schlafend, weil ihm ihre Liebe nichts bedeutete. Stundenlang lag sie wach und kämpfte mit den Tränen. Doch sie mußte irgendwann eingeschlummert sein, denn als sie die Augen öffnete, blinzelte sie ins helle Tageslicht.

Ihr Bett war kalt, das Kissen an ihrer Seite leer.

18

In den ersten Tagen nach Jarretts Abreise konnte Tara kaum einen klaren Gedanken fassen. Aber als sie am vierten Morgen vor der Frisierkommode saß und ihr Haar bürstete, erinnerte sie sich, was Robert ihr erzählt hatte. Bald wollte James mit Naomi, Mary, den Kindern und den anderen Dorfbewohnern aufbrechen. Sie fragte sich, wohin sie gehen und ob sie sich jemals wiedersehen würden.

Natürlich wußte sie, wie gefährlich es wegen der angespannten politischen Lage war, allein durch den Wald zu reiten, und so wandte sie sich an Rutger, in der Hoffnung, er würde ihr den Ausflug nicht verwehren. So beiläufig wie möglich äußerte sie den Wunsch, ihre Schwägerin zu besuchen, konnte aber vor Nervosität kaum atmen, während sie auf seine Antwort wartete.

»Ich weiß nicht genau, wo das Dorf liegt, Mrs. McKenzie. Aber ich schicke den jungen Peter voraus, zu den Wachtposten der Indianer. Wenn Leo und ich Sie hinbringen, wird eine Eskorte auf Sie warten. Hoffentlich macht's Ihnen nichts aus, Ma'am — aber es dürfte ein bis zwei Tage dauern, bis wir uns auf den Weg machen können, weil ich hier noch einiges erledigen muß.«

»Ja, das verstehe ich.«

Zwei Tage später, am frühen Morgen, verließen sie Cimarron, und nachmittag erreichten sie das Indianerdorf.

Schon lange, bevor sie die Hütten sahen, traten bemalte Krieger zwischen den Zypressen hervor. Offenbar wurde das Dorf sehr gut bewacht, und es bedrückte Tara, daß die Seminolen sich so bedroht fühlten.

»Weiße Soldaten reiten über das Land«, erzählte ihr einer der Männer — Oklawaha oder Gewundener Fluß — in stark akzentuiertem Englisch. »Noch sind sie nicht in unserer Nähe, aber ...« Er zuckte die Achseln. Dann versicherte er Rutger: »Die Frau des Weißen Tigers wird wohlbehalten bei ihrer Familie eintreffen.«

Lächelnd nickte Tara ihm zu. »Danke.«

»In zwei Tagen komme ich wieder«, erklärte Rutger. Auch ihm dankte sie, verabschiedete sich von Leo, und die beiden ritten nach Cimarron zurück.

Oklawahas durchdringender Schrei verkündete den Dorfbewohnern, ein willkommener Gast würde der Wache folgen — kein weißer Soldat. Als sie sich den Hütten näherten, sah Tara überall die Anzeichen der bevorstehenden Abreise. Haushaltsgegenstände waren zusammengepackt, Töpfe und Pfannen, Kleidungsstücke und Decken, Waffen und Pulverfässer. Vor James' und Naomis Hütte stand ein großes Traggestell, auf dem sich die Habseligkeiten der Familie stapelten.

Tara schwang sich von ihrer Stute, und Naomi, die Oklawahas Ruf gehört hatte, eilte aus der Hütte. Strahlend lief sie ihrer Schwägerin entgegen und umarmte sie. »Oh, als Jarrett hier vorbeikam, ahnte ich schon, daß du uns besuchen würdest.«

»Mein Mann war hier?«

»Ja. Er holte James ab, und nun suchen sie Osceola.«

»Oh ...«

»Da ich keine Schwester habe, war ich so froh, als ich wieder eine Schwägerin bekam — und nun müssen wir uns schon nach so kurzer Zeit trennen. Wir gehen ins südöstliche Sumpfgebiet. Dort können wir leben, und die weißen Soldaten werden uns nicht so leicht aufspüren. Und wenn doch, müssen wir kämpfen — sonst schicken sie uns in den Westen.«

»Sie werden James doch nichts antun? Sein Vater ...«

»Niemals wird James auf sein weißes Erbe pochen, um sich zu retten — während sein Volk eine Kapitulation ablehnt. Aber denken wir jetzt nicht an die Zukunft, Tara. Du mußt Mary begrüßen, und wenn du willst, kannst du mir später beim Packen helfen. Oder du kümmerst dich um die Kinder.«

»Würde irgend jemand Feuer in Jarretts Hütte machen? Wenn ich's selber tu, brenne ich womöglich alles nieder.«

»Natürlich, wir kümmern uns darum. Ich dachte, du würdest bei uns schlafen. Aber du bewohnst lieber die Hütte deines Mannes, nicht wahr?«

»Ja.«

»Hab' keine Angst um ihn. Osceola wird ihm kein Haar krümmen. Im Grunde ist es kein grausamer Mann, aber unerschütterlich in seiner Überzeugung. Und er hält immer, was er verspricht. Niemals würde er gegen Jarrett kämpfen.«

»Aber vielleicht stimmen andere Krieger nicht mit Osceola überein?«

»Mehr noch als die Weißen schätzen die Indianer einen Mann, dem sie trauen können — selbst wenn er seiner Hautfarbe nach ein Feind ist. Ah, da kommt Mary! Sicher freut sie sich, dich wiederzusehen.«

Mary begrüßte Tara so liebevoll wie eine leibliche Tochter. Zusammen mit Naomi und den Kindern aßen sie *Koonti*-Brot und tranken frische Kuhmilch. Zwei Jungen erschienen und verkündeten, sie würden Feuer in Jarretts Hütte machen.

Dann kehrte Mary in ihr eigenes Domizil zurück, um sich auszuruhen. Während Sara und Jennifer draußen spielten, schaute sich Naomi seufzend in ihrer Hütte um. So viele Sachen mußten noch eingepackt werden.

»Wie werdet ihr leben?« fragte Tara.

»Oh, wir waren schon oft auf der Flucht und kamen gut zurecht. Wir schlafen in unseren *Hooties* ...«

»Was?«

»Das sind Zelte aus Zweigen und Kohlpalmenblättern, die man rasch auf- und abbauen kann.«

»O Naomi!« flüsterte Tara unglücklich.

»Ich bin so froh, daß du zu uns gekommen bist, um dich zu verabschieden. Sobald James zurückkehrt, treten wir die Reise an. Vorerst werden wir uns nicht allzuweit entfernen, und wir können uns sicher noch oft sehen.«

»Wenn ich doch irgendwas für euch tun könnte ...«

»Da gibt es nichts.«

»Wenigstens jetzt will ich dir ein bißchen helfen.«

»Geh doch mit den Kindern spazieren. Sie sind mir nur im Weg, wenn ich packe.«

Tara lächelte. »So wie die Kinder auf der ganzen übrigen Welt ...«

»Nun, so klein Sara und Jennifer auch sind — sie erfüllen ihre Pflichten, flechten Kohlpalmenblätter und schaben Tierhäute ab. Die Seminolen lernen schon in früher Jugend, für die Gemeinschaft zu arbeiten. Aber du hast recht, Kinder sind Kinder. Jetzt haben sie natürlich Reisefieber und sind schrecklich aufgeregt. Wenn sie mir zu helfen versuchen, fallen sie mir nur zur Last. Geh mit ihnen spazieren, das lenkt sie für eine Weile ab.« Naomi rief nach den kleinen Mädchen, die in die Hütte rannten und vor Freude in die Händchen klatschten, als sie hörten, die Tante würde einen kleinen Ausflug mit ihnen unternehmen. »Verirrt euch nicht!« warnte ihre Mutter.

»Am besten wandern wir nach Westen, zum Fluß«, erklärte Tara. »Dort kenne ich mich aus.«

»Aber geht nicht zu weit weg!«

»Nein, wir bleiben in der Nähe.«

Unterwegs bemühte sich Tara, die aufgeregten Kinder zu beruhigen. »Habt keine Angst. Ihr werdet mit euren Eltern ein großes Abenteuer bestehen.«

»Aber ich weiß doch, daß wir vor den weißen Soldaten davonlaufen«, entgegnete Sara ernsthaft.

»Nun ja, ihr werdet euch an einem Ort niederlassen, wo ihr sicher seid, aber wahrscheinlich nur für kurze Zeit. Dann kommt ihr zurück. Oder das neue Dorf gefällt euch besser als dieses hier.«

Jennifer schnüffelte. »Das ist so weit weg von dir.«

»Nicht allzuweit. Jetzt, wo ihr eine Tante bekommen habt, werdet ihr sie nicht so leicht wieder los«, scherzte Tara. Liebevoll preßte das Kind seine Wange an ihre Hand, und sie biß sich gerührt auf die Lippen. »Soll ich euch ein Spiel zeigen?« schlug sie vor, um ihre Nichten aufzumuntern. »Es heißt ›Verstecken‹. Ihr beide verschwindet zwischen den Bäumen, und nach einer Weile suche ich euch.«

Saras Augen leuchteten auf. »Komm, Jennifer, nimm meine Hand!«

Eifrig tippelten die Schwestern davon. Tara wollte den beiden keinen allzugroßen Vorsprung geben. Schon nach zehn Sekunden folgte sie ihnen, holte sie ein und umarmte sie. Wieder rannten sie davon, und die Tante spürte sie auf. Entzückt riefen die Mädchen, vor der Rückkehr ins Dorf würden sie gern noch ein letztes Mal Verstecken spielen.

»Also gut, lauft los!« Diesmal wartete Tara ein paar Sekunden länger, um Atem zu schöpfen, dann eilte sie zum drittenmal hinter den Kindern her. Doch dann hielt sie abrupt inne, als sie fühlte, wie die Erde unter ihren Füßen bebte. Hufschläge näherten sich. Instinktiv spürte sie die drohende Gefahr. »Jennifer, Sara, kommt zu mir, jetzt können wir nicht mehr spielen!« rief sie und hörte die kleinen Mädchen kichern. »Schnell, beeilt euch!«

Offenbar merkten sie, daß irgend etwas nicht stimmte, denn sie sprangen sofort aus dem Dickicht hervor. Zunächst wollte Tara ins Dorf flüchten, doch dann sah sie blaue Uniformen zwischen den Bäumen. Soldaten. Sie durfte sie auf keinen Fall zu den Seminolen führen. Stattdessen nahm sie beide Kinder auf die Arme und lief in die Richtung von Cimarron. Natürlich war das unsinnig. Sie würde ihr Ziel niemals erreichen.

Atemlos folgte sie dem schmalen Waldpfad. Unter dem Gewicht der beiden Kinder ermüdete sie bald. Sollte sie sich irgendwo verstecken und warten, bis die Soldaten vorbeigeritten waren?

Plötzlich versperrte ihr ein blaugekleideter Reiter den Weg, und sie blieb erschrocken stehen, ihre kleinen Nichten fest an sich gedrückt.

»Wen haben wir denn da?« rief der Soldat, ein schlanker Mann mit scharf geschnittenen Gesichtszügen und einem sorgfältig gestutzten Schnurrbart. Als er abstieg, hörte sie Hufschläge hinter sich. Nun saß sie in der Falle.

»Was wollen Sie?« fragte sie und versuchte ihre Angst zu verbergen.

»Diese Seminolen-Bälger!«

»Warum?«

Langsam ging er auf sie zu, zog seine gelben Handschuhe aus und blickte über ihre Schulter zu seinen Kameraden, die hinter ihr die Pferde gezügelt hatten. Was hatte sie in diesen Wald geführt? Suchten sie Indianerdörfer, um die Hütten niederzubrennen? Sie mußten wissen, daß die meisten Indianer nicht daheim, sondern auf dem Kriegspfad waren. Hielten sie es für eine gute Taktik, alte Männer, Frauen und Kinder niederzumetzeln?

»Warum wohl?« Lachend kam der Soldat näher.

»Weil diese Bälger zu großen Rothäuten heranwachsen werden, mit Gewehren und Messern. Und weil ich in zwölf Jahren keinen blonden oder brauen Skalp an den Schärpen dieser Heiden sehen möchte.«

»Aber das sind kleine Mädchen!« protestierte Tara empört.

»Nun, dann werden sie später noch mehr Rothäute auf die Welt bringen. Verstehen Sie denn nicht, Lady? Nur ein toter Indianer ist ein guter Indianer — ganz egal, wie alt er ist. Und wer zum Teufel sind Sie? Was haben Sie hier verloren?«

»Ich bin Tara McKenzie, und wir befinden uns ganz in der Nähe meiner Ländereien«, erklärte sie würdevoll.

»McKenzie?« Offensichtlich gab ihm dieser Name zu denken.

Ein anderer Soldat ritt zu ihm. »Darf ich Sie kurz sprechen, Captain?« bat er, und die beiden entfernten sich.

»Er wird uns ermorden!« flüsterte Sara, krampfhaft bemüht, ihre Angst zu bekämpfen. »Wahrscheinlich wird er uns herumschwingen und unsere Köpfe gegen einen Baum schmettern.« So tapfer ein kleines Seminolen-Mädchen auch sein mußte — sie zitterte vor Furcht. Tränen schimmerten in ihren Augen.

»Schätzchen, erst müssen sie eure Tante töten, das schwöre ich!« beteuerte Tara und küßte beide Mädchen auf die Stirn. Wie sich die Zeiten änderten ... Vor kurzem hatte ihr allein schon der Gedanke an die Seminolen kaltes Grauen eingejagt. Und jetzt erschienen ihr diese weißen Soldaten wie leibhaftige Teufel.

»Tante Tara ...«, begann Jennifer.

»Still!« wisperte Tara, weil sie hören wollte, worüber die Männer sprachen.

»In diesem Territorium ist er ein bedeutsamer Mann und besitzt große Ländereien. Manchmal arbeitet er für die Army — für Zach Taylor durch Andrew Jacksons Vermittlung. Wenn sie tatsächlich seine Frau ist ...«

Ungeduldig winkte der Captain ab. »Wir haben doch die Order, die Indianer in dieser Gegend auszurotten, oder?« Dann wandte er sich wieder zu Tara. »Mrs. McKenzie, mit allem Respekt — übergeben sie mir diese Kinder!«

Entschlossen preßte sie die Mädchen noch fester an sich. »Die beiden bleiben bei mir.«

»Ma'am, wir wollen Ihnen nicht weh tun.«

»Das würde ich Ihnen auch nicht raten.«

»Ich bin ein Offizier der United States Army.«

»Dann sollten Sie sich auch wie einer benehmen. Ich entsinne mich nicht, daß der Mord an unschuldigen Kindern zu den Pflichten eines amerikanischen Offiziers gehört.«

Seufzend befahl er dem anderen Soldaten: »Sergeant Dicks, steigen Sie ab und nehmen Sie der Lady das kleine Ungeziefer weg.« Seine Augen verengten sich drohend. »Und wenn sie nicht vernünftig ist, wird sie's büßen!«

Ein Schauer lief über Taras Rücken. Würde er es wagen, sie anzufassen? Wie seine eiskalte Miene verriet, war er ein Mann, der vor nichts zurückschreckte.

Glücklicherweise schien Dicks Bedenken zu hegen. »Captain, ich kann nicht mit einer Lady kämpfen.«

»Verweigern Sie den Befehl?« herrschte der Captain ihn an.

»Nein, Sir«, entgegnete Dicks unglücklich.

»Vorwärts, marsch!« rief der Captain seiner Kompanie zu. »Ich muß mich kurz mit Mrs. McKenzie unterhalten, dann folge ich euch. Los! Sie auch, Dicks!«

»Sir . . .«, begann der junge Sergeant verzweifelt.

»Verschwinden Sie!«

»Aber Sir . . .«

»Das ist ein Befehl!«

Während Dicks und die anderen Soldaten an Tara vorbeiritten, überlegte sie, ob sie einen Fluchtversuch wagen sollte. Aber da sie die Kinder tragen mußte, würde sie nicht schnell genug vorankommen, um dem Captain zu entrinnen. Und gegen einen einzelnen Mann konnte sie sich vielleicht wehren.

Bald verklangen die Hufschläge auf dem weichen Waldboden. »Nun, Lady, geben Sie mir die Kinder!« befahl der Captain.

Sie schüttelte energisch den Kopf. »Niemals! Die beiden sind mit meinem Mann verwandt.«

Erstaunt hob er die Brauen, dann grinste er höhnisch. »Ah, hält er sich eine indianische Geliebte?«

Nur mühsam bezwang sie ihren Zorn. »Diese Mädchen sind seine Nichten.«

»Trotzdem müssen Sie mir die Kinder übergeben. Sollten Sie widerspruchslos gehorchen, werde ich vielleicht behutsam mit Ihnen umgehen, wenn ich mir *nachher* nehme, was ich haben will.«

»Sie müssen wahnsinnig sein!«

»Lady, so oder so ...«

Verzweifelt rang sie nach Atem. Ihre Gedanken überschlugen sich. Erst wollte er die Kinder töten — und dann sie, Tara McKenzie, vergewaltigen ...

Doch sie bemühte sich, in möglichst ruhigem Ton zu erwidern: »Vielleicht kann ich Sie nicht daran hindern, meinen Nichten — und mir ein Leid anzutun. Aber Jarrett McKenzie wird Sie in Stücke reißen!«

»Nun, er braucht nicht zu erfahren, was hier geschehen ist.«

Er stand gut zehn Schritte von ihr entfernt. Eine letzte Chance hatte sie noch, die Mädchen zu retten. Sie sank auf die Knie und flüsterte ihnen zu: »Lauft zwischen die Zypressen, so schnell ihr nur könnt!«

»Aber Tante Tara ...«, begann Sara.

»Beeilt euch!«

In Windeseile stürmten sie davon, und der Captain hob fluchend sein Gewehr. Im Bruchteil von Sekunden verschwanden sie aus seinem Blickfeld. Trotzdem feuerte er, aber Tara war rechtzeitig zu ihm gerannt. Sie packte seinen Arm, und die Kugel bohrte sich in den Boden. Wütend schüttelte er Tara ab und hob die Waffe, um sie auf ihren Kopf zu schlagen. Doch sie duckte sich, wich dem Angriff aus und flüchtete — in die andere Richtung als die Mädchen.

Ihre Füße schienen über den Boden zu fliegen. Vielleicht hätte sie dem Captain entkommen können, wäre sie nicht über eine Wurzel gestolpert. Sie stürzte, und als sie aufsprang, holte der Mann sie ein und warf sie flach auf den Rücken.

Dicht über ihrem Gesicht sah sie seine grausamen Augen. »Du Hexe! Deinetwegen sind mir diese Bälger entwischt. Nun wollen wir mal sehen, was du selber wert bist ...«

Mit aller Kraft versuchte sie, nach ihm zu treten. Sie schrie gellend, als er ihr Kleid zerriß, als sie seine gierigen Finger auf ihrer nackten Haut spürte. »Dafür werden Sie büßen!« fauchte sie und wand sich unter der Last seines Köpers. Seine Hand wanderte unter ihren Rock, an ihrem Bein hinauf, immer höher. Verbissen wehrte sie sich, und schließlich legte er fluchend beide Hände um ihren Hals.

Von kalter Todesangst erfaßt, stemmte sie ihre Fäuste gegen seine Brust. Doch er drückte immer fester zu. Die Welt schien in einem schwarzen Abgrund zu versinken, in dem Sterne blitzten. Plötzlich wurde Taras Kehle losgelassen. Schmerzhaft schöpfte sie Atem und blinzelte. In hohem Bogen flog der Captain durch die Luft und landete hart am Boden. Nun waren sie nicht mehr allein im Zypressenwald.

Eine dunkelhaarige Gestalt in enger Wildlederhose, einen Pelzumhang um die Schultern, neigte sich über den Captain, der ein Messer zückte. Kraftvoll wurde es ihm aus der Hand geschlagen.

»Lauf weg!« rief ihr der Fremde zu. Aber sie war unfähig, sich zu bewegen.

Er wandte sich zu ihr, und sie glaubte erneut, die Besinnung zu verlieren. Jarretts schwarze Augen starrten sie an. Ehe er zu ihr eilen konnte, sah sie, wie der Captain hinter ihm aufsprang — ein anderes Messer in der Hand.

»Paß auf, Jarrett!« warnte sie ihren Mann. Gerade noch rechtzeitig drehte er sich um und parierte den Angriff. Sie hörte, wie der Arm des Captains brach, und einen wilden Schmerzensschrei. Klirrend fiel das Messer zu Boden.

Jarrett warf sich auf seinen Widersacher und packte ihn bei der Kehle, in mörderischer Entschlossenheit.

»Um Himmels willen, Jarrett, bring ihn nicht um!« flehte Tara. Endlich fand sie die Kraft, aufzustehen. »Wenn du einen Weißen tötest, wird man dich vor Gericht stellen!« Verzweifelt lief sie zu ihrem Mann und versuchte ihn von dem Captain wegzuzerren. »Jarrett, bitte! Man wird dich aufhängen ...«

Als sie ein Klicken hörte, verstummte sie. Eine Waffe wurde entsichert. Sofort ließ Jarrett den Captain los und schob Tara hinter seinen Rücken. Doch er ließ seinen Gegner, dessen gebrochener Arm hilflos herabhing, nicht aus den Augen. Die andere Hand umklammerte eine Army-Pistole.

»Jetzt schieße ich mitten in Ihr Herz, Bastard! Niederträchtiger Indianerfreund!«

Ein Schuß krachte, und Tara sank schluchzend auf die Knie. Aber Jarrett war nicht getroffen worden. Röchelnd rang der Captain nach Atem, dann brach er zusammen und rührte sich nicht mehr.

Jemand, der hinter Tara stand, hatte ihn erschossen. Verwirrt drehte sie sich um und sah fünf Seminolen-Krieger, angeführt von Osceola. Der Häuptling saß hoch aufgerichtet auf seinem Pferd, das Gewehr in seiner Hand rauchte immer noch. Er ritt näher zu ihr, und Jarrett hob sie hoch. Als er sie auf Osceolas Pony setzte, protestierte sie nicht einmal. Sie war zu schockiert, zu benommen. »Bring sie zu Mary, Osceola«, bat ihr Mann.

»Jarrett ...«, würgte sie hervor.

»Später komme ich zu dir — sobald ich etwas erledigt habe.«

Wortlos spornte Osceola sein Pony an. Tara drehte sich um und schaute in seine dunklen Augen. »Häuptling, Sie haben uns beide gerettet. Aber Sie sprechen nicht Englisch. Sie verstehen mich nicht. Trotzdem möchte ich Ihnen von ganzem Herzen danken, obwohl Sie andere Menschen ermordet haben ... O Gott ...«

Plötzlich lächelte er. »Ich verstehe, was Sie mir sagen, Tara McKenzie. Aber gewisse Leute sollen nicht erfahren, daß ich Ihre Sprache beherrsche.«

»Oh ...« Großer Gott, sie hatte ihn einen Mörder genannt!

»Vor mir sind Sie sicher«, erklärte er.

»Weil ich McKenzies Frau bin?«

»Weil Sie bereit waren, Ihr Leben für zwei Seminolen-Kinder hinzugeben.«

»Meine Nichten ... Aber ich glaubte, der Captain hätte es nicht gewagt, mich zu töten.« Ihr Hals schmerzte immer noch und alle Knochen taten ihr weh.

Osceola lächelte sie an, und sie dachte an die Weißen, die er getötet, an die Plantagen, die er zerstört hatte. Dieser Mann führte einen Krieg gegen ihresgleichen. Aber in seinen Augen las sie eine tiefe, leidvolle Weisheit.

Eine Zeitlang ritten sie schweigend dahin, dann bemerkte er: »Sie sind sehr tapfer, Weiße Tigerin. Genau die richtige Frau für einen Mann wie McKenzie.«

»Danke«, flüsterte sie und schloß erschöpft die Augen. Sie mußte eingeschlafen sein, denn als sie ihre Umgebung wieder wahrnahm, ließ Osceola sie behutsam in Marys Arme gleiten.

James galoppierte heran, sprang vom Pferd und eilte zu Tara. »Die Kinder!« rief sie und klammerte sich an ihn.

»Beide sind hier und in Sicherheit. Beruhige dich jetzt. Mutter wird dich pflegen. Dein Hals hat sich violett verfärbt.«

»Und — Jarrett ...«

»Bald kommt er zu dir.«

»Aber — der tote Soldat ...«

»Jarrett wird sich um alles kümmern.«

Fürsorgliche Hände führten sie in eine Hütte, und sie

sank auf ein Lager aus weichen Pelzdecken. Frisches Wasser kühlte ihre Stirn und ihre Kehle. Eine Schüssel berührte ihre Lippen, und sie schlürfte eine bittere Brühe.

Dann wurde sie wieder von undurchdringlicher Schwärze eingehüllt, aber es waren sanfte, tröstliche Schatten.

19

Der tiefe Schlaf beschwor böse Träume herauf, und Tara stand wieder in jenem Bostoner Haus, eine Waffe in der Hand. Entsetzt beobachtete sie das Blut, das sich auf Julians weißem Hemd ausbreitete. Und dann hob sie den Kopf, begegnete Clives Blick, hörte den Vorhang im Hintergrund der Bühne rascheln, drehte sich um, sah ihn fallen.

Als sie sich wieder zu Clive wandte, las sie in seiner triumphierenden Miene, daß er den Mord geplant hatte und ihr in die Schuhe schieben wollte. Falls sie seinem lüsternen Drängen nachgab, würde er sie vor der Henkersschlinge retten — irgendwie. Und wenn nicht ... Voller Genugtuung lächelte er. Sein Vater lag tot am Boden. Nun würde dem Sohn alles gehören. Geld — und Freiheit.

Schreckensschreie hallten durch den Raum. Verzweifelt schaute Tara sich um. Nein, sie würde sich diesem Schurken nicht ausliefern. Durch das offene Fenster wehte ein kühler Wind herein und streifte ihre Wangen. Auf diesem Weg würde sie fliehen. Sie war jung und leichtfüßig. Niemand konnte sie einholen, weder Clive noch die Zuschauer — höchstens die agilen Schauspieler. Doch die würden ihr nicht folgen, denn sie wußten, daß sie keine Schuld trug.

William, klagte ihr Herz. Aber man würde ihn nicht mit dem Mord in Verbindung bringen, und Marina stand ihm bei. Sobald wie möglich wollte Tara ihm schreiben und ihn wissen lassen, sie sei in Sicherheit.

Sie sprang durch das Fenster, stürmte über den Rasen — und dann lief sie plötzlich durch eine dunkle Straße, zwischen Häusern mit schmiedeeisernen Balkonen und Zäunen. Sie spürte die kalte Brise, die vom Mississippi herandrang, ein Schrei gellte ihr in den Ohren. »Mörderin! Mörderin!«

Nein, wollte sie protestieren und erklären, ein skrupelloser Verbrecher habe ihr eine Falle gestellt.

Am Ende der Straße erschien die schwarze Silhouette einer hochgewachsenen Gestalt, in Nebel gehüllt. Jarrett ... Er streckte ihr die Hände entgegen, und sie eilte zu ihm, mußte ihn erreichen, dann würde die Gefahr, die ihr drohte, nichts mehr bedeuten. Doch die schattenhafte Gestalt wich zurück ...

»Tara!« Starke Arme umschlangen sie.

Es war kein Traum mehr. Langsam öffnete sie die Augen. Sie lag in der Hütte ihres Mannes, auf weichen Fellen, und er drückte sie an seine Brust. Sanft wiegte er sie hin und her, flüsterte ihr beruhigende Worte zu. Sie starrte in sein geliebtes Gesicht, dann klammerte sie sich schluchzend an seinen Hals. »Jarrett!«

»Du hast geträumt.«

»Ja.«

»Ein Alptraum?«

»Oh, ich konnte dich nicht erreichen. Du warst so weit weg ...«

»Beinahe hätte dieser Bastard dich erwürgt. Mary gab dir eins ihrer Spezialgetränke. Unter der Einwirkung dieses Gebräus haben schon viele Krieger von wilden Schlachten geträumt.« Sie hätte gelächelt, wäre ihr die beängstigende Situation nicht zu Bewußtsein gekommen. »Jarrett, er ist tot.«

»Du kannst Osceola wohl kaum verübeln, daß er ihn erschossen hat.«

»Natürlich nicht! Du verdankst dem Häuptling dein Leben. Aber — man wird dich hängen. Der Captain blieb bei mir im Wald zurück, und das weiß die ganze Kompanie.«

»Ich ritt den Soldaten nach. In ihrer Mitte traf ich einen jungen Sergeant namens Dicks, den ich gut kenne, und erzählte ihm, du wärst mit den Kindern entkommen. Später hätte ich die Leiche des Captains gefunden.«

»Aber wird man dir glauben? Wenn man den Fall untersucht ...«

Lächelnd schüttelte er den Kopf. »Die Kompanie war entsetzt über sein Verhalten. Nicht alle weißen Soldaten schießen indianische Frauen und Kinder nieder, ohne mit der Wimper zu zucken. Dicks und seine Kameraden machten sich große Sorgen um dich und bewunderten deine Tapferkeit. Wenn sie den Toten in ihr Quartier bringen, werden sie eine Untersuchung zu verhindern wissen. In diesem Land tobt ein Krieg«, fügte er bitter hinzu, »und der elende Captain ist nur ein Opfer von vielen.«

Tara atmete erleichtert auf. »Gott sei Dank!«

»Jetzt mußt du weiterschlafen — aber ohne die Dämonen deiner bösen Träume zu bekämpfen. Und morgen früh reiten wir nach Hause.«

»Schon so bald?«

»Du hast rund um die Uhr geschlafen. Solange du hierbleibst, wird James das Dorf nicht verlassen, aber seine Leute sind in Gefahr.«

»Oh!« Tara versuchte sich aufzurichten. »Dann sollten wir sofort verschwinden ...«

»Nein. Sie werden noch oft genug fliehen müssen, und sie wollen diese letzte Nacht in ihren Hütten genießen.« Jarrett stand auf, ging zum Herd und brachte ihr einen Becher aus Zypressenholz, mit kühlem Wasser gefüllt.

Nachdem sie ihren Durst gestillt hatte, griff er nach einem Topf und schöpfte *Koonti*-Brei in zwei Schüsseln.

Schweigend aßen sie, dann streckte sich Jarrett neben Tara aus. Die Augen fielen ihr zu.

Obwohl sie so lange geschlafen hatte, fühlte sie sich immer noch müde. Aber sie wehrte sich gegen den Schlummer. »Jarrett ... So tapfer bin ich gar nicht.«

»Immerhin hast du dein Leben aufs Spiel gesetzt, um die Kinder zu retten.«

»Das hätte jeder getan.«

»Nein, nicht jeder. Ich kann dir gar nicht sagen, wie herzlich ich dir danke — und wie stolz ich auf meine Frau bin.« Liebevoll strich er ihr über die Wange, und sie preßte seine Hand an ihre Lippen. »Schlaf jetzt«, flüsterte er und nahm sie in die Arme.

Doch sie fand keine Ruhe. Ihre Finger spielten mit seinen Hemdknöpfen, berührten seine nackte Haut dazwischen.

»Tara!« protestierte er. »Du brauchst jetzt deinen Schlaf.«

»Nein, ich brauche dich!« Im Feuerschein stand sie auf und schlüpfte aus ihren Kleidern. Die Flammen warfen flackernde Schatten auf ihre runden, vollen Brüste, die schlanken Glieder. Sekundenlang glaubte er Tränen in ihren Augen zu sehen, doch da kniete sie neben ihm nieder. Wie ein seidener Vorhang fiel ihr goldblondes Haar auf ihn herab, als sie ihn küßte. Dann öffnete sie sein Hemd, ihre Lippen glitten über seinen Hals, seine nackte Brust.

Heftig rauschte das Blut in Jarretts Ohren, und die Sinnenlust verbannte fast alle vernünftigen Gedanken. Doch die Begierde konnte die Erinnerung an Taras Tränen nicht verdrängen. Er drehte sie herum, so daß er auf ihr lag, und schaute ihr forschend ins Gesicht. »Stimmt was nicht, Tara?«

»Wie meinst du das? Begehrst du mich denn nicht?«

»Doch, verdammt noch mal! Aber nicht, wenn du weinst.«

»Ich weine nicht.«

»Deine Augen sind feucht.«

»Nun, wenn du nicht willst ...«, flüsterte sie und versuchte sich aus der Umarmung zu befreien.

»Natürlich will ich, Tara! Ich möchte vorher nur wissen, was in deinem Kopf vorgeht.«

»Oh, du Idiot! Ich liebe dich so sehr, und davor habe ich manchmal Angst.«

Wie verwirrend diese Worte klangen — und unglaublich süß ... In vollen Zügen mußte er auskosten, was er soeben gehört hatte. Dann merkte er, daß er es etwas zu lange genoß. Sein Schweigen schien Tara zu bestürzen, denn sie stemmte sich gegen seine Brust.

Sie liebte ihn. Ein Wunder, auf das er nicht zu hoffen gewagt hatte, war geschehen. Die Sehnsucht nach diesem Geständnis verfolgte ihn seit der Hochzeitsnacht. So dringend hatte seine wunde Seele der Heilung bedurft. Und er war überzeugt gewesen, *er* würde *Tara* retten. Ein Irrtum. Sie hatte ihn gerettet.

»Oh, das hätte ich nicht sagen dürfen«, klagte sie. »Und wenn du mir keine Antwort geben willst, laß mich bitte gehen!«

Er sollte sie gehen lassen? Niemals, solange er lebte. Wieder versuchte sie sich loszureißen, aber er hielt ihre Handgelenke fest. »Oh, ich habe dir sehr viel zu sagen.«

Taras kobaltblaue Augen starrten ihn an, ihre Lippen bebten. »Was?« wisperte sie.

»Soeben hast du mich einen Idioten genannt.«

»Jarrett — glaub mir, ich weiß, wie albern ich war. Niemals hätte ich das sagen dürfen. Du liebst Lisa immer noch, und dafür müßte ich dankbar sein. Würdest du nicht so schmerzlich um sie trauern, hättest du aus den richtigen Gründen zum zweitenmal geheiratet — aus Liebe, statt dir eine unbekannte, dahergelaufene Frau zu nehmen. Wahrscheinlich hast du dich nur zu unserer Ehe entschlossen, weil du Lisa so innig liebst wie eh und je ...«

»Moment mal!« unterbrach er sie und ließ eine ihrer Hände los, um ihre Wange zu streicheln. »Ja, ich liebte Lisa, und ich bitte dich, das zu verstehen. Ein Teil meines Herzens wird immer ihr gehören. Aber ich vergrub mich zu tief in meinem Selbstmitleid, und davon hast du mich befreit. Und unsere Heirat hat wirklich nichts mit meinen Gefühlen für jemand anderen zu tun.«

»Robert hat dich dazu gezwungen.«

»Glaub mir, kein Mann auf Erden kann mich zu irgendwas zwingen. Ich habe dich geheiratet, weil ich es wollte — weil ich dich mit aller Macht begehrte, seit du an jenem Abend in die Taverne kamst. Es drängte mich, dich zu berühren, dein seidiges blondes Haar zu streicheln, in deine Augen zu schauen. Nie zuvor hatte ich mich so heiß nach einer Frau gesehnt, Tara. Nicht einmal Lisa liebte ich so leidenschaftlich. Das war eine andere Art von Liebe, gut und sanft und süß. Diese Liebe wird mich stets begleiten, aber sogar sie verblaßt neben den Gefühlen, die du in mir weckst.«

Mit großen Augen schaute sie ihn an und schien kaum zu atmen.

»Habe ich jetzt genug gesagt?« fragte er leise.

Offensichtlich — denn plötzlich schrie sie auf und schlang die Arme um seinen Hals. Wie betörende Flammen brannten ihre Lippen auf seinen, verführerisch hob sie ihm ihre Brüste entgegen. Als sie ungeduldig an seiner Hose zerrte, zog er sich rasch aus. Ihre intimen Liebkosungen drohten ihn zu überwältigen. Bald verschmolz er mit ihr, erreichte viel zu schnell den Höhepunkt, doch es gelang ihm, auch ihr Erfüllung zu schenken.

Zufrieden schmiegte sie sich in seine Arme. »O Jarrett, wie ich dich liebe ...«

»Und ich liebe dich.«

Wieder fanden sich ihre Lippen, und das Feuer war herabgebrannt, als sie endlich eng umschlungen einschliefen.

Am nächsten Morgen verabschiedete sich Tara schweren Herzens von ihrer neuen Familie. Sie würde nach Hause reiten, in die sichere Festung Cimarron.

Aber Naomi, Mary, James, die Kinder und alle anderen Dorfbewohner blickten einer ungewissen, bedrohlichen Zukunft entgegen. Bedrückt beobachtete Tara, wie der lange Treck aufbrach, Pferde, Schafe, Rinder, vollgepackte Traggestelle. Trotz ihres Kummers versuchte sie ermutigend zu lächeln. Als sich die Prozession in Bewegung gesetzt hatte, kehrte James noch einmal zu seinem Bruder und seiner Schwägerin zurück.

Zuerst reichte er Jarrett die Hand. »Du wirst immer wissen, wo du mich finden kannst.«

»Und ich werde immer für dich dasein«, gelobte Jarrett.

Lächelnd nickte James und lenkte seinen Hengst zu dem Pferd, das Tara ritt. Er neigte sich herüber, küßte sie auf beide Wangen. »Meine kleine Schwägerin, wir werden für immer in deiner Schuld stehen.«

»O James, was ich tat, war selbstverständlich ...«

»Wir lieben dich, Weiße Tigerin.«

»Also hat Osceola mir einen Namen gegeben«, flüsterte sie, und das Blut stieg ihr in die Wangen.

»O ja«, bestätigte er und drückte ihre Hand. »Und eins mußt du wissen. So schrecklich dieser Krieg auch toben mag — wir vergessen nie, wem wir Dank schulden und wen wir lieben. Wann immer du uns brauchst, wir sind für dich da.«

»Ich liebe dich und deine Familie, das weißt du.«

»Natürlich, kleine Schwägerin«, erwiderte er und galoppierte davon, um seine Seminolen-Schar tief in die Wildnis hineinzuführen.

Ein letztes Mal ließ Tara ihren Blick über die Hütten

wandern. Das Lagerfeuer in der Dorfmitte war erloschen. Rasch wandte sie sich ab und spornte ihre Stute an. Jarrett folgte ihr. »Wir alle werden diese schweren Zeiten überleben«, versicherte er und lenkte Charlemagne an Taras Seite.

»Und wenn der Krieg eine halbe Ewigkeit dauert?«

»Auch dann werden wir ihn überstehen.«

Da lächelte sie, froh über seine unerschütterliche Zuversicht. Aber ein harter, steiniger Weg lag vor ihnen. Nun kannte sie beide Seiten und wußte, daß viele Weiße nur aus Angst kämpften, ebenso wie die Seminolen. Die Weißen strebten nach neuem Land und Fortschritt, die Indianer wollten einfach nur ihr Zuhause retten und am Leben bleiben.

»Tara, die Situation spitzt sich zu«, fuhr Jarrett nach einer kleinen Pause fort. »Im Süden besitze ich ein Sumpfgebiet am Miami River. Dort lebten ein paar weiße Siedler. Die meisten haben ihre Häuser verlassen. Vor kurzem wurde der Leuchtturm von Key Biscayne niedergebrannt. Bei diesem grausamen Angriff starb der schwarze Gehilfe des Leuchtturmwärters, den die Indianer für tot hielten und einfach liegenließen. Aber er überlebte und konnte berichten, was geschehen war. Vielleicht solltest du in den Norden übersiedeln ...«

»Nein!«

Er holte tief Atem. »Wahrscheinlich muß ich dich noch oft allein lassen. Dein Pessimismus war berechtigt. Diesmal ist bei meinen Verhandlungen mit Osceola nichts herausgekommen. Also muß ich es noch einmal versuchen.«

Verzweifelt wich sie seinem Blick aus. »Oh, ich hasse das alles!«

»Ich auch. Wenn ich dich nach Atlanta bringe ...«

»Nein!«

»Oder nach Charleston ...«

»Nein!«

»Vielleicht Boston ...«

»Großer Gott, nein!« Unwillkürlich erschauerte sie, und er hob die Brauen.

»Warst du schon einmal in Boston?«

»Jarrett, ich verspreche dir, ich werde nie mehr protestieren — wenn du weggehst. Aber laß mich bitte auf Cimarron bleiben!«

»Einverstanden«, antwortete er lächelnd. »Die Trennung von dir hätte ich ohnehin nicht ertragen.«

»Aber warum ...«

»Oh, ich wollte nur das Versprechen hören, du würdest dich in Zukunft ordentlich benehmen.«

Tara warf ihm einen vernichtenden Blick zu. »Sei froh, daß ich keine Blumenvase zur Hand habe! Sonst würde ich sie auf deinem Kopf zerschmettern.«

»Dann würde ich mich grausam rächen.«

»Dazu hättest du keine Chance.«

»Oh, ich bin schnell wie der Blitz.«

»Und ich noch viel schneller!«

»Das wollen wir mal sehen!«

Seine ebenholzschwarzen Augen funkelten, und sie erriet sofort, was er plante — ein Wettrennen. Entschlossen grub sie die Fersen in die Flanken ihrer Stute. Im wildem Galopp folgte sie dem Waldweg, und Charlemagne sprengte hinter ihr her.

Auf einer sonnigen Lichtung holte Jarrett sie ein, riß sie aus dem Sattel, sprang von seinem Pferd, und sie wälzten sich lachend im Gras. Nie zuvor hatte sie gewußt, wie wundervoll das Leben sein konnte. Sie liebte Jarrett. *Und er liebte sie!* Dieses Glück erschien ihr so vollkommen, daß es fast schmerzte. Sie wagte nicht, ihrem Mann allzu deutlich zu zeigen, was sie empfand. »Schuft!« schimpfte sie.

»Wilde Hexe!« Ein fordernder Kuß verschloß ihr den Mund, und sie liebten sich mitten auf der Wiese. Danach zupfte sich Tara lachend die Grashalme aus dem Kleid.

Sie ritten weiter, und wenig später ragte Cimarron vor ihnen auf. Endlich daheim, dachte sie erleichtert.

20

Es war schöner denn je, heimzukehren. Peter übernahm die Pferde, und Jeeves verkündete, im Schlafzimmer würde ein Bad auf Mrs. McKenzie warten. Dankbar lächelte sie ihm zu, eilte nach oben und schlüpfte rasch aus ihren schmutzigen, zerrissenen Kleidern.

Während sie in der Wanne saß, kam Cota zu ihr und berichtete, in Taras Abwesenheit habe sie einige der schönen, von ihrer Herrin zugeschnittenen Modelle fertiggenäht.

»Oh, vielen Dank.« Wohlig versank Tara im warmen Wasser. Wie sie dieses Haus und seine Dienerschaft liebte, die Sonne und den Fluß, die Kohlpalmen und Zypressen, die Blumen, die das ganze Jahr über blühten ... Sie liebte ihre indianischen Verwandten, sogar die Alligatoren und Schlangen. Und vor allem liebte sie Jarrett.

Cota zeigte ihr, wo sie die neuen Sachen verwahrt hatte, in der Truhe am Fußende des Betts und im Schrank. Dann trat sie ans Fenster und schnappte hörbar nach Luft.

»Was ist denn los?« fragte Tara.

»Ein Schiff!«

Gequält schloß Tara die Augen. Was wollte Tyler Argosy jetzt schon wieder? Aber vielleicht würde er nur berichten, was Osceola trieb. Sie konnte einfach nicht glauben, daß der Captain ihren Mann erneut wegschicken würde. Seufzend stieg sie aus der Wanne, wickelte sich in das große Badetuch und lief zu Cota, die immer noch am Fenster stand. Inzwischen hatte das Schiff angelegt: eine Kriegsschaluppe aus Tampa.

Wie immer ging Argosy als erster von Bord. Und dann ... Taras Atem stockte. *O nein! Er konnte ihr unmöglich nach Cimarron gefolgt sein!* Aber es gab keinen Zweifel. Wie dumm von ihr zu glauben, hier wäre sie in Sicherheit! Offenbar hatte Clive sie in New Orleans gesucht und herausgefunden, daß sie mit Jarrett McKenzie verheiratet war. Aber warum tauchte er erst jetzt auf? Natürlich, er mußte vorsichtig taktieren, denn er hatte sicher herausgefunden, daß Jarrett ein reicher, mächtiger Mann war. Deshalb würde er abgewartet haben, bis er die richtigen Waffen besaß, um wirksam gegen McKenzie und dessen Frau vorzugehen.

Und nun verließ er hinter Tyler die Schaluppe — Clive Carter, blond und hochgewachsen, in einem eleganten karmesinroten Jackett, der perfekte Gentleman, gefolgt von seinem kleinen, pockennarbigen Helfershelfer, Jenson Jones. Gewiß, ohne seinen Zeugen, einen Friedensrichter aus Massachusetts, konnte Clive nicht das Haus eines Gentlemans in Florida betreten, um Tara zu holen und dem Henker auszuliefern — falls sie nicht um Gnade flehte und seine Forderungen erfüllte.

Sie zitterte am ganzen Körper. Eher würde sie in den Fluß springen, statt sich von diesem Schurken anfassen zu lassen.

Jetzt führte Rutger die Besucher über den Rasen herauf. Jarrett ging ihnen entgegen. Neben dem Hausherren, der eine graue Hose und ein schlichtes weißes Hemd mit schwarzer Weste trug, wirkte Clive — in Samt und Brokat gehüllt — wie ein Pfau an der Seite eines stolzen Adlers ...

Tara wagte nicht, noch länger am Fenster zu stehen, und öffnete ihre Truhe, in der die neuen Kleider lagen. Sie nahm ein dunkelrosa Reitkostüm heraus, zerrte Unterwäsche aus einer Schublade und zog sich an. Dann eilte sie hastig zu der jungen Italienerin, die sie verwundert beobachtete. »Cota, ich brauche Hilfe. Bitte, laufen Sie zu Peter und sagen sie ihm, er soll ein frisches Pferd für mich satteln. Niemand darf davon erfahren, auch nicht Master Jarrett. Sonst gerate ich in ernsthafte Schwierigkeiten. Gehen Sie jetzt, ich flehe Sie an!«

Bestürzt runzelte Cota die Stirn. Aber Tara ließ ihr keine Zeit, Fragen zu stellen oder zu protestieren, und schob sie in den Flur hinaus.

Tara schlüpfte in ihre Reitstiefel und verließ das Zimmer. Angespannt lauschte sie, doch sie vernahm keine Stimmen. Die Männer waren noch nicht im Haus eingetroffen. Jeden Augenblick würden sie durch die Hintertür hereinkommen.

So leise wie möglich schlich sie die Treppe hinab und durch den Vordereingang nach draußen.

Als sie die Tür hinter sich schloß, hörte sie, wie die Gentlemen auf der anderen Seite eintraten. Doch das spielte keine Rolle mehr — sie hatte es geschafft.

Sekundenlang hielt sie inne, um Atem zu schöpfen. O Gott, wenn Jarrett den schrecklichen Anklagen glaubte, die Clive gegen sie erheben würde ... Daran wagte sie nicht zu denken. Sie wollte auf die Zukunft hoffen — auf eine glückliche Zukunft mit ihrem geliebten Mann. Aber jetzt durfte sie nicht hierbleiben. Clive war mit militärischer und amtlicher Unterstützung erschienen, und Jarrett würden — trotz all seiner Macht — die Hände gebunden sein. Deshalb mußte sie fliehen, so schnell wie nie zuvor in ihrem Leben.

Obwohl sich alles in Jarretts Kopf drehte, tat er sein Bestes, um zu begreifen, was Tyler ihm auf dem Weg zum Haus erzählte. Dieser Bastard war also hierhergekommen, um Tara zu holen. Und der häßliche, blasse kleine Kerl mit den Schweinsaugen und den Pockennarben trug einen Haftbefehl bei sich. Weil Tara angeblich einen Ex-Senator ermordet hatte.

Niemals würde er seine Frau diesen Leuten ausliefern. Was da vorging, wußte er zwar nicht, aber er würde um Tara kämpfen. Zunächst mußte er lückenlose Informationen sammeln. Wissen war die beste Waffe. Doch es fiel ihm verdammt schwer, sich zu beherrschen und die Schurken nicht zu erwürgen.

Auf seinem Herzen lag eine schmerzliche Last. Warum hatte Tara ihm nicht die Wahrheit anvertraut und ihn statt dessen diesem Schock ausgesetzt?

Unter dem Vorwand, Getränke servieren zu lassen, eilte er den Besuchern voraus in den Flur, rief nach Jeeves und verschwand mit ihm in der Bibliothek. Natürlich würde Tyler ahnen, daß sein Freund etwas im Schilde führte, aber glücklicherweise hielt er den Mund — sicher, weil er ebenso wenig wie Jarrett an Taras Schuld glaubte.

»Suchen Sie meine Frau!« Beschwörend legte Jarrett seine Hände auf die Schultern des Butlers. »Peter soll sie von hier wegbringen, so schnell wie möglich, irgendwohin in den Wald. In dieser Gegend kennt er sich aus.«

Wortlos nickte Jeeves und schlüpfte aus der Bibliothek, als Tyler mit den beiden Besuchern aus Boston eintrat.

»Nehmen Sie Platz, Gentlemen!« Jarrett zeigte auf das Ledersofa und die Sessel. »Was möchten Sie trinken? Whiskey?«

»Für mich einen doppelten«, bat Tyler.

»Ja, auch wir könnten einen Whiskey vertragen«, bemerkte Clive Carter, und Jarrett beobachtete ihn, während er die Gläser füllte. Der Sohn des hochgeachteten verstorbenen Politikers Julian Carter war ein attraktiver Mann mit dichtem blondem Haar. Wenn Jarrett sich auch nie besonders für die Bundespolitik interessiert hatte, informierte er sich stets über die Ereignisse in Washington — insbesondere, weil so viele Kongreßbeschlüsse seine Heimat betrafen. Hin und wieder korrespondierte er sogar mit seinem alten Freund Jackson. Und so wußte er, daß der integre Senator Carter sowohl bei Freunden als auch bei Feinden hohes Ansehen genossen hatte.

Schon vor über einem Jahrhundert hatte die Familie Carter ihren Reichtum erworben — angeblich mit dem Sklavenhandel. Doch dies war in Boston, wo sich die Gegner der Sklaverei zusammenschlossen, niemals offen ausgesprochen worden.

Nun, das alles spielte keine Rolle. Es kam nur auf die Beziehung zwischen Clive Carter und Tara an. Nachdenklich nippte Jarrett an seinem Drink, einen Ellbogen auf das Kaminsims gestützt. Nun würde er die Antworten erhalten, auf die er so lange vergeblich gewartet hatte. Vor diesem Mann war Tara geflohen. Sie fürchtete und verachtete ihn. Um ihm zu entrinnen, hatte sie alles auf sich genommen — sogar in einer Taverne gearbeitet und einen Fremden geheiratet.

»Also, Gentlemen«, begann Jarrett höflich, »ich würde die Geschichte gern von Anfang an hören. Mr. Carter, Sie behaupten, Mr. Jones sei bevollmächtigt, meine Frau zu verhaften — weil sie des Mordes an Ihrem Vater angeklagt ist.«

»In der Tat, Sir, ich fürchte, das ist die schlichte Wahrheit« seufzte Clive und schnitt eine Grimasse, die tiefen Kummer ausdrücken sollte.

»Wieso kennen Sie meine Frau, Sir?«

»Offensichtlich wissen Sie nichts über Taras Vergangenheit. Nun verfolge ich sie schon sehr lange. In New Orleans hätte ich sie beinahe geschnappt. Und dann führte ihre Spur hierher zu Ihnen.«

»Erklären Sie mir doch endlich, worum es geht!« bat Jarrett ungeduldig.

»Miss Brent war eine Schauspielerin, die mein Vater unter seine Fittiche nahm. In seinem Haus führte sie zusammen mit einer Theatertruppe eine Komödie auf, verfaßt von einem jungen Dichter, den mein Vater ebenfalls förderte — Taras Bruder. Und dann wurde Dads Güte mit einer Kugel belohnt, die man ihm in die Brust jagte.«

»Und warum glauben Sie, Tara hätte diesen Schuß abgefeuert?«

»Sie dachte, mein Vater würde ihr Vorschriften machen, obwohl ihm doch nur ihr Wohlergehen am Herzen lag, ihre glückliche Zukunft. Und so erschoß sie ihn vor versammelten Publikum. Wir alle sahen, wie das Blut aus seiner Wunde quoll. Dafür gibt es Zeugen, Sir. Im Zuschauerraum saßen die Honoratioren der Bostoner Gesellschaft.«

»Wenn dies alles nicht der Wahrheit entspräche, besäße ich keinen Haftbefehl, Mr. McKenzie«, warf Jenson Jones ein und lächelte dünn.

Das kann unmöglich stimmen, dachte Jarrett. Tara hat zwar nicht geleugnet, daß sie eines Verbrechens bezichtigt wird, aber ihre Unschuld beteuert. Und er zweifelte nicht an ihren Worten. Aber wie sollte er beweisen, daß man sie zu Unrecht anklagte?

Unglücklich ergriff Tyler das Wort. »Ich fürchte, Jarrett, deine Frau muß vor Gericht gestellt werden. So vieles spricht gegen sie.«

»Mein Vater war ein sehr einflußreicher Mann ...«, begann Carter prahlerisch.

»O ja!« fiel Jarrett ihm ins Wort. »Einmal bin ich ihm begegnet, in Präsident Jacksons Gesellschaft.« Natürlich brauchte er nicht unbedingt zu erwähnen, daß er im Augenblick mit Andy wegen der Indianerfrage auf Kriegsfuß stand. Wenn Clive mit seinen guten Beziehungen angab, wollte Jarrett ihm in nichts nachstehen.

»Sir! Es gibt genug Zeugen. Und dagegen kann der Präsident nichts unternehmen.«

»Das wollte ich auch nicht andeuten. Aber wenn meine Frau vor einem Bostoner Gericht erscheinen muß, verlange ich, daß man mir genug Zeit läßt, damit ich die Verteidigung vorbereiten kann. Vor allem will ich die Zeugen befragen.«

Clive Carters Augen verengten sich, sein Blick glitzerte grausam. Offenbar war es nicht Julian gewesen, der Taras Leben zu manipulieren versucht hatte, sondern dieser Mann. »Tun Sie, was Sie für richtig halten, McKenzie. Aber vielleicht sollte ich Ihnen noch etwas mitteilen.«

»Und das wäre?«

»Ihre Frau hat sich auch der Bigamie schuldig gemacht.

Am Samstag vor dem Tod meines Vaters habe ich sie in einer Privatzeremonie geheiratet.«

»Was?« Jarretts Atem stockte. Diesen Unsinn glaubte er keine Sekunde lang.

Carter räusperte sich und gab Jones einen Wink.

Wortlos stand der Friedensrichter auf und zog ein Dokument aus der Tasche, das er Jarrett überreichte.

Dieses Papier glich einer legitimen Heiratsurkunde. Aber irgendwie wußte Jarrett, daß es nicht echt war.

»Auch ich möchte Tara nicht hängen sehen, McKenzie«, versicherte Carter. »Obwohl sie meinen Vater getötet hat, will ich sie verteidigen. Und ich werde ihr die Bigamie nicht zur Last legen. Hoffentlich sind Sie ein Gentleman, Sir, und erwähnen vor Gericht Ihre ungesetzliche Heirat nicht. Sehen Sie, ich kenne die besten Bostoner Anwälte, und wenn es jemanden gibt, der Tara retten kann, dann *ich*. Sie muß mich nur nach Hause begleiten.«

»Sie behaupten also, sie sei Ihre Frau?« fragte Jarrett.

»Sir, das entsprechende Dokument liegt in Ihren Händen.«

»Und Sie beide haben als Mann und Frau zusammengelebt?«

»In der Tat, wenn es auch ein Geheimnis war. Mein Vater wünschte diese Ehe, denn er hatte Tara ins Herz geschlossen und wollte ihre Zukunft sichern.«

»Ah, und das beglückte Tara so sehr, daß sie ihn erschoß?«

»Nun, er verlangte von ihr, die Schauspielerei aufzugeben. Das war kein passender Beruf für seine Schwiegertochter. Doch sie dachte, sie könnte ihn umgarnen — und mich verführen, was ihr auch gelang. Natürlich liebe ich sie immer noch. Und deshalb werde ich alles für sie tun, was in meiner Macht steht.«

»Das ist einfach unmöglich!« Jarrett zeigte auf das Dokument in seiner Hand. »Oder Sie sind impotent!« Zu seiner Genugtuung sah er Carter erblassen und fuhr lächelnd fort: »Gentlemen, meine Frau — wie ich soll ich es diskret ausdrücken? — war in der Hochzeitsnacht noch unschuldig.«

An Carters Schläfen schwollen die Adern an, doch er bezähmte seinen Zorn. »Bedenken Sie, Mr. McKenzie — meine Frau ist Schauspielerin. Sie kann jeden Akzent imitieren, alle Verhaltensweisen — und natürlich auch mädchenhafte Unschuld!«

»Gewisse Dinge kann eine Frau nur heucheln, wenn sie mit einem Idioten verheiratet ist — was ich nicht bin, Sir!«

»Wollen Sie mich einen Lügner nennen?« fauchte Clive Carter.

Beschwichtigend hob Jarrett eine Hand. »Es widerstrebt mir, den Sohn Ihres Vaters als Lügner zu bezeichnen. Und ich weiß einfach nicht, was ich sagen soll. Vielleicht leiden Sie unter irgendeinem Wahn.«

Tyler räusperte sich unbehaglich. »Immerhin hat Jones einen Haftbefehl, Jarrett.«

»Nun, wie auch immer, meine Frau ist nicht hier.«

»Das ist nun wirklich eine Lüge!« schrie Carter.

Jarrett starrte ihn an und hob die Brauen. »Offenbar weiß dieser vornehme Bostoner Gentleman nicht, wie man sich als Gast eines vornehmen Haushalts im Süden benimmt.«

»Wie können Sie es wagen!« Carter sprang auf und ging drohend auf Jarrett zu, der nur auf eine Gelegenheit wartete, dem Schurken die Nase einzuschlagen.

Hastig trat Tyler zwischen die beiden Männer. »Bitte, Gentlemen! Auf diese Weise können wir die Angelegenheit nicht klären.«

»Ich will meine Frau wiederhaben!« brüllte Carter. »Und wenn Sie mir nicht zu meinem Recht verhelfen, Captain Argosy, werde ich dafür sorgen, daß Sie degradiert werden und für den Rest Ihres Lebens Latrinen putzen müssen!«

»Tun Sie, was Sie für richtig halten«, erwiderte Tyler

kühl. »Aber wenn Mr. McKenzie sagt, seine Frau sei nicht hier, so genügt mir sein Wort.«

»Und wo ist sie?« stieß Carter hervor.

»Im Wald, bei den Indianern. Sie wissen doch, daß die Seminolen gerade auf dem Kriegspfad sind und alle Weißen massakrieren und skalpieren?«

»Nun, dann muß ich meine Frau eben aufspüren. Und die Army wird sich um diese Seminolen kümmern. Ich warne Sie, McKenzie. Wenn ich Tara finde, komme ich zurück und ziehe Sie zur Rechenschaft! Lassen Sie das Haus durchsuchen, Captain!«

»Aber ich sagte doch ...«, begann Tyler.

»Oh, du kannst dich gern umschauen«, fiel Jarrett ihm ins Wort. »Aber du wirst Tara nicht finden.«

»Das Haus muß vom Dachboden bis zum Keller durchsucht werden!« schrie Carter und stürmte aus der Bibliothek, dicht gefolgt von Jones.

Seufzend zuckte Jarrett die Schultern. »Du weißt doch, daß es hier keinen Keller gibt.«

Tyler lächelte schwach. »Großer Gott, er hat einen Haftbefehl ...«

»Der mag echt sein. Aber die Heiratsurkunde ist gefälscht. Hast du die Unterschrift gesehen?«

»Jones, dieser unsympathische Friedensrichter, hat die beiden getraut.«

»Als Trauzeugen fungierten Julian Carter und eine gewisse Sara Teasedale. Nun, Julian ist tot, und diese Sara Teasedale würde ich gern mal befragen.«

»Schön und gut, aber der Haftbefehl ist rechtskräftig.«

»Sie hat es nicht getan, Tyler.«

»Um Himmels willen, das möchte ich nur zu gern glauben. Aber Julian Carter wurde vor Zeugen erschossen.«

»Sie ist unschuldig.«

»Und was soll nun geschehen? Carter verlangt, daß ich ihn ins Landesinnere begleite und ihm helfe, Tara zu suchen.«

Ehe Jarrett antworten konnte, eilte Jeeves in die Bibliothek. »Sir, sie war schon weg!«

»Was?« flüsterte Jarrett.

»Als ich Mrs. McKenzie aus ihrem Zimmer holen wollte, war sie schon verschwunden.«

Verdammt ... Jarrett ballte die Hände. Nun mußte er sie selber suchen — und aufstöbern, bevor Carter sie fand.

»Jarrett, du weißt, daß ich Tara festnehmen muß«, sagte Tyler in energischem Ton. »Es gibt keinen Ausweg. Und ich gebe dir einen guten Rat — du solltest den besten Anwalt in den Vereinigten Staaten engagieren!«

»Natürlich engagiere ich einen Anwalt für Tara. Wenn es soweit ist. Aber erst einmal muß ich sie finden — und zwar bevor deine Soldaten sie aus dem Wald schleppen. Und eins kann ich dir schwören, Tyler. Sie war niemals mit diesem geckenhaften Arschloch verheiratet. Das kann ich beweisen!«

21

Peter begleitete sie in das verlassene Seminolendorf, wo James mit seiner Familie gelebt hatte — und wo Jarretts Hütte stand. »Heute nacht halte ich Wache«, versprach der Indianerjunge.

Lächelnd nickte sie ihm zu. Lieber hätte sie ihn aufgefordert, nach Cimarron zurückzureiten und versichert, sie würde sich nicht fürchten. Aber sie wollte seinen Stolz nicht verletzen. Offensichtlich war er fest entschlossen, sie zu beschützen.

Sie hatte ihn nicht mitnehmen wollen, doch er war nicht von ihrer Seite gewichen — eindeutig ein Vorteil, da er den Wald besser kannte als sie. Außerdem hatte sie bei ihrem überstürzten Aufbruch keine Zeit gefunden, mit ihm zu streiten.

Nun machte er Feuer in Jarretts Hütte, dann ging er hinaus. Tara setzte sich und starrte in die Flammen. Wie einsam und unheimlich das Dorf wirkte. Im Wind schienen geisterhafte Echos von Gelächter und Träumen mitzuschwingen.

Ihr Magen knurrte. Natürlich hatten die Indianer all ihre Lebensmittel auf die Reise mitgenommen. Doch dann klopfte Peter grienend an die halboffene Tür und hielt etwas hoch, ein kleines pelziges Ding. »Ein Hase — für Sie!« verkündete er triumphierend.

»Oh, wie wundervoll. Vielen Dank!« rief sie und fühlte sich elend. Die glasigen braunen Augen des Tieres starrten sie an. Wie sollte sie es ausnehmen und ihm das Fell abziehen? Sie wollte aufstehen, sank aber wieder auf die Pelzdecken zurück. Plötzlich schwindelte ihr. Der Ritt war so anstrengend gewesen, und die Angst schien ihr alle Kräfte zu rauben.

»Ich werde den Hasen für Sie braten«, erklärte Peter und ließ sie wieder allein.

»Danke ...« Seufzend streckte sie sich auf ihrem bequemen Lager aus.

Was mochte Jarrett gedacht haben, als Clive Carter in Cimarron erschienen war — vermutlich mit einem Haftbefehl für Tara McKenzie?

Glaubte Jarrett an ihre Unschuld? Liebte er sie immer noch?

Die Augen fielen ihr zu, und sie mußte eingeschlafen sein, denn als sie ihre Lider wieder hob, war das Feuer fast herabgebrannt. Was hatte sie geweckt? Leise Schritte näherten sich der Hütte. Peter?

Seltsam, wie verstohlen sich diese Person bewegte, fast lautlos ... Tara sprang auf und schaute sich verzweifelt nach einer Waffe um. Neben dem Herd stand eine große irdene Schüssel. Sie griff danach, schlich zur Tür und preßte sich daneben an die Wand. Angespannt lauschte sie und wagte kaum zu atmen.

Ein Schatten glitt in die Hütte, dann sah Tara einen dunkel verhüllten Arm — eine Pistole in der ausgestreckten Hand.

Kreischend schmetterte Tara die Schüssel auf den schwarzen Kopf der Gestalt und rannte zur Tür hinaus. Doch da wurden ihre Fußknöchel von kräftigen Händen gepackt, und sie stürzte.

»Tara!«

Wie aus weiter Ferne hörte sie ihren Namen, in wilder Panik schlug sie um sich. Doch es nützte nichts. Unbarmherzig wurde sie in die Hütte zurückgezerrt und herumgedreht, so daß sie auf dem Rücken lag.

»Tara!« Jetzt packten die Hände ihre Schultern. Entsetzt starrte sie in die schwarzen Augen eines Mannes, der rittlings auf ihren Hüften saß und sein Gesicht vor ihren Fingernägeln zu schützen suchte. »Tara, ich bin's!«

»Jarrett! O Gott, Jarrett!« schluchzend streckte sie ihm die Arme entgegen. »Es tut mir so leid. Niemals hätte ich dich heiraten dürfen. Ich hätte wissen müssen, daß er die Suche nach mir nicht aufgeben würde ... Ist er mit dir hierhergekommen? Werde ich jetzt verhaftet?«

Stöhnend rieb Jarrett sich über seinen Kopf und murmelte: »Verdammt!«

»Du hast mich zu Tode erschreckt!« flüsterte sie. »Deshalb schlug ich zu ...« Dann jagte ihr ein neuer Gedanke Angst ein. »Peter ... Er hat draußen Wache gehalten.«

»Als ich das Dorf erreichte, ließ er sich nirgends blicken. Ich dachte, du würdest dich in der Hütte verstecken, aber ich mußte sichergehen, weil Carter auf dem Weg hierher ist. Deshalb pirschte ich mich so leise wie möglich heran.« Eine Hand an seinen Kopf gepreßt, erhob er sich vorsichtig. Dann half er ihr auf die Beine.

»Da stimmt irgendwas nicht, Jarrett. Peter hätte mich niemals im Stich gelassen.«

»Später werde ich ihn schon finden. Ohne guten

Grund wird er nicht weggelaufen sein. Erst einmal muß ich mich mit dir befassen.«

Ein eisiger Schauer rann über ihren Rücken. »Vielleicht sollte ich — mit Clive gehen.«

»Wie bitte?«

»Wirklich, Jarrett, ich wollte dich nicht da hineinziehen.«

»Nur über meine Leiche wirst du Carter begleiten. Und jetzt bitte ich dich, mir alles zu erzählen.«

Unglücklich nickte sie und begann in der Hütte umherzuwandern. »Ich wurde in Dublin geboren.«

»Ah, das Lied, das du an Bord der *Magda* mit Robert gesungen hast! Damals glaubte ich, einen irischen Akzent in deiner Stimme zu erkennen. Nur jenes eine Mal ... Danach versuchte ich immer wieder vergeblich, deinem Tonfall zu entnehmen, woher du stammst. Aber wie ich inzwischen erfahren habe, bist du eine ausgezeichnete Schauspielerin.«

»Als meine Mutter starb, waren William und ich noch kleine Kinder. Mein Vater arbeitete in einem Kohlenbergwerk. Einige Jahre später verloren wir auch unseren Dad. Damals war ich dreizehn und William elf. Niemand nahm uns bei sich auf, und Dad hatte uns nichts hinterlassen. Da wir wunderbare Geschichten von der Neuen Welt gehört hatten, beschlossen wir, nach Amerika auszuwandern. Ich kann ganz gut singen, und William spielt mehrere Musikinstrumente, wenn er sich auch der Dichtkunst verschrieben hat. So sangen, musizierten und tanzten wir in den Dubliner Straßen, bis wir unsere Schiffsreise nach Boston bezahlen konnten.«

»Und in Boston hast du Julian Carter kennengelernt?«

Sie nickte, wandte sich zu Jarrett und schaute ihn flehend an. »Glaub mir, ich habe ihn nicht getötet. Ich mochte ihn sehr, weil er ein guter Mensch war — ganz anders als sein Sohn.«

»Erzähl weiter.«

»Ein Beamter von der Einwanderungsbehörde machte uns Schwierigkeiten. Wahrscheinlich hatte er was gegen Iren. Oder er hielt uns für zwei nichtsnutzige Bälger, die durchgefüttert werden mußten. Zufällig war Julian Carter im Büro und ebnete uns den Weg. Er lud uns zu einem köstlichen Dinner ein und versprach, sich um uns zu kümmern. Als er uns in sein Haus brachte, lernten wir Clive kennen, der nichts mit uns zu tun haben wollte. Damals war ich fünfzehn, William dreizehn. Da wir auf dem Schiff kaum etwas gegessen hatten, sahen wir elend aus. An jenem Abend übte ich sicher keine Anziehungskraft auf Clive aus. Er warf seinem Vater vor, gutes Geld an irische Gauner zu verschwenden. Dann stürmte er aus dem Haus. William und ich durften baden, und Julian kleidete uns ein. Wie rührend er für uns sorgte ... Er versprach sogar, uns Arbeitsplätze zu verschaffen. Natürlich wollten William und ich uns irgendwie erkenntlich zeigen. Also spielte mein Bruder auf der Flöte, und ich sang dazu. Plötzlich schnippte Julian mit den Fingern und verkündete, er habe eine großartige Idee. Schon am nächsten Tag wurden William und ich in einer Schauspielertruppe aufgenommen.«

»Und da hast du gelernt, verschiedene Akzente nachzuahmen und mit Nadel und Faden umzugehen.«

»Ich nähte Kostüme. Eine Zeitlang ging es uns sehr gut. Am Anfang durften wir nur untergeordnete Aufgaben erfüllen. Dann wirkte ich in den Aufführungen mit, und William begann Theaterstücke zu schreiben. Wir traten in New York und Richmond auf, und schließlich kehrten wir wieder nach Boston zurück. Einige Jahre verstrichen. William verliebte sich in eine Schauspielerin namens Marina, die Tochter eines Bostoner Kaufmanns. Aus Verzweiflung über ihren unstandesgemäßen Beruf wollten die Eltern sie damals enterben. Als sie William jedoch heiratete, versöhnten sie sich mit ihr, denn nun blieb Marina daheim, und William verdiente den Lebensunterhalt. Abgesehen von seinen Theaterstücken schrieb er auch Zeitungsartikel.«

»Und dann bist du den Carters wieder begegnet?«

Tara nickte. »Mein Bruder hatte ein wundervolles Stück geschrieben — über eine Frau, die von ihrem Geliebten verschmäht wird und ihren Wohltäter ermordet. Damals sahen wir natürlich keine bittere Ironie in dieser Handlung. Ich ging zu Julian, weil wir einen Geldgeber für die Aufführung brauchten. Und ich wußte, wir würden einen großen Erfolg erzielen, wenn die Premiere in seinem Salon stattfände. Julian stimmte begeistert zu. Als ich sein Haus verlassen wollte, traf ich Clive. Zunächst konnte er nicht glauben, daß ich das halb verhungerte Waisenkind war, das sein Vater bei der Einwanderungsbehörde aufgelesen hatte. Doch dann erkannte er mich und fing an ...«

»Was?«

Unbehaglich zuckte sie die Achseln. »Auf Schritt und Tritt verfolgte er mich. William und ich wohnten wieder im Haus seines Vaters. Jeden Tag machte Clive mir neue Avancen. Er versprach, mir die Sterne vom Himmel herunterzuholen und erklärte, ich könne singen und tanzen, wo ich wolle oder auch von der Bühne abgehen — ganz wie es mir belieben würde. Schließlich geriet er in Wut, weil ich ihn ignorierte, und stieß die wildesten Drohungen aus. Die jagten mir keine Angst ein, bis ...«

»Ja?« drängte Jarrett, als sie wieder verstummte.

»Eines Tages belauschte ich unfreiwillig einen heftigen Streit zwischen Clive und seinem Vater. Julian warf ihm vor, er würde das Geld zum Fenster hinauswerfen, zu viel trinken und sich mit leichtfertigen Frauen herumtreiben. Dann verkündete Julian, er würde seinen Sohn enterben — und das ganze Vermögen mir hinterlassen. Natürlich war Clive außer sich vor Zorn. Aber nach einiger Zeit besann Julian sich anders. Immerhin war Clive sein Fleisch und Blut. Er schlug seinem Sohn vor, mich zu heiraten. Ich würde Clive helfen, sich zu bessern und als seine Ehefrau ein respektables, luxuriöses Leben führen.«

Jarrett legte die Hände auf Taras Schultern. Seine Augen schienen sie zu durchbohren. »Und — hast du ihn geheiratet?«

»Nein!« rief sie empört und befreite sich von seinem Griff. »Das weißt du doch! Sonst hätte ich dich nicht heiraten können. Warum stellst du mir eine solche Frage?«

»Weil Clive dich nicht nur des Mordes, sondern auch der Bigamie bezichtigt. Er besitzt eine Heiratsurkunde.«

»Großer Gott!« Heftig schüttelte die den Kopf. »Das ist eine Lüge. Du darfst ihm nicht glauben! Da ich ihn verachtete, lehnte ich seinen Heiratsantrag ab. Ich erklärte, lieber würde ich verhungern als mit ihm zusammenzuleben. Und da schwor er mir offenbar bittere Rache ...« Sie kämpfte mit den Tränen, dann sprach sie weiter. »Das neue Stück meines Bruders wurde in Julians Salon aufgeführt. Dort bauten wir eine kleine Bühne auf, an drei Seiten von Vorhängen umgeben. In meiner Pistole steckten Platzpatronen. Ehe ich die Bühne betrat, überprüfte William die Waffe. Bei der Vorstellung wanderte der Liebhaber, der mich verlassen hatte, in den Zuschauerraum, und ich schoß auf ihn. Plötzlich färbte sich Julian Carters Hemd rot, und er brach zusammen. Sekundenlang war ich wie gelähmt. Dann merkte ich, daß jemand von der Bühne aus gefeuert hatte — jemand, der hinter mir stand. Clive mußte einen Mörder gedungen haben, um seinen Vater töten zu lassen. Bevor Julian doch noch das Testament ändern konnte ... Clive lenkte den Verdacht auf mich. Nun mußte ich alles tun, was er wollte — oder am Galgen enden.«

»Und dein Bruder?«

Tara schaute auf ihre zitternden Hände hinab. »An jenem Abend war er nicht da, obwohl er sich als Verfasser des Stücks einen großen Erfolg erhoffte. Er mußte daheim bleiben, bei seiner kranken Frau und dem Baby. Sicher beteuerte er meine Unschuld und kämpfte für mich. Wir standen uns sehr nahe, denn seit dem Verlust der Eltern hatten wir nur noch einander. Als er von Julian Carters Ermordung erfuhr, war ich bereits geflohen. Von Atlanta aus schrieb ich ihm einen Brief, den ich mit ›Tante Fanny‹ unterzeichnete. Das war eine entfernte Verwandte, die wir in unserer Kindheit erfunden hatten. Ich teilte ihm mit, ich würde nach Westen gehen, er solle sich keine Sorgen um mich machen. Natürlich war das ein frommer Wunsch. Er ist sicher immer noch halb krank vor Angst. Damals dachte ich, daß ich alle meine Spuren verwischt hätte. Aber Clive spürte mich auf — sogar hier in der Wildnis.«

Seufzend schüttelte Jarrett den Kopf. »Und warum hast du mir das alles nicht schon längst erzählt?«

»Weil es mindestens dreißig Zeugen gibt, die beschwören könnten, daß ich eine Mörderin bin. Aber ich habe es nicht getan. Das schwöre ich dir. Und ich wollte dir alles anvertrauen. Wenn man uns ein bißchen mehr Zeit gelassen hätte ...«

Nun entstand ein langes Schweigen, und der Mann, den sie liebte, erschien ihr wie ein Fremder.

»Gut«, sagte er schließlich, »wir werden diese Angelegenheit in Ordnung bringen.«

»Nicht *wir* — nur ich, Jarrett. Ich muß nach Boston zurückkehren und mich einem Gericht stellen, sonst wäre der Rest meines Lebens eine einzige Flucht.«

»Nein, ich verstecke dich in der Tiefe des Waldes, wo Carter dich niemals finden kann. Dann engagiere ich den besten Anwalt. Wir müssen deine Unschuld beweisen und herausfinden, wer Julian Carter wirklich erschossen hat.«

»O Jarrett, niemals wollte ich dich in das alles hineinziehen. Es tut mir so leid. Du mußt dich nicht verpflichtet fühlen ...«

»Aber ich bin verpflichtet!« unterbrach er sie. Leidenschaftlich riß er sie in seine Arme. »Am liebsten würde ich diesen Schurken erdrosseln!«

»Das würde uns nichts nützen.«

Er seufzte tief auf. »Nein — es würde unsere Zukunft zerstören. Jedenfalls müssen wir den schrecklichen Verdacht entkräften, der auf dir lastet. Und wenn der Bastard glaubt, mit diesem gefälschten Papier könnte er beweisen, du seist seine Frau ...«

»Das bestreite ich!«

»Du bestreitest auch den Mord, den du angeblich vor Zeugen begangen hast«, erinnerte er sie leise.

»O Gott!« schluchzte sie. »Es gibt keinen Ausweg.«

Zärtlich strich er über ihr Haar, hob sie hoch und legte sie auf die Pelzdecken, wo sie so glückliche Nächte verbracht hatten. »Doch, es gibt eine Lösung. Wir müssen sie nur finden. Ruh dich jetzt aus. Heute nacht bleiben wir hier. Jetzt werde ich Peter suchen. Keine Bange, ich komme sobald wie möglich zurück.«

Tara nickte, und er verließ die Hütte.

Eine Zeitlang blieb er im nächtlichen Dunkel stehen. Er haßte es, seine Frau so unglücklich zu sehen. Und er haßte es, sich so hilflos zu fühlen. Wo mochte Peter stecken? Plötzlich hörte er ein Rascheln, aber es war nur Charlemagne, der unter den Bäumen graste. Jarrett ging zum Fluß, wo er deutliche Hufabdrücke fand. Was für ein kluger Junge Peter war! Um die Verfolger zu täuschen, hatte er eine falsche Spur gelegt.

Beruhigt kehrte Jarrett in die Hütte zurück. Tara setzte sich auf. »Hast du Peter gefunden?«

»Nein, aber es geht ihm sicher gut.« Er löschte das Feuer, und sie starrte ihn verwirrt an.

»Warum tust du das? Es ist so kalt.«

»Der Rauch würde uns verraten.«

»Oh ...« Sie sprang auf und eilte zu ihm. »Wenn du Peter nicht gefunden hast — wie kannst du dann wissen, daß ihm nichts zugestoßen ist?«

»Offenbar kam jemand schon vor mir in die Nähe des Dorfes. Um ihn von hier wegzulocken, legte Peter eine falsche Spur am Fluß.«

»Und ich dachte, er würde einen Hasen braten.«

»Sicher bist du halb verhungert.«

»O nein, jetzt könnte ich keinen Bissen hinunterbringen. Wir müssen sofort von hier verschwinden, nicht wahr?«

»Ja ...« Abrupt verstummte er.

Beide hörten die leisen Schritte — irgend jemand schlich um die Hütte herum. Hastig ergriff Tara den Kessel, der noch über dem Herd hing, und Jarrett zog seine Pistole aus dem Hosenbund. Dann preßte er sich neben der Tür an die Wand, und sie lief zur anderen Seite.

Sein Mund formte eine Warnung.

Ein Schatten verdunkelte das bläuliche Mondlicht, das in die Hütte fiel, und Jarrett stürzte sich auf ihn. »Heiliger Jesus!« rief er. »Du!«

Tara sah nur ein wildes Durcheinander aus Gliedmaßen. Irgend etwas landete klirrend am Boden. Die Pistole?

Sekundenlang fiel ein Mondstrahl auf Jarretts Gesicht, und sie schwang den Kessel hoch, um ihn auf den Kopf seines Gegners zu schlagen. Der Mann fuhr herum und starrte sie an. »Tara!« hauchte er, bevor er zusammenbrach.

22

Zwanzig Minuten später hielt James McKenzie immer noch mit beiden Händen seinen Kopf fest und musterte seine Schwägerin vorwurfsvoll. Alle drei saßen mit gekreuzten Beinen vor dem kalten Herd, eine kleine Öllampe zwischen sich.

»Du weißt doch, daß ich dir nicht weh tun wollte«, seufzte Tara.

»Da bin ich mir nicht so sicher. Jedenfalls ist es deine Schuld, Jarrett. *Du* warst es, der Naomi und mich gezwungen hat, Tara *Koonti*-Wurzeln mahlen zu lassen und ...«

»James!« protestierte sie.

»Sobald ich höre, du seist allein und in Gefahr, galoppiere ich hierher, und zum Dank dafür kriege ich eins auf den Schädel.«

»Weil es so dunkel war.«

James grinste, wurde aber sofort wieder ernst. »Was ist eigentlich los? Peter kam zu mir und redete lauter wirres Zeug. Ich verstand nur, die Soldaten seien hinter dir her.«

Unbehaglich schaute sie Jarrett an, der an ihrer Stelle antwortete: »Tara wird des Mordes beschuldigt.«

»Oh ...« James hob die Brauen. »Hat sie jemanden mit einem Wasserkessel erschlagen?«

Erstaunlicherweise brachte sie ein Lächeln zustande und schilderte in knappen Worten, was geschehen war.

»Und was wirst du jetzt tun?« fragte James seinen Bruder.

»Morgen bringen wir Tara ins Sumpfgebiet. Ich übergebe sie deiner Obhut und reite nach Cimarron zurück. Dort werde ich die Lage sondieren. Ich habe Robert verständigt und ihn gebeten, mit Leo und ein paar Jungs an Bord der *Magda* zu gehen, nach Boston zu segeln und den besten Anwalt zu engagieren. Der muß beweisen, daß Clive Carter allen Grund hatte, den Tod seines Vaters herbeizusehnen. Außerdem muß der gedungene Mörder gefunden werden.«

James nickte und wandte sich zu seiner Schwägerin. »Macht's dir was aus, eine Zeitlang bei uns zu leben?«

»Überhaupt nicht«, erwiderte sie lächelnd. »Ich werde sogar lernen, *Koonti*-Wurzeln zu mahlen.«

»Derzeit führt Peter die Verfolger auf Umwegen durch

den Sumpf«, erklärte James und stand auf. »Heute nacht sind wir hier sicher. Aber morgen sollten wir so früh wie möglich aufbrechen.«

Als er zur Tür ging, sprang Tara auf, eilte ihm nach und schlang die Arme um seinen Hals. »Danke, daß du gekommen bist — und verzeih den Empfang, den ich dir bereitet habe.«

Grienend erwiderte er die Umarmung und trat in die Nacht hinaus.

»Schlaf jetzt!« befahl Jarrett. »Ich übernehme die erste Wache. Später löst James mich ab.«

Auch er verließ die Hütte, und Tara legte sich auf die Felldecken. Träumerisch starrte sie ins Dunkel. Jarrett liebte sie immer noch. Und er würde für sie kämpfen ...

Vor Müdigkeit fielen ihr die Augen zu. Irgendwann spürte sie im Halbschlaf, wie Jarrett sich neben ihr ausstreckte, schmiegte sich an seinen warmen Körper und schlummerte weiter.

Kurz vor dem Morgengrauen weckte er sie, und sie tranken heißen Kaffee. Im Tageslicht hatte James es für ungefährlich gehalten, ein Feuer zu entzünden, und er brachte ihnen getrocknetes Fleisch, das Tara mühsam hinunterwürgte. Während die beiden Männer frühstückten und die Reiseroute erörterten, wurde ihr plötzlich übel. Sie sprang auf, rannte aus der Hütte und übergab sich. Dann eilte sie zum Fluß, voller Sehnsucht nach frischem Wasser. Sie wusch sich das Gesicht und trank in durstigen Zügen. Danach fühlte sie sich besser.

Als sie noch am Ufer kniete, spürte sie eine Hand auf ihrer Schulter und drehte sich zu Jarrett um.

»Weißt du, warum dir schlecht war, Tara?«

»Nein — oder — glaubst du ...« In letzter Zeit war ihr Leben so ereignisreich verlaufen, daß sie nicht auf ihre Monatsblutung geachtet hatte. Natürlich — die war letztes Mal ausgeblieben.

»Immerhin ist es möglich.«

»Oh ...« Das Herz wurde ihr schwer. Woran mochte er jetzt denken? An Lisa, die hier im Indianerdorf ein totes Baby geboren hatte und gestorben war? Und nun entdeckte er am selben Ort, daß seine zweite Gemahlin ein Kind erwartete.

Seine Frau, die vom Gesetz gesucht wurde ...

»O Jarrett, es tut mir so leid. Ausgerechnet hier mußt du es erfahren.«

Lächelnd half er ihr, aufzustehen. »Hier habe ich etwas verloren — und etwas gewonnen.«

»Freust du dich?« flüsterte sie.

»Nie zuvor war ich glücklicher.«

»Aber ...«

»Nie zuvor, Tara«, bekräftigte er, und sie lehnte sich erleichtert an ihn. »Paß bloß gut auf dich auf!«

»O ja, das schwöre ich dir.«

Hand in Hand kehrten sie ins Dorf zurück, wo James schon auf seinem Hengst saß und die beiden anderen Pferde bereithielt. »Die Tiere sind ziemlich nervös, und mein Nackenhaar sträubt sich. Höchste Zeit, daß wir von hier verschwinden!«

Jarrett hob seine Frau auf ihre Stute und bestieg Charlemagne. Dann ritt er voraus, gefolgt von Tara, und sein Bruder bildete die Nachhut.

Der Weg führte durch eine wunderschöne Wildnis. Im Sumpf lichtete sich der Wald, und sie konnten nebeneinander reiten. James erklärte, seine Leute — durch die Kinder, das Gepäck und die Tiere behindert — würden nur langsam vorankommen. »Bald werden wir sie einholen. Wir gehen weit nach Süden, in die Everglades. Dort bist du sicher, Tara.«

Das bezweifelte sie nicht. Die Nacht verbrachten sie in einem Wäldchen, ohne Feuer zu machen. Aber Tara schlief in den Armen ihres Mannes und ließ sich von ihm wärmen.

Auch am nächsten Tag ritten sie stundenlang. Am Ufer

eines Flusses hielten sie an. James warf einen prüfenden Blick auf Tara, dann schlug er eine Ruhepause vor. Offenbar hatte sein Bruder ihn über ihren Zustand informiert.

Alle Knochen taten ihr weh, als Jarrett sie vom Pferd hob, und sie war dankbar für die Rast. Sie setzte sich auf einen weichen Nadelteppich unter hohen Pinien. Während ihr Mann Wasser holte, bot James ihr ein Stück getrocknetes Fleisch an. »Du mußt dich stärken.«

»Ihr beide auch. Was soll aus mir werden, wenn ihr verhungert?«

»Nur keine Bange. Wir sind schon oft tagelang ohne Nahrung ausgekommen, und mein Volk ist an Hunger gewöhnt. Aber du brauchst deine Kraft — für den Sohn meines Bruders.«

Sie lachte leise. »Ein Sohn? Und das sagt ein Mann, der zwei Töchter hat.«

»Sicher wird Jarrett einen Sohn bekommen. Er hat ein Kind verloren, und dieses ...«

»... wird Lisas Baby ersetzen?«

»Kein Leben kann ein anderes ersetzen. Jedes ist einzigartig. Und ich hoffe inständig, euer Kind wird heranwachsen und mithelfen, die Wunden dieses Landes zu heilen.«

»Danke«, flüsterte sie und drückte seine Hand.

Jarrett brachte ihnen eine mit Wasser gefüllte Flasche, und alle begannen zu essen. Nach der kargen Mahlzeit beschloß Tara, ein wenig umherzuwandern und ihre steifen Knochen zu lockern.

»Geh nicht zu weit weg!« mahnte Jarrett.

»Natürlich nicht.«

Eine Zeitlang schlenderte sie zwischen den Pinien dahin, dann eilte sie zum Fluß und setzte sich auf einen Baumstumpf ans Ufer. Kurz entschlossen zog sie Schuhe und Strümpfe aus, ließ die Füße ins Wasser hängen und genoß die köstliche Erfrischung. Sie neigte sich vor und wusch ihr Gesicht. Als sie sich wieder aufrichtete, wurde sie von einem seltsamen Unbehagen erfaßt. Eine Hand packte ihre Schulter. Jarrett? Nein, sie kannte seine Berührung.

In wachsender Panik wollte sie schreien, aber eine zweite Hand hielt ihr den Mund zu, eine Hand ohne Schwielen, die nichts von körperlicher Arbeit ahnte, mit Spitzenrüschen am Gelenk.

Clive Carter! Wie war er hierhergeraten — in diese einsame Wildnis?

»Sei still!« warnte er. »Wenn dieser schwarzhaarige Kerl angelaufen kommt, muß ich mitten in sein Herz schießen. Und ich bin ein verdammt guter Schütze. Immerhin konnte ich meinen Vater niederknallen, ohne eine Waffe anzufassen.«

Warum gestand er den Mord? Natürlich — was er ihr erzählte, bedeutete gar nichts. Ihr Wort würde gegen seines stehen. Und er hatte Zeugen.

Wütend biß sie in seine Finger. Er schrie auf und nahm sofort die Hand von ihren Lippen. Aber sein anderer Arm umklammerte ihre Taille.

»Laß mich los!« stöhnte sie. »Mir wird übel!«

Verzweifelt schaute sie sich um. Aber sie konnte Captain Argosy und seine Soldaten nirgends entdecken — die Eskorte, die mit Clive nach Cimarron gesegelt war, um das Gesetz zu vertreten. Hatte er sie ganz allein gefunden?

»Du bist schlüpfrig wie eine Schlange, Tara. Verdammt will ich sein, wenn ich dich jemals wieder loslasse. Ich habe lange genug gebraucht, um dich aufzuspüren.« Ein grausames Lächeln verzerrte sein Gesicht. »Alles hättest du haben können, du dummes Ding. Ich war sogar bereit, eine elende kleine Irin zu heiraten.

Allerdings ging es mir in erster Linie um das Erbe, das ich sonst vielleicht nicht erhalten hätte. Aber du wolltest nichts von mir wissen. Also mußte ich zu anderen Mitteln greifen. Es hätte großartig geklappt — wärst du nicht verschwunden. O Gott, wie sollte ich ahnen, daß du in New Orleans einen wohlhabenden, einflußreichen Mann kennenlernen und heiraten würdest? Deshalb brauchte ich nicht nur einen Haftbefehl, sondern auch einen gefälschten Trauschein, um dich der Bigamie zu überführen.«

Glücklicherweise hörte er sich gern reden, und dadurch gewann Tara kostbare Zeit. »Niemals hätte ich dich geheiratet und mich von dir anfassen lassen, du Bastard! Lieber wäre ich gestorben ...«

Als er ihr wieder den Mund zuhielt, wehrte sie sich mit aller Kraft. »Biest!« fauchte er und riß an ihren Haaren. »Ich werde dich nach Boston mitnehmen — dich, meine Frau, und dich anfassen, sooft es mir beliebt! Und wenn ich mit dir fertig bin ...«

Diese Drohung konnte er nicht beenden. Ein wilder Schrei erklang, und Tara sah, wie Jarrett zwischen den Bäumen hervorstürmte. Fluchend schob Clive sie beiseite und zog seine Pistole.

Doch die Kugel wurde nicht abgefeuert. Ehe sein Finger den Abzug berührte, stürzte sich Jarrett auf seinen Feind und warf ihn zu Boden. Carter griff nach dem Messer, das in seinem Stiefelschaft steckte. Aber Jarrett wälzte seinen Gegner herum. Ineinander verkeilt, rollten beide Männer in den Fluß.

Als sie schwankend aufstanden, zerrte Clive das Messer aus der Scheide und schwang es hoch. Blitzschnell packte Jarrett den erhobenen Arm, und das Messer versank im Wasser. Von einem kraftvollen Fausthieb am Kinn getroffen, taumelte Carter und fiel nach hinten.

Sofort griff Jarrett wieder nach ihm, und Tara stolperte hastig die Uferböschung hinab. Aber ehe sie die Männer erreichte, krachte ein Schuß, und sie drehte sich verwirrt um. Sie waren umzingelt. Unbemerkt war Tyler Argosy herangeritten, begleitet von etwa zwanzig Soldaten.

In seinem hellen Zorn hatte Jarrett den Knall überhört.

Er zerrte Carter hoch und wollte noch einmal zuschlagen. Tyler feuerte erneut.

»Jarrett!«

Da hielt Jarrett endlich inne, aber er ließ den Mann nicht los.

»Bitte, Jarrett!« flehte Tara. »Wir brauchen ihn lebend.«

»Captain, erschießen Sie diesen Schurken!« kreischte Clive.

»Mr. Carter ...«, begann Tyler.

»Erschießen Sie ihn! Sehen Sie denn nicht, daß dieser Wahnsinnige mich zu töten versucht? Erschießen Sie ihn endlich!«

»O nein, ich werde niemanden kaltblütig niederschießen. Und wenn Sie nicht den Mund halten, könnte Mr. McKenzie Sie erwürgen. Zum Teufel mit den Konsequenzen!«

Das schien Carter eines Besseren zu belehren. »Dann fordern Sie ihn wenigstens auf, mich loszulassen!«

Seufzend wandte sich Tyler zu Jarrett. »Leider muß ich dich bitten, dieser Aufforderung zu folgen.«

Nur widerstrebend erfüllte Jarrett den Wunsch. Carter stieg aus dem Wasser und eilte zu Tara. Aber Jarrett war schneller, ergriff ihre Hand und zog Tara hinter seinen Rücken. »Wie du siehst, habe ich ihn losgelassen, Tyler. Und jetzt sieh zu, daß er verschwindet!«

»Tara muß uns begleiten. Verdammt, Jarrett, du bist einer meiner besten Freunde. Glaubst du, das alles gefällt mir? Aber du mußt mir Tara übergeben. Komm doch mit ...«

»O nein, er wird *nicht* mitkommen!« schrie Clive. »Ich habe einen Trauschein ...«

Ungeduldig fiel Tyler ihm ins Wort. »Das bedeutet noch lange nicht, daß Sie ein Recht auf diese Frau haben — nicht, solange es bestritten wird. Den Haftbefehl werden wir befolgen, aber ...«

»Du nimmst sie mit, Tyler?« fragte Jarrett.

»Mach mir's nicht noch schwerer!« bat der Captain. Noch während er sprach, richteten seine Soldaten die Gewehre auf Jarrett und Tara.

»Nein!« rief sie und versuchte sich vor ihren Mann zu stellen. »Wir reisen gemeinsam nach Boston, Jarrett, und wenn ich vor Gericht stehe ...«

»Captain Argosy wird uns alle davonreiten lassen!« Vom anderen Ende der Lichtung drang eine laute Stimme herüber. »Sonst wird hier draußen eine wilde Schlacht losbrechen — zwischen Indianern und Weißen!«

Verblüfft starrte sie James an, der zwischen den Bäumen aufgetaucht war. Und er war nicht allein. Hinter ihm erschienen mehrere Seminolen-Krieger, beritten und zu Fuß, und neben dem Laufenden Bären stand der Indianer, den die Weißen mehr fürchteten als alle anderen. Osceola.

Tyler Argosy beobachtete verzweifelt die bedrohliche Schar, und er sah elend aus — ein Mann, der stets seine Pflicht erfüllt hatte und jetzt für diese Pflicht sterben würde.

Plötzlich ritt Osceola auf Clive Carter zu und rammte dicht vor ihm einen Speer ins Erdreich, der mit Skalps geschmückt war. Dann kehrte er zu seinen Kriegern zurück.

Jarrett legte einen Arm um Taras Schultern und führte sie zu den Indianern. »Gib nach, Tyler!« warnte er.

»Verdammt, Jarrett, das Gesetz wird nicht nur deine Frau verfolgen, sondern auch dich!«

»Das ist *meine* Frau!« fauchte Clive. »Was zum Teufel ist los mit Ihnen, Captain? Sind Sie nicht einmal fähig, diese paar Wilden umzubringen?«

»Nun, das ist ein ganz besonderer Wilder«, erklärte Jarrett. »Asi Yaholo — Osceola. Vielleicht haben Sie schon von ihm gehört?«

»Verdammt!« brüllte Clive. »Knallen Sie diese Rothäute nieder, Captain!«

Alle Indianer entsicherten ihre Pistolen und richteten

sie auf die Soldaten. Taras Atem stockte. Die Seminolen würden um sie kämpfen — und für sie sterben, angeführt von Osceola, ihrem Freund. Auch Tyler würde sterben. Und Jarrett und James, die Brüder, die immer nur gekämpft hatten, um ein Blutvergießen zu verhindern ...

Womöglich würden beide den Tod finden. Ihretwegen.

»Nein, wartet!« rief sie, riß sich von Jarrett los und rannte zwischen die Fronten. »Bitte! Laden Sie nicht die Schuld einer mörderischen Schlacht auf meine Schultern! Ich flehe Sie alle an! Jarrett, Tyler steht auf unserer Seite. Und Clive wird sich nie wieder an mir vergreifen. Wir reisen nach Boston und kämpfen um unser Recht! Oh, bitte, um Himmels willen! Niemand darf meinetwegen sterben!«

Drückendes Schweigen folgte ihren Worten, kalte Angst stieg in ihr auf. Diese Männer hatten schon so lange gekämpft, die Soldaten in Blau für ihre Ehre und ihren Stolz — und die Seminolen mit ihrem Federschmuck und ihrer Kriegsbemalung waren schon so lange zur Flucht gezwungen worden. Wie Tara.

Jetzt wollten sie alle kämpfen. Sie wollten eine Entscheidung. Verzweifelt hob sie die Hände. »Nein, bitte!«

Sie wußte nicht, was geschehen wäre, hätte die Wildnis nicht Schicksal gespielt. Mit einem gellenden Schmerzensschrei sank Clive Carter auf die Knie.

23

Wie gelähmt stand Jarrett da. Er hatte die Schlange schon vorher entdeckt — zusammengerollt an einem knorrigen Ast, der ins Wasser hing — und sich nichts dabei gedacht. So wie alle, die in diesem Land lebten, wußte er, daß man eine Wassermokassinschlange in Ruhe lassen mußte. Der Fluß war ihre Heimat, von der sie sich niemals allzuweit entfernte. Doch nun, aufgeschreckt von Schüssen und Geschrei, schien sie ihren Lebensraum bedroht zu sehen. Sie fiel auf Carter hinab, und während er heulend zusammenbrach, kroch sie zum Ufer.

Aber sie erreichte ihr Ziel nicht. Ein Soldat feuerte, und sie zersprang in tausend Stücke.

Der Krach riß Jarrett aus seiner Erstarrung, und er rannte zu Clive, packte ihn an den Haaren und zerrte ihn hoch — einen Feind, der am Leben bleiben mußte. »Hören Sie, ich könnte Sie retten! Wissen Sie, wie man an einem Schlangenbiß stirbt? Langsam und qualvoll. Eine Kugel im Kopf wäre angenehmer, ebenso der Tod am Galgen. Alles ist erträglicher als die Schmerzen und die Krämpfe, die Sie bald erleiden werden.«

Clive Carter spürte bereits die Wirkung des Schlangengifts. »Verdammt! Tun Sie was! Sie müssen mir helfen!«

»Gar nichts muß ich. Und ich werde in aller Ruhe zusehen, wie Sie sterben.«

Reglos saßen die Soldaten auf ihren Pferden. Auch die Indianer rührten sich nicht.

»Um Himmels willen, was wollen Sie?« würgte Clive hervor. »Geld? Ich gebe Ihnen alles ...«

»Die Wahrheit, Carter. Hier, vor Zeugen.« Kraftlos lehnte sich Clive an Jarrett, der gnadenlos fortfuhr. »Sie haben einen Mörder gedungen, um Ihren Vater erschießen zu lassen und dann die Schuld in Taras Schuhe geschoben.«

Als Clive etwas Unverständliches murmelte, herrschte Jarrett ihn an: »Lauter! Ich höre Sie nicht.«

»Ja, zum Teufel! Weil sie nichts Besseres verdient hat! Sie kam in unser Haus, umgarnte meinen Vater ...«

»O nein, sie achtete und liebte ihn. Und Sie dachten immer nur an sich selbst ...« Dann verstummte er. Weitere Worte waren überflüssig, alle hatten das Geständnis gehört. Doch er brauchte ein zweites.

»Verdammt, helfen Sie mir endlich!« winselte Clive.

»Nur eins noch. Sie waren nie mit Tara verheiratet, nicht wahr?«

»Nein. Jenson Jones hat den Trauschein gefälscht — und auch meinen Vater erschossen.«

Plötzlich schrie jemand inmitten der Soldaten auf. Jarrett merkte erst jetzt, daß Jones sie begleitet hatte. »Er zwang mich dazu«, rief der häßliche kleine Friedensrichter, »und ich hatte keine Wahl ...«

Da holte Jarrett tief Atem und schaute Tara an. Nie war sie ihm schöner erschienen. Tränen schimmerten in ihren tiefblauen Augen, und er lächelte ihr zu. Dann wandte er sich wieder zu Carter. Am liebsten hätte er den Schurken von sich gestoßen. Aber wenn er ein Versprechen gab, pflegte er es zu halten. Und so drückte er Clive ins Gras, kniete neben ihm nieder und zog sein Messer aus dem Stiefelschaft.

Sofort begann Carter wieder zu schreien.

»Seien Sie still!« befahl Jarrett. »Ich muß das Gift heraussaugen.«

Da die Schlange in Carters Arm gebissen hatte, zerschnitt Jarrett den Hemdsärmel und begann an der Wunde zu saugen. Wann immer er seinen Mund mit Blut gefüllt hatte, spuckte er es aus. Clive stöhnte vor Schmerzen, dann verlor er die Besinnung. Doch er würde am Leben bleiben.

Als Jarrett aufstand, lief Tara zu ihm und warf sich in seine Arme. Ganz fest drückte er sie an seine Brust. Dann ließ er sie los. Zwei Soldaten schwangen sich aus den Sätteln und hoben den Bewußtlosen auf, während Jones unentwegt behauptete, alles sei Clives Schuld gewesen.

Captain Argosy ritt zu seinem Freund und reichte ihm eine kleine Whiskeyflasche. Jarrett spülte den Geschmack von Blut und Schlangengift aus seinem Mund. »Meine Frau wird dich nicht begleiten, Tyler«, sagte er und gab die Flasche zurück.

»Natürlich nicht.« Argosy schaute zu James und Osceola hinüber und hob eine Hand.

Osceola nickte ihm ernsthaft zu. Wären sie sich auf dem Schlachtfeld begegnet, hätten sie einander zu töten versucht. Aber an diesem Tag würde kein Kampf stattfinden.

Inzwischen war Jones gefesselt und Carter über ein Packpferd gelegt worden. Tyler erteilte einen Befehl, und die ganze Kompanie ritt davon.

Auch die Seminolen verschwanden im Wald, nachdem Osceola dem Weißen Tiger zugewinkt hatte — alle bis auf James. Lächelnd sprang er vom Pferd, eilte zu Tara und umarmte sie. »Du bist die beste Schwägerin, die sich ein Mann nur wünschen kann.«

»Und du der allerbeste Schwager.«

Dann schüttelte er seinem Bruder die Hand. »Ich glaube, jetzt kann ich euch beide unbesorgt allein lassen.«

»O ja.«

James kehrte zu seinem Hengst zurück, stieg auf und galoppierte in den Wald.

»Großer Gott, Tara!« flüsterte Jarrett und nahm sie wieder in die Arme.

»Und ich dachte schon, niemand könnte mich retten. Aber du ...«

»Ich rette dich sehr gern.«

»Und ich liebe dich über alles. Wird dir das Gift auch nicht schaden, das du aus Clives Wunde gesogen hast?«

»Sicher nicht. Als kleiner Junge wurde ich mal von einer Schlange gebissen, und seither bin ich gewissermaßen immun.« Zärtlich küßte er ihre Lippen, die nach salzigen Tränen schmeckten. »Reiten wir nach Hause, mein kleiner Flüchtling.«

»Jetzt muß ich nicht mehr fliehen, weil ich zu Hause bin. In deinem Paradies.«

»Tara, der Krieg ist noch lange nicht vorbei. Wer weiß, was uns die Zukunft bringen wird ...«

»Einen Sohn. Das hat dein Bruder prophezeit.«

»Und dieser Sohn wird in einem wilden, gefährlichen Land aufwachsen.«

»Wild und gefährlich. So wie der Mann, den ich geheiratet habe.« Liebevoll strich sie über seine Wange. »Und beide möchte ich niemals verlassen.«

Lächelnd hob er sie hoch und trug sie zu den Pferden.

EPILOG

Für Tara war der Herbst stets die schönste Jahreszeit gewesen. Im Norden bemalte er die Blätter mit leuchtenden Farben und kühlte die Luft. Hier im Süden hielt er fast unbemerkt Einzug. Die drückende Sommerhitze ließ ein wenig nach, aber es blieb warm genug, so daß man im Fluß baden konnte, und die Nächte sorgten für angenehme Erfrischung.

Am 5. Oktober, nach Mitternacht, wurde Ian McKenzie geboren. Während der schmerzhaften Wehen hatte Tara die Hand ihres Mannes umklammert und brach ihm beinahe die Finger dabei. Aber als alles überstanden war, fühlte sie sich so glücklich wie noch nie in ihrem Leben. Ihr schöner, kräftiger, kerngesunder Sohn hatte schwarzes Haar und blaue Augen.

Nach der Geburt lagen Tara und Jarrett stundenlang auf dem Bett, das Baby zwischen sich, und bewunderten es. An diesem Tag war das Paradies vollkommen.

Aber in der Außenwelt herrschte kein Frieden. James hatte seine Leute in den Süden geführt. Während des Sommers erlitten die amerikanischen Truppen schmerzliche Verluste, nicht zuletzt durch schwere Krankheiten, die sie sich im Sumpf zuzogen. Die McKenzies taten ihr Bestes, um das Leben Unschuldiger zu retten, Roter und Weißer. Man hatte ihnen erklärt, sie könnten nicht neutral bleiben, doch sie beschlossen, das Gegenteil zu beweisen. Trotz des Krieges und ihrer Schwangerschaft besuchte Tara ihre indianische Familie.

Manchmal verließ Jarrett seine Plantage, um der Army und den Seminolen Botschaften zu überbringen. Die Trennung fiel Tara jedesmal sehr schwer, aber sie verstand, daß er seine Pflicht erfüllen mußte und lernte, ihre

Angst zu besiegen. So viele schwierige Situationen hatten sie gemeinsam gemeistert. Auch den Krieg würden sie überleben, und bei jedem Wiedersehen schien ihre Liebe zu wachsen.

Die Vergangenheit erschien ihr nur mehr wie ein böser Traum. Nun war sie zu Hause.

»Tara!«

Lächelnd legte sie ihren zweiten Ohrring an, als sie Jarretts Ruf hörte. Am Morgen war er so sonderbar gewesen, und sie hatte schon befürchtet, er wollte sie schonend auf eine Reise vorbereiten, die er unternehmen mußte. Aber dann hatte er spitzbübisch gegrinst.

»Tara!«

Sie eilte zum Balkongeländer und betrachtete verwirrt den Tisch, den Molly und Jeeves auf dem Rasen gedeckt hatten. Hell spiegelte sich die Sonne im Tafelsilber, der Wind bewegte die Zipfel des weißen Leinentuchs. Ein Schiff hatte am Dock angelegt.

»Was gibt's, Jarrett?« fragte sie unbehaglich.

Er stand neben dem Tisch, in einem eleganten schwarzen Anzug mit bestickter Weste, und blickte lächelnd zu ihr hinauf. »Keine Mission im Dienste der Army, Liebling!«

»Aber — was dann?«

»Wie geht's dem kleinen Ian?«

»Er schläft friedlich wie ein Engel. Sag mir endlich, was los ist!«

»Komm doch herunter und schau selbst nach!« befahl er gespielt boshaft.

Tara sah nach dem Baby, das in seiner Wiege lag. Dann eilte sie aus dem Haus. Auf der Veranda wurde sie von einem ungeduldigen Jarrett erwartet, der ihr den Arm bot und sie zum Dock hinabführte.

»Willst du mich wirklich nicht mit deiner plötzlichen Abreise überraschen?« fragte sie mißtrauisch.

»Diesmal nicht. Wir haben Gäste.«

Sie wollte noch etwas sagen, aber beim Anblick des Paares, das soeben das Schiff verließ, blieben ihr die Worte im Hals stecken. Die hübsche, brünette junge Frau hielt einen kleinen Jungen im Arm, der Mann war groß und schlank, mit modischem Schnurrbart und dichten blonden Locken.

»William!« würgte Tara hervor und starrte Jarrett an.

»Da du so oft im Schlaf nach ihm gerufen hast, wollte ich ihn natürlich kennenlernen, und so lud ich ihn mitsamt seiner Familie ein.«

Ungestüm warf sie sich in Jarretts Arme, dann rannte sie zum Dock, um ihren Bruder, ihre Schwägerin und ihren kleinen Neffen zu begrüßen. Jarrett wurde mit William, Marina und dem jungen Master Wyeth Brent bekannt gemacht. Verschmitzt erklärte Tyler Argosy, er sei von seinem Freund beauftragt worden, die kleine Familie hierherzubringen und Tara nichts davon zu verraten.

Zum Lunch erschien auch Robert. Stundenlang saßen sie fröhlich beisammen und vergaßen den Krieg. Die Gespräche drehten sich um Theater, Literatur und Musik, Kinder und Familienangelegenheiten und die bevorstehenden Präsidentschaftswahlen. Man erwartete, Martin van Buren würde Jackson ablösen und im Frühjahr den Amtseid ablegen.

Abends quartierte Tara ihre Familie im größten Gästezimmer ein. Müde, aber glücklich trat sie auf die Veranda hinaus, betrachtete den Vollmond, lauschte den rauschenden Wellen des Flusses, dem Schrei einer Eule. Jarrett folgte ihr, und seine dunklen Augen verrieten ebenso wenig wie an jenem Abend in der Taverne am Hafen von New Orleans. Wie lange war das schon her … »Freust du dich?« fragte er leise.

»O ja, und ich danke dir von ganzem Herzen.«

»Endlich kenne ich den Mann deiner Träume. Und ich bin tief beeindruckt. Ian hat einen hochbegabten Onkel.«

»Sein Wahlonkel Tyler ist auch sehr eindrucksvoll.«

»O ja. Übrigens, das Schiff segelt erst morgen früh los.«

»Ja, und?«

Zärtlich nahm er sie auf die Arme. »Da meine Frau einmal gedroht hat, zu schreien und Verstärkung durch die Army zu holen, will ich sie vorsichtshalber nach oben bringen.«

Lachend legte sie einen Arm um seinen Hals. »Wie ich mich entsinne, war es dir ziemlich egal, ob ich geschrien hätte oder nicht.«

»Völlig egal.« Er trug sie ins Haus, die Treppe hinauf, ins dunkle Schlafzimmer. Als er sie aufs Bett gelegt hatte, fanden sich ihre Lippen und das vertraute Feuer der Leidenschaft wurde entfacht.

In solchen Augenblicken, wenn sie sich liebevoll umarmten, zählten weder Vergangenheit noch Zukunft, weder Krieg noch Frieden — nur das Paradies, das inmitten der Wildnis entstanden war.

HEYNE BÜCHER

Im Glanz der Leidenschaft

Traumhafte Liebesromane aus der faszinierenden Welt der modernen High Society

04/110

Außerdem lieferbar:

Meredith Rich
Duft der Liebe
04/91

Lisa Gregory
Schwestern
04/100
Gezeiten
04/87

Nancy Bacon
Freiheit des Herzens
04/79

**Wilhelm Heyne Verlag
München**